MORRIS WEST

Eminencia

MORRIS WEST

Eminencia

Javier Vergara Editor
GRUPO ZETA

Buenos Aires / Barcelona
Madrid / Caracas / México / Montevideo
Bogotá / Quito / Santiago de Chile

Título original
EMINENCE

Traducción
Fernando Mateo

Diseño de tapa
Verónica López

©   1998 Morrist West
©   1998 Ediciones B Argentina, S.A., para el sello Javier Vergara Editor
        Paseo Colón 221 - 6° - Buenos Aires - Argentina

Impreso en España / Printed in Spain
ISBN 950-15-1847-7
Depósito legal: BI. 1.269-1998

Impreso por Grafo, S.A. (Bilbao)

*A Carol y David Ashley-Wilson,
buenos compañeros, amigos del alma.*

Nota del Autor

Agradezco especialmente a mi dos conciencias editoriales, mi asistenta personal, Beryl Barraclough, y mi esposa, Joy, compañera de muchos viajes y copartícipe de muchas empresas literarias. Entre las dos, me han ayudado a mantenerme tan honesto, coherente y autocrítico como puede aspirar a serlo un hombre en un mundo desconcertante.

"En Argentina, la Iglesia y nosotros, sus miembros, tenemos muchas razones para confesar nuestros pecados y pedir perdón a Dios y a la sociedad: por nuestra insensibilidad, por nuestra cobardía, por nuestras omisiones, por nuestras complicidades con la represión ilegal."

—Monseñor Jorge Novak,
Obispo de Quilmes, Argentina.
Citado en Política, 29 de abril de 1995.

"Donde la ley termina, empieza la tiranía."
—Willliam Pitt.
Discurso del 9 de enero de 1770.

Capítulo Uno

En sus malos días, y éste era el peor en mucho tiempo, Luca Rossini huía de la ciudad.

Las personas que trabajaban con él, acostumbradas a sus entradas y salidas intempestivas, siempre podían localizarlo marcando el número de su teléfono celular. Sus pares no sólo podían recitar de memoria sus títulos y cargos: sabían también que era un hombre especial que recibía sus órdenes desde el lugar más encumbrado. Aceptaban que estaba cargado de secretos. Ellos tenían sus propios secretos. Entendían, además, que el cotilleo era un pasatiempo peligroso en esta ciudad, de manera que guardaban los resentimientos para los momentos de privacidad y camaradería. En cuanto a su superior, un hombre seco, nunca lo llamaba para pedirle cuenta de sus movimientos sino sólo de sus misiones oficiales.

Viajaba mucho, y por lo general sin compañía. Aunque nadie parecía en condiciones de seguir con precisión sus movimientos, o las razones que los motivaban, tanto su presencia como su influencia se hacían sentir dondequiera que uno estuviera. Sus informes eran lacónicos. Sus acciones, bruscas. Expresaba sus razones con claridad y precisión, pero se negaba a discutirlas con nadie que no fuera el hombre que le daba las órdenes. Podía ser agradable en sociedad, pero raras veces se permitía abrir su corazón.

Antes de abandonar la ciudad cambió su atuendo por unos tejanos, unas botas, una raída chaqueta de cuero y una vieja gorra. Luego abordó un antiguo Mercedes que guardaba en el garaje del edificio de apartamentos en el que vivía, a veinte minutos de su oficina.

Su destino era siempre el mismo: una minúscula propiedad al pie de las colinas que le había comprado, veinte años antes, a un terrateniente de la zona. La finca, invisible desde la carretera, estaba rodeada por un viejo muro de piedra, interrumpido por un pesado portón de madera tachonado de rústicos clavos forjados a mano. Tras el muro se alzaba una pequeña casa, que alguna vez había sido un establo, coronada por un techo de tejas árabes. Constaba de un gran ambiente único, sobre el cual él había construido con sus propias manos una cocina de campo y un cuarto de baño con suelo de piedra. Había agua corriente y electricidad, y gas en botellas. El mobiliario era escaso: una cama, una mesa de comedor, un juego de sillas, un sofá y un sillón desvencijados, un moderno equipo de CD con una nutrida colección de clásicos, una biblioteca, y por encima de ella, fijado en la pared, un Cristo en la cruz, tallado en madera de olivo y con una grotesca expresión de angustia, que había comprado en uno de sus viajes. El jardín comprendía un huerto, una hilera de árboles frutales, un emparrado, un par de rosales en sendas macetas. Durante sus ausencias, que eran muchas y prolongadas, quien se ocupaba del jardín era un lugareño cuya esposa hacía la limpieza de la casa. Cuando se aparecía por allí, como hoy, llevaba una vida de ermitaño. Cuando se iba, dejaba contra la lámpara de la mesa un sobre con dinero para el cuidador.

Éste era el único lugar del mundo en el que nadie sentía curiosidad por su identidad o su condición. Era simplemente el *Signor* Luca, *il padrone*. Cielo o infierno —y muchas veces él se había preguntado cuál de los dos sería—, éste era su verdadero hogar. Aquí nadie podía venir a verlo. Le resultaba imposible ver más allá del muro de su jardín, y, sin embargo, reconocía que éste era un lugar de sanación. La cura había sido lenta. Todavía no había terminado, tal vez nunca terminara, pero apenas empujaba el portón y comenzaba a caminar por aquel jardín, en la plenitud del primer arrebol del otoño, sentía que una repentina oleada de esperanza lo inundaba.

Sus rituales comenzaron en el momento en que dejó atrás el portón. Se encaminó a la casa, entró, y acomodó las pocas vituallas que había comprado por el camino: pan, queso, vino, agua mineral, salchichas y jamón. Luego recorrió la habitación. Estaba limpia, le habían sacudido el polvo todos los días, como él había indicado. Había sábanas recién puestas en la cama y toallas limpias en el cuarto de baño. Controló la presión de la bombona de gas y se aseguró de que en el armario que se encontraba junto a la chimenea estuviera la pila de leña. Con este templado clima de otoño no la necesitaría, pero la idea de que podía encender el fuego si quería le procuraba un cierto bienestar. Se detuvo un momento frente a los libros y echó una mirada a la contrahecha figura del crucifijo de madera de olivo. Luego le habló, en un súbito arrebato de español:

—¡Todavía tenemos cuentas pendientes tú y yo! Tú estás más allá, más allá y en la gloria. ¡Eso es lo que reivindicamos al menos! Yo todavía estoy aquí. Mi precaria unidad se mantiene gracias a un poco de cordel y esparadrapo. Esta mañana, apenas me levanté, supe que tendría un mal día. Estoy en fuga otra vez. ¿Qué otra cosa puedo hacer? Todavía estoy en la oscuridad.

Apartó los volúmenes del estante superior de la biblioteca. Tras ellos, embutida en la pared, había una pequeña caja fuerte de acero. La llave colgaba de su cuello. Abrió la caja y extrajo un paquete de cartas atadas con una cinta desteñida. No las leyó. Recordaba lo que decían, línea por línea. Las sostuvo entre las manos, frotando con los pulgares su grueso papel como si estuviera acariciando un amuleto. Luego volvió a poner las cartas en la caja fuerte, la cerró con llave y acomodó los libros en su lugar.

Isabel y él todavía se escribían; pero ahora las cartas eran textos fugaces en una pantalla de ordenador, que él leía y luego borraba, y que dejaban un rastro tan tenue de ella en su memoria como la huella que un insecto puede dejar en la arena del desierto.

El disco que estaba en el equipo de CD era la *Sinfonía de Praga* de Mozart. Lo encendió y dejó que la música lo envolviera. Luego fue hasta la cama. Se quitó la chaqueta y la camisa y las colocó con cuidado sobre el cobertor. Aunque allí adentro hacía calor, no pudo evitar un estremecimiento. Como si estuviera abrazándose a sí mismo, cruzó los brazos hacia la espalda hasta que con la punta de los dedos pudo tocar las primeras estrías de las cicatrices que la cubrían y las recorrió hasta llegar a las costillas. No podía verlas. No quería verlas. Sólo podía sentirlas. Al cabo de un rato, y tras liberarse de su propio abrazo, se encaminó hacia el soleado jardín.

Más allá de la puerta, apoyadas contra una pared, había algunas sencillas herramientas: una pala, un azadón, un horcón, un rastrillo. Levantó el azadón y sintió, como cada vez que lo hacía, el placer del contacto con aquel tosco mango. Se puso el azadón al hombro y comenzó a abrirse camino por el huerto, arrancando la mala hierba que había crecido entre las lechugas y las hileras de judías, y cortando los hierbajos de los extremos de los cuadros.

Sentía todo el tiempo el sol en la espalda y las gotas de sudor que resbalaban por el rugoso contorno de las cicatrices. Aquello también era un consuelo, pero el mayor de los consuelos era poder exponer las cicatrices y no sentir ninguna vergüenza, porque aquí no había ningún testigo de lo que, tantos años atrás, lo había reducido a una piltrafa.

Trabajó más de una hora, entregándose a nuevas tareas, incluso en el bien cuidado jardín. Recogió hojas con el rastrillo y las quemó. Cortó hojas y flores marchitas de los rosales. Recogió tomates y verduras de hoja para su cena. Inspeccionó la fruta madura y regó el suelo bajo el emparrado. Al terminar, la irritación de sus nervios se había aplacado y sus demonios familiares habían dejado de parlotear. Estaba donde necesitaba estar: en la paz de un mundo físico, animal, lejos de los políticos, los filósofos y las disputas de los pedantes polemistas.

Limpió las herramientas y volvió a colocarlas en su lugar, contra la pared. Echó un puñado de tierra sobre lo que quedaba del fuego, y luego regresó a la casa, a darse una ducha en el cuarto de baño que había construido con sus propias manos. Sintió una alegría infantil por el enlechado y deseó que hubiera alguien ante quien pudiera exhibir el fruto de su trabajo.

Todavía estaba secándose cuando oyó la chicharra de su teléfono celular. Se apresuró hasta la sala y respondió en su habitual, lacónico estilo:

—Habla Luca.

La voz familiar del que lo llamaba, cargada de preocupación, tenía ahora un dejo áspero.

—Habla Baldassare. ¿Dónde estás?

—A una hora de la ciudad. ¿Qué puedo hacer por usted?

—Regresa lo antes posible.

—¿Por qué tanta prisa?

—Tenemos un problema, Luca.

—No lo diga. Con que me dé el código basta.

—Job, y quienes se proponen confortarlo.

—No me diga que ha partido tan pronto.

—Ése es el problema. Está con nosotros y estamos todos con él, sentados sobre cenizas.

—Supongo que habrán cortado las comunicaciones.

—En la medida de lo posible en un lugar como éste. Es por eso que te necesitamos, Luca. Tú eres bueno para este tipo de situaciones.

—Ojalá pudiera sentirme halagado. Estaré allí tan pronto pueda. Cuando apagó el teléfono se echó a reír. Era un momento de la más pura ironía. Había sobrevivido a sus propios defectos. Había sobrevivido con particular distinción al defectuoso sistema con el que se había comprometido. Ahora lo emplazaban a abandonar su íntimo refugio para brindar consejo, fuerza y talento político a los más poderosos consejeros, de quienes —y esto era lo más sorprendente de todo— él era uno de tantos subordinados.

La imagen de Job en su estercolero era muy gráfica. La contraseña significaba que estaba ocurriendo un acontecimiento irreversible pero que, hasta que se hubiese consumado, los que se proponían confortar a Job estaban acuclillados sobre la ceniza y, si no lograban comportarse con suficiente astucia, también ellos serían alcanzados por todas las calamidades de Job.

Como en otras ocasiones, comenzó a sentir un hormigueo en la espalda: esta vez, parecía que una brisa helada soplaba sobre sus cicatrices. Desde el pasado le llegó la voz de uno de sus primeros médicos, un psiquiatra especializado en el tratamiento de víctimas de experiencias traumáticas:

—Por un largo tiempo, mi amigo, cuán largo es algo que no puedo decirle, se descubrirá recordando, o peor aún, queriendo revivir el pasado. Se descubrirá incluso usando dos espejos, para tratar de mirarse las cicatrices de la espalda. Buscará reparación, justicia, compensación. Nunca obtendrá un resarcimiento cabal. Querrá tomar venganza de los impíos, y de los piadosos que han colaborado con ellos. Exigirá la venganza como un derecho. Clamará por ella incluso como una necesidad para su supervivencia personal.

—Entre mi gente existe un viejo proverbio que dice: "Antes de emprender una venganza, procura cavar dos fosas". No creo que pueda obtener venganza y supervivencia.

—Tal vez en parte sí. Los juicios de Nuremberg permitieron condenar a ciertos criminales de guerra. Los israelíes capturaron a Eichmann, lo juzgaron y lo ejecutaron. Sin embargo, la cantidad de atrocidades ha ido en aumento década tras década. La fe cristiana ofreció otras soluciones. Las iglesias se reconciliaban con sus criminales degradando a algunos de ellos e imponiendo a otros un silencio penitencial. También en eso hubo un coste; sin embargo, disperso a lo largo de unos pocos siglos, parecía, sin duda, razonable.

—Para la institución. Nunca para las víctimas.

—¿Qué espera que le diga? —El doctor se encogió de hombros y extendió las manos en un gesto de resignación—. No hago milagros. No puedo reescribir su pasado. No puedo extenderle una receta para su futuro. Llegará un momento en que usted se sentirá íntimamente reconciliado con la vida.

Así que tomó una decisión: mantenerse dentro del sistema y usarlo como una fortaleza desde la cual libraría sus batallas privadas. Era una decisión sumamente peligrosa. Implicaba otra escisión en su maltrecha identidad. Ahora era al mismo tiempo víctima y vengador. Según todas las creencias que profesaba, la venganza en sí misma era un crimen. Era como arrogarse los derechos de la Divinidad. Sin embargo, se sentía obligado. Desde ese momento, todo lo que hiciera se convertiría en un cálculo y una maquinación. Su vida pública se basaba en una mentira privada. No podía dejarse ganar por la incertidumbre. La creencia por la cual vivía tenía que ser más fuerte que aquella a la cual estaba atado por su profesión pública. Por lo tanto, cegó con el máximo cuidado el manantial de la compasión y las pequeñas filtraciones de la duda. La confusión era un lujo que no podía permitirse. Tampoco la ilusión. Sólo podía guiarse por la clara luz de su propia razón. Si esa luz, en definitiva, terminaba siendo una oscuridad, que así fuese. Había habido un momento, cuando abierto de brazos y piernas sobre aquella rueda de carro esperaba cada uno de los latigazos, en que había rezado pidiendo la oscuridad como última bendición.

Se vistió a toda prisa, puso la comida que había traído en el cuenco de madera que estaba en el centro de la mesa, garabateó una nota en un sobre en el que había guardado el dinero para el cuidador, lo cerró y lo apoyó en el cuenco. Partió rápidamente, cerrando la puerta tras de sí, y luego, de un golpe, el viejo portón tachonado; subió al coche, y, como alma que lleva el diablo, en medio de un tránsito que se iba haciendo cada vez más enmarañado, enfiló hacia la ciudad. Encendió la radio del coche y escuchó atentamente a la espera de alguna noticia que pudiera revelarle si, en aquel asunto de Job y los que lo consolaban, había sido violada la seguridad. Como no oyó nada, se entregó a repasar mentalmente el significado de la parábola.

Job era el nombre en clave del Romano Pontífice, un hombre envejecido, enfermo y cascarrabias, pero todavía tajante y enérgico. Los que lo consolaban eran los miembros de la Curia, la corte más antigua de Europa. La mención a las cenizas bíblicas significaba que el Pontífice había sido alcanzado por la enfermedad que sus médicos le habían pronosticado: un ataque masivo que había tenido como consecuencia un grave daño cerebral. Ya había habido una serie de episodios isquémicos de menor trascendencia que, según los médicos, presagiaban un accidente más serio.

El hombre que le había telefoneado era el Cardenal Camarlengo, Chambelán de la Ciudad Estado del Vaticano, cuya responsabilidad era consultar a los médicos acerca del tratamiento que requeriría el enfermo, administrar la casa papal y, finalmente, cuando el Pontífice muriera, hacerse cargo del gobierno interino de la Iglesia hasta tanto se eligiera su sucesor. El Camarlengo era un hombre hábil, pero se enfrentaba con un complejo y desagradable dilema.

Un Pontífice enfermo era una cosa, un Pontífice con daño cerebral otra muy distinta. ¿Cómo deshacerse de él? Si es que la expresión "deshacerse de" no era demasiado arbitraria. Hacia finales de los noventa, se habían promulgado normas para lidiar con los problemas del envejecimiento de los altos prelados de la Iglesia que incluían, por cierto, al propio Pontífice. Si éste quedara incapacitado, la Secretaría de Estado, o una mayoría del Colegio de Cardenales podía declararlo inepto para desempeñar su cargo y, con toda la debida caridad, pasarlo a retiro. Hecho esto, el Camarlengo quedaría en libertad para declarar vacante la Sede de Pedro y convocar a los electores para elegir un sucesor.

Las normas eran menos claras en cuanto a qué hacer si el Pontífice retirado permanecía vivo en estado vegetativo. ¿Quién tomaría la decisión de si habrían de conectarlo o no a una máquina que mantuviera sus constantes vitales? O bien, si ya hubiera sido conectado, por error o por un mal diagnóstico, ¿quién lo desconectaría? Se suponía que el Pontífice habría expresado su propia voluntad en punto a la excesiva prolongación de su vida. Sin embargo, si no hubiera dejado instrucciones al respecto, ¿quién tomaría la decisión? Evidentemente no podía quedar sólo en manos del médico. En teoría, al menos, ya no pertenecía al círculo de sus parientes. Pertenecía a Dios y a la Iglesia de Dios. Los prelados que él había designado eran, por lo tanto, los árbitros de su destino.

De todos modos, ése sería sólo el comienzo. La Prensa mundial convertiría el dilema del Vaticano en un nuevo capítulo del difundido debate en torno a la eutanasia. Mientras regresaba a la ciudad, escuchando atentamente los boletines informativos de la radio, elaboró su propia interpretación de la situación. Si el Pontífice no había sido trasladado fuera de los límites del Vaticano, las cosas todavía estaban, en cierta medida, bajo control. Si, en cambio, había sido llevado a la clínica en la que solía atenderse, la clínica Gemelli, fuera del territorio soberano del Vaticano, la situación cambiaba radicalmente. Sería imposible mantener el secreto. Los boletines médicos deberían ser algo más que un simple reflejo de la verdad. Los medios sobornarían a la mitad del personal del hospital para que les facilitaran información sobre los hechos del día y los proveyeran de ficciones vendibles.

Si bien el Cardenal Camarlengo era un administrador experimentado, uno de sus predecesores había cometido un error mayúsculo: intentó ocultar los detalles de la muerte del Papa Juan Pablo I. Ese error había desencadenado un torrente de desinformación política y producido un *bestseller* mundial en el que se afirmaba que un Cardenal estadounidense, y un Obispo estadounidense residente en el Vaticano, junto con un criminal de la Mafia, Michele Sindona, habían conspirado para asesinar al Pontífice. El escandaloso relato todavía seguía teniendo vigencia. El libro todavía estaba en circulación. Si la situación actual fuera mal manejada, los nuevos rumores que surgirían crecerían más rápido que la legendaria habichuela. Ésta era otra de las ironías sobre las que reflexionaba en medio del jaleo de bocinas, gritos e insultos: el secreto creaba y perpetuaba los escándalos que por medio de él se procuraba evitar.

El viaje de regreso a casa le tomó una hora y tres cuartos. Para la hora en que llegó a su apartamento, estaba convencido de que la seguridad todavía seguía inviolada. Dejó el coche en el garaje, volvió a vestirse con su atuendo normal y telefoneó a su oficina para pedir que le enviaran una limusina. Cincuenta minutos más tarde, un guardia lo saludaba en la *Porta Angelica*, y guiaba el vehículo al lugar del estacionamiento reservado para los prelados de más alto rango. Luca Rossini, Cardenal Presbítero, Eminencia Gris de la Curia Romana, volvía al trabajo.

Se encaminó a toda prisa a los apartamentos papales; un entristecido secretario montaba guardia en el estudio del Pontífice, mientras el médico y el Camarlengo esperaban junto a su lecho. Pálido e inmóvil, conectado a un tubo de oxígeno y unos monitores portátiles, que hacía ya meses se habían convertido en parte del mobiliario del dormitorio papal, todavía tenía el porte de un viejo león dormitando sobre la hierba, imponente para cualquier intruso que se atreviera a perturbar su descanso. Cuando Luca Rossini entró en la habitación, el Camarlengo y el médico lo saludaron con inocultable alivio. Él se quedó por un momento con los ojos fijos en la figura tendida boca abajo de su señor. Luego preguntó bruscamente:

—¿Cómo está?

El médico se encogió de hombros.

—Como lo ve. Coma profundo. Le estamos administrando oxígeno. Es probable que haya daño cerebral masivo. No hay forma de estar seguros, por supuesto, a menos que lo internemos en el hospital para poder hacer una tomografía computada y un monitoreo de veinticuatro horas.

—¿El daño es reversible?

—Yo diría que no.

—¿De modo que, en el mejor de los casos, habría una incapacidad importante?

—Sí.

—¿Y en el peor, una existencia vegetativa?

—Si lo conectamos a un aparato para mantener las funciones vitales constantes, sí.

—Que es lo último que él quiere, o merece.

—Haría falta mi acuerdo —el médico vaciló un momento, y luego agregó un cuidadoso comentario—. Sería de mucha ayuda que Su Santidad hubiera dejado expresados claramente por escrito sus deseos.

—¿Alguna vez se los expresó a usted, doctor?

—En términos sumamente ambiguos.

—¿Cuáles?

—Debemos esperar, a ver qué tiene reservado Dios para mí.

—¿Nada más preciso?

—Nada.

Rossini se volvió hacia el Camarlengo.

—¿El Secretario tiene algo?

—No tiene conocimiento de que haya ningún documento que exprese los deseos del Pontífice con respecto a esta cuestión. No hay ningún codicilo referido a su voluntad.

La mirada de Luca Rossini pasó de uno a otro. Una sonrisa ligeramente sardónica asomó a la comisura de sus labios.

—Me pregunto qué esperaba: ¿una salida como la de Elías, en una carroza de fuego?

El Camarlengo frunció el entrecejo con desagrado.

—Te recuerdo, Luca, que Su Santidad todavía está vivo y entre nosotros. Tenemos que decidir qué es lo mejor para él y para la Iglesia.

—¿Ha pedido la opinión de algún especialista, doctor?

—Lo han visto Cattaldo y Ghedda.

—¿Qué opinan?

—Coinciden conmigo. El daño es irreversible. Desde un punto de vista médico, sería más simple tenerlo bajo atención médica hospitalaria. De todos modos, comprendemos...

El Camarlengo lo cortó bruscamente.

—Hay ciertas consecuencias, muy públicas. El Pontífice estaría fuera de los límites del Estado Vaticano. Aquellos que lo traten estarán, aunque el Pontífice no lo esté, bajo la jurisdicción de la República de Italia y sometidos a una vigilancia constante de los medios de todo el mundo.

—Si muere —Luca Rossini enumeró una serie de alternativas posibles— no tenemos ningún problema. Lo enterramos con pompa, elegimos un sucesor, y seguimos adelante. Si sobrevive, pero queda en un estado de extrema incapacidad, tenemos que pasarlo a retiro. Es algo que está previsto en recientes enmiendas a la Constitución Apostólica. Ahora bien, si sobrevive en un estado vegetativo, conectado a una máquina, ¿quién decidirá cuándo desahuciarlo y quién se hará cargo de hacerlo?

El Camarlengo lo desafió formalmente.

—Y bien, ¿cómo respondes a tus propias preguntas, Luca?

—No lo saquen de aquí. Déjenlo morir con dignidad en su propia casa. No intenten prolongarle la vida. No permitan que nadie lo haga bajo ningún pretexto. Yo declararé públicamente que éste fue el deseo que el Pontífice me expresó en varias ocasiones durante los dos últimos años. Usted, Baldassare, puede confirmar que hemos tenido una relación bastante especial. Difícil de definir a veces, pero sí, fue una relación muy especial.

El Camarlengo se quedó un momento en silencio. Luego asintió con la cabeza.

—Es razonable.

—Eminentemente razonable —dijo el médico, con inocultable alivio.

Luca Rossini se volvió bruscamente hacia él.

—Usted todavía tiene un deber que cumplir, doctor. Necesitamos ahora mismo un parte para que la Oficina de Prensa de la Santa

Sede lo haga público. Deberá tener un tono especial, un cierto énfasis. ¿Hasta dónde se proponen llegar, usted y sus colegas, en la exposición de su pronóstico?

—No estoy seguro de entender lo que eso significa, Eminencia.

—¿Qué palabras se proponen usar? ¿Un accidente cerebral masivo? ¿Sin esperanzas de recuperación? ¿Terminal? ¿Se espera un desenlace en cualquier momento? ¿Cuáles, doctor?

—¿Por qué son tan importantes las palabras?

—Usted sabe por qué —el tono de Luca Rossini fue brusco—. Mientras el Pontífice esté vivo y bajo el cuidado de los de su propia casa, la Prensa querrá saber qué tipo de cuidados se le están prestando y cuánto tiempo más se puede esperar que dure. Baldassare, aquí presente, y el Secretario de Estado, se comunicarán con la más alta jerarquía. La Oficina de Prensa tendrá que lidiar con los medios. No es asunto mío redactar las declaraciones. Me limito a indicar la importancia de los términos que se usen. ¿Soy claro?

—Como siempre, Luca. —El tono del Camarlengo fue seco.

—¿Y para usted, doctor?

—Estoy seguro de que podremos encontrar un texto apropiado.

—Bien. —Miró a uno y a otro, estudiando sus rostros. Su propio rostro se había convertido en una máscara de piedra—. Ahora, con el permiso de ustedes, querría estar a solas con él un momento.

El doctor y el Camarlengo se miraron. El doctor le dijo en voz baja:

—Como usted ve, está en coma profundo. No verá nada, no oirá nada. Ni siquiera sentirá el contacto de su mano.

—Quiero estar a solas con él. —Una fría cólera se había apoderado de Luca Rossini—. Tengo cosas personales que decirle, aunque no haya más que una posibilidad en un millón de que pueda oírme. ¿Eso puede hacerle algún daño?

—Por supuesto que no, Luca.

—Entonces déme su permiso, por favor.

El Camarlengo y el médico vacilaron un momento. Se cruzaron una mirada. El Camarlengo asintió con la cabeza. Los dos hombres se retiraron de la cámara papal, dejando solos a Luca Rossini y a su mudo señor.

En la recámara, mientras esperaban, el médico comentó:

—Ese hombre me perturba, Baldassare.

El Camarlengo hizo una mueca sardónica.

—¿Qué es lo que lo perturba, exactamente, amigo mío?

—Hay tanta cólera en él, tanta fría arrogancia. Es como si tuviera que dominar al mundo entero todo el tiempo, ¡y con látigos y escorpiones!

—La cólera la conozco. —El Camarlengo era un crítico puntilloso—. Lo he visto hacer frente a colegas que son sus superiores en presencia del mismísimo Pontífice. La arrogancia es otra cosa. La veo como una defensa. Es un hombre que ha sufrido mucho. Todavía no está completamente curado.

—Y ése es un peligro constante, ¿no es cierto? —El médico se refugió tras la máscara de la objetividad clínica—. La herida abierta, la crisis no resuelta del espíritu.

—¿Es eso lo que usted percibe en Luca Rossini?

—Sí.

—Debo decirle, amigo mío, que es un hombre soberbiamente competente en todo lo que hace. El Santo Padre lo emplea como emisario personal, y él, como usted sabe, es un jefe muy estricto y exigente.

—¿Y eso qué significa? El favorito de la corte siempre es tratado con indulgencia. ¿Qué sienten los colegas por él? ¿Usted, por ejemplo?

—Lo encuentro distante, pero siempre leal. Mira a los ojos y dice lo que piensa.

—¿Todo?

El Camarlengo estaba empezando a enfadarse.

—¿Cómo puedo responder eso? Usted lo oyó hace un momento. Dijo cosas que ni usted ni yo tuvimos el coraje de poner en palabras.

El médico se puso instantáneamente a la defensiva:

—Yo no tengo ninguna autoridad aquí, Eminencia. Soy médico, pero sólo puedo aconsejar, no prescribir, ni siquiera a mi distinguido paciente.

—Usted ya ha decidido el tratamiento. —El Camarlengo lo corrigió rápidamente—. Pero Luca Rossini no es su paciente. No debería arriesgar una opinión acerca de su situación médica ni emitir juicios acerca de lo que pudiera ver u oír desde un lugar privilegiado como el que usted ocupa.

El médico enrojeció de vergüenza e inclinó la cabeza.

—Merezco una reprimenda, Eminencia. Perdóneme.

—No hay nada que perdonar. En este momento, los dos estamos bajo presión. Luca Rossini está luchando con sus propios ángeles negros...

Estaba sentado junto a la cama, con una mano apoyada sobre la del Pontífice, que, inconsciente, tenía la piel fría, seca y rugosa como la de un reptil. Tenía tubos en los orificios nasales y unos electrodos lo conectaban a los monitores. Luca Rossini le hablaba al oído, con frases ásperas y entrecortadas, como si lo desafiara a salir de su silencio.

—¡Me oye! ¡Lo sé! ¡Esta vez tendrá que escucharme! Se equivocó conmigo. Creyó lo que le contaron: que yo era un héroe, el joven pastor abierto de brazos y piernas sobre una rueda de carro en una pequeña ciudad y azotado públicamente para aterrorizar a su gente y enseñarles que no había poder que no viniera de Dios, y que los militares eran la voz de Dios en la tierra… Usted ordenó que me trajeran aquí para avergonzar a los obispos cobardes de mi país. Me favoreció. Me hizo avanzar y ascender. Me convirtió en un hombre importante. No podía creer que yo fuese un hombre defectuoso, un cántaro resquebrajado y dañado… Acepté todo lo que me dio. Estaba tan lleno de culpas, tan avergonzado que pensé que estaba oyendo la voz de Dios… ¿Me está escuchando? Nunca había estado tan cerca como ahora de una confesión plena y abierta, ¡y usted ni siquiera puede alzar la mano para darme la absolución en la que no creo…! Pero al menos esta vez déjeme decirle que lo amé, no porque fuera mi patrón, sino porque me hizo pagar por cada responsabilidad que me asignó… Es por eso que no quiero que quede expuesto a la vergüenza. Preferiría matarlo con mis propias manos antes que verlo pudrirse como un trozo de fruta… Pero usted mismo puede hacerlo. Sólo tiene que soltarse y dejarse ir. ¡Por favor, por favor, hágalo!

Se inclinó y besó la frente del hombre enmudecido. Se apartó de la cama. Había lágrimas en sus mejillas. Las enjugó, y luego volvió a convertir sus facciones una vez más en una máscara hostil e imperiosa.

Esa noche, poco antes de las ocho, la *Sala Stampa*, la Oficina de Prensa oficial de la Santa Sede, emitió un comunicado:

"A las 14.30 horas de hoy Su Santidad sufrió una importante hemorragia cerebral cuyas consecuencias fueron parálisis y un estado de coma profundo. Una serie de episodios isquémicos menores durante las vacaciones de verano en Castelgandolfo habían alertado tanto al Pontífice como a sus consejeros médicos acerca de la posibilidad de un accidente masivo.

"El Pontífice y sus consejeros médicos habían discutido posibles intervenciones. Todas ellas comportaban alto riesgo. Su Santidad había renunciado categóricamente a lo que llamaba una prolongación oficiosa de su ya larga vida por medios quirúrgicos o por mantenimiento mecánico. Partiría, dijo, cuando Dios lo dispusiera, y preferiría partir desde su propia casa, antes que desde una cama de hospital.

"Es en respuesta a estos inequívocos deseos que los cuidados necesarios y el correspondiente monitoreo neurológico y vascular le están siendo administrados en los propios aposentos papales. El médico del Pontífice, doctor Angelo Mottola, es asistido por dos distinguidos colegas: el doctor Ernesto Cattaldo, neurólogo, y el doctor Pietro Ghedda, especialista en enfermedades cardiovasculares.

"Ninguno de los tres está en condiciones de predecir con certeza cuánto tiempo más puede sobrevivir el Pontífice. Sin embargo, coinciden en que el daño cerebral es masivo y el pronóstico es negativo.

"El Cardenal Camarlengo ruega a todos los fieles que recen para que Dios quiera llamar a su buen y leal servidor a su lado.

"Esta oficina emitirá diariamente nuevos comunicados a las 12.00 y 18.00 horas.

"El Servicio de Informaciones del Vaticano (SIV) dispone de material complementario en inglés, español y francés. El servicio de teletipo del SIV funcionará como de costumbre."

—Me pregunto quién cocinó esta sopa.

Stephanie Guillermin, de *Le Monde*, golpeteaba con una uña escarlata la pizarra de las últimas noticias y desafiaba a su público, una media docena de bebedores tardíos, en el bar del Club de la Prensa Extranjera, en Roma.

—¿A quién le importa? —Fritz Ulrich, de *Der Spiegel*, descalificó la pregunta con un gesto. Estaba por su tercer whisky y listo para una discusión—. El hombre se ha estado matando desde hace años. Finalmente le ha reventado una arteria. ¿Qué esperan que diga la *Sala Stampa* sobre el tema? Están ahorrando la elocuencia para su necrológica.

—Me estás dando la razón, Fritz. —No era fácil desairar a Stephanie Guillermin—. Este texto es completamente atípico. Le falta el toque personal de Ángel Novalis. Lo que pienso es que fue preparado en un conciliábulo y entregado a la Oficina de Prensa para su publicación.

—Pero ¿quiénes estaban en el conciliábulo, Steffi, y por qué intervendrían? —Frank Colson, del *Telegraph*, conocía a la dama lo suficiente como para tomarla en serio. Tenía todo el aspecto de una Georges Sand joven, y escribía en una prosa clásica y limpia, con un ligero toque de maldad. Vivía a lo grande con una acaudalada viuda de un banquero italiano, de manera que sus fuentes de información eran exóticas pero confiables. Su modo de interpretar a las personas y los acontecimientos era lo suficientemente sutil como para haberle granjeado el apodo de *la dechiffreuse*, la descifradora. Se sintió halagada por la deferencia de Colson. Sonrió, y se estiró para darle una palmada en la mejilla.

—¿El conciliábulo? Imagínatelo tú mismo, Frank. Tuvo que ser como mínimo un grupo de tres: el Camarlengo, el Secretario de Estado, el médico, y tal vez algún otro Cardenal de la Curia. Se me ocurre Jansen, o quizás ese misterio errante, Rossini. El documento debía salir a toda prisa y tenía que representar al menos un consenso simbólico de la Curia.

—Pero ¿por qué querrían ellos intervenir en la redacción de un simple documento?

—Porque no es en absoluto simple, Frank.

Ahora todos le prestaron atención. El trago de Fritz Ulrich quedó suspendido en el aire. Enzo, el camarero, dejó a un lado su servilleta y se inclinó sobre la barra para escuchar. Colson la indujo a romper su momentáneo silencio.

—Adelante, Steffi...

—¿Qué tenemos aquí? Media página de una prosa trivial y chata; no es para nada el estilo habitual de la *Sala Stampa*. Sin embargo, está muy cuidadosamente ideada.

—¿Con qué fin? —Fritz Ulrich volvió al ataque.

—Para responder ciertas preguntas incómodas antes de que gente como nosotros empiece a plantearlas. ¡Vean! Hablan de una hemorragia cerebral importante, un accidente masivo. ¿Por qué no lo llevaron de inmediato al hospital? Todos sabemos que el equipo de monitores de la Cámara Papal es más bien elemental. Y, desde luego, no tienen tomógrafo computado. De modo que, a pesar de esos tres respetables nombres que firman el comunicado médico, el viejo dispone apenas de un diagnóstico básico, un monitoreo elemental y cuidados caseros.

—¿De qué más dispondría en la Clínica Gemelli?

—Pregunta equivocada, Fritz. —Guillermin tenía la agilidad de un esgrimista—. ¿Alguna vez en tu vida leíste un documento del Vaticano que ofreciera una explicación de una acción cualquiera? Y mucho menos una excusa.

—¡Jamás, que yo recuerde! —Ulrich vació su vaso y lo deslizó a través de la barra para que se lo volvieran a llenar—. Entonces lo que dices es que...

—Fue astutamente elaborado para justificar una situación muy rara. Le atribuye a la víctima de un ataque órdenes y disposiciones que no pudo haber dado después del hecho, y que antes de él sólo parece haber planteado en términos sumamente generales.

—Todavía no te has explicado —dijo Fritz Ulrich.

—Quieren que muera. —La afirmación de Steffi Guillermin fue enfática—. Necesitan que muera tan rápida y silenciosamente como sea posible. Incluso le están rogando a la Iglesia entera que rece para que el acontecimiento tenga la bendición divina. ¿Por qué? Porque, si él no muere, tienen que vérselas con un Pontífice masivamente impedido a quien deben pasar a retiro formalmente y reemplazarlo para que la vida de la Iglesia pueda seguir su curso.

—Así que ¡lo matan! —susurró Frank Colson—. Lo matan mediante una conspiración de negligencia benigna.

—Ésa es una lectura. Los diarios seguramente titularán así... Sin embargo —la mano de Steffi Guillermin se alzó en un gesto de advertencia—, la alternativa está claramente establecida en el comunicado. Su Santidad está ejerciendo un derecho moral fundamental: renunciar a una prolongación de su vida mediante una intervención oficiosa y excesiva.

—Siempre que... —Fritz Ulrich la apuntó agitando un dedo admonitorio—. ¡Siempre que el texto que tenemos sea una interpretación auténtica de los deseos del Pontífice! Notarán que hay otro cambio con respecto a lo acostumbrado. No hay ninguna cita de una autoridad relevante: ni una carta, ni un testamento, ni siquiera una cita de su encíclica sobre la eutanasia.

—Fritz tiene razón —dijo Frank Colson—. Eso es algo que tenemos todo el derecho de preguntarle a la Oficina de Prensa.

—Diez dólares a que no aportarán una sola línea. —El desafío vino de la mujer de *UPI* que acababa de pescar la última parte de la conversación—. ¿Algún interesado?

Todos sonrieron y rechazaron la apuesta. La mujer de *UPI* aprovechó entonces para decir lo suyo.

—Si no nos dan una cita, entonces nos están dando libertad para especular, ¿o no? Tenemos historias contradictorias: un gabinete de prelados preocupados que prestan cuidados a su Pontífice enfermo mientras le llega un tranquilo final, o bien, según la versión de Frank Colson, que conspiran para matarlo mediante una negligencia benigna.

—Sea cual fuere —dijo Steffi Guillermin—, no es más que la primera parte de una gran historia.

—¿Y cuál es, si se puede saber, la segunda parte? —El tono de Fritz Ulrich seguía siendo provocativo. Steffi Guillermin, la descifradora, le dio una respuesta críptica.

—Empieza con mi primera pregunta, Fritz. ¿Quién está cocinando esta sopa?

—Y tú, por supuesto, tienes la respuesta.

—Todavía no; pero, como siempre, ¡la leerás primero en *Le Monde*! Luego puedes comprársela a nuestro Departamento de Distribución. Ahora, con el permiso de ustedes, debo irme a casa.

—Mis recuerdos a tu Lucetta. —Fritz Ulrich rió—. Ésa sí que es una mujer muy bonita.

—¡Y tú eres un cerdo, Fritz! —Después de que Steffi Guillermin hubo dejado atrás la puerta, él, desorientado, todavía buscaba una réplica.

La hostilidad fue más sorda en la reunión de medianoche de los Cardenales, citados por el Secretario de Estado. No se trató de un encuentro formal sino de una precipitada convocatoria a aquellos prelados curiales que residen en Roma y a quienes se podía localizar sin demora.

Todos ellos eran altos dignatarios, firmemente anclados a la roca de la autoridad de la colina vaticana. Si todos ellos estaban tan sólidamente anclados a la virtud, ya era una cuestión discutible; pero sin duda comprendían lo poderoso que era el protocolo, los delicados equilibrios entre interés e influencia, las formidables reservas de poder de que estaba investido el cargo de Pedro. Sabían cómo podía ser usado ese poder para honrar a un hombre, o para colgarlo, como a Haman, del más fino hilo de la definición. Al menos por el momento, el poder estaba representado por el Cardenal Secretario de Estado, quien no tardó en plantear el tema de la reunión.

—Comprendo que varios de ustedes no estén satisfechos con el comunicado acerca de la salud del Santo Padre que emitió esta noche la Oficina de Prensa. Conforme a la Constitución Apostólica del 28 de junio de 1988, la Oficina de Prensa depende de la Secretaría de Estado. Por lo tanto, debo hacerme plenamente responsable de sus acciones. El texto del comunicado fue elaborado en conjunto por el Cardenal Camarlengo, el médico papal y yo. Los miembros de la Oficina de Prensa no participaron en su redacción. Se limitaron a distribuirlo por los canales habituales.

—Entonces, con el mayor respeto, y en la intimidad que nos da el estar entre colegas, permítame dejar sentada una objeción. Es un documento apresurado y poco meditado que, en mi opinión, tendrá consecuencias seriamente negativas.

Quien habló fue el Cardenal Gottfried Gruber, Prefecto de la Congregación por la Doctrina de la Fe, cancerbero de la ortodoxia de la Iglesia. Un corto silencio siguió a su protesta; luego el Secretario de Estado respondió con estudiada compostura.

—El documento se preparó deprisa porque las circunstancias así lo requerían, para cubrir el inesperado acontecimiento de la enfermedad del Pontífice.

—Yo no lo llamaría precisamente inesperado, si pensamos en el estado de salud del Santo Padre en los últimos tiempos. Aceptaría que no estábamos preparados para el acontecimiento. Sostengo que podríamos haber sido advertidos.

—Fuimos advertidos, Gottfried, como lo fue el propio Santo Padre. Sin embargo, él tenía su postura acerca de la cuestión. No pudimos hacerlo cambiar.

—¿Alguien lo intentó seriamente...?

—Yo lo intenté. —Luca Rossini se veía frío y tranquilo—. Lo intenté muchas veces en conversaciones privadas. Se mantuvo en sus trece. Insistía en que se iría cuando Dios lo llamase. Quería morir en su propia cama.

—¿Nunca le sugirió que dejara algún documento en el que expresara sus deseos?

—Se lo sugerí varias veces; pero usted sabe mejor que yo, Gottfried, cuán difícil era hacerlo firmar algo hasta que no estaba plenamente convencido de hacerlo.

Un discreto susurro de complacencia recorrió la asamblea, y la tensión se aflojó un poco. Gruber, de mala gana, asintió con la cabeza, pero insistió con su queja.

—Sigo pensando que debería haber sido llevado directamente al hospital.

—¿Contra sus deseos manifiestos?

—Él no los manifestó. Nosotros lo hicimos.

—¿Está usted sugiriendo —el Secretario de Estado hablaba en un tono peligrosamente tranquilo— que nuestro colega Luca está mintiendo, o que nosotros hemos conspirado para inventar un documento?

—¡No, por supuesto que no! Pero, piénselo por un momento, acabamos de declarar públicamente que estamos rezando por su muerte.

—Creo recordar —dijo el Secretario de Estado— que la oración tradicional por el paciente gravemente enfermo ruega que Dios le conceda "un rápido restablecimiento o una muerte feliz". En el caso del Santo Padre, no hay ninguna esperanza de restablecimiento.

—Pero el único modo de determinar eso con certeza es bajo las condiciones clínicas más rigurosas.

—A las que, según su propio testimonio, ha renunciado por adelantado como oficiosas e inaceptables. Nosotros somos su única familia, Gottfried, ¿qué querría usted que hiciéramos?

—Creo que deberíamos dejar de lado los deseos del Santo Padre y ponerlo de inmediato bajo la atención clínica más completa.

—Háganlo, cómo no —dijo Luca Rossini, con indiferencia cargada de hastío—. Pero recuerden que sus facultades vitales están disminuidas. Así que, lo primero que harán en el hospital, para resguardarse, es ponerlo en una máquina para mantenerlo con vida mientras lo escanean. Después de eso, si el diagnóstico actual es correcto, se encontrarán ustedes ocupándose de un vegetal. ¿Es eso respetar la vida? ¿Es ése un imperativo moral? Si no lo es, entonces doy por sentado que Gottfried se hará cargo de accionar el interruptor y quitarle los tubos.

—Creo que ya es suficiente —dijo el Secretario de Estado—. Esto no es un consistorio formal. No tiene estatus canónico, de modo que no les voy a pedir que voten. Creo sinceramente que el Santo Padre debería ver cumplido su deseo. Permanecerá aquí, en su hogar...

—¿Entonces —Gruber planteó la pregunta crucial— cuánto tiempo le dará, antes de tomar la decisión de deponerlo como incapaz y declarar que la Sede está vacante?

—Tengo problemas con la palabra deponer. —Quien intervino esta vez fue el Prefecto de la Congregación de los Obispos—. Me parece que da por supuestos poderes que acaso no tengamos.

Baldassare Pontorno, el Cardenal Camarlengo, alzó la voz por primera vez.

—Ése es un problema con el que nos enfrentamos no sólo en esta reunión sino también fuera de ella. Dejemos de lado el drama del colapso del Santo Padre y preguntémonos qué haríamos si el carácter y las circunstancias de la enfermedad fuesen diferentes: si estuviera muriendo de una enfermedad prolongada o sufriendo de demencia. La Iglesia seguiría. Sus estructuras son sólidas, probadas a lo largo de siglos, y el Espíritu Santo habita en ella como lo prometió nuestro Señor Jesucristo. Por lo demás, admitamos que no estamos bien organizados para lidiar con uno de los principales fenómenos de nuestro tiempo: la longevidad y los problemas del envejecimiento, como la enfermedad de Alzheimer. En el caso de un Pontífice enfermo, puede no ser posible —no es posible— obtener su consentimiento explícito a renunciar. Tendríamos que depender de testimonios implícitos y circunstanciales de su voluntad de hacer lo mejor para la Iglesia. Así que obramos con la prudencia que emana de nuestras constantes oraciones. Esperamos y nos mantenemos vigilantes, y nos hacemos aconsejar por nuestros consejeros médicos, ¡y por cada uno de nosotros! A pesar de las dudas de algunos de nuestros colegas, no estamos sujetos a las opiniones de afuera. El Vaticano es un estado soberano. Detentamos nuestra responsabilidad por las almas bajo la autoridad de Dios... Deberíamos tratarnos con caridad.

Nunca antes Luca Rossini le había escuchado un discurso tan largo, y su fuerza y elocuencia lo sorprendieron. También despertó su desconfianza, porque sugería que podría no ser tan simple deponer a un Pontífice envejecido, aun cuando estuviera incapacitado. Y aunque la breve salva de aplausos que él inició le arrancó una sonrisa al Secretario de Estado y una renuente aprobación a Gruber, los gruñidos del viejo cancerbero no cesaron.

—Estoy de acuerdo con Baldassare, pero sólo bajo *caveat*. La Iglesia puede funcionar sin su Papa. Lo sabemos. Lo ha hecho en el pasado, y puede volver a hacerlo, pero no por demasiado tiempo, ¡no en esta época turbulenta! En cuanto a la opinión pública, no estamos sujetos a ella, pero tenemos el deber de formarla allí donde podamos y de hacerla concordar con las enseñanzas de nuestro Señor. Querría proponer que a partir de ahora todos los comunicados acerca de la salud y el tratamiento médico del Pontífice sean sometidos a una comisión especial de la Curia.

El Secretario de Estado se irguió en su silla. Sus nudillos, blancos, resaltaban sobre la negra sotana. Había un dejo de ira en su voz.

—¡No! No lo consentiré. Estamos lidiando con hechos, y no con opiniones de teología moral. Mi autoridad está claramente definida en la Constitución Apostólica de 1988. No estoy dispuesto, no puedo, ni a delegarla ni a abrogarla.

—Como Su Eminencia disponga. —Gruber hizo una formal reverencia y se sentó.

—La reunión ha terminado —dijo el Secretario de Estado—. Gracias a todos por venir.

El Secretario de Estado le hizo señas a Luca Rossini para que se acercara. Tenía un pedido que hacerle y una comisión que encargarle.

—Dijiste palabras acertadas esta noche, Luca. Ahora, si me permites la sugerencia, deberías dar un paso atrás y mantenerte en silencio: no más discusiones, no más comentarios. ¿Entiendes por qué?

—Perfectamente. Hay temas y opiniones que nos retrotraerían a Constancio en 1415: Papistas y Conciliares en guerra los unos contra los otros. Es un embrollo muy añejo; pero parte de él todavía está a nuestras puertas.

El Secretario de Estado hizo una mueca sardónica. Tras hurgar en el bolsillo superior de su sotana, extrajo un sobre lacrado y se lo extendió a Rossini.

—Me gustaría que leyeras esto cuando puedas y me envíes una minuta con tu opinión.

—¿Qué es?

—El Embajador argentino ante la Santa Sede está a punto de retirarse. Como sabes, se mueven muchas influencias en torno de ese cargo. El gobierno no querría postergar el nombramiento. Ése es el informe sobre su candidato. Quieren asegurarse lo más pronto posible de que estamos satisfechos con él.

—¿Y qué tiene eso que ver conmigo?

—La Argentina es tu patria. Tú tienes conocimientos muy especiales sobre su pueblo y su historia. En lo personal, tu comentario es importante para mí.

—¡Por favor! ¡No me involucres en esto! Argentina, por supuesto, es mi patria; y yo tengo conocimientos muy especiales, pero mis juicios al respecto no son nada imparciales, tú lo sabes. Puedes conseguir veinte opiniones mejores que la mía en tu propia oficina. Te ruego que me dispenses.

—Y yo, Luca, te ruego que aceptes lo que, después de todo, es una tarea muy simple. Esto no corre prisa. No haremos nada hasta que nuestra situación con Su Santidad no esté resuelta. Deja el sobre en tu escritorio y espera hasta que estés de humor para abrirlo. Ahora vámonos a dormir. ¡El de hoy ha sido un día atroz para todos nosotros!

Depositó el sobre en las manos de Rossini, le juntó las palmas para que no pudiera soltarlo, y, luego de un seco buenas noches, se marchó del lugar.

Rossini lo siguió con la mirada durante un largo, cataléptico momento; luego él también se apresuró a abandonar la sala de conferencias. Su día estaba terminando como había empezado: con una huida despavorida a través de un páramo poblado por los plañideros fantasmas del ayer.

Capítulo Dos

Era más de medianoche cuando Luca Rossini llegó de regreso a su apartamento en la *Via del Governo Vecchio*, una calle estrecha a lo largo de la cual se alineaban añejos palacios construidos en el siglo xv, pero convertidos hacía ya mucho tiempo en apartamentos del siglo xx. Alguna vez había sido llamada Camino Papal, porque conducía directamente desde la Basílica Laterana a San Pedro, cruzando el Tíber. Ahora los pisos bajos estaban ocupados por talleres y pequeños comercios, y los apartamentos estaban habitados por una población de edad mediana perteneciente a la burguesía romana, que maldecía la contaminación de la ciudad pero no tenía suficientes recursos para mudarse de allí.

El apartamento de Rossini ocupaba el cuarto piso, al cual se podía llegar trepando por una escalera de piedra o bien subiendo en un antiguo ascensor. Una pareja española que le había sido recomendada por un embajador saliente, ella ama de llaves y cocinera, él valet y factótum, se ocupaba de las tareas domésticas. Tenían sus propias habitaciones. Eran gente sobria, silenciosa, instruida en los modales castellanos del servicio diplomático, y protectores de un amo taciturno cuyas idas y venidas eran tan misteriosas como su pasado. Sabían que era una *Eminencia* en el Vaticano. Sabían que hablaba el español de la Argentina, adonde su padre y su madre habían emigrado desde Nápoles después de la Segunda Guerra Mundial. Sabían que recibía a gente exótica de ambos sexos: chinos, indios, etíopes, ucranianos, indonesios, africanos.

En cuestiones domésticas, Rossini no era un hombre muy exigente. Les hablaba sin alzar la voz y siempre con respeto. Su única exigencia era que observaran lo que él llamaba "la intimidad de la casa". No debían comentar fuera lo que veían u oían mientras hacían su trabajo. No debían cotillear acerca de sus invitados. Roma estaba plagada de grupos terroristas, provenientes de más de un país, que eran una amenaza permanente. De su discreción podía depender la vida de muchos, incluida la de él. ¿Entendían eso? Lo entendían. Gozaban de su confianza, y él, por su parte, les ofrecía una vida confortable dentro de los recursos que le procuraba su cargo.

Cuando llegó a su casa, cansado como un perro, ya dormían, pero junto al sillón del salón encontró servida una cena liviana: un termo de café, una licorera con brandy, y bocadillos en una bandeja de plata. Antes de comer, fue al dormitorio y se puso un pijama y una bata. Todavía tenía en el bolsillo la carta que le había dado el Secretario de Estado. No se tomó el trabajo de leerla pero la llevó consigo al salón y la guardó bajo llave en un cajón de su escritorio. Ya sabía lo que decía, y aquello era la causa del desasosiego que lo había asaltado desde el alba. Encendió el ordenador, abrió la casilla del correo electrónico y fue directo a la carta que esa mañana había recibido de Isabel. Luego se sirvió café y brandy, y se sentó a releer una vez más el texto.

Las cartas de Isabel no eran frecuentes y llegaban a intervalos irregulares, por lo general desde Nueva York: su esposo ocupaba un cargo jerárquico en las Naciones Unidas, y ella era Directora de Estudios del Instituto Hispano Americano. Por muy infrecuentes que fueran, en ellas siempre estaban presentes el fuego y la pasión, y siempre concluían con una sorpresa y una sonrisa.

"Mi queridísimo Luca:
"A pesar de los años, te echo de menos. En un plano, mi vida es tranquila, ordenada, gratificante, como parece ser la tuya. Sin embargo, enterrado en las profundidades, hay un río de lava hirviente que fluye y busca sin descanso, en la gruesa corteza de la existencia cotidiana, una grieta o fisura que le permita irrumpir otra vez en mi vida e inundarla.

"Hoy una de esas grietas hizo su aparición. Mi esposo, Raúl, me dijo que ha sido propuesto para el cargo de embajador ante la Santa Sede. Es un puesto que preanuncia el retiro, como tú sabes, una recompensa por prestar sus servicios con discreción en épocas turbulentas, antes y después de nuestra desastrosa guerra con los ingleses en las Malvinas.

"Para Raúl representa mucho más, algo así como una absolución pública definitiva por cosas hechas y no hechas en su vida de vacilante arribista. Yo no estoy dispuesta a hacer nada que pueda privarlo de esta pequeña y estéril victoria. Ha sido un buen padre para Luisa, y a mí nunca intentó coartarme la libertad que yo necesitaba para sobrevivir a la aridez de nuestro matrimonio.

"Por lo tanto, casi no pude oponerme —aunque traté de aconsejarle que no lo hiciera— cuando insistió en incluir en su *dossier* un relato de lo que hizo para sacarte del país cuando los militares te pusieron en la lista de los que querían que 'desaparecieran' a causa de todo lo que podías atestiguar contra ellos. Tú y yo sabemos cómo ocurrieron las cosas en realidad, pero cada uno de nosotros, a su modo, accedió a revisar la historia, al menos lo suficiente como para que nuestras vidas nos resultaran tolerables.

"Lo que Raúl espera, creo, es que yo intervenga de alguna manera para apoyarlo. La verdad que yo le conté es apenas una verdad a medias: le dije que has estado fuera de mi vida desde que te marchaste de la casa de mi padre y que bajo ninguna circunstancia podía pedirte favores o recomendaciones.

"Sin embargo, eso es exactamente lo que estoy haciendo ahora, mi queridísimo Luca. Lo hago por mí, y no por él. Si Raúl es destinado a Roma, Luisa y yo iremos con él. Quiero, necesito desesperadamente verte otra vez, y tú, en tus cartas, confiesas sentir la misma necesidad.

"El amor es como la pena. Uno tiene que dedicarle todas sus energías. Nosotros nunca tuvimos la oportunidad. Me gusta la idea de que podamos tenerla antes de que los fuegos ocultos se extingan y nos llegue la edad de hielo de la indiferencia. Así que, si puedes, escribe o di la palabra que nos lleve a Roma, oficialmente y sin escándalo.

"No puedo menos que sonreír al pensar en la hermosa comedia romántica en que nos veríamos si yo, como la *Señora Embajadora*, pudiera agasajar a su Eminencia en nuestra embajada. Lo que suscita otra pregunta: ¿cómo, y dónde, me agasajaría su Eminencia?

"Todo mi amor, siempre
Isabel."

Las letras de la pantalla empezaron a bailotear ante sus ojos. Las borró. Luego, como hombre metódico que era, se puso a escribir la respuesta.

"Isabel, mi queridísima:
"Mi respuesta es sí. Escribiré y diré las palabras que correspondan en el momento que corresponda. Debo decirte, no obstante, que nada sucederá rápidamente. El Pontífice está muy enfermo, y es probable que muera pronto. Hasta que su sucesor sea elegido, no se hará ningún nombramiento. De modo que, inevitablemente, la comedia que esperas montar con la Eminencia y la Dama como protagonistas tendrá que posponerse.

"¡Cuánta razón tienes cuando dices que al amor y a la pena es necesario dedicarles todas las energías! Tú pareces haber tenido más éxito que yo. Yo pensé que podía lograrlo convirtiéndome en un atleta que maniobra su tabla de surf sobre el torrente de adrenalina de los juegos de poder. He llegado a ser muy bueno en eso, como sabes, pero la disciplina es rígida, la dieta es espartana, y, por las noches, nadie comparte mi cama.

"Hay otro coste, además, que se hace más gravoso cada día. Ya no puedo decir que soy un creyente. Qué ironía, ¿no? Soy uno de los hombres clave de la Iglesia. Soy una figura poderosa en un culto antiguo, cuyos rituales practico, pero cuya creencia ya no acepto. La gente común se arrodilla para besar mi mano. Para ellos, todavía irradio una cierta magia. Para mí, ya no hay magia alguna. El altar interior está oscuro y vacío.

"Por muy extraño que parezca, hay una especie de liberación en ello. Nadie puede sobornarme o atemorizarme. Aun así, las vívidas imágenes de mis pesadillas, que todavía me toman desprevenido, me hacen sentir inerme como un niño. Uso tu nombre como un conjuro para desembarazarme de ellas. Tal vez cuando vengas, me ayudarás a purgarlas para siempre. Me preguntas cuándo y cómo te agasajaré. Tengo el lugar apropiado. Es pequeño, íntimo, y cada centímetro de tierra, cada planta y cada fruta son míos. Para mí, ha sido como la sagrada isla de Cos, un lugar curativo. Me sentiré feliz y agradecido de recibirte en su paz.

"Es tarde, el Papa se está muriendo. Tuve un largo día. Habrá otros más largos todavía.
"Buenas noches, querida, mi muy querida.

Luca."

Dejó pasar un largo momento antes de decidirse a transmitir el mensaje. Sabía que ésta era la confesión más descarnada que jamás había hecho, y que si alguna vez se hacía pública equivaldría a una catástrofe. Sin embargo, la necesidad de ponerla en palabras era irresistible. De modo que, ganado por la embriaguez y la temeridad que le infundían las toxinas de la fatiga y la tensión, tecleó el código de transmisión y le dio vía libre.

En el dormitorio papal, el Pontífice yacía todavía pálido e inmóvil. En la nariz tenía tubos que le enviaban oxígeno y en el brazo suero intravenoso. Tenía los ojos en blanco, inexpresivos. Dos hermanas de caridad acababan de tomar la guardia nocturna, y el doctor Mottola les estaba dando las últimas instrucciones:

"... ustedes ya tienen experiencia, de modo que no necesitan que les enseñe cómo actuar. En este momento parece estabilizado, aunque, en realidad, está empeorando. Como ven, lo único que hacemos es administrarle oxígeno e hidratarlo con el suero. No espero ningún cambio importante antes de la mañana. Por supuesto, habrá una acumulación continua de mucosidad en los pulmones porque no puede eliminarla tosiendo. También habrá un exceso de dióxido de carbono que le producirá una típica apnea y la respiración que llamamos de Cheyne-Stoke. Si eso ocurre, llámenme. Estaré aquí en diez minutos. Tranquilas... No verán nada que no hayan visto antes. La muerte no da tregua, ni siquiera a un Papa".

La mayor de las monjas preguntó:

—¿Qué pasa si hay un derrame?

El médico le dedicó una rápida mirada aprobatoria.

—Usted sí que conoce su trabajo, hermana. Si sobreviene un derrame, no tardará en entrar en estado visiblemente terminal porque la presión de la hemorragia en el cráneo comprimirá el cerebro y desalojará el tejido cerebral de la cavidad craneana. No obstante, no hay indicios significativos de que haya un riesgo inminente de derrame.

Mi expectativa es que van a pasar una noche tranquila. Limítense a venir a verlo cada media hora más o menos, y no dejen de registrar su informe cada vez. No ayudará mucho al paciente, ¡pero dejará a salvo nuestra reputación profesional! Recen por él, y por mí.

—Lo haremos, doctor. Buenas noches.

Cuando se hubo retirado, las dos mujeres se instalaron en la antecámara, desde la cual podían ver claramente al paciente. Tal como había observado Mottola, eran enfermeras responsables y experimentadas, y habían atendido muchas veces a muchos pacientes moribundos. Aun así, eran religiosas, y este acontecimiento que teñiría el resto de sus vidas tenía algo de sobrenatural. El hombre que iba muriendo poco a poco ante sus ojos estaba investido de una imponente serie de títulos: Obispo de Roma, Vicario de Jesucristo, Sucesor del Príncipe de los Apóstoles, Supremo Pontífice de la Iglesia Universal, Patriarca de Occidente, Primado de Italia, Arzobispo y Metropolitano de la Provincia Romana, Soberano de la Ciudad Estado del Vaticano.

Los títulos estaban abultados por siglos de mitología, refundidos con historias imperiales, fortalecidos por tradicionales legalizaciones romanas, santificados por perdurables recuerdos de martirios, respaldados por enormes edificios sobre cuyos dinteles había sido grabada en piedra la leyenda: *"Tu es Petrus...* Tú eres la roca sobre la que se construirá el Reino de Dios..." Todo lo cual quedaba reducido a una simple, funesta ironía: un anciano que agonizaba en un pequeño dormitorio, asistido por dos mujeres que susurraban quedamente en la antecámara.

Tras un discreto llamado a la puerta, Claudio Stagni, valet del Pontífice, entró con una bandeja en la que les traía café y una cena liviana. Era un hombre bajo, rubicundo y jovial, el único, según la leyenda de la corte, capaz de hacer reír al Pontífice, de rescatarlo de sus rabietas y disipar su mal humor. En el pequeño círculo familiar lo llamaban Fígaro, porque, mientras trotaba de una tarea a otra, se parodiaba a sí mismo entonando la melodía de Rossini: *"¡Figaro qua, Figaro là, Figaro su, Figaro giù!"*. Cuando las mujeres le agradecieron la atención y se disculparon por tenerlo levantado hasta tan tarde, se encogió de hombros y sonrió.

—En este trabajo, hay que ser una criatura nocturna. Su Santidad trabaja a menudo hasta la madrugada. Necesita café y bocadillos y de vez en cuando un poco de conversación. Le gusta poner a prueba sus ideas conmigo porque dice que ni siquiera un papa puede ser un héroe para su valet, pero que, si puede lograr que yo lo comprenda, tiene una probabilidad razonable de hacerse entender por el resto de la Iglesia.

La monja más joven le preguntó:

_¿Cómo es realmente en su intimidad?

Claudio hizo un elocuente gesto de desaprobación.

—¿Cómo es? ¡Hmm! ¿Cómo se convierte una epopeya en un soneto? Ha sido un gran hombre en su tiempo, ¡y lo ha sido por un largo tiempo además! Algunos dirían que demasiado. Pero, para apreciarlo, no puede usted guiarse por lo que ve ahí, en la cama.

—¿Diría usted que fue un santo? —Esta vez fue la mayor de las monjas la que preguntó.

—¿Un santo? —El valet consideró la pregunta con un aire elaboradamente teatral—. Mi querida Hermana, no estoy seguro de saber lo que es un santo. En muchas cosas, él es tan humano como usted y como yo. Tiene un temperamento vivo, que no se ha dulcificado estos últimos años. No le gusta que la gente lo contradiga, pero admira al que está dispuesto a enfrentarlo en una pelea a muerte. Le gusta el cotilleo, y por esa razón le gusta que yo lo ande rondando; pero está demasiado predispuesto a escuchar a quienes lo hacen sentir bien, porque está muy solo aquí en las alturas, como ustedes mismas han podido comprobar. Cualquier error que cometa está destinado a ser un gran error, con enormes consecuencias. A pesar de todo eso, es un hombre generoso. Frente a un conflicto cualquiera, escucha a todas las partes, siempre, por supuesto, que la Curia le permita oírlas, lo que no siempre ocurre. ¿Es un santo? Yo diría que uno tiene que tener algo de santo para sobrellevar una vida como la que él ha vivido. Recorre el mundo a toda prisa como un tenor en gira, repartiendo sonrisas y bendiciones con las que la gente se regodea, y leyendo discursos escritos por las jerarquías locales que hacen bostezar a la gente. También reza mucho. Solía decir que no podría haber sobrevivido si Dios no lo hubiese apoyado. Y Dios es muy real para él... —Se interrumpió, y les dedicó a las mujeres una sonrisa conspirativa.

—Les diré algo, hermanas. ¿Por qué no terminan su café mientras yo le doy las buenas noches? Me gustaría hacerlo. Y creo que debería aprovechar para ordenar su armario y separar una muda de ropa de dormir por si ustedes quieren refrescarlo antes de la mañana. Además, eso me hará sentir útil. No es mucho más lo que puedo hacer por él.

Dicho lo cual, se retiró. Cuando desapareció tras la puerta del dormitorio en dirección al placard del Pontífice, lo perdieron de vista. Pero un momento después alcanzaron a ver cómo hacía un lío con algunas prendas sucias y ponía una pequeña pila de ropas de dormir limpias al pie de la cama. Luego hizo algo curioso y emotivo. Tomó dos pañuelos blancos de la pila de ropa limpia y tocó con ellos la frente del enmudecido Pontífice. Después los llevó hasta donde estaban las monjas, y, con una sonrisa compungida, le dio uno a cada una.

—Tengan. Todos sabemos que nunca más va a volver a necesitarlos. Estoy seguro de que le gustaría darles las gracias por lo que están haciendo por él. Si algún día lo hacen santo, éstas serán reliquias importantes, ¿no es cierto? Y no se sientan mal por aceptarlas. Soy su valet. Yo mismo se los compré. No supondrán que un papa anda por la Via Condotti comprando batista fina, ¿no?

Las dos mujeres estaban profundamente conmovidas. Todavía murmuraban su agradecimiento cuando él les dio las buenas noches y salió silenciosamente de la habitación con el lío de ropa sucia en las manos. No sabían —no podían saberlo— que Claudio Stagni acababa de procurarse una pensión de por vida: tres delgados tomos del diario más privado del Pontífice, que éste tenía por costumbre escribir al cabo de cada día y mantenía guardados en un cajón, en su vestidor.

Nadie sabía de su existencia, a excepción de su fiel valet, confidente y bufón de la corte, quien a menudo había sido el único público a quien llegaban los ríspidos comentarios de un hombre cansado a medida que los consignaba sobre el papel. Cuando muriera, estos escritos pasarían a quedar de inmediato bajo la custodia del Cardenal Camarlengo, quien bien podría decidir enterrarlos por uno o dos siglos en el Archivo Secreto. Mejor, mucho mejor, que Fígaro, el feliz ironista, el sufrido asistente personal, se los ofreciese al mundo, les agregara el contexto y procedencia, y, a su debido tiempo, escribiese su propia biografía del Pontífice. Ya había suculentas ofertas de contratos de varios medios para cualquier material que él decidiera aportar acerca de su vida como asistente personal del Papa, pero, con estos textos en su poder, Fígaro estaba seguro de poder duplicarlas y reduplicarlas, y duplicarlas una vez más, y vivir rico y feliz para siempre.

La pesadilla del Cardenal Luca Rossini era siempre igual. Era como si un rollo de un viejo filme mudo se hubiera deslizado en su cráneo y comenzara a proyectarse en las horas más frías y más oscuras de la madrugada. La acción se iniciaba, cada vez, en el mismo escenario: una minúscula ciudad de la precordillera andina, al noroeste de San Miguel de Tucumán.

Había una iglesia, con la casa de los curas, y frente a ella una pequeña plaza con un mercado enmarcado por columnatas: allí se intercambiaban granos, ganado, piezas de alfarería y tejidos, por mercancías importadas de Buenos Aires. La población local era un típico cóctel argentino de mediados de los setenta: criollos, inmigrantes legales e ilegales de Chile y Uruguay, mestizos, y lo que quedaba de las tribus incaicas locales, fragmentadas por las políticas de la antigua España imperial.

Los carros de los que allí comerciaban, vehículos grandes y pesados, se alineaban en torno de la plaza, de modo que los que vivían encima de las columnatas tenían una perspectiva como la de quien está en un teatro, y podían ver los pequeños dramas que se representaban en el empedrado de allí abajo. Éste era también el punto de vista desde el que Rossini asistía al filme que se proyectaba en su cabeza. Se veía a sí mismo personificándose en una pantalla muda.

La acción comenzaba con un camión militar que entraba en la plaza. Al verlo, los lugareños se quedaban paralizados. Un grupo de soldados saltó del camión y se formó en una línea, de cara a la entrada de la iglesia. Los comandaba un sargento, un sujeto corpulento que parecía el forzudo de un circo. Bajó de la cabina del camión y se quedó un largo rato inspeccionando la escena, como un gigante ominoso, golpeando rítmicamente sus pantalones de montar con una fusta.

Luego comenzó un lento recorrido por la plaza mientras el pequeño grupo de hombres, mujeres y niños se apiñaban, enmudecidos, en torno de los carros. Cuando hubo completado el circuito, hizo una seña con la fusta a las tropas, que aguardaban en formación.

Cuatro hombres se adelantaron, dos en cada extremo de la plaza, y comenzaron a desplazarse entre los puesteros, exigiéndoles, siempre con muda ostentación, sus documentos de identidad. Si se demoraban un poco o vacilaban, las mercancías eran aplastadas o arrojadas al suelo y pisoteadas. Si alguno protestaba, era inmediatamente derribado de un puñetazo o un culatazo. A los niños se los cacheteaba o se los apartaba a puntapiés.

En medio de esta intimidación sistemática, Luca Rossini salía de la iglesia a la carrera y se dirigía hacia ellos. Vestía camisa, pantalones y sandalias. El único símbolo de su condición sacerdotal era un pequeño crucifijo de plata que pendía de su cuello. Aun como testigo del sueño, le impresionaba ver cuán joven era. Lo aterrador era que no podía oír las palabras que gritaba, ni dominar sus fieros ademanes de protesta.

Advertía, sin embargo, que sus silenciosos gritos provocaban algún efecto. Los soldados se paraban en seco y miraban al sargento, esperando órdenes. El sargento alzó su mano para marcar una pausa, y luego caminó lentamente hacia Rossini, que todavía protestaba con ademanes y movía los labios sin que se lo oyera. El sargento sonrió con benevolencia y le cruzó la cara dos veces con la fusta. Hizo una nueva seña a las tropas y Rossini fue rodeado por una avalancha de hombres armados.

Le rasgaron la parte de atrás de la camisa y le bajaron los pantalones hasta los tobillos de modo que su espalda y sus nalgas quedaron al desnudo. Lo hicieron abrirse de brazos y piernas contra la enorme rueda de madera de uno de los carros y le ataron las muñecas y los tobillos a la llanta y los rayos. Ahora no podía ver nada, excepto algunos adoquines entre los rayos, y unos montones de grano desperdigado y la cara asustada de un niño escondido bajo el carro.

Luego, midiendo y saboreando cada golpe, el sargento comenzó a azotarlo con la fusta. Al principio, trató de aguantar en silencio, mordiéndose los labios, pero finalmente aquellos azotes le arrancaron los primeros gritos sordos, y los gritos se convirtieron en gemidos y gruñidos a medida que los golpes seguían castigando su espalda y sus nalgas. En la plaza, la multitud permanecía en silencio. Los que miraban desde las ventanas estaban mudos de miedo y horror. A un cuarto de siglo de distancia, en otra dimensión del tiempo y el espacio, Luca, Cardenal Rossini observaba la despiadada degradación del joven que había sido. Finalmente la paliza terminó. El sargento enjugó la sangre y los restos de piel de su fusta, y luego dio un paso atrás, para apreciar su faena. Aprobó con un movimiento de cabeza, sonrió, y se volvió para dirigirse a las tropas. Esta vez las palabras fueron audibles. Fueron dichas en *lunfardo*, el argot de los bajos fondos de Buenos Aires, que Rossini había aprendido en su infancia.

—¡Ahí tienen! Lo ablandé para ustedes. Está mojadito y caliente. ¿Quién quiere cojerse un cura?

La pantalla fundió a negro y Luca, Cardenal Rossini, emergió dificultosamente de la pesadilla para enfrentarse a un gris amanecer romano.

Esa mañana, en Ciudad del Vaticano, había otros que se habían levantado temprano. Los miembros del equipo de la *Sala Stampa* habían estado levantados toda la noche, monitoreando los medios de Europa, las Américas y el sudeste asiático. Su director, Monseñor Domingo Ángel Novalis, estaba en su escritorio a las cinco, resumiendo la información para el Secretario de Estado.

Ángel Novalis era un aragonés educado en Madrid, que en su temprana juventud, y con dinero de su familia, se había lanzado a una exitosa carrera como financista internacional. Se había casado bien. Su esposa, una mujer piadosa, lo había alentado a unirse a la rama laica del Opus Dei. Cuando su esposa y su pequeño hijo murieron, fue acompañado en su dolor por la hermandad de la congregación. Su austeridad, y la vida comunitaria elitista y unida que llevaban, se ajustaban a sus necesidades. Su filosofía de círculo cerrado acallaba todas las dudas, y el antiguo grito de guerra de los cruzados los había templado para la batalla: "*¡ut Deus vult!*" ¡Como Dios lo quiere! Al cabo de un año, se postuló, y fue aceptado, como candidato al sacerdocio.

Habría descollado en cualquier profesión. En ésta, con un matrimonio y una carrera próspera detrás y una batalla personal ganada, era una joya. Terminó sus estudios en Roma y fue ordenado allí. Fue encomendado al servicio del Pontífice. Su historia y su manifiesto talento como comunicador hicieron que pronto fuera designado en la *Sala Stampa*, donde cierta fría ironía acerca del mundo y sus cosas le ganaron, si no afecto, al menos respeto. Su nota al Secretario de Estado estaba teñida por la misma ironía:

"...Hasta el momento, no nos ha ido tan mal con los medios. Hemos tomado desprevenidos a la mayoría de los editores gracias a lo oportuno de nuestro primer comunicado. Tenían pocas posibilidades de reunir material de opinión o de plantear una línea editorial clara. Sin embargo, podemos tener la certeza de que en los próximos días habrá de aparecer material de ese tipo. Los primeros indicadores son los siguientes:

Daily Telegraph de Londres: "El colapso del Pontífice no fue un acontecimiento inesperado. Lo inesperado fue la decisión de tratarlo en su apartamento del Vaticano, en lugar de la Clínica Gemelli, que es donde suele internarse cuando necesita un tratamiento. Una explicación que circula en Roma —aunque aún no ha sido confirmada por ninguna fuente vaticana— indica que el Pontífice ha sufrido un daño cerebral tan grave que no es posible, ni deseable, practicarle intervención alguna. Sin embargo, en su actual condición, cada acto médico —la administración de oxígeno, la hidratación por suero intravenoso— equivale a una intervención mayor".

Le Monde, de París: "El mensaje que encierra el comunicado es suficientemente claro. Su Santidad había expresado con anterioridad su deseo de que no se prolongara oficiosamente su vida. Alguien en el Vaticano está claramente dispuesto a dar testimonio de ello. Lo que no está claro es si, en el mismo contexto, el Pontífice expresó inequívocamente su deseo de ser relevado de su cargo en caso de que ya no estuviese capacitado para servir a la Iglesia. Si no lo hizo, se suscitan otras preguntas: ¿Se puede dar por supuesto su deseo? Si se pone en discusión la presunción, ¿quién decide la cuestión? ¿Y cómo, y en qué forma será removido para abrir el camino a un sucesor...?"

New York Times: "...Los médicos y los funcionarios de la Curia vaticana están caminando por la cuerda floja, enfrentados a un tema que, aunque afecta al común de los fieles, ellos tienden a desestimar con una incisiva proposición teológica. Se dice que el Papa ha rechazado por adelantado cualquier prolongación de su ya larga vida. Hasta ahora, no se ha aportado ninguna prueba documental. El Papa ya no puede expresarse de ninguna manera. Por supuesto, no puede ejercer su cargo. ¿Quién decide por él? ¿Sus médicos o una comisión de la Curia? ¿Y cómo juzgarán? ¿Con un criterio teológico rigorista o con un criterio liberal? Ambos están vigentes en la Iglesia de hoy. El Pontífice era, sin duda, rigorista. Forzó los límites de la infalibilidad tanto como pudo, aunque no tanto como para provocar un cisma. De modo que ahora, *¿quis custodiet ipsos custodes?* ¿Quién custodiará a los custodios de las puertas, y cómo juzgarán los fieles sus acciones…?"

"Con el mayor respeto, Eminencia, sugiero que desde ahora en adelante, volvamos al sistema de comunicación habitual. La *Sala Stampa* redacta los comunicados, los somete a usted para su aprobación, y los da a publicidad a través de sus canales normales. Caminamos por un campo minado, ¡y todavía tenemos que enfrentarnos a la prensa sensacionalista y a los bustos parlantes de la televisión!

"Ruego a su Eminencia que me dé instrucciones cuanto antes. Me gustaría redactar personalmente el próximo comunicado, apenas los médicos hayan entregado su informe matinal.

D. Ángel Novalis".

A las seis y media de la mañana, el doctor Mottola y sus dos colegas especialistas examinaron al paciente. Pidieron que se los dejara a solas con él. Las hermanas enfermeras habían ido a tomar café, en tanto que el Secretario de Estado y un grupo de prelados de alta jerarquía junto con el secretario papal y Domingo Ángel Novalis esperaban en el estudio del Pontífice.

—Bien, caballeros —el doctor Mottola hablaba a sus colegas—. Diagnóstico y pronóstico. Debemos usar los términos más sencillos que podamos. Los caballeros de la otra habitación están en la parrilla. Y nos necesitan para que bajemos la temperatura del fuego. Han incorporado al círculo a Ángel Novalis. Él encontrará las palabras apropiadas para lo que nosotros digamos. Usted primero, Ernesto.

El doctor Ernesto Cattaldo se encogió de hombros con resignación.

—Lo que usted ve. Coma profundo, mirada fija, carencia de sensaciones. No puede tragar, su respiración es débil y espasmódica, con episodios de apnea que se harán más frecuentes. No puede toser para eliminar el catarro de los pulmones. Yo lo consideraría terminal.

—¿Piero?

Ghedda, el cardiólogo, fue más cortante.

—Coincido con que es terminal, pero el deterioro es más gradual que lo que uno habría esperado. Podría durar unos días todavía. Sugeriría que la *Sala Stampa* dotara de cierta flexibilidad a su prosa: "La vida del Santo Padre está fluyendo apaciblemente hacia su conclusión". Algo por el estilo.

—Pronóstico negativo, entonces. ¿Cuál sería el tratamiento?

El doctor Ghedda se encogió de hombros.

—Dígales la verdad, aunque no necesariamente toda. Estamos administrando oxígeno, que aún no es suficiente para equilibrar los niveles de dióxido de carbono en la sangre. Lo estamos hidratando lo suficiente para evitar que se consuma. No lo estamos alimentando.

—Andamos pisando huevos. —El doctor Mottola expresaba sus reservas.

—De ninguna manera. —La réplica del neurólogo fue áspera—. Estamos describiendo un tratamiento ético normal. Lo que nos interesa es el paciente, no la prensa ni la Curia romana.

—Yo creo —dijo el doctor Mottola con criterio— que se trata más bien de ayudarles a encontrar las palabras que cuadren con las circunstancias y con sus conciencias. ¡Cuento con el respaldo de ustedes para eso, caballeros!

—No necesitamos más que unas pocas buenas frases —dijo Ghedda— "intervención limitada", "atención escrupulosa para el consuelo y la dignidad de un hombre agonizante". Esos muchachos están aún menos dispuestos que nosotros a discutir sobre principios éticos.

—¿Estamos listos, entonces? —El que planteó la pregunta fue el doctor Mottola.

—Más listos que nunca —dijo el doctor Ghedda, con cansada resignación—. ¡Cristianos arrojados a los leones! Hagámoslo de una vez.

Cuando comprobaron lo poco que se esperaba de ellos quedaron sorprendidos. La media docena de prelados de alto rango reunidos en la habitación los recibió con un tenue saludo. El Camarlengo presentó a Monseñor Ángel Novalis, quien a su debido tiempo les pediría las correspondientes aclaraciones a los informes médicos que se incluirían en los comunicados matutinos para los medios de todo el mundo. Le pidió al doctor Mottola que expusiera el informe en términos simples, no clínicos. El doctor Mottola resumió la conclusión a la que había llegado con la ayuda de sus distinguidos colegas. Luego esperó. El primero en responder fue Domingo Ángel Novalis, que no era un aprendiz en su profesión. Estaba de buen humor, y fue directo al nudo de la cuestión:

—Gracias, caballeros. Permítame resumir lo que acaba de decir para asegurarme de que lo he entendido. Primero, el Santo Padre está agonizando. Se supone que el final está próximo. Le están dando oxígeno e hidratación. Su cuerpo no puede asimilar más que eso, porque sus funciones se están deteriorando. ¿Es así?

—Es así —dijo el doctor Mottola.

—¿Y sus colegas coinciden?

—Coinciden.

—¿Seguirán ustedes atendiendo al Pontífice hasta su fallecimiento?

—Si el Cardenal Camarlengo así lo dispone, por supuesto.

—Una pregunta, entonces, para todos ustedes, caballeros. Los tratamientos aplicados, que usted acaba de describir, ¿continúan en este momento?

—Sí.

—¿Han interrumpido algún tratamiento por alguna razón?

—No.

—¿Usted recomendaría algún tratamiento que actualmente no se esté aplicando?

—No.

—¿Ha recibido alguna invitación de los medios para comentar este caso?

Los tres médicos se miraron. El doctor Mottola vaciló un momento antes de responder.

—Me han hecho preguntas, sí. No puedo responder por mis colegas.

Cattaldo y Ghedda asintieron con la cabeza pero no dijeron nada. El sereno inquisidor continuó.

—Estoy seguro, caballeros, de que sus respuestas fueron respetuosas de la relación médico-paciente, y de la relación médico-familia que hay entre ustedes y todos los miembros de la casa papal.

—Eso se sobreentiende —dijo el doctor Mottola.

—Me pregunto, por lo tanto —el doctor Cattaldo estaba enfadado—, ¡qué necesidad había de mencionarlo!

—Por favor —instantáneamente, Ángel Novalis recuperó toda su diplomacia—. Por favor, no se ofenda. Estoy expresando una advertencia, nada más. Mis colegas y yo lidiamos todos los días con gente de los medios de todo el mundo. Tienen propensión a construir titulares a partir de las frases más fragmentarias. Su respuesta más simple a cualquier pregunta es que no puede hacer comentarios sobre el caso.

—Eso también puede crear problemas.

—Admita, mi querido doctor, que nosotros estamos mejor equipados que ustedes para prevenirlos y resolverlos. Yo no intentaría ni por un momento invadir su campo profesional. Pero en mi propia área me considero bastante experto. Estoy seguro, por ejemplo, de que en los próximos días, los medios ofrecerán a usted y a sus colegas importantes sumas de dinero para que hagan declaraciones a los diarios o concedan entrevistas a la televisión, acerca de los últimos días de Su Santidad. Cuando las rechacen, y estoy seguro de que ustedes obrarán de ese modo, es probable que los inviten a contestar algunas preguntas aparentemente inocentes. Les aconsejo que se nieguen.

Un ligero murmullo de aprobación circuló entre los prelados presentes. Aprobaban a este hombre. No tenía pelos en la lengua. Parecía bailar con soltura por entre las trampas cazabobos. Ángel Novalis recogió sus notas y abandonó la habitación. El Cardenal Camarlengo improvisó un pequeño discurso para salvar las apariencias.

—Antes de que se vayan, caballeros, quisiera expresarles, en mi nombre y en el de todos los miembros de la Curia, nuestro agradecimiento por la atención que le están brindando al Santo Padre. Sabemos que seguirán junto a él hasta el final, que, ojalá, rezamos por ello, no se demore demasiado.

Se acercó a ellos, los acompañó hasta la puerta, les estrechó la mano a uno por uno y regresó en un santiamén a enfrentar nuevamente a la asamblea. Lucía como un hombre que acababa de sacarse un gran peso de encima.

—Y bien, hermanos, estamos perdiendo a nuestro Padre. Creo que ninguno de nosotros guarda recelo porque haya que liberarlo de las responsabilidades de su servicio a la Iglesia. A mí me corresponde, como jefe de su casa, hacer los preparativos que conllevará su defunción y luego asumir el gobierno de la Iglesia mientras la Sede esté vacante. Hay mucho que hacer. Me gustaría contar con el permiso de ustedes para empezar a trabajar ya mismo. ¿*Placetne fratres*? ¿Están de acuerdo, hermanos?

—*Placet.*
La tradicional fórmula recorrió como una ola la pequeña asamblea. Con esto, todos podían estar de acuerdo. Fueran cuales fuesen sus rivalidades y discordias, la comunidad del pueblo de Dios continuaba en Cristo.

Luca Rossini se había eximido a sí mismo de la reunión que se había llevado a cabo a la mañana temprano en el Vaticano. El Secretario de Estado le había aconsejado que se llamara a silencio. No era fácil permanecer callado en una asamblea de Cardenales de la Curia que asistían a la agonía de su Supremo Pastor, hacían los preparativos para las exequias que seguirían a su fallecimiento, esperaban la elección de su sucesor y se preguntaban qué pasaría cuando, como lo exigía la costumbre, renunciaran a sus cargos y aguardaran a que el nuevo Pontífice los redistribuyera.

Tenía poco que aportar a sus discusiones en torno del protocolo y los procedimientos a seguir. Ellos eran el gabinete íntimo. Él había sido siempre un jinete destinado a las comarcas más lejanas, un emisario que llegaba a las avanzadas de la Cristiandad. Estaba más expuesto que cualquiera de sus eminentes colegas a los cortantes vientos del cambio. En el Sacro Colegio tenía adversarios poderosos y pocos abogados y le faltaba paciencia para aplacar a los hostiles y cultivar a los que lo favorecían.

Pronto su amo estaría muerto. El hombre que había usado el poder de su cargo para salvar un cuerpo y un espíritu estragados se ausentaría para siempre. Cuando llegara ese momento, Luca Rossini estaría solo. Lo tenían por un Cardenal, un puntal, alguien ante quien se abrían las puertas del poder. Pronto podría convertirse en el puntal de una puerta que se abría hacia la nada. Él también tendría que renunciar al oscuro cargo que detentaba y jurar fidelidad y obediencia a un nuevo Obispo de Roma, un nuevo sucesor del Apóstol Pedro. ¿Estaba preparado para ello? Más allá de cuestiones éticas o morales, ¿estaba dispuesto a aceptar los beneficios de un cargo, y a usarlos sin culpa o remordimiento para sus propios fines, con independencia de cómo se definiesen esos fines? Alguna vez había creído que la definición era fácil. Su primer consejero médico era quien se la había dado: "*Buscará reparación, justicia, retribución. Nunca se sentirá plenamente satisfecho.*

Querrá vengarse de los impíos y de los piadosos que colaboraron con ellos. Reclamará venganza como quien reclama un derecho..."

En su primera audiencia en Roma, el Pontífice, que se convertiría en su patrono y protector, le había propuesto otra definición:

"*...Estás surcado de cicatrices. Estás amargado. Estás enfadado. Si yo estuviera en tu lugar, sentiría lo mismo. De alguna manera, estoy en tu lugar, porque fui yo quien nombró a los prelados que, con su silencio o su connivencia, permitieron que ocurrieran estas atrocidades. A causa de que ellos se quedaron mudos, nosotros, aquí en Roma, nos volvimos ciegos y sordos. Me avergüenzo por eso. Me avergüenzo de que se haya podido pensar que aprobábamos las muchas barbaridades que se cometieron, fuese por ignorancia culpable o por el falso oportunismo que nos induce a hacer pactos con el mal. De modo que lleva tus cicatrices con orgullo. ¡Conserva tu cólera, pero aprende a perdonar! Medita todos los días sobre las palabras de nuestro Salvador en lo más álgido de su agonía: 'Padre, perdónalos. No saben lo que hacen'. Tampoco olvides que este hombre era el mismo que irrumpió en el templo y expulsó de allí a latigazos a los mercaderes y los usureros que profanaban la casa de Dios... No cambiarás el mundo ni te cambiarás a ti de la noche a la mañana, pero tienes que tratar. Tienes que intentarlo todos los días, de modo que yo te daré trabajo para que despliegues tu fuerza y engrandezcas tu espíritu...*"

Había aceptado el consejo de buena fe. Había ejecutado las tareas que le habían encomendado con energía y buen criterio. Había aceptado las promociones para las que lo habían propuesto porque, aunque no curaban ninguna herida, le daban poder. No tardó en aprender a usarlo con circunspección, consciente de los abusos que él mismo había padecido. Lo último que quería era crear tiranías para su beneficio.

Cuando intervenía en una causa contra un clérigo o una institución del clero, evaluaba con escrupulosidad todas las pruebas. Ejercía la máxima tolerancia que el sentido común permitía, pero, una vez que se emitía un fallo, era tan firme y preciso como un cirujano cuando extirpa un tumor maligno.

Esta disciplina draconiana, y el secreto en el que se le permitía aplicarla, lo habían elevado a las empinadas pendientes por las que había ido ascendiendo en su carrera. Esta misma disciplina era la que lo había despojado, gota a gota, de los últimos restos de pasión que nutrían su vida, dejándolo reseco y vacío, como un viajero perdido que camina en círculos por el desierto.

Había visto cómo esto les ocurría a otros, mayores y más prudentes que él. Atrapados por sus carreras, carentes de la voluntad o el incentivo para apartarse de ellas, siempre protegidos, renunciaban a todos los riesgos, y se rendían a una escéptica conformidad, en su credo y en su conducta. En los primeros, iracundos tiempos, se había burlado de ellos. Ahora era él el que estaba frente a la elección que a ellos se les había presentado en algún momento de sus vidas: "*Si no soportas el calor, vete de la cocina. Si todavía quieres usar el gorro de chef, manténte a unos pasos de la hornalla y limítate a lamer las cucharas para probar lo que los verdaderos cocineros han guisado...*". Ahora él mismo se enfrentaba a la misma funesta proposición: "*Si te quedas, haz a un lado el honor, hasta que la máscara que usas se convierta en tu propia cara. O renuncia, y retírate para convertirte en un don nadie de ninguna parte*".

La idea trajo consigo los terrores de su pesadilla. Los apartó de su mente, pidió el café de la mañana, y luego encendió el ordenador para examinar lo que le había llegado en el correo electrónico de la noche.

Había cartas de Manila y Yakarta, de Taiwan y Tailandia, de Shanghai y Bombay. Todas ellas versaban sobre temas explosivos de los dominios menos conocidos de la Iglesia, adonde había sido enviado o convocado para mediar en conflictos o establecer diálogos constructivos. En esto descollaba. Sus cicatrices eran el pasaporte para ingresar a los territorios menos amistosos, aun el de los ancianos de Beijing, que habían sobrevivido a la revolución cultural. Una curiosa masonería unía a los mártires políticos. Había lazos tácitos y perennes entre las víctimas del potro de tormentos y los inquisidores que los habían puesto allí.

Jugó con este pensamiento mientras revisaba la correspondencia. Recordó cómo se había descrito a sí mismo el apóstol Pablo en su epístola a los efesios: "*Pablo, el prisionero de Jesucristo... un prisionero en el Señor*". Para Luca Rossini la frase tenía un dejo amargo. A diferencia de Pablo, a él no le quedaba fervor, apenas una inveterada convicción de que la simple decencia le exigía que terminara el trabajo que tenía entre manos.

Estaba por apagar la máquina, cuando apareció en la pantalla la carta de Isabel. El encabezado indicaba que había sido enviada desde Nueva York a las 02.15 horas. Miró su reloj. En Roma eran las 08.20 horas. La transmisión había sido inmediata. El tono de la carta era urgente, casi perentorio.

"Mi queridísimo Luca:

"Como ves, es tarde para mí, pero al menos puedo estar sola y a puertas cerradas. Mi esposo está pasando dos días en Washington. No obstante, le conté por teléfono la noticia de que estás dispuesto a recomendar su nombramiento cuando llegue el momento adecuado. Se alegró muchísimo, por supuesto, y me ha pedido que te comunique su agradecimiento. Él te escribirá personalmente a su debido tiempo, pero, como hombre prudente que es, considera que en este momento ¡cualquier correspondencia sería inoportuna!

"A mí, en cambio, me pareció el momento oportuno para pedirle su aprobación para que Luisa y yo viajemos de inmediato a Roma y nos quedemos allí el tiempo suficiente para mostrar una presencia familiar no oficial ante los diplomáticos argentinos, y en las exequias del actual Pontífice y la investidura del nuevo. También le dije a Raúl que esto sería provechoso para Luisa, como una forma de ponerse en relación con los círculos diplomáticos. Él piensa que ésa también es una excelente idea. Puesto que ha mantenido desde hace bastante tiempo una amante en Nueva York, no sentirá demasiado la falta de las comodidades domésticas.

"¿Por qué hago esto? Soy hija de mi padre. Tú sabes qué poco me gustan la pompa y las ceremonias.

"Voy para verte a ti, Luca. He estado desesperada de preocupación desde que leí tu carta. Te he visto pasar por todos los estados de ánimo. Te tuve en mis brazos cuando llorabas como un niño. He visto cómo la rabia despertaba tus instintos asesinos. Yo, tu Isabel, te enseñé a convertir la rabia en pasión y saciarla en mi cuerpo en noches que recordaré mientras viva. Yo hice que tu corazón volviera a abrirse al amor. No puedo soportar verlo otra vez encerrado en esta calma glacial.

"La calma no durará. No puede durar. O bien el Luca que yo conozco se marchitará y morirá de frío, o bien estallará como los volcanes de Islandia y se hará pedazos. Así que, te guste o no, estoy yendo. Esta mañana tengo que hacer los últimos preparativos. Tengo que llegar ya, antes de que te internes en el cónclave para elegir papa. ¿Y si te eligen a ti y ya no puedes escapar nunca más de tu casa-prisión? Ésa sí sería una pesadilla, ¿no?

"No me escribas. Yo me comunicaré en cuanto lleguemos. Un pedido especial: guarda un poco de atención para mi hija. Es una joven hermosa y está muy interesada por conocer a este hombre importante al que su madre y su abuelo rescataron de los salvajes militares. Espéranos muy pronto.

"Todo mi amor, siempre,

Isabel."

Se echó hacia atrás en la silla, sorbió lentamente el café y contempló el texto en la pantalla. Sonrió y negó con la cabeza, reprendiéndose a sí mismo por su propio autoengaño. Ésta era la visita con la que tan a menudo había soñado, y ahora, si bien inconscientemente, se las había ingeniado para que ocurriera.

No había nada exagerado en los recuerdos que Isabel tenía de él, como no lo había en los que él tenía de ella. Era una mujer demasiado abierta y recta para tolerar las verdades a medias del tipo de las que él, como clérigo célibe y encumbrado, solía emplear en su vida social. Todo lo que ella reivindicaba haber hecho por él lo había hecho.

Todavía quedaban cosas por contar. Incluso había omisiones en la última versión de los hechos, que le había sido contada por Carlos Menéndez, el padre de Isabel:

—Como sabes, estoy a cargo de una operación importante de prospección para Petróleo Occidental. Nuestro campamento base está en la montaña pero yo tengo un apartamento en la plaza, de los que están construidos sobre las columnatas. A veces Isabel viene de Buenos Aires a quedarse conmigo. Se casó con Raúl poco más de un año atrás, pero la luna de miel terminó hace mucho. Él ha sido siempre ambicioso, siempre un esnob. Isabel desprecia profundamente su babosa defensa de los militares que, Dios lo sabe, son una pandilla de lo peor. Yo mismo he sido ingeniero militar, con el rango de mayor. Pero pedí el retiro para ingresar a Petróleo Occidental. De todos modos, estoy en la reserva, y siempre tengo un uniforme a mano. Es útil cuando mandan a los milicos a meterle miedo a la gente del lugar. Ocurrió que Isabel y yo estábamos en el apartamento cuando los militares llegaron a la ciudad. Vimos cómo te colgaban. Vimos la paliza desde el principio.

—¿Y dejaron que siguiera?

—Sólo una parte. Yo conocía a aquel sargento. Era un animal, un sádico peligroso. Era muy capaz de ordenarle a sus hombres que dispararan sobre la gente que estaba en la plaza. Le di a Isabel mi rifle y le pedí que tuviera al sargento en la mira mientras yo me ponía el uniforme y me colgaba un arma al cinto. Sabía que sobrevivirías a una paliza, pero nadie sobrevive a una bala en la cabeza.

—Pero, por Dios, Carlos, esa paliza duró mucho.

—Mucho o poco, para cuando yo estaba listo para intervenir ya había terminado y el sargento estaba desafiando a sus muchachos a sodomizarte.

—Hasta ahí recuerdo. En ese momento me desvanecí.

—¿Isabel no te contó lo que pasó después?

—En pequeñas dosis, como si me diera una medicina. Dijo que tú me contarías todo más adelante.

—Es lo que estoy haciendo... Los soldados no se movieron. El sargento rió, y dijo que les mostraría cómo hacerlo. Empezó a desabotonarse los pantalones de montar. Bajé las escaleras a la carrera. Cuando pisé la plaza, lo vi haciendo exhibición de su pene ante la tropa. En el momento en que se volvía para violarte, Isabel disparó y le voló la cabeza. Mientras la tropa seguía ahí, asombrada y desprevenida, disparé dos tiros al aire y les pegué un grito de advertencia. Cuando vieron el uniforme, obedecieron. Les ordené que levantaran el cuerpo del sargento y lo arrojaran en el camión y que se largaran a su cuartel. En cuanto se fueron, te desaté. La gente me ayudó a llevarte hasta el apartamento. Isabel curó tus heridas lo mejor que pudo. Yo llamé al comandante militar de Tucumán. Le advertí que estaba en graves problemas, problemas con la Junta y con la Iglesia, a la que la Junta estaba cortejando como a una novia virgen. Le había enviado de vuelta a sus tropas con un cuerpo para enterrar. Le dije que lo enterrara rápido y bien hondo. Luego hice dos llamadas, una a nuestro campamento base para que me enviaran un helicóptero con nuestro médico de campaña, la otra a un amigo mío que tiene una gran estancia en el norte de Córdoba. Allí fue donde te llevamos. Isabel se quedó contigo. Yo volví a Tucumán, y luego seguí a Buenos Aires para negociar con la Junta y conseguir el apoyo del Cardenal Arzobispo y el Nuncio Apostólico. La Compañía también ayudó pero, ¡Dios!, fueron las seis semanas más duras de mi vida. El marido de Isabel se portó como un inútil. Al final llegamos a un acuerdo. Yo volaría a Buenos Aires y te entregaría al Nuncio Apostólico, quien te pondría de inmediato en un avión con destino a Roma. Yo retornaría a mi trabajo. Isabel, volvería con su esposo. Sin publicidad. Sin comentarios. Caso cerrado. ¿Hay algo más que quieras saber antes de dejar la Argentina?

—¿Cómo te sientes por lo que hubo entre Isabel y yo?

—Ella te hizo bien. Tú, de alguna extraña manera, le hiciste bien a ella. Me hizo feliz comprobar que disfrutaron estando juntos. Tú eres mucho mejor que el payaso con el que se casó.

—¿Por qué se casó con él?

—Era mercadería de primera: familia de prosapia, bien educado, buenas maneras, todas las muchachas lo codiciaban; así que Isabel tenía que tenerlo. Y bien, lo tuvo. Un hombre hueco como una calabaza vacía, pero que sigue teniendo el aspecto de la fruta fresca en la frutera.

—¿Por qué no lo deja?

—Lo pensó más de una vez. Ahora no puede, al menos por un tiempo.

—¿Por qué no?

—¡Usa tu cabeza, hombre! No tienes idea de lo que costó negociar una salida de este desastre. Isabel tiene que hacer buena letra. Su marido no tiene influencia en la Junta pero el padre de él sí, y sería un enemigo peligroso... Ésa es una muy buena razón para que yo quiera que te vayas y desaparezcas de su vida.

—¿Hay otras razones?

—Varias.

—¡Quiero saberlas!

—Eres sacerdote. Contigo no tiene futuro.

—No ha quedado mucho del sacerdote.

—También puede haberse perdido algo del hombre. Lleva mucho tiempo recuperarse de la experiencia de la tortura y de la degradación que ella trae consigo. Por eso es un arma tan poderosa en política. Es demasiado pronto para saber cómo saldrás de todo esto. Si quieres que sea franco, lo seré. No quiero que Isabel represente el papel de enfermera-criada de un lisiado moral. Uno de los dos ya es más que suficiente para cualquier mujer.

—¿Qué será de ella ahora?

—No le pasará nada. Es mi hija. Llevará la vida que ella quiera. Tu familia vino de Italia, ¿no?

—Sí. ¿Por qué lo preguntas?

—Porque comprenderás lo que quiero decir con esto: ahora Isabel es toda una mujer. Espero que algún día tú seas todo un hombre.

—¿Eso significa que tengo que matar a alguien?

—Alguien, o algo. Lo sabrás cuando llegue el momento…

Ahora, al parecer, ese momento estaba por llegar, un momento que los buenos cristianos, en sus oraciones de todos los días, rogaban que no llegara. *"No nos dejes caer en la tentación, y líbranos de todo mal."* Luca, Cardenal Rossini no podía rezar. El don de la fe lo había abandonado. Apenas podía esperar, solo en el desierto, el día del juicio.

Capítulo Tres

De pronto, el Cardenal Camarlengo era un hombre muy ocupado. Ahora, al Pontífice se lo consideraba oficialmente, y se rezaba por él en ese carácter, entre los que agonizan. La Curia había decidido que no era indecoroso, e incluso que era necesario y apropiado, preparar un programa de ceremonias para acompañar su salida de este mundo, y otro para elegir e instalar un sucesor.

En cada caso, las disposiciones de la ley canónica eran diferentes. El Papa todavía estaba vivo, y por lo tanto sus deseos e intenciones seguían teniendo preeminencia, en la medida en que fuesen conocidos o se los pudiese adivinar. Se le estaba prestando atención médica en su casa, en un marco de privacidad y dignidad, pero ya se había avisado a los embalsamadores que debían acudir sin demora en cuanto muriera. Los tres ataúdes, de ciprés, plomo y roble, ya estaban disponibles. El Maestro de Ceremonias estaba disponiendo el orden de los acontecimientos que se sucederían durante el velatorio, en la misa del funeral y en su internamiento en la cripta de la Basílica de San Pedro.

El Consejo de Estado de la Ciudad del Vaticano ya estaba preparando la nueva moneda y los nuevos sellos postales que se usarían durante la vacancia de la Sede. La fuerza de seguridad se estaba preparando para una gran afluencia de dignatarios seculares y del clero que asistirían a las exequias.

La burocracia vaticana se movía a menudo lenta y pesadamente haciendo chirriar todos sus engranajes, pero en asuntos de vida, muerte e imagen pública, se deslizaba con una maravillosa suavidad. Su actuación era particularmente espectacular en las ceremonias, las mismas que con el paso del tiempo contribuyeron al envejecimiento y la muerte del más vigoroso de los Pontífices.

Ahora, a media mañana, el Camarlengo no estaba, sin embargo, ocupándose de ninguna ceremonia, sino dialogando con Monseñor Víctor Kovacs, Secretario Privado de Su Santidad.

—¿Tienes claro, Víctor, todo lo que hay que hacer cuando Su Santidad muera?

—Más o menos, Eminencia. Tiene que constatar el hecho, firmar el certificado de defunción con el médico, llamar a los embalsamadores y poner el cuerpo en sus manos.

—Todo eso y un poco más. Tengo que destruir sus sellos personales y tomar posesión de todo lo que hay en sus habitaciones, incluso su ropa interior. Lo que necesito de ti ahora es una visita guiada. Tengo que saber dónde está cada cosa: su testamento, su correspondencia —la personal y la oficial—, su diario. Después de que el cuerpo sea llevado de aquí, las habitaciones se cerrarán con llave y se sellarán. Me ayudarías muchísimo si pudieras preparar un inventario lo más rápido posible.

—Ya he comenzado, Eminencia. Hagamos una recorrida juntos, así usted puede ver cómo he ordenado todo. Porque, creo que usted lo sabe, Su Santidad no era... ¡perdón, no es!, el hombre más metódico de este mundo. He tenido que rogarle que no ande hurgando en los archivos sino que me pida a mí que busque lo que quiere y me permita luego volver a ponerlo en su lugar. Solía decirme que yo era quisquilloso como una vieja. Aun así, confieso que lo echaré de menos... Veamos primero los cajones del escritorio y luego los archivadores.

—¿Su Santidad tiene algún repositorio privado?

—Hay una caja de seguridad empotrada en la pared, detrás de ese cuadro.

—¿Quién tiene la combinación?

—Sólo Su Santidad y yo.

—Deberías dármela también a mí.

—Por supuesto.

—Si no te molesta, por favor, muéstrame cómo se abre y se cierra la caja.

Monseñor Kovacs escribió la combinación en un papel y se lo extendió al Camarlengo.

Luego le mostró cómo estaba asegurado a la pared el boceto sepia enmarcado de Rafael. Cuando lo retiró, quedó a la vista la caja. El Secretario la abrió, la cerró, y le pidió al Camarlengo que repitiera la operación. Cuando hubo logrado hacerlo, el Secretario volvió a colocar el cuadro en su sitio. Ninguno de los hombres había intentado sacar nada de la caja. Era una cuestión de protocolo. El Pontífice todavía estaba vivo. Su mandato todavía estaba vigente. El Camarlengo y el Secretario completaron su recorrida. El Camarlengo preguntó:

—¿Hay algo de importancia en su dormitorio?

—No que yo sepa. Tiene un breviario y una Biblia en una mesita, al lado de la cama, y en otra los otros libros que está leyendo. En las distintas ocasiones en que ha estado enfermo me ha pedido que le trajera los documentos que necesitaba. Siempre me ocupé de que Fígaro —¡perdón otra vez!—, Claudio Stagni me los regresara a la oficina. Él, por supuesto, debería saber qué más hay en el dormitorio.

El Camarlengo soltó una risita.

—Claudio Stagni lo sabe todo, pero nunca cuenta ni la mitad de lo que sabe. De todos modos, es un sujeto divertido. Hablaré con él ahora.

—Es extraño, Eminencia.

—¿Qué es extraño, Víctor?

—Su Santidad siempre fue muy celoso de su privacidad. Stagni era el único que la compartía con él. Ahora yace ahí, y todo el tiempo hay gente entrando y saliendo. Si lo supiera, le habría disgustado mucho. Es tan absolutamente dependiente como un recién nacido, salvo por el hecho de que no tiene ni una pizca de vida por delante. ¿Puedo hacerle una pregunta, Eminencia?

—Por supuesto, Víctor. ¿Qué es lo que te preocupa?

—Hoy a la mañana, muy temprano, cuando dije misa, se la ofrecí a Dios como una petición para que liberara al Santo Padre de esta vida, que para él ya no es vida. Cuando recitaba el Credo, una frase me golpeó como un mazazo: *descendit ad inferos*. Él descendió a las regiones más bajas. Me pregunté si no era más que una expresión arcaica que describía ese tiempo misterioso que transcurrió entre la muerte de Nuestro Señor y su Resurrección, o si también podría ser una descripción de lo que le ha pasado al Pontífice. ¿Está acaso en alguna otra región o estado? ¿Está todavía realmente con nosotros? Hasta usted y yo estamos actuando como si se hubiera ido hace mucho.

La consternación del hombre era tan auténtica que el Camarlengo se sintió conmovido por una rara dulzura.

—Sinceramente, Víctor, no lo sé. Pregúntale a mi colega Gruber, y estoy seguro de que te dará una excelente conferencia metafísica sobre el tema. Para mí, el acto de fe es un acto de aceptación de que vivimos y morimos en el misterio. La esperanza es la confianza en que un día el misterio nos será revelado en la forma en que Dios lo disponga. Y la caridad es el don de amar y regocijarse en el amor. Sé que estás deprimido, pero puedes estar seguro de que serviste bien a Su Santidad. Él lo reconoció muchas veces ante mí y ante otros miembros de la Curia. Podía ser una persona difícil, lo sé, pero te tenía mucho cariño.

—Eso es bueno de oír. Gracias.

—Ahora iré a hablar con nuestro amigo Fígaro. Inspeccionaré el dormitorio y rezaré una oración por nuestro paciente. Tú tienes trabajo que hacer. No te molestaré más...

Ante el Pontífice agonizante y el inquisitivo Camarlengo, Claudio Stagni dio una espléndida y discreta función. Se arrodilló junto a la cama con el Cardenal y las hermanas y recitó con profunda emoción los versículos del *De Profundis*: *"desde las profundidades he gritado, Oh, Señor, para que te llegara la expresión de mi súplica..."*. Después del rezo, le había mostrado al Cardenal cada rincón de la habitación, abriendo todos los armarios y cajones, exhibiendo los artículos que contenían, y señalando, como ya lo había hecho el Secretario de Estado, que el Pontífice, especialmente en sus últimos años, había sido un hombre cuyo orden era difícil de mantener. Hurgaba, desordenaba algunas cosas, otras las sacaba de su lugar y luego olvidaba dónde las había dejado.

—Su Santidad necesitaba un valet más que cualquier otra persona de este mundo. Monseñor Kovacs y yo logramos crear un cierto orden. No debía haber documentos tirados por la habitación. Su Santidad sabía que lo controlábamos. A veces refunfuñaba, pero en realidad le alegraba que así fuera. ¿Repositorios secretos? Me extraña que pregunte eso, Eminencia. Mire, déjeme mostrarle algo. Este cajón del escritorio tiene un compartimiento secreto. Como ve, está abierto y vacío. Hay una llave en su interior, pero, en todos mis años de servicio, Su Santidad nunca lo usó, que yo sepa.

—¿Eso es todo lo que puede mostrarme?

—Todo, Eminencia. Pero tengo que hacerle una pequeña confesión.

—¿Sobre qué?

—Anoche, en un impulso, le di a cada una de las Hermanas que lo velan un pañuelo de los que yo había comprado hace unos pocos días para Su Santidad. Se conmovieron tanto que sentí alegría por haberlo hecho. Pero después me puse a pensar...

Al Camarlengo esto no le gustó nada. Su reprobación fue cortante y airada.

—Fue una acción tonta e imprudente, Claudio. Mi tarea consiste en tratar de evitar exactamente ese tipo de cosas: cualquier tráfico no autorizado de reliquias y *souvenirs* después de que el Pontífice muera. Usted ha estado aquí el tiempo suficiente para saberlo mejor que nadie.

—Me di cuenta después, Eminencia. Fue solamente un impulso. Si usted quiere, les pediré a las Hermanas que devuelvan los pañuelos.

—¡No, no! Eso no haría más que agravar el error. ¡Pero, entiéndalo bien, esto no debe volver a ocurrir! Podría convertirse fácilmente en un escándalo, ¡o aún peor, en un disparate! ¡Gente vendiendo la ropa interior pontificia en el mercado de pulgas de Porta Portese! ¡Use su cabeza, hombre!

—Lo siento de verdad, Eminencia.

—No se hable más del asunto, entonces. Ya no tengo más nada que hacer aquí. Puede irse.

—Gracias, Eminencia.

Se marchó con la cabeza gacha y arrepentido como un escolar. Apenas estuvo fuera del apartamento papal, se alejó dando saltitos al ritmo de su cancioncilla, *"Figaro qua, Figaro là, Figaro su, Figaro giú..."*.

Steffi Guillermin solía levantarse tarde. Le gustaba quedarse en la cama con Lucetta, bebiendo café, mientras leía los diarios de la mañana y recorría los distintos canales de Eurovisión para estar al tanto de los titulares. Esta mañana, el comunicado del Vaticano le arrancó una exclamación de sorpresa y un renuente homenaje a Ángel Novalis.

—Ése sí que se merece un primer premio. Es inteligente y guapo como Lucifer. Ha desactivado casi todas las minas a punto de explotar en la polémica sobre la eutanasia y ha puesto en corto circuito a sus propios teólogos de derecha del Opus Dei. No discute con ellos. Y ellos no pueden polemizar con él, pero de todos modos provoca una impresión muy profunda con la pregunta que deja implícita: "¿Qué haría usted si su propio padre estuviera padeciendo así...?".

—Una inteligente demostración de relaciones públicas. ¿Qué más significa?

—Posiblemente nada más. Pero, piensa en esto. Su Santidad ha estado ocupando los cargos de la jerarquía y el mismísimo Sacro Colegio con hombres que son, de acuerdo con sus principios, conservadores fiables. Dicho de otro modo, ha tratado de asegurarse, en la medida de sus posibilidades, de que sus políticas para la Iglesia sigan siendo aplicadas después de su muerte. Siempre ha sido centralista e intervencionista, pero ambas políticas ya han comenzado a hacer agua. De modo que existe un grupo de intereses que quiere mantener vivo al viejo tanto como sea posible.

—¿Pero por qué?

—Cuanto más tiempo pueda posponerse la elección, más probabilidades tienen de consolidar su bloque para la votación. No es ningún secreto que últimamente muchos miembros del Sacro Colegio han estado de viaje visitando a colegas de todo el mundo. Algo que en los viejos tiempos no era posible. Ahora es fácil, y mucho más seguro que la correspondencia.

—Pero ahora, digamos, como está siendo atendido en su casa, los conservadores podrían ver frustrados sus planes por un fallecimiento antes de tiempo...

—Eso es lo que yo pienso, pero siempre he creído que era demasiado listo como para ser derrotado, incluso por la muerte. Mi idea es que debe de haber tomado notas, hecho *dossiers* y apuntado observaciones a favor y en contra de los futuros candidatos a la sucesión.

—Si esas notas existen —Lucetta tenía sus dudas—, ¿dónde están ahora?

—Probablemente no en el Vaticano.

—¿Por qué dices eso?

—Sentido común. Su Santidad sabe que cuando él muera todas sus cosas pasarán a manos del Cardenal Camarlengo. Supongo que para evitarlo habrá puesto los documentos en manos seguras.

—¿Las de quién, por ejemplo?

—No sé. —Steffi reflexionó un momento, y luego exclamó—: ¡Dios mío, soy una tonta por no haberlo pensado antes!

—¿Pensado qué?

—Hace tres días, mi gente de París me dijo que un agente de Nueva York se había puesto en contacto con ellos y les había comentado que después de la muerte del Pontífice aparecería en el mercado un documento escrito por él. Les preguntaron si estaban interesados en comprar los derechos para la traducción al francés.

—¿Y estaban interesados?

—¿Cómo podrían no estarlo?

—¿Con quién más se pusieron en contacto?

—En Alemania tiene que ser *Der Spiegel*, lo que podría explicar por qué Fritz Ulrich estuvo tan odioso conmigo ayer. Quizá también fue por eso que Frank Colson me apoyó tanto. Normalmente el *Daily Telegraph* no sería el primer cliente para un negocio como ése... El grupo del Sunday Times sería un interesado más probable.

—Entonces, ¿cuál es tu próxima jugada?

—Husmear por ahí. Ver si puedo olfatear dinero o rumores. Una vez que los documentos aparezcan, mi gente espera que yo verifique su procedencia y autenticidad antes de invertir dinero. Pero para entonces la historia ya no será exclusiva.

—¿Por dónde piensas empezar? No puedes andar dando vueltas por Ciudad del Vaticano interrogando a un prelado atrás de otro acerca de unos documentos de contrabando.

—Dudo de que Roma sea un buen lugar para empezar, de todos modos. Quienquiera que sea el que esté ofreciendo esta mercancía, preferirá convertirla en dinero bien lejos de Italia, y mantenerse alejado.

—Lo cual indica que la fuente de origen de los documentos sería vaticana. Alguien cercano al Pontífice y con un libre acceso a él.

—En otras palabras, un civil. Tienen más facilidades para salir de allí que los hombres del clero...

—Pero ¿cómo podrías probarlo?

—¿Por qué querríamos probar nada? Lo único que necesitamos saber es si los documentos que nos estén ofreciendo son genuinos. Cualquier otra cosa sería un fastidio.

—¿Por qué sería un fastidio?

—Porque nuestro principal interés, amor mío, está en la historia. En la medida en que la procedencia sea irrebatible, a nadie le va a importar cómo llegó a mis manos. Son otros los que tienen que preocuparse por eso.

El Cardenal Luca Rossini había sido invitado a almorzar con el Secretario de Estado en su apartamento privado del Palacio Apostólico. Sabía de antiguo que sería un ágape espartano: sopa, pasta, queso, una botellita de vino blanco suave y café negrísimo para desvanecer cualquier tentación de aprovechar la hora de la siesta romana para dormir. El Cardenal Salvatore Pascarelli —Turi para sus pocos íntimos— era alto y delgado como un palo y deploraba la obesidad en los clérigos, algo que, decía con cierto ingenio sardónico, le daba mala reputación a la Iglesia. Era un hombre industrioso y sutil que había trepado por la formidable escalera de la formación y la educación en la Secretaría, pasando de agregado de segunda clase a agregado de primera clase, y luego a secretario de actas, consejero, jefe de asuntos generales, secretario suplente, y finalmente al premio de un capelo cardenalicio y al principal título de la Curia Romana.

Desempeñaba su rango sin alardes; pero las responsabilidades de su cargo hacían sentir todo su peso sobre sus huesudos hombros. Sostenía, y algo de razón tenía, que el único modo de manejar los intereses políticos de un millón de creyentes practicantes en un planeta tan desordenado era pensar en ellos como una suerte de enorme mosaico y mantener unidas las piezas sueltas, más allá de cuán pequeñas o poco importantes pudieran parecer. Si las piezas que se aflojaban eran demasiadas a la vez, todo el armazón podía desmoronarse. Esta disposición de ánimo podía hacerlo aparecer a menudo exigente, pero su sentido de la historia, de cómo el pasado prefiguraba el futuro, era sólido y, algunas veces, profético. Por eso, Luca Rossini había considerado prudente tener escrita y entregada antes del almuerzo su minuta acerca del candidato a Embajador. El Secretario de Estado le pidió que se la leyera y se disculpó por la excentricidad con una sonrisa irresistible.

—Cuando era joven, me enseñaron que la prueba de la calidad de un documento residía en la corrección de sus cadencias. La verdad, Luca, me gusta cómo suena tu voz. Por favor, léemelo.

—¡Eres el anfitrión, Turi! Tú das el tono. Es un texto muy corto. Supongo que no querías un ensayo minucioso.

—Por supuesto que no. Adelante.

—Minuta sobre Raúl Jaime Ortega, propuesto por el Gobierno de la Argentina para el cargo de Embajador ante la Santa Sede… He leído la propuesta. Nunca traté personalmente al candidato, pero tengo algún conocimiento acerca de sus antecedentes. Observo que reivindica haber desempeñado un papel importante en el operativo que aseguró mi salida sin contratiempos de la Argentina durante el régimen de la Junta Militar. Según la información de que dispuse en aquel momento, su influencia fue mínima. Quien ejercía un poder real era su padre, el general Jaime Alfonso Ortega, un personaje importante en la Junta. Por otra parte, la esposa de Raúl Ortega, Isabel, fue quien se ocupó de cuidarme hasta mi restablecimiento después de la golpiza y me procuró un refugio secreto mientras su padre negociaba mi salvoconducto para salir del país. Dado el deseo de Raúl Ortega de obtener este puesto en el Vaticano, que significaría la culminación de su carrera diplomática, tal vez sea comprensible que haya exagerado su propio papel en ese episodio. No veo ninguna buena razón para cuestionar su versión. Estoy seguro de que sería, cuanto menos, un Embajador competente, y por lo que se dice, decorativo. En suma, expreso un *nihil obstat*, no tengo ninguna objeción fundamental que hacer. Sin embargo, en cuanto a la posibilidad de que su gestión pueda ser beneficiosa o perjudicial para la Santa Sede, sugiero que las expectativas deben ser mínimas.

El Secretario de Estado se echó hacia atrás en la silla y rió.

—¡Bellamente, leído, Luca! ¡Bellamente redactado! ¡Una manera elegante de ordenar una ejecución sin efusión de sangre!

—¿No es eso lo que estabas esperando?

—Digamos que tenía curiosidad por saber qué dirías, dado lo especial de las circunstancias.

Luca Rossini lo censuró con dureza.

—¡No juegues conmigo, Turi! ¡Nos conocemos desde hace demasiado tiempo!

—Esto no es ningún juego, Luca. Es simplemente el preludio a nuestra discusión de la hora del almuerzo. Cuando llegaste a Roma con el Nuncio Apostólico, sé muy bien cuántos años atrás, te acompañó una buena cantidad de rumores. El Nuncio no los tuvo en cuenta en su informe, pero señaló que la Junta no vacilaría en usarlos contra ti si intentabas denunciarles.

—Hace mucho que la Junta no está en el poder. De modo que la amenaza es irrelevante.

—Cierto. Pero esos rumores todavía están en tu expediente.

—Como un dato más, simplemente. ¿Qué dicen?

—Que durante tu rescate resultó muerto un sargento y que, mientras te estabas recuperando, oculto en un lugar secreto, tuviste un amorío con la esposa de Ortega.

—El amorío fue construido como un rumor, pero lo cierto es que ocurrió. La primera vez que Su Santidad me recibió en Roma se lo hice saber. Nunca fingí ni inventé ninguna excusa acerca de lo que había pasado. Por otra parte, nunca me sentí obligado a propalarlo. Hacerlo habría significado un riesgo aún mayor para Isabel. Había matado a un hombre para salvarme. El amor que ella me dio me devolvió la hombría.

—¿Nunca sentiste la tentación de quedarte en la Argentina y continuar esa relación?

—Por supuesto, pero eso habría significado poner en riesgo su vida y la de su padre. Mi exilio fue el precio de la seguridad de ambos.

—¿La amabas, Luca?

—La amaba. La amo.

—¿Y ella te ama?

—Sí. Todavía nos escribimos. No cura las heridas, pero las hace más soportables. ¿Por qué estás sacando a relucir todo esto ahora, Turi? ¡Ha estado enterrado durante más de veinte años!

—Porque me preguntaba cómo reaccionarías al nombramiento de Ortega como Embajador si él se propusiera, como obviamente se lo propone, traer a su esposa y su hija con él.

—De hecho, Turi, su esposa y su hija están por venir a Roma en visita privada dentro de muy poco.

—¡Ésa sí que es una novedad para mí! —El Secretario de Estado estaba auténticamente sorprendido—. ¿Cuándo lo supiste?

—Esta mañana. Había un mensaje de Isabel en mi correo electrónico. Espero que tu gente pueda reservarles un par de buenos asientos en las filas de los diplomáticos en San Pedro y en la Piazza.

—Por supuesto. ¿Debo suponer que vas a verlas durante su visita?

—Isabel dijo que se pondría en contacto conmigo cuando llegara a Roma.

El Secretario de Estado se permitió una tibia sonrisa de aprobación. Dijo con dulzura:

—Espero que sea una experiencia agradable para los dos. Te ha sido concedido un don especial, Luca, el don de sobrevivir en la más absoluta soledad del corazón. Me he preguntado a menudo cómo podías ser tan audaz en tus negociaciones, incluso con el propio Santo Padre. Nunca ocultas nada. Siempre respondes a todas las preguntas, exactamente como lo acabas de hacer ahora. Pronto todos vamos a necesitar ese don... Ahora almorcemos. Hay cuestiones importantes que discutir y necesitamos alimentarnos.

La frugal comida pronto concluyó. El vino era tan suave como siempre, pero se entretuvieron un largo rato frente al café. El Secretario de Estado le abrió su corazón a Luca Rossini como nunca antes:

—Nuestro hombre está agonizando, Luca, el hombre que nos dio el capelo rojo a cada uno de nosotros, el que me confió a mí este trabajo. La prensa del mundo se dispone a juzgarlo. Antes y durante el cónclave, tú y yo habremos de pronunciar nuestros propios juicios.

—¿Y cuál será el tuyo, Turi?

—Debemos derogar muchas prácticas que hemos consentido durante demasiado tiempo, y muchas políticas que nuestro señor ha elaborado.

—Y que tú administraste.

—Que administré, que hice cumplir, y contra las cuales, como mínimo, no protesté con fuerza suficiente. Aun así, me sentiré como un traidor a su memoria.

—No te culpes demasiado, Turi. Somos lo que nuestra formación nos hizo ser: obedientes de corazón, de mente y de voluntad.

—¡No estoy de humor para burlas, Luca!

—No me burlo de ti. ¡Dios no lo permita! Yo también he llorado por nuestro Pontífice. Él me dispensó bondad cuando la necesitaba y dignidad cuando no la tenía. Luché contra él, a veces más encarnizadamente de lo que supones, porque veía detrás de él las formas de las viejas tiranías, y delante de él la sombra de otras nuevas...

—Pero tú luchaste. Yo no.

—Tú siempre fuiste un buen funcionario, Turi. Eras incapaz de rebelarte. Yo he estado a punto de hacerlo muchas veces.

—¿Dónde estás ahora, Luca?

Luca Rossini frunció el entrecejo mientras trataba de elaborar su respuesta.

—Todavía voy de uniforme. Me ciño a las reglas. Cobro mi estipendio. Hago mi trabajo lo mejor que puedo. Sólo mis razones han cambiado.

—¿Cómo?

—Ésa es una pregunta para otro momento. Dime, ¿qué tienes en mente, Turi?

El Secretario de Estado permaneció un momento en silencio. Parecía estar juntando sus pensamientos, escogiendo las palabras, preguntándose si confiarse o no a Luca Rossini. Finalmente comenzó a hablar, entrecortadamente al principio, y luego con pasión y elocuencia.

—No necesitas que te haga un catálogo de los males de la Iglesia. Hemos desafiado la realidad de la experiencia humana, nos hemos negado a escuchar al Pueblo de Dios, a los hombres y mujeres de buena voluntad. Ellos nos han pedido el pan de la vida y nosotros les hemos ofrecido piedras. De modo que nos han dado la espalda: los hombres, las mujeres, y también los niños. Nosotros, ministros del Verbo, nos hemos convertido para ellos en seres irrelevantes. Últimamente he tenido una pesadilla recurrente: Su Santidad, ataviado con toda su pompa, de pie sobre las almenas de un castillo en ruinas, como un cruzado que ha perdido el rumbo, gritando su llamado a reunión en un desierto en el que no hay nadie...

—Cuando cae —Rossini aportó la coda—, lo enterramos, le damos la espalda y nos dedicamos a buscar un nuevo candidato para la crucifixión. Cuando ése se haya desangrado, lo dejamos también a él clavado en la cruz, mientras los cuervos le arrancan los ojos.

—¡Ése es el comienzo de la locura! —Ahora había fuego en la voz de Pascarelli—. Somos gente del siglo xx. Bien sabe Dios que a esta altura deberíamos haber aprendido algo sobre el deterioro que acarrea y los peligros que entraña el proceso de envejecimiento. Ni siquiera un papa está asegurado contra la demencia, o cualquier otra disminución vital producida por la edad. Sin embargo, elegimos a nuestro candidato de por vida, nos arrodillamos en fidelidad perpetua, le atribuimos infalibilidad y usamos todos los sofismas de la teología para atribuirle el numen de una casi divinidad... ¡Vicario de Cristo! El título siempre me ha resultado difícil de digerir, aunque nunca he tenido el coraje de cuestionarlo. ¿Fue Alejandro VI un Vicario de Cristo, o Julio II, o Sergio III, que asesinó a sus dos predecesores? No podemos culparnos por el pasado, pero somos responsables si lo repetimos. Tú tienes razón, mi querido Luca, cuando dices que elegimos un candidato a la crucifixión. Comenzamos por tentarlo a subir a una alta montaña para que pueda apreciar desde allí, literalmente, todos los reinos de este mundo de un solo vistazo. ¡Puedo lograr ese pequeño truco en mi propia oficina con un mapa del mundo y algunas luces intermitentes! Luego actuamos sobre su ambición de cruzado. El Verbo es la espada del espíritu. Gracias a los viajes rápidos y las comunicaciones instantáneas, es posible lograr que el Verbo esté presente siempre y en todas partes, encarnado por y en el Pontífice mismo. Ése es un vino que se sube a la cabeza, Luca. ¡Todos esos rostros que miran desde abajo, esas manos extendidas! La necesidad que ellos expresan es mucho más seductora para un buen hombre que todo el oro, los brillos y la lascivia de Aviñón o la Roma del Renacimiento. De modo que cuando le preguntamos: *"¿Acepta usted la elección?"*, él accede con la circunspección y humildad que corresponden. Luego se pone en marcha, como lo hizo Pablo, colmado de pasión, fervor y certeza, para cambiar el mundo. —Se interrumpió bruscamente—. Puedes terminar tú la historia, Luca. Yo necesito más café...

Luca Rossini continuó el relato con una sonrisa irónica.

—Aprende de la peor manera que el desfase horario y el cansancio que provocan los viajes dañan el entendimiento, y que aquellos a quienes deja a cargo de su casa en Roma tienen sus propias ambiciones: crear sus propios ducados dentro del Reino de Dios. Aprende lo que todo político y toda mujer hermosa tienen que aprender: que la sobreexposición es un peligro, que la imagen se desgasta, las frases más nobles suenan como clisés y la bienvenida más calurosa puede resentirse, porque cuesta mucho dinero alimentar y agasajar al invitado y su séquito.

—Hay más todavía, Luca. —El Secretario de Estado reanudó la enumeración—. Todo este aprendizaje no llega de inmediato. Llega a través de una serie de sordos golpes, como los temblores en una zona proclive a los terremotos. Los temblores son inquietantes. Crean una sensación de soledad, que a su vez crea una dependencia del respaldo que dan los consejeros de un gabinete íntimo. De modo que el gran viajero se convierte en un recluso, que se aferra a las certezas que anidan en su propia alma, que confía en un pequeño conciliábulo de amigos íntimos y va perdiendo el lenguaje de la gente común de la que proviene. Tenemos una oportunidad de cambiar eso, Luca, una sola oportunidad.

—Defínela para mí, Turi.

—Encontremos nosotros mismos un papa que acepte convocar a un nuevo Concilio General, para establecer en los cánones una edad estatutaria para el retiro de un papa, tal como ha sido establecida para nosotros, y un consentimiento por adelantado para su propia remoción, en caso de que se tornara mental o físicamente incompetente.

—Déjame preguntarte entonces, Turi: si tú resultaras elegido, ¿harías esas cosas? Te darás cuenta de que hay una trampa en todo esto. Una vez que estás en el cargo, y en posesión de todos los poderes absolutos, ¿quién te hará recordar tu promesa? ¿Quién te exigirá que la cumplas? Tú debes conocer la respuesta, Turi. Eres uno de los principales candidatos.

—Yo no seré candidato. Se lo haré saber a los electores.

—¿Por qué, Turi? ¿Por qué me estás diciendo esto?

—A la primera pregunta: soy un buen diplomático porque puedo hacer malabarismos interminablemente con lo posible. Trabajo en privado, no en público. No tengo experiencia pastoral, ni el menor deseo de adquirirla. ¿Por qué te lo estoy diciendo? Creo que existe al menos una remota posibilidad de que tú puedas ser elegido.

—¿Yo? —Luca Rossini se alarmó. El escepticismo y la ironía lo abandonaron—. ¡Eso es una locura, Turi! Siempre he sido un personaje exótico aquí. Algunos de nuestros colegas solían llamarme "la especie protegida". ¡No fui más que el seudohéroe, el joven mártir milagrosamente preservado para hacer grandes cosas en la Iglesia! Déjame decirte algo, Turi. ¡Yo fui una de las más notables equivocaciones de Su Santidad! No soy lo que tú crees que soy. Ni siquiera soy...

Un teléfono comenzó a sonar sordamente. El Secretario de Estado alzó la mano para hacer callar a Rossini. Hurgó en el bolsillo de la sotana hasta que sacó el aparato.

—Habla Pascarelli. —Durante unos breves instantes escuchó en silencio, luego le agradeció a su interlocutor y cortó la comunicación. Se volvió hacia Rossini.

—Su Santidad acaba de morir.

—Dios lo tenga en su gloria —dijo Luca Rossini, el descreído.

—Amén —dijo el Secretario de Estado—. Ahora la Sede está vacante y tenemos mucho trabajo por delante.

Claudio Stagni tenía un último servicio que prestarle a su señor. Debía preparar las ropas con las que sería ataviado el cuerpo del Pontífice para el velatorio y el sepelio. Una vez cumplido, se presentó ante el Camarlengo.

—He terminado, Eminencia. ¿Me necesita para algo más?

—Gracias, Claudio. No lo necesito para nada.

—¿Habrá un empleo para mí aquí, después de la elección?

—Estoy seguro de que habrá algo, pero no será en el mismo puesto. Un nuevo Pontífice querrá decidir por sí mismo cómo organiza su casa. Usted está en edad de ser pensionado, ¿verdad?

—Lo estoy. También tengo varios meses de licencia acumulados.

—Le sugiero que se tome alguno ahora.

—Gracias, Eminencia. Necesito pensar qué haré con mi vida.

—Por supuesto. Le estamos agradecidos por su prolongado y fiel servicio, Claudio.

—Me sentí honrado, y siempre complacido, de servir a Su Santidad. Era un gran hombre.

—Un gran hombre —dijo el Camarlengo, con expresión ausente—. ¿Algo más, Claudio?

—Sólo una cosa más, Eminencia. Espero que no parezca irrespetuoso que no asista al funeral. No creo poder enfrentar a las multitudes y las largas ceremonias. Mi vida con Su Santidad transcurría en la mayor privacidad.

—Usted es algo así como un solterón, según creo.

—Así es. Su Santidad solía decir que él y yo no éramos más que dos solterones viviendo en una casa demasiado grande para ellos.

—Es una manera de decirlo. —El Camarlengo empleó un tono seco—. Que tenga buenas vacaciones.

—Gracias, Eminencia.

Su Eminencia ya estaba inclinado sobre su agenda. Fígaro se marchó haciendo una reverencia y bajó reposadamente a la oficina de pagos para cobrar lo que se le debía y rellenar la solicitud para su pensión. Una vez que hubo abandonado la Ciudad del Vaticano, abordó un taxi que lo llevó a su apartamento en el Trastevere, donde recogió su equipaje, un bolso de viaje y un raído maletín. Desde Trastevere fue conducido al aeropuerto de Fiumicino para embarcarse en el vuelo de las seis en punto a Zurich.

Cuando llegó a Zurich tomó una suite en el Hotel Savoy. La tarifa le cortó la respiración, pero luego recordó lo que le había traído aquí y recuperó la alegría. Guardó el maletín bajo llave en la caja de seguridad de la habitación, llamó al recepcionista para avisarle que podrían encontrarlo en el restaurante, y luego bajó a ordenar una cena que hasta un Cardenal autoindulgente habría envidiado. Estaba frente a su café y a un brandy de excelente calidad cuando el camarero le trajo el teléfono. Una voz de mujer preguntó en italiano:

—¿Claudio Stagni?
—Sí.
—Soy Bárbara Busoni de Nueva York. Estamos en el vestíbulo. ¿Podemos subir?
—El conserje le enviará a alguien para que los acompañe a mi habitación.
—Somos tres.
—¿Tantos?
—Un perito calígrafo, un abogado y yo.
—¡Bien! Me gusta el trabajo escrupuloso. Yo mismo soy un hombre muy escrupuloso. Los veré en unos minutos.

Pidió la cuenta, la firmó haciendo un floreo, apuró la última gota de brandy, y luego caminó airosamente hasta el ascensor para enfrentar a los inquisidores, de quienes esperaba que de la noche a la mañana se convirtieran en generosos pagadores.

La mujer era más joven y más atractiva que lo que había imaginado: su piel era color miel, sus ojos oscuros, tenía acento florentino y el pelo rojizo cortado al estilo paje. Fue ella quien, con la mayor formalidad, hizo las presentaciones.

—Señor Stagni, soy Bárbara Busoni. Hemos hablado varias veces. Trabajo en el área de desarrollo de proyectos de la agencia. Si llegamos a un acuerdo, seré su editora. El caballero es Maury Rosenheim, el abogado que trabaja en la agencia, y él es Sergei Malenkov, un reconocido perito calígrafo. Caballeros, el señor Claudio Stagni, quien fue el valet de Su Santidad.

—¿Fue o es?
—Fue, señor Rosenheim. Su Santidad murió esta mañana.

—No sabía. He estado volando ocho horas, la mayor parte de ellas durmiendo. Supongo que ya ha dejado su empleo.

—No del todo. Estoy de vacaciones. El Cardenal Camarlengo —lo que en Inglaterra llaman Chamberlain— me sugirió que aprovechara parte de mi licencia acumulada antes de decidir si debería buscar otro empleo en el Vaticano.

El abogado frunció el entrecejo, intrigado.

—Éste no es el modo en que se me presentaron las cosas, Bárbara. Sé que estoy cansado, pero...

—¿Por qué no te callas y escuchas, Maury? Todavía estamos muy lejos de los documentos. Según entiendo, el señor Stagni nos está ofreciendo unas memorias personales, íntimas, de sus años como valet del Pontífice, junto con los derechos exclusivos de publicación de ciertos papeles privados del Pontífice de los que es legítimo poseedor. En principio, el señor Stagni ha acordado con nosotros que dictaría sus memorias bajo mi supervisión, y que yo las editaría a medida que trabajamos, de manera que pudiéramos tenerlas listas para su distribución antes de que comience el cónclave. El precio que estipulamos por los derechos de publicación en los medios de todo el mundo fue de un millón y medio de dólares estadounidenses, que se le pagarían la mitad al comenzar el trabajo y la otra mitad al concluirlo. ¿Lo ha entendido usted así, señor Stagni?

—Lo entendí y lo acepté como punto de partida de la negociación. De entonces a ahora, las circunstancias han cambiado.

—¿En qué sentido, señor Stagni?

—Tengo en mis manos mucho más material, un material íntimo y exclusivo de puño y letra del Pontífice. Es de un carácter tal que creo que debería publicarse antes que mis memorias: de esa manera ambos proyectos se valorizarían muchísimo.

—¿Quiere decir, señor Stagni, que nos está subiendo el precio?

—Por una parte, sí. Por la otra, les estoy ofreciendo un producto enormemente más valioso.

—¿Podemos ver algo, por favor? —Ahora Bárbara Busoni estaba irritada—. Debe admitir que esto es una verdadera sorpresa.

—Fígaro solía ser una fuente inagotable de sorpresas, ¿no?

—¿Fígaro?

—Es el apodo que me pusieron en Roma. Yo era el valet del Papa, su barbero, su diseñador de vestuario, de todo, pero era también una de las pocas personas que podía arrancarle una auténtica carcajada. Veamos, déjeme mostrarle de qué estamos hablando. —Abrió su gastado maletín y extrajo un misal encuadernado en cuero. Lo abrió en una página y se lo pasó a Malenkov, el perito calígrafo.

—Supongo, señor, que usted ha estudiado algunas muestras de la letra del difunto Pontífice. De otro modo, no estaría aquí.

—Es verdad.

—Y, puesto que ésta es una discusión amistosa y no un tribunal, yo lo acepto como perito. Ahora, ¿tendría la bondad de estudiar la dedicatoria escrita en este misal? Se la traduciré, por si usted no lee italiano:

"A mi leal servidor Claudio Stagni:
Mi Fígaro, quien en horas muy oscuras me ofrendó el regalo de la risa.
En su cumpleaños número cincuenta".

Y a continuación su firma. ¿Tiene algún problema para identificar la letra, o la firma?

—Ninguno en absoluto.

—Ahora mire esto. Como puede ver es una carta del Pontífice, escrita en una de sus hojas de notas. Le leeré también este texto.

"Mi querido Fígaro.
"Hace cinco siglos y medio, uno de mis predecesores, el papa Pío II, Enea Silvio Piccolomini, dictó sus memorias a su secretario, quien luego las destruyó por temor al escándalo. Yo no te dicté estas páginas, pero tú estuviste presente en las horas postreras de muchas noches mientras yo las escribía. En los viejos tiempos, yo podría haberle legado una fortuna a un criado leal como tú. Pronto moriré como debe morir un papa, sin posesiones.
"Estos tomos son mi legado para ti. Reza por mí de vez en cuando."

Una vez más, reconocerá usted la firma. Y vuelvo a preguntarle: ¿es auténtica la letra?

Esta vez el perito se tomó un poco más de tiempo para examinar la letra. Con una lupa, se detuvo con minuciosidad en los detalles de la caligrafía. Finalmente encaró a la pequeña asamblea.

—No hay la menor duda. Es auténtica.

—Muy bien, ¿adónde nos lleva eso? —Quien preguntara fue Maury Rosenheim.

—Nos lleva a esto. —Fígaro se puso un par de guantes blancos, sacó los tres tomos envueltos en papel tisú, desplegó el papel sobre la mesa y con actitud reverente depositó los tomos frente a ellos. Luego pronunció el discurso culminante de la noche—: Confío, damas y caballeros, en que no se sentirán decepcionados. Señorita Busoni, puede leer los textos y dictaminar sobre su valor editorial. Su perito calígrafo ya ha autenticado la letra. Y usted, señor Rosenheim, ha visto la prueba de su inequívoca procedencia. Ahora una pregunta muy sencilla. ¿Quieren comenzar la negociación?

—¿Por dónde sugiere que comencemos? —Maury Rosenheim habló primero, como era su costumbre.

—Comencemos por cinco millones de dólares estadounidenses —dijo Fígaro con calma—. Eso les asegura el derecho a utilizar el material con todos los medios. Luego podemos hablar de porcentajes y derechos de prioridad.

Maury Rosenheim no podía creer lo que estaba oyendo.

—¿Derechos de prioridad? ¿Cómo diablos sabe usted que hay derechos de prioridad?

—Aprendo rápido. —Fígaro les dispensó su sonrisa más jovial—. Si quieren estudiar el manuscrito, si quieren deliberar, pueden hacerlo en el dormitorio; si quieren llamar a Nueva York, por favor, usen el teléfono o el fax. Un detalle solamente, amigos. No jueguen a regatear. Esta oferta es válida hasta las once de la noche, hora de Zurich, que coincide con el cierre de la rueda en Nueva York. Y recuerden: dinero en efectivo contra entrega de los documentos en Zurich, mañana.

La puerta del dormitorio se cerró tras los tres invitados, y Fígaro exhaló un largo y silencioso suspiro de alivio. Había invertido dos mil dólares en el mejor falsificador profesional: un viejo impostor que había estado purgando una condena de diez años en Lipari y había vivido con una hija casada y el marido de ella a dos calles de su apartamento. Fígaro había redactado el texto, y le había proporcionado las necesarias muestras de la letra del Pontífice. El viejo falsificador había garantizado que su trabajo engañaría a cualquier perito del mundo. Y se tomó el trabajo de aclararle que no había sido un trabajo mal hecho lo que lo había llevado a la cárcel, sino una mujer celosa que lo había encontrado en la cama con la hermana y lo había denunciado a la policía. Desgraciadamente no podía garantizarse a sí mismo contra la muerte. Había muerto de un ataque al corazón dos semanas después de entregar su obra.

Fígaro tenía todas las intenciones de sacar provecho de la situación. En el preciso momento en que los fondos estuvieran depositados en su banco, saldría rumbo a Brasil por una ruta muy indirecta.

Capítulo Cuatro

Durante los dos días que siguieron a su muerte y embalsamamiento, el cuerpo del Pontífice fue velado en la Capilla del Santísimo Sacramento, en la Basílica de San Pedro. Los cirios encendidos se consumían a su alrededor. Oficiales de la Guardia Suiza estaban apostados vigilando, mientras miles de creyentes y no creyentes, romanos y extranjeros, pasaban en lenta procesión ante su ataúd abierto.

Su cuerpo estaba ataviado con toda la pompa pontificia, con un velo sobre el rostro, un rosario entre las manos, su breviario abierto sobre el pecho con el marcador de seda en el Oficio del Día. Dentro del ataúd, había copias de las medallas que había hecho acuñar durante su reinado, y un pequeño monedero de cuero con muestras de sus monedas. Éstas, así era el razonamiento, ayudarían a identificarlo si, después de los cataclismos de otro milenio, fuera exhumado y vuelto a enterrar. Los romanos, un pueblo escéptico con una larga historia, tenían otra explicación: *"El Papa también es humano. Tiene que pagarle al barquero como todos nosotros"*.

Al tercer día, lo enterraron en la cripta. Los medios de todo el mundo se refirieron a las exequias y el internamiento con la circunspección que correspondía. Los primeros editoriales fueron alumbrados en una prosa grandilocuente y panegírica. Las primeras fotografías destacaban la grandeza arquitectónica, el esplendor ritual, el alcance mundial y la diversidad que caracterizaban a la Iglesia: Una, Santa, Católica y Apostólica. Los servicios informativos de la televisión emitían imágenes reverentes, retóricas y autoindulgentes de los iconos familiares y no familiares.

Luego comenzaron los *Novemdiales*, los nueve días de misas, oraciones y sermones públicos a cargo de prelados de la más alta jerarquía en las principales iglesias de la ciudad. Los sermones no eran piadosas celebraciones de un alma querida que ha partido. Se proponían ser expresiones públicas de las necesidades de los fieles, y mensajes enviados al colegio electoral para recordarle su deber de encontrar un buen pastor para los romanos y para la Iglesia en general.

Al mismo tiempo, los medios de todo el mundo adoptaron un tono diferente. Abandonaron la prosa florida y los piadosos lugares comunes se convirtieron en punzantes consideraciones políticas. La elección de un nuevo Pontífice era un acto crítico cuyas consecuencias, para bien o para mal, se extenderían más allá de las fronteras de las naciones y de las barreras de razas, de credos y de costumbres. El mundo estaba en crisis, la Iglesia estaba desorganizada. Los medios reflejaban todas sus confusiones. Sin embargo, fue el *New York Times* el que le quitó la anilla a la granada:

"…El difunto Pontífice era un hombre perseverante y valiente que consideró que su tarea pastoral era moldear la arcilla humana a imagen de Cristo. Sin embargo, a menudo daba la impresión de estar creando una comunidad tan uniforme y pasiva como los guerreros enterrados de China. Alejó a las mujeres de la Iglesia. Llamó a silencio o intimidó a sus pensadores más audaces. Fue siempre centralista e intervencionista. La noción de gobierno colegiado le era ajena, como la idea de que las mujeres pudieran ejercer el sacerdocio. Cuando designó los Obispados vacantes o confirió el Capelo Cardenalicio a hombres que compartían con él estos puntos de vista, no estaba haciendo algo imprevisto. Su expectativa era, sin duda, que el Colegio de Cardenales habría de elegir un Papa que continuaría sus propias políticas.

"Ahora, inmediatamente después de su muerte, hay una nueva sorpresa. Podría ser interpretada —y eso es lo que con seguridad harán muchos— como un intento póstumo de intervención en el mismísimo cónclave.

"En nuestra próxima edición dominical publicaremos, simultáneamente con otros periódicos importantes de todo el mundo, un documento extraordinario. Se trata del diario privado que el difunto Pontífice escribía todas las noches. Lo guardaba en un lugar secreto de su vestidor, y finalmente se lo entregó, como legado personal, a su valet de muchos años, Claudio Stagni, quien en esas madrugadas solía hacerle compañía mientras el Pontífice trabajaba.

"El documento ha sido autenticado sin dejar lugar a la menor duda por dos peritos calígrafos, uno en Europa y el otro en los Estados Unidos. La procedencia es simple y directa: del Pontífice a Stagni. El título de propiedad es incuestionable: una carta a modo de legado escrita por Su Santidad a Stagni en los últimos días de su vida. Todas estas pruebas serán exhibidas en nuestra publicación.

"El diario contiene reveladores comentarios marginales sobre las políticas del Vaticano y vívidos retratos de altos prelados de todo el mundo, entre ellos los que en este momento están reunidos en asamblea en Roma para elegir a un nuevo Pontífice. El material será publicado completo, con la excepción de algunos pasajes que, según nuestros consejeros legales podrían ser considerados difamatorios..."

Había más todavía: la promesa de chismes de lo que ocurría entre bambalinas aportados por el propio Claudio Stagni bajo el título: *"El pequeño mundo de Fígaro y su Papa"*. El resultado final de estos anuncios, y una cadena de otros similares en varias grandes capitales, obligó al Cardenal Camarlengo a convocar una reunión de emergencia de Cardenales en el Palacio Apostólico. Estaban todos muy ofendidos. Él mismo sentía una gran incomodidad, que se acentuó cuando el Cardenal Arzobispo de Nueva York presentó una copia de las pruebas de imprenta del controvertido material, y distribuyó copias que habían sido tiradas esa tarde en la Villa Stritch, donde su Eminencia se alojaba. En su brusco estilo militar —era Capellán General de las Fuerzas Armadas de los Estados Unidos—, se dirigió a su público:

—Esto me fue entregado esta mañana por la oficina romana del *New York Times*. Fueron sumamente corteses. Dijeron que no tenían nada que ocultar. Me aseguraron que el título de propiedad era incuestionable, y por lo que he leído, los documentos son auténticos. Lo que todos queremos saber es simplemente cómo pudo haber ocurrido esto, y, segundo, si a esta altura de los acontecimientos tenemos alguna esperanza de poder obtener una orden judicial para impedir la publicación.

—Me temo que no hay absolutamente ninguna esperanza. —El Camarlengo se mostró apenado pero firme—. He discutido el asunto con Monseñor Ángel Novalis y con nuestros consejeros legales, laicos y clericales. Aparentemente Claudio Stagni es el propietario legal de los documentos, a los que el propio Pontífice alude como un legado. Los compradores, y los agentes literarios que los vendieron en todo el mundo han hecho, obviamente, sus propias investigaciones. El consejo que nos han dado es que no hay fundamentos para impedir la publicación por medios legales en ningún territorio.

—Pero ¿cómo pudo Su Santidad haber cometido una locura como ésta? Usted lo veía más que cualquiera de nosotros, Baldassare. ¿Estaba en sus cabales?

—No tengo ninguna duda, absolutamente ninguna duda.

—¿Existe alguna posibilidad de que este sujeto, Stagni, haya ejercido sobre él una influencia indebida?

El Camarlengo esbozó una pequeña sonrisa forzada.

—Usted sabe —todos nosotros lo sabemos— lo difícil que era para cualquiera de nosotros influir sobre el difunto Pontífice en estos últimos años.

—¿Dónde está Stagni ahora?

—No es ningún secreto. Está en Río de Janeiro, de vacaciones.

—Que pagamos nosotros.

—Naturalmente. Había acumulado muchos días de licencia y tiene todo el derecho de que le sean pagados. También tiene derecho a una pensión para la cual él y nosotros hemos contribuido por un largo tiempo.

—¿Vamos a pagar eso también?

—Puesto que no hay ninguna prueba de comportamiento criminal, estamos obligados a hacerlo.

—¿Estamos buscando esas pruebas?

— No sabemos por dónde empezar. Piensen un momento. Antes de que Su Santidad muriera, hice una inspección minuciosa de su estudio en compañía de su secretario, y de su dormitorio y su vestidor con el valet. Estos documentos no estaban allí.

—¿Vio el lugar secreto dónde escondía sus cosas?

—Me fue mostrado. Estaba vacío.

—¿Y el valet no mencionó los documentos?

—No.

—Con lo que sabemos ahora, ¿no resulta al menos sospechoso eso?

—No lo suficientemente sospechoso como para acudir a la justicia, ni entonces ni ahora. En el peor de los casos, su silencio podría ser caracterizado como un acto inteligente motivado por un interés personal.

—O una respuesta a los deseos del propio Pontífice.

El comentario vino de Luca Rossini, quien se puso de pie con el texto en la mano. Hubo un repentino silencio indignado antes de que el Cardenal Arzobispo lo interrogara bruscamente.

—¿Es eso lo que nuestro eminente colega cree?

—Es lo que este eminente periódico sugiere. —Rossini hablaba con serenidad—. Primero señala, bastante correctamente, que el difunto Pontífice hizo ciertas designaciones en el Colegio de Cardenales con la esperanza de que el hombre a quien el Colegio eligiera continuara las políticas existentes. Luego dice lo siguiente: *"Ahora, inmediatamente después de su muerte, hay una nueva sorpresa. Podría ser interpretada —y eso es lo que con seguridad harán muchos— como un intento póstumo de intervención en el mismísimo cónclave"*.

Tras el silencio que siguió a la lectura, se oyó la voz del Camarlengo.

—¿Es eso lo que tú crees, Luca?

—Creo que muchos lectores y muchos comentaristas harán una interpretación como ésta.

—¿Cuál es tu propia lectura de este desafortunado incidente? Después de todo, tú estabas muy cerca de Su Santidad.

—Lo suficientemente cerca como para saber que, en sus últimos años, podía emitir, a veces, juicios apresurados, y que otras veces creía que podía, o debía, adelantarse al curso futuro de la historia. De todos modos, ésa es una opinión personal. No nos aporta ningún fundamento para iniciar acciones legales contra Claudio Stagni, y ni siquiera para poner en duda su reputación.

—¿Quiere decir que no deberíamos hacer nada? —El Arzobispo de Nueva York estaba furioso—. ¡Ese hombre es un ladrón!

—¿Podemos probarlo?

—Todavía no. Pero tenemos que desacreditarlo.

—Podríamos terminar desacreditándonos nosotros mismos. Razonemos un poco sobre esto. Los periódicos más poderosos del mundo defenderán la autenticidad de lo que han comprado. Muchos de los que estamos en esta sala reconocemos al menos ecos de observaciones que el Pontífice hizo de vez en cuando en público o en privado. Todos podemos atestiguar, como mínimo, que la letra se parece muchísimo a la del Pontífice. Por eso pienso que pareceríamos unos tontos si tratáramos de desacreditar el documento. El hecho de que Stagni reivindique su propiedad es otra cuestión, nada fácil de resolver. Tiene un documento ológrafo, una carta de puño y letra del Pontífice, en la que le da el diario en carácter de legado. Dos peritos calígrafos lo han estudiado y lo han considerado genuino. Entiendo que para el momento en que pudiéramos ofrecer en los tribunales pruebas que los refuten, habríamos gastado millones, y estaríamos transfiriéndole a nuestro nuevo Pontífice una montaña de juicios en una docena de jurisdicciones. ¡Un comienzo no muy bueno para un nuevo reinado!

Rossini se sentó. Hubo un prolongado silencio, durante el cual el Camarlengo paseó su mirada por la sala, a la espera de alguna otra intervención. Finalmente el Secretario de Estado se puso de pie:

—Nuestro colega Luca tiene razón. *Prima facie*, los documentos son auténticos. Nuestra única oportunidad —difícil de preparar y cara de sostener— es impugnar la validez del título de propiedad del documento. ¿El legado del Pontífice a su valet es válido? La carta de donación tiene la misma letra que el diario, y la mayoría de los que estamos aquí, a primera vista, aceptaríamos que es la del Pontífice. ¿Qué hacemos entonces? ¿Montar una impugnación a gran escala, o plantear las dudas legítimas que tenemos, sean cuales fueren, y esperar que la cosa se extinga como una vela romana en cuanto comiencen los trámites de la elección?

—¿Algún otro comentario? —preguntó el Camarlengo.

—Sólo uno —dijo el hombre de París—. ¡Odio la idea de ese pequeño *salaud* tomando sol en Río y viviendo como un príncipe de sus ganancias mal habidas! ¡Ojalá se contagie la peste!

—Yo no le desearía eso a nadie —dijo el hombre de Río—. Mi ciudad es uno de los hogares de la peste en el mundo.

—No tanto como la mía. Ni la mitad —dijo el hombre de Kinshasa.

El Camarlengo puso orden en la reunión.

—Su Eminencia el Secretario de Estado ha presentado una moción. No impugnamos la autenticidad de los documentos. Y anunciamos que estamos haciendo averiguaciones acerca de la legitimidad del título de propiedad.

—Con respeto —dijo Luca Rossini—, sugiero un pequeño *addendum*. Que se le dé autoridad a Monseñor Ángel Novalis para que conduzca las averiguaciones y se encargue de los comentarios a la prensa. Todos los demás vamos a tener cosas más importantes que hacer.

—Acepto la enmienda —dijo el Secretario de Estado.

—Yo apoyo la moción con su enmienda —dijo el Arzobispo de Nueva York.

—¿*Placetne fratres*? —El Camarlengo hizo la pregunta ritual. Todas las manos se alzaron. Todas las voces aprobaron, en un murmullo.

El Arzobispo de Nueva York alzó su mano con los demás, pero como era un sujeto irritable, descargó una inoportuna protesta sobre su vecino, Gottfried Gruber:

—Todavía no puedo imaginarme la relación entre ese pequeño cerdo de Stagni y el Santo Padre.

—Yo sí —dijo Gottfried Gruber de mal humor—. El Santo Padre se convirtió en una figura tan pública que no tenía un lugar para reír o llorar que no fueran sus propias habitaciones. Incluso con nosotros, sus colegas, se mostraba siempre cauteloso y distante. Su valet era la única persona con quien podía distenderse y compartir un chiste, o el chisme del día. Todos lo sabíamos. Algunos estábamos celosos.

—¿Realmente cree que le regaló su diario a Stagni?

—Estoy seguro de que compartió con él algunas de las entradas mientras las escribía.

—Puedo ver la escena. Sé lo que se siente cuando se está solo al final de un día duro, con Dios como único interlocutor. Es un buen oyente, pero silencioso. A veces cuesta creer que esté realmente allí.

—Exactamente a eso me refiero —dijo Gottfried Gruber—. Nadie ha trabajado más duro que yo para mantener la pureza de la fe y defender la autoridad del Pontífice Romano como su árbitro e intérprete. Pero, últimamente, he comenzado a preguntarme...

Se interrumpió en medio de la frase. El Arzobispo lo aguijoneó.

—¿Qué se pregunta? Dígalo, hombre. Aquí somos todos hermanos.

—He comenzado a preguntarme si no he ayudado a crear una receta para la revolución.

—Hay una sola manera de contestar esa pregunta, Gottfried.
—Dígamela, por favor.
—¡Pregúntese qué haría, si de pronto lo sentáramos en el trono de Pedro!

La idea fue propuesta por Steffi Guillermin en el bar del Club de la Prensa Extranjera. Fritz Ulrich la apoyó ruidosamente. El voto a favor fue unánime. Se invitaría a Monseñor Domingo Ángel Novalis a hablar ante los miembros del Club de la Prensa Extranjera, y a contestar luego sus preguntas, durante un almuerzo que se le ofrecería al día siguiente. Steffi Guillermin hizo la llamada telefónica y recibió una respuesta afirmativa. Un grito de júbilo atronó el lugar cuando Steffi cortó la comunicación y alzó los pulgares.

—Le interesa. Tiene que consultarlo primero con la Secretaría. No cree que haya problemas.

—Si se negaran serían unos idiotas —dijo Fritz Ulrich—. Es la mejor oportunidad que tienen para dar su opinión sobre la publicación del diario.

—También podría ser la última aparición de Ángel Novalis en escena. Los del Opus Dei deben de estar preguntándose cómo les cambiará su papel el nuevo pontificado.

—Ángel Novalis no tendrá que dar tantos rodeos como de costumbre —les recordó Frank Colson—. Nos va a dar las respuestas a doble espacio, para que podamos leer entre líneas.

—Siempre que le hagamos las preguntas justas —dijo Steffi Guillermin—, y no perdamos tiempo duplicándolas.

—Una sugerencia, entonces. ¿Por qué no unificamos las preguntas? Si además hacemos que sea uno solo el que las formula, no va a ser fácil que el entrevistado lo desvíe, y se podrá avanzar más rápido. Todos sabemos que nuestro invitado tiene pies ligeros.

—Yo propongo a Steffi. —Fritz Ulrich le sonrió burlonamente—. Ella tuvo la idea. Y también es ligera de pies. ¡No he conocido todavía ningún hombre que haya podido atraparla!

Steffi Guillermin ignoró la pulla y eludió la provocación.

—Las preguntas deberían ser formuladas en inglés. Nuestro invitado lo habla con fluidez. Eso facilitaría la cobertura y la unificación tanto de las preguntas como de las respuestas.

—¿Quién decide cuál será el cuestionario definitivo? —La pregunta la hizo Frank Colson.

—Los jefes de redacción de los periódicos que compraron los derechos de publicación y los servicios de televisión que contribuyeron a la compra. ¿Alguien tiene alguna objeción?

—Yo, ninguna —dijo el hombre del *New York Times*.

—Nosotros, ninguna —dijo el del *Times* de Londres.

Steffi Guillermin se quedó con la última palabra.

—Todas las preguntas le deberán ser entregadas al camarero antes de las seis de la tarde de hoy. Necesitamos una mañana de trabajo para ponerlas en orden y asegurarnos la mejor oportunidad de tener una nota de primera. Propongo a Frank Colson para que traduzca las preguntas. Hasta yo puedo entender su inglés. Una cosa más: estamos más interesados en lo que se diga que en los ángulos de cámara. A la gente de la televisión y los fotógrafos les asignaremos un lugar preciso. No podemos tener gente disparando sus flashes durante el discurso o cuando hagamos las preguntas... Y los que han pagado los derechos de distribución tienen prioridad. ¿Entendido?

¡Habían entendido, por supuesto! En Roma todo el mundo entendía todo, incluso antes de que fuera dicho, de modo que nadie se tomaba el trabajo de escuchar nada. Pero Steffi Guillermin había vivido lo suficiente en la ciudad como para entender la palabra *arrangiarsi*, el arte de arreglárselas solo. De modo que reunió su propio grupito de conspiradores para decidir cómo distribuirían a los comensales en la mesa y editar las preguntas en inglés con Frank Colson.

A las cinco de la tarde, Ángel Novalis llamó. Le habían dado permiso para hablar en el almuerzo. Sin embargo, había ciertas condiciones. Steffi Guillermin se puso en guardia de inmediato.

—¿Qué condiciones, Monseñor?

—Primero, cuando se publique deberán aclarar que estoy hablando a título personal y no como representante del Vaticano.

—Eso sería como distorsionar la verdad, ¿no es cierto?

—Es la expresión de un hecho canónico. La Sede de Pedro está vacante. Todos los deseos del último Pontífice siguen vigentes hasta que sea elegido un nuevo Papa. Yo no puedo comentar aquellas políticas ni hacer profecías sobre las nuevas. No obstante, puedo expresar mis opiniones personales, siempre que se las anuncie como tales.

—¿Usted sabe que lo que nosotros enviamos puede ser cambiado, o que algunas partes pueden ser eliminadas en nuestras respectivas redacciones?

—Por supuesto. Digamos que estoy...

—Cubriéndose las espaldas —dijo Steffi Guillermin—. Eso lo entendemos. ¿Cuál es la siguiente condición?

—No expresaré opiniones sobre personas concretas cuyos nombres estén mencionados en el diario. El riesgo de cometer difamación no sólo los alcanza a ustedes sino también a mí.

—¿Pero no se negará a contestar preguntas generales sobre "ciertas personas"?

—Me reservo siempre el derecho de negarme a hacer comentarios.

—Eso no nos incomoda. ¿Algo más?

—El tema de mi alocución será "Pasado y futuro de una Iglesia perdurable".

—No suena como un monólogo cómico para un almuerzo —dijo Steffi Guillermin—; pero estoy segura que hará usted un buen trabajo. Tal vez le resulte difícil de creer, pero estará entre amigos.

—¡Nunca dudé de eso, mademoiselle! Hasta mañana entonces.

Steffi Guillermin colgó y dio un gritito de alegría. Este hombre era brillante, a veces demasiado brillante para su propio bien; pero tenía la autoestima suficiente como para garantizar un desempeño de primera. Sería una clásica escena de tribunal, con un acusado muy seguro de sí mismo y un fiscal muy cortés. Lo que estaría en discusión serían veinticinco años de gobierno centrista de la Iglesia y una visión —si es que existía— del nuevo milenio, interpretados a partir del diario íntimo de un hombre muerto.

Cuando Luca Rossini regresó a su casa, a las siete de la tarde, había un mensaje de Isabel.

"Luisa y yo salimos de Nueva York esta tarde a las seis y media. Llegamos a Roma mañana a las 8.50 de la mañana y seremos recibidas por un agregado de la Embajada Argentina. Raúl nos ha reservado una suite en el Grand Hotel. Insiste en que nos presentemos 'con un estilo apropiado'. Después de un largo vuelo nocturno, ¡las dos necesitaremos un descanso y un tratamiento

de belleza antes de encontrarnos con nuestra muy especial Eminencia! Te esperaremos a las ocho de la noche para cenar en la suite. Por favor, deja un mensaje en el hotel para confirmar que vendrás aunque Atila esté a las puertas de Roma.
Con todo mi amor,

Isabel."

A pesar de todas las fantasías que había alimentado, la noticia lo dejó sin aliento. Después de un cuarto de siglo de separación y sentido exilio, estarían juntos en la misma habitación. Se encontrarían cara a cara, cuerpo a cuerpo, y todos los ayeres perdidos quedarían en el olvido.

Luego un súbito pánico se apoderó de él. También esto era una fantasía. Habría un testigo del encuentro, una mujer joven de veintitantos años, hija de Isabel y Raúl, nieta de aquel viejo y aguerrido aventurero, Carlos Menéndez, que había desafiado a la Junta Militar y a la Iglesia para que lo sacaran sano y salvo del país. La cruda advertencia de Menéndez todavía resonaba en su memoria: "Lleva mucho tiempo recuperarse de la experiencia de la tortura... Es demasiado pronto para saber cómo saldrás de todo esto. Espero que algún día tú seas todo un hombre".

¿Cómo lo juzgaría ahora el viejo Carlos, allí donde se hospedara? Había muerto diez años atrás, cuando su helicóptero se precipitó a tierra en un remoto valle andino. También se preguntaba cómo reaccionaría la joven cuando lo conociera. Y más que todo se preguntaba cómo lo vería Isabel, quien con sus cuidados lo había elevado desde aquella obscena degradación hasta devolverle la imagen de un hombre.

Entró al dormitorio, caminó hasta el escritorio y permaneció un largo rato frente al espejo, mirándose. Vio a un sujeto enjuto, de cincuenta años, con la piel aceitunada de un hombre del Mediterráneo, el pelo gris acerado y una expresión adusta en la boca, que podía trocarse en una rara sonrisa cuando sus ojos oscuros se iluminaban. Era alto para ser un hombre del sur y muchas veces se había preguntado qué corsario o invasor escandinavo le habían dado su altura y su paso largo y airoso.

De pronto, se echó a reír ante la imagen del espejo: le causaba gracia el ridículo recuento de sus atractivos que estaba haciendo, como si estuviera justipreciando a un animal. Ésta era la raíz de sus temores: que Isabel, la única mujer que él había amado, lo encontrara ridículo.

Sin que se lo propusiera, la idea le suscitó una nueva serie de interrogantes. ¿Cómo se saludarían? ¿Con un apretón de manos o con un beso? ¿Y qué tipo de beso sería el apropiado en presencia de su hija? Isabel no le había dado indicios de ello en ninguna de sus cartas, y, sin embargo, también ella debía de haber soñado con el momento en que se encontraran. Cada vez que mencionaba a su hija, lo hacía con orgullo y cariño, y una genuina satisfacción por el hecho de que la relación entre la muchacha y su padre era buena. "Ella lo adora porque él no le niega nada. Para él, es su mascota, le encanta exhibirla, y escoge con mucho cuidado a quiénes, entre sus amigos, varones o mujeres, le presenta. Ella, por su parte, tiene un espíritu generoso y alegre y hemos llegado a ser buenas compañeras."

Y otra pregunta más estúpida que las otras: ¿cómo debería vestirse para aquella cena de tres comensales? Tenía tres opciones: una sotana escarlata ribeteada con un cinto del mismo color, sumamente formal y que sin duda provocaría revuelo en el vestíbulo del Grand Hotel, un traje común de clérigo, con un cuello romano y el corbatín púrpura para denotar su rango, o el traje de calle con cuello y corbata que usaba cuando viajaba a lugares donde era conveniente exhibir cierta neutralidad religiosa. Rechazó esa opción al instante. Tomaría demasiado tiempo explicarla. De todos modos, se prometió que cuando llevara a Isabel a su retiro de las colinas se vestiría con sus ropas de trabajo y pensó que, si Dios quería, ella aceptaría ir sola.

Una sombra de resentimiento se inmiscuyó en sus cavilaciones. ¿Por qué Isabel había organizado su primer encuentro de esa manera? ¿Había decidido trazar, de alguna manera, una línea en la arena? ¿Temía que un repentino impulso de pasión se apoderara de él, o de ella? Se enojó consigo mismo por el solo hecho de haberlo pensado. Ella no le debía nada. Él era el que estaba en deuda. Ella tenía todo el derecho de fijar las condiciones de pago. Además, sus cartas eran el verdadero testimonio de lo que sentía por él, y, tenía que admitirlo, eran mucho más abiertas que las que él le enviaba a ella. De modo que rechazó el inoportuno pensamiento e intercambió una sonrisa burlona con la imagen del espejo.

A pesar de todo, estaba inquieto y preocupado. No quería enfrentarse a la noche en soledad. Les dijo a sus servidores que cenaría afuera. Luego marcó el número de un tal Monseñor Piers Paul Hallett, quien trabajaba como paleógrafo en la Biblioteca del Vaticano. Había entre ellos una extraña amistad que había florecido a partir de un encuentro casual en la biblioteca, muy poco después de la llegada de

Rossini a Roma. Apenas habían sido presentados, Hallett le había hecho una lánguida pregunta: "Dime, muchacho, ¿por casualidad sabes algo sobre el calendario de los incas?".

Hallett tenía una lengua ingeniosa, el don de la erudición indolente y un desprecio muy inglés por los excesos del gobierno del clero. ¿Estaba disponible para cenar? Siempre que el Eminente pagara. ¿Le gustaría la *Antica Pesa*? Por supuesto. El lugar era espléndidamente discreto, y resultaría todavía más cómodo si ambos iban vestidos de civil.

—Sin ánimo de ofender a mi eminente anfitrión, por estos días Roma está siendo asolada por una verdadera plaga de prelados. ¡Todo ese rojo y esa púrpura! ¡Es como un brote de sarampión!

El nombre, *Antica Pesa*, significaba *La vieja casa del pesaje*, el lugar donde se controlaban y gravaban las cargas de las carretas antes de que se las subiera hasta la cima de la colina Janiculum. Estaba situada en una antigua casa de vecindad cuyas puertas delanteras daban al empedrado pavimento de la Via Garibaldi, mientras que en la parte de atrás desembocaba en un pequeño jardín cerrado, un lugar agradable para una cena de verano.

Aquella noche el aire estaba frío, de modo que Rossini y su invitado se instalaron próximos al resplandor de un fuego de madera de olivo encendido en una chimenea lo bastante grande como para asar en ella un toro. Decidieron ordenar lo mismo: *spaghetti alla poverella y vitello arrosto* con una botella de vino tinto y otra de agua mineral. Luego, sabiendo que el servicio tardaría, comenzaron la charla tranquila de dos viejos amigos. Hallett, como siempre, hizo las primeras preguntas.

—Dime, eminente amigo, ¿cuál es la verdad acerca de ese diario? ¿Es auténtico? ¿Fue robado? ¿Por qué no hubo ninguna protesta pública del Vaticano sobre la publicación?

Rossini se encogió de hombros y recitó de un tirón las respuestas:

—Son auténticos, sí. La procedencia parece simple. El Santo Padre se lo dio a Stagni como legado personal. Hay una carta manuscrita que lo prueba.

—¡El hombre debe de haber estado chocheando!

—Está muerto y enterrado, amigo mío. Dejémosle descansar en paz.

—¿Qué sabes de este valet?

—No mucho. Ya estaba instalado allí cuando llegué a Roma. Nos hemos saludado, pero, como todos los demás, no le he prestado demasiada atención. Tú has estado aquí más tiempo que yo, ¿qué sabes?

—Trabajo en la biblioteca, que está muy lejos de los aposentos papales, pero todas las mañanas tomo el café en el Nymphaeum, del otro lado del jardín. Es un lugar animado, ¡al menos para el Vaticano! Stagni solía ir a menudo.

—¿Cómo era?

—Un chismoso agradable. La gente lo quería. Lo llamaban Fígaro, pero eso ya lo sabes, por supuesto.

—Lo sé.

—Lo que probablemente no sepas es que durante mucho tiempo anduvo diciendo que cuando se retirara iba a escribir un libro. Obviamente algún editor italiano se había puesto en contacto con él, pero sus ambiciones iban más allá. Parecía una urraca arrebatando migajas de información sobre agentes, editores y medios de distintos países. Yo le di un viejo ejemplar del *Anuario de Escritores y Artistas* y le sugerí que consiguiera una publicación similar referida a América. Me lo agradeció efusivamente...

—Una vez que tuvo los contactos —reflexionó Rossini—, debió de haberse sentido estimulado a desarrollar las ideas.

—¡Exactamente! Pero hay otro detalle. En este caso es algo en lo que estoy involucrado.

—¿Tú? Por Dios, cómo...

—¡Paciencia, mi querida Eminencia! ¡Paciencia! En mi especialidad, de vez en cuando surge la cuestión de la falsificación. Es un negocio antiguo: la gente que se dedica a falsificar artefactos y documentos existe desde hace siglos. ¡En la Iglesia también hemos tenido nuestros casos! Lo cierto es que una mañana, a la hora del café, apareció el tema. Stagni, que estaba allí, sostuvo que conocía a un viejo, que había estado preso en Lipari por falsificación de documentos de identidad, cheques, e incluso —aunque no lo creas— por hacer falsos títulos de nobleza. De éstos parece que hubo un comercio importante apenas terminó la guerra...

—¿Recuerdas cómo se llamaba el hombre?

—Sí, por cierto. De hecho, Stagni me dio sus señas y lo consulté por un documento sobre el que había dudas. Se llamaba Aldo Carrese. Murió...

—¿Cuándo murió?

—Hace unos meses.

—¿Stagni lo estaba usando?

—Es nada más que una corazonada, pero creo que debe de haberlo hecho.

—¿Por qué Stagni te daría el nombre?

—Difícilmente habría podido negarse. Te dije que era un chismoso. Había hablado tanto que no le quedó otro remedio.

—No creo que nos sirva de mucho ahora. El hombre está muerto. El diario ya está en prensa. Stagni está en su casa, libre y rico.

—¡Qué vergüenza!

—De todos modos, algo podemos rescatar. Ángel Novalis va a hablar en el Club de la Prensa Extranjera. Lo llamaré a la mañana. Te confieso que no me preocupa demasiado. Todo este asunto es una maravilla que no durará más de nueve días.

—¿Eso quiso ser un juego de palabras?

—Lo es. Acabamos de comenzar los nueve días de homenajes: recordando, esperando. La prensa entrará en un frenesí alimentado por el diario, hasta que nos encerremos en el cónclave. Después de eso, el tema se diluirá, será una nota a pie de página en la historia.*

—¡Eso es poner el dedo en la llaga! —De pronto, Hallett se volvió taciturno. Volvió a sumirse en el silencio.

Rossini lo aguijoneó.

—Tú tienes algo en mente, Piers. Somos amigos. Dímelo.

—Estaba pensando —comenzó Hallett lentamente— que yo me he estado ocupando toda mi vida de notas al pie.

—Pensé que tu trabajo te hacía feliz.

—Así fue, hasta no hace mucho.

—¿Pasó algo que hizo cambiar las cosas?

—No pasó nada en concreto. Simplemente estoy atravesando por una mala racha: aburrimiento, indiferencia, vanidad de vanidades, todo verdor perecerá, ese tipo de cosas.

—Es probable que necesites unas vacaciones, o un cambio de trabajo.

—Lo último, seguramente. Es el trabajo en sí lo que me está afectando. Solía gustarme, pero ya no encuentro placer alguno en él.

---

* Juego de palabras para el cual no hay equivalente en castellano. La expresión inglesa *a nine day wonder*, literalmente *una maravilla de nueve días*, significa *algo que dura lo que un suspiro*. El autor la hace jugar con las ceremonias posteriores a la muerte del Papa, que duran nueve días. *(N. del T.)*.

—Adelante. Te escucho.

—Es bastante simple. Soy paleógrafo. Me ocupo de escritos e inscripciones antiguas. Es uno de los campos de estudio más áridos, y uno de los más solitarios, además. Todo tiene como punto de referencia el pasado. Las señales apuntan siempre a callejones sin salida, a templos derruidos y dioses olvidados. Mi propio yo se ha convertido en un hábitat bastante polvoriento. Fue por eso que me alegró tanto que llamaras y me invitaras a cenar esta noche.

Antes de que Rossini tuviera tiempo de responder, el camarero depositó ante ellos los platos rebosantes de pasta y entonó su letanía.

—¿Queso, caballeros? ¿Pimienta? ¡Buen apetito!

—Yo tengo apetito —dijo Luca Rossini—. Podría usar una bendición.

Hallett hizo la señal de la cruz sobre la comida y dijo la bendición.

—Bendícenos, Señor, y bendice el alimento que compartimos en amistad.

—Amén —dijo Luca Rossini—. Yo también agradezco tu compañía, Piers.

Comieron sin parar la montaña de pasta; pero, hacia la mitad del plato, Rossini se rindió. Retomó el hilo de lo que Hallett le había estado contando.

—Entiendo lo que dices, Piers, sobre la soledad del estudioso especializado. Los hititas y los antiguos iliríos no son un tema de conversación muy interesante para un desayuno.

Hallett puso ruidosamente su tenedor en la mesa y miró a Rossini. Un fuego de ira le quemaba los ojos.

—¡Es la mesa del desayuno lo que echo de menos, Luca! Me estoy consumiendo en la soledad del celibato. El año que viene llego a los cincuenta, ¿y qué tengo para mostrar que sea meritorio para mí mismo o bueno para cualquier otra persona? No soy un sacerdote. Soy un pedante. Más que eso, Luca, ¡soy un hombre atrofiado!

—¿Quién es la muchacha, Piers? —Era casi una broma, un anzuelo para atrapar una confesión demasiado difícil. Hallett lo mordió.

—No es una muchacha, Luca. Es un hombre.

Rossini vaciló un instante apenas. Luego preguntó con estudiada neutralidad:

—¿Quieres contarme el resto de la historia?

—Es un sacerdote como yo. Durante los últimos seis meses ha estado trabajando en el Archivo Secreto. Es inglés, como yo, lo que le agrega cierta gracia al chiste. ¿Te acuerdas del viejo Peyrefitte y el joven clérigo francés que le procuraba material del archivo para sus argumentos? Peyrefitte se hizo rico y famoso con la novela que, si la memoria no me falla, se llamaba *Las llaves de San Pedro*. El clérigo adquirió fama como personaje de sus obras.

—No leí el libro —dijo Luca Rossini—, pero entiendo cómo te sientes.

—Tengo mis dudas. Es la primera vez que me enamoro, Luca, y, Dios me ayude, ¡ha sido un *coup de foudre*! No sé cómo manejarlo. No sé qué hacer ni qué decir. Hasta ahora, todas mis fantasías y mis pequeñas concupiscencias solían quedar escondidas a buen resguardo debajo de mi sotana. Tenía un trabajo con el que disfrutaba. Rezaba, como me habían enseñado, contra el diablo de la siesta. Respetaba las reglas. Ahora no le encuentro el menor sentido. Soy demasiado vulnerable ahora. La Iglesia es demasiado vulnerable para mí.

—¿Y tu amigo del Archivo?

—Nos vemos, hablamos, nos complace la mutua compañía. Por el momento, eso es todo, pero no va a seguir siendo así.

—¿Él qué quiere hacer?

—No sé. No ha tenido que declararse todavía. Tampoco estoy muy seguro de si estoy preparado para eso. Lo único que sé es que, ahora, éste no es el lugar para mí.

—Estoy seguro de que podríamos encontrarte otro destino, en un medio más acorde con tu estado de ánimo.

—Tú sabes que ésa no es la solución.

—Lo sé, amigo mío, y mejor que muchos. Cargamos sobre las espaldas nuestros propios demonios porque a menudo son la única compañía que podemos soportar. Somos nada más que dos amigos hablando acerca de una situación difícil, y aun así no estoy seguro de qué aconsejarte.

El camarero regresó a llevarse los platos de la pasta, trinchar la ternera y ofrecerles una segunda botella de vino.

—¿Podremos con él? —preguntó Rossini.

—Yo lo necesito —dijo Hallett—. Tal vez encontremos la sabiduría en el fondo de la botella.

—Mejor será, pienso, que esa sabiduría esté justificada en su progenie. —Lo dijo en medio de una carcajada, y luego alzó su vaso hacia Hallett—. Es un honor que hayas confiado en mí. Sé lo peligroso que es estar solo cuando una crisis te golpea.

—Te creo —dijo Hallett—. Lo que más miedo me da es que demasiada necesidad afectiva podría esclavizarme, y rebajarme miserablemente al papel de un amante.

—¿Concretamente del joven del Archivo?

—En cierto modo, sí. Es como un joven dios, orgulloso de su juventud. ¿Y qué soy yo? Un clérigo que envejece, atacado por la picazón del séptimo año. No es un cuadro muy bonito, ¿no?

—Es un cuadro triste, amigo mío. Mi corazón llora por ti.

—Ojalá yo pudiera llorar. No puedo. Estoy tan, pero tan avergonzado de mi propia necesidad. ¿Tú tienes necesidades, Luca?

—Desde luego. No las mismas que tú, pero sí, tengo mis necesidades.

—¿Cómo te las arreglas?

—No muy bien. —Rossini sonrió.

Hallett insistió con la pregunta.

—"*A éstas no se las puede expulsar sino por la oración y el ayuno.*" ¿Es eso lo que estás diciendo?

—Ésa no ha sido mi experiencia. —Había un tono brusco en la réplica.

Hallett se disculpó.

—Lo siento. Me pasé de la raya. Debería decirte que he estado pensando en abandonar el sacerdocio. Sería un peso menos que soportar, un temor menos que sufrir. Sabes cuán expuestos estamos en estos tiempos al escándalo y los litigios.

—Lo sé muy bien. En cuanto Iglesia, todavía tenemos que aprender a lidiar con nuestra propia humanidad… Si renunciaras, ¿tu profesión te permitiría mantenerte?

—Sin duda, aun con la desventaja de la edad. En mi especialidad, limitada como es, soy uno de los mejores del mundo.

—Entonces deberías pensar en ello, con tranquilidad, como una decisión posible. Hay que pasar por todo un proceso si quieres una dispensa formal, con todos los sellos en los lugares que corresponde. Yo trataría de acelerarlo si pudiera, pero Dios sabe dónde terminaré recalando con un nuevo Pontífice. No tienes que tomar una decisión ahora mismo. Tampoco querrás crear una situación de crisis con tu amigo.

—No es probable que él lo haga. Yo sí.

Rossini se quedó un momento en silencio, jugando con un nuevo pensamiento; luego, bruscamente, se lo planteó a Hallett.

—Primero necesitas enfriarte.

—¿Qué me estás sugiriendo? ¡Duchas frías y un cilicio!

—Estaba pensando en un retiro.

Hallett se quedó mirándolo con la boca abierta, sorprendido y enfadado.

—¡Vamos, Luca! ¡No esperaba algo así justamente de ti! Duchas frías, un cilicio, ¡y un poco de confinamiento en soledad!

—¡En absoluto! Estoy autorizado a llevar al cónclave un equipo mínimo para que me asista. Estaba pensando en que fuera alguien de mi oficina. El puesto es tuyo, si lo quieres. —Sus ojos se iluminaron y su boca se distendió en una sonrisa infantil—. Al menos te mantendré fuera de las calles y estarás con tus mayores.

—Eso es extraordinariamente amable de tu parte. Tienes razón, podría ser un shock terapéutico para el sistema, pero, como le dijo la actriz al obispo: "¿qué pasa después"?

Rossini, todavía sonriente, eludió la provocación.

—Paso a paso, Piers. Es todo lo que nos dan, y es todo lo que podemos tomar, y vale para cualquiera de nosotros. Invocamos al Espíritu Santo para que nos guíe en el cónclave. Tal vez el Espíritu te hable.

—¿Y tú estás esperando que Él te hable? ¿O deberíamos decir Ella? ¿Que te dé un nombre para tu voto?

—En este momento —dijo Luca Rossini con liviandad—, no estamos en contacto. No tienes que contestarme todavía acerca del cónclave. Tómate un par de días para pensarlo. ¡Sírveme un poco más de vino, sé buen compañero!

Capítulo Cinco

Temprano a la mañana siguiente, Monseñor Ángel Novalis fue citado a una conferencia con el Camarlengo, el Secretario de Estado, Rossini y otros tres Cardenales. Estaban reunidos para uno de los encuentros del comité de la Curia que se realizarían todos los días hasta que comenzara el cónclave. Rossini le presentó una propuesta a Ángel Novalis.

—Usted ha aceptado hablar hoy, a título personal, en el Club de la Prensa Extranjera. También a título personal, esto no es una orden, le pedimos que haga algo más. Si está de acuerdo, ganará unos pocos amigos y algunos enemigos en el alto clero. Se expondrá a un cierto acoso y a un posible juicio con considerables riesgos financieros. Le hemos explicado los riesgos a su superior y le hemos asegurado que nos haremos cargo de ellos. No obstante, no podrá revelar eso ni ahora ni después. Si las cosas salen mal, bien podría acarrearle un daño en su carrera pública dentro de la Iglesia. ¿Estaría dispuesto a algo así?

—No soy un arribista, Eminencia. Mis talentos, sean cuales fueren, fueron puestos hace mucho tiempo a disposición de mis superiores.

—Bien. Para este papel, necesitamos un muy buen actor.

—Soy un actor pasable, Eminencia. No soy un buen mentiroso.

—No se le pedirá que mienta. Se le pedirá que aporte una hipótesis a su público. Nos gustaría que la aportara con la mayor convicción personal posible.

—¿Es una hipótesis razonable?

—Creemos que sí.

—¿Pero no pueden probarla?

—En este momento, no.

—¿De modo que quieren que yo vea cómo hacerla correr en los medios?

—Sí.

—¿Pueden decirme qué están tratando de lograr?

—Queremos tirarle un hueso a la Prensa, un hueso realmente grande, para que tengan algo que mordisquear hasta que comience el cónclave. Después de eso, este desafortunado episodio se desvanecerá en la historia.

—¿Y ese hueso sería yo?

—Exactamente. ¿Qué le parece?

—Estoy dispuesto a escucharlos. —Ángel Novalis les dedicó una magra sonrisa—. Como ustedes dicen, caballeros, en este asunto actúo a título personal.

—Pronto las repercusiones serán muy públicas. —Rossini le devolvió la sonrisa—. Esto es lo que le proponemos...

Ángel Novalis lo escuchó en silencio. Luego volvió a sonreír.

—Sus pruebas no tendrían ningún valor en un tribunal, Eminencia. Usted lo sabe.

—No le estamos pidiendo que presente pruebas, sino solamente que haga una declaración pública de una opinión personal.

—Eso es casuística pura, Eminencia.

—Lo sé. Y usted también. Pero la prensa no, y nuestro amigo Fígaro supondrá que sabemos mucho más que lo que usted está diciendo. Y, lo que es más importante, usted habrá incorporado a todo el episodio un elemento de duda imprescindible. ¿Hará esto por nosotros?

—Lo haré —dijo Ángel Novalis—. Trataré de ajustarme a una obediencia total, de mente, corazón y voluntad... Ahora, caballeros, si me disculpan...

—Puede irse, Monseñor. Gracias por su cooperación.

—*De nada, Eminencia.* ¡En España hacemos espadas agudas y agudas distinciones! ¡Con su permiso, caballeros!

Se marchó de la reunión con una reverencia. Apenas salió, el Camarlengo se volvió hacia Rossini.

—Ahora, mi querido Luca, también tenemos una comisión para ti.

—¿Cuál es esa comisión?

—Nuestro eminente colega, Aquino, querría entrevistarse contigo esta tarde. Piensa que hay temas por resolver entre ustedes. Nosotros somos de la misma opinión.

Hubo un largo silencio. Rossini miró a los miembros del grupo uno por uno. Ellos no le sostuvieron la mirada. Se quedaron sentados, mirando al suelo, con las manos cruzadas sobre sus rodillas. Finalmente Rossini preguntó:

—¿Aquino ha definido esos temas que nos atañen a ambos?

—Lo ha hecho —dijo el Camarlengo—. Y te agradeceríamos que nos ahorraras el disgusto de repetirlos.

—¿Han pensado en el disgusto que significan para mí?

—Lo hemos pensado, Luca. Creo que eres un hombre lo suficientemente grande como para asumirlo.

—¿En interés de quién?

—En interés de la Iglesia. Otro escándalo en este momento y en vísperas del cónclave sería sumamente fastidioso.

—¡Necesitamos más que fastidio! ¡Necesitamos estar avergonzados! —El tono de Rossini era airado—. Hemos ocultado demasiados escándalos. Éste ya salió a la luz. Está firmemente instalado en los periódicos. Hay que tratarlo abiertamente. Yo no participaré en ninguna conspiración para ocultarlo.

Hubo otro momento de silencio, tras el cual intervino el propio Secretario de Estado.

—Es por esa razón, Luca, que pensamos que tu encuentro con Aquino es importante. Tú puedes razonar con él en un nivel diferente del nuestro. Incluso puedes encontrar algún fondo de compasión que tal vez lo aliente a enfrentar a sus acusadores. Acaso puedas llegar al hombre real que se esconde debajo de la corteza.

—Si es que ese hombre existe —dijo Luca Rossini.

—Tienes que creer que existe —dijo el Secretario de Estado—. Por favor, ¿te reunirás con él?

—¿Dónde? ¿En territorio suyo o mío?

—Mío —dijo el Secretario de Estado—. A las dos y media en la sala de conferencias A.

—Estaré ahí, pero, entiendan, no hago ninguna promesa acerca del resultado.

—Lo entendemos. Gracias, Luca... Ahora pasemos al resto de la agenda.

Cuando se puso de pie ante el atril del Club de la Prensa Extranjera para enfrentar al público compuesto por gente de los medios y una batería de cámaras de televisión, Ángel Novalis tenía el aspecto de un antiguo hidalgo, capaz de desafiar al mundo. No obstante, cuando comenzó a hablar su tono era sencillo, casi humilde:

—Queridos colegas, hoy les hablo a título personal, atrapado, como lo están ustedes en esta ciudad, en un momento crucial del milenio. Hasta hoy, nunca me había presentado a hacer declaraciones ante ustedes. Como funcionario del Vaticano, consideraba que habría sido inadecuado. En cambio, en tanto individuo, puedo abrirme a ustedes. Como saben, soy miembro de la Sociedad Sacerdotal de la Santa Cruz, mejor conocida como Opus Dei. Hay mucha gente que no nos ve con buenos ojos. Piensan que somos elitistas, rigoristas, ascetas anticuados, peligrosos negociadores de operaciones secretas. No estoy aquí para defender nuestra reputación ni nuestro modo de practicar la vida religiosa. Simplemente declaro que cuando mi mundo comenzó a resquebrajarse, cuando mi esposa e hijos murieron, cuando ya no tenía ni deseos ni voluntad de seguir viviendo, la Obra me ayudó a reconstituir mi vida y recuperarme a mí mismo. Si les cuento esto no es para inducirlos a que se unan a nosotros. A muchos de ustedes no les convendría, ¡y muchos de ustedes no serían felices con nosotros! Sin embargo, hay camaraderías más amplias, abrazos más abarcadores y territorios más vastos en los que todos podemos confortarnos unos a otros, como lo hacemos hoy.

"El Obispo de Roma ha muerto. Pronto, otro será elegido para ocupar su lugar porque la Iglesia perdura y tiene su continuidad en Cristo. En las misas de homenaje, rezamos por los que se han ido: *"No juzgues a tu siervo, oh, Señor"*. Hoy, aquí, estamos haciendo justamente eso: juzgando a un hombre muerto que ya no puede responder por sí mismo. Por otra parte, la profesión de ustedes es transmitir las noticias y comentarlas. No tengo nada que objetar a eso, siempre que sus informes se ajusten a la verdad y su juicio sea prudente.

"Esto me instala, sin más rodeos, en el tema de mi pequeño discurso: el pasado y el futuro de una Iglesia perdurable. El difunto Pontífice representa el pasado reciente: un segmento importante de este siglo. El hombre elegido para ocupar su lugar es elegido para el futuro, pero tiene también una tarea que cumplir como custodio del pasado: ese cuerpo de enseñanzas, tradición y verdad revelada que nosotros llamamos el Depósito de la Fe. Les ruego que me tengan paciencia mientras exploramos juntos esta noción.

Eran todos profesionales. Reconocían a un buen actor cuando lo veían en acción. Le prestaban toda su atención. Sabían que los estaba cortejando, que los estaba ablandando con metódica destreza, tratando de desarmarlos antes de que llegara el momento dedicado a las preguntas. Además, ahora que hablaba a título personal, estaba haciendo más concesiones que las que había hecho nunca como funcionario.

"La Iglesia tiene su propia, enorme inercia, su propia inmovilidad glacial...

"No es, como la verdad, una prenda sin costuras, pero es casi tan difícil como con ella descoserla y volver a darle forma...

"El peso de su cargo actúa sobre los hombros de un pontífice como una capa pluvial que fuera de plomo... Antes de que pase demasiado tiempo, comprende que un día terminará por aplastarlo...

"Sabe, también, que puede ser destruido por sus propias debilidades, del mismo modo que Pedro supo que había traicionado a su señor tres veces ante las burlas de una joven sirvienta y que Pablo supo que había permanecido en silencio encubriendo a aquellos que habían lapidado a Esteban. Mi tarea personal ha sido presentar al difunto Pontífice ante el mundo a través de los medios, con el máximo de verdad y el mínimo de imperfección que pude. Ahora, en su diario, él se presenta como el Hombre Común en pijama y pantuflas. No siempre es un espectáculo edificante. Hago una súplica personal: ¡tengamos piedad de él antes de culparlo por algo!

Esta última frase le granjeó un generoso aplauso: la simple admisión de la fragilidad humana, y la confesión implícita de cuán necesario era mitificar al Papa y su cargo. También le facilitaba a Frank Colson un punto de partida para su papel de inquisidor:

—¿De modo que usted aceptaría, Monseñor, que su primera tarea en la *Sala Stampa* es proteger al Pontífice?

—Nuestra tarea es proveer información oficial, y proveerla lo más claramente posible. Otros, como las Congregaciones y los Obispos, son los intérpretes oficiales.

—¿Cómo se sintió, a título personal, cuando se enteró de la publicación del diario del Papa?

—Entristecido, enfadado.

—¿Enfadado por qué?

—Por la flagrante violación de la privacidad.

—Pero el Pontífice debe de haber sido consciente de esa posibilidad cuando le hizo un formal regalo a su valet...

—Ignoro sus intenciones al respecto.

—En su carta hay una frase interesante. La cito: *"En los viejos tiempos yo habría podido enriquecer a un servidor leal como tú. Estos tomos son mi legado para ti"*. ¿Esas expresiones no indican que el Pontífice sabía que su regalo podría ser convertido en dinero por su fiel servidor?

—No me corresponde interpretar eso, señor Colson. Debo negarme a contestar la pregunta.

—Se la formularé de otra manera. A título personal, ¿está usted satisfecho con el documento de cesión?

—A título personal, no. Tengo ciertas reservas al respecto.

—¿Podría ser más específico?

—No en este momento. Tal vez más adelante.

—¿Alguna autoridad del Vaticano ha iniciado alguna acción legal para impugnar este documento?

—No he sido informado de ninguna acción de ese tipo.

—¿Cree que es probable que la haya?

—Me atrevería a dudar de ello. La Sede de Pedro está vacante. El Camarlengo ejerce sus funciones provisionalmente.

—Ya que tiene dudas, ¿recomendaría usted una acción o una investigación en tal sentido?

No me pregunte por mi opinión, señor Colson. De acuerdo con el orden de cosas normal, pronto podría quedarme sin trabajo.

La observación suscitó una carcajada general y parte de la tensión que había en el ambiente se disipó. Frank Colson tomó un sorbo de agua, ordenó sus papeles y echó una mirada a la nota que acababan de alcanzarle. Era de Steffi Guillermin. Decía: *"Está satisfecho de sí mismo. Tienes que intervenir. Acorrálalo"*. Colson se preparó como un fiscal que se dispone al asalto final sobre su testigo.

—Está claro, Monseñor, que, independientemente de cuáles sean sus opiniones a título personal, el Vaticano no está dispuesto a impugnar la autenticidad del diario o la validez de la cesión a Claudio Stagni.

—Sería más exacto decir que, hasta el momento, el Vaticano no ha hecho ninguna impugnación formal.

—Entonces el escenario que se presenta es otro. El legado del manuscrito fue válido. Fue hecho por un pontífice en plena posesión de sus facultades, plenamente consciente del uso que podría dársele.

—Eso es pura especulación.

—¿Pero coincide usted en que es al menos una hipótesis admisible?

—Improbable, pero sí, admisible.

—Desarrollando un poco la idea, ¿no es igualmente admisible que algunos miembros de la Curia, consejeros muy cercanos al Pontífice, le hayan sugerido esta estratagema y lo hayan alentado a concretarla?

—Daría un paso demasiado largo si lo admitiera, señor Colson. Yo fui consejero del Pontífice solamente en cuestiones relacionadas con los medios.

—Pero esta cuestión, sin duda, era del máximo interés para los medios. Es el tema excluyente que estamos discutiendo hoy aquí.

—Todo lo que puedo decir es que yo no fui consultado acerca del tema en ningún momento.

—¿Pero concedería que podría haber sido discutido con los consejeros más íntimos y poderosos del Pontífice?

—Es una posibilidad. No puedo decir más que eso.

—La alternativa es bastante aterradora, ¿no es cierto?

—¿Qué alternativa, señor Colson?

—Que el Santo Padre, un hombre investido de una enorme responsabilidad, cometiera una locura mayúscula poniendo un documento privadísimo en las manos de su valet...

—Puede haber otras explicaciones.

—¿Cuál, por ejemplo, Monseñor?

—Robo...

—Lo que nos convertiría a nosotros y a todos nuestros empleadores en traficantes de bienes robados.

—Podría ser. Cosas así han ocurrido antes de ahora.

—¿Otra alternativa?

—Falsificación del documento de procedencia. También eso ha ocurrido otras veces.

—Cualquiera de las alternativas conduce a conclusiones muy incómodas, ¿no es cierto?

—Dígame su conclusión, señor Colson.

—Que el Santo Padre mantuvo a su servicio personal, y compartió cotidianamente sus pensamientos más íntimos con él, a un hombre que abusó de su confianza, invadió su privacidad y cometió, u organizó, una serie de actos delictivos en beneficio propio.

—Precisamente, señor Colson, y, si su conclusión es correcta, entonces usted, sus colegas y sus corporaciones son todos cómplices en el delito.

—Y el buen criterio de un Pontífice, responsable del cuidado universal de las almas, está lamentablemente comprometido.

—Eso también ha ocurrido muchas veces a lo largo de la historia, señor Colson. Somos una Iglesia de peregrinos. No somos una sociedad perfecta.

Colson lo dejó ganar la baza. Él ya había ganado bastante. Inició una nueva serie de preguntas.

—Consideremos ahora algunas de las entradas más significativas del diario. Usted ha admitido que es un documento auténtico. Pronto será público. Y permite una percepción única de la mente de un hombre cuyos títulos son Vicario de Cristo, Supremo Pastor de la Iglesia Universal...

—También es, en este documento al menos, un particular que expresa sus más íntimos pensamientos. —Ángel Novalis había pasado al ataque—. Ha dejado a un lado la función pública y está en discusión consigo mismo y con Dios.

—A menos que, usted ha admitido la posibilidad, esté prolongando el ejercicio de su función pública a través de un testamento *postmortem*.

—El ejercicio de su función cesa con su muerte, señor Colson. Su sucesor no está legalmente obligado.

—Pero los electores pueden resultar influidos.

—¿Qué cosa los influiría?

—Ambición, tal vez. La presión de sus pares, lealtades de partido. No es ningún secreto que en el Sacro Colegio hay facciones. Cito del diario: *"No soy ciego a las ambiciones de ciertos cardenales o a sus capacidades para la intriga..."*.

Ángel Novalis alzó una mano para acallarlo.

—Creo que deberíamos cortar aquí, señor Colson. No estoy dispuesto a hacer declaraciones acerca de los papeles secretos de un muerto.

Dejaré esa tarea a los historiadores. Creo que con lo que les he dado a usted y a sus colegas he retribuido razonablemente el gasto que les significó este almuerzo.

—Claro que sí.

—¿Entonces puedo pedirles un pequeño favor a cambio?

—Por supuesto.

—Gracias. He redactado una breve declaración formal que me gustaría que ustedes transcribieran textualmente. ¿Pueden comprometerse a hacerlo?

—Con gusto.

—Ésta es una declaración personal: Puedo decir que está admitido que el diario personal del Pontífice es auténtico. No obstante, hay ciertas pruebas circunstanciales de que fue robado de su vestidor mientras él estaba en coma, muy poco antes de su muerte. La carta de donación del Pontífice es una falsificación realizada por un tal Aldo Carrese, un hombre que fue condenado por delitos graves y que murió hace dos meses. Al hacer esta declaración, invito públicamente a Claudio Stagni a que responda estos cargos o me inicie juicio por difamación. Soy consciente de que al hacerlo estoy excediendo mis atribuciones y exponiéndome a la censura. Sin embargo, tengo el deber personal de proteger la reputación de un hombre a quien admiré y respeté. Lo que ustedes o sus editores decidan hacer al respecto es asunto suyo. Gracias, damas y caballeros. Les deseo un buen día.

Iniciado por Steffi Guillermin, un aplauso atronador lo acompañó mientras bajaba del estrado. Lo cierto era que se merecía cada uno de aquellos aplausos. Les había dado el equivalente de una semana de titulares. Y todos comprendían, además, aunque más no fuese vagamente, que acababa de arriesgar su carrera. El Vaticano tenía mucha memoria y poca paciencia para con los sacerdotes turbulentos.

Mientras Ángel Novalis saboreaba su pequeño triunfo en el Club de la Prensa Extranjera, el hombre que lo había pergeñado esperaba en la sala de conferencias A del Secretariado de Estado. Su visitante, el Cardenal Matteo Aquino, había telefoneado para avisarle que había sido retenido en otra reunión y llegaría veinte minutos tarde.

Si bien como ex diplomático —había sido Nuncio en Buenos Aires y en Washington— Aquino debería haberlo previsto, por otra parte, reflexionó Rossini, el hombre nunca había previsto nada. Siempre había sido arrogante, orgulloso de sus antepasados militares, de su destreza como jugador de tenis, esgrimista y diplomático que, para usar sus propias palabras, *"tenía condiciones especiales para tratar con regímenes militares"*.

Tenía setenta y cinco años. Ya le había presentado la renuncia al difunto Pontífice, pero todavía estaba habilitado para votar en el cónclave y, al menos en teoría, aún podía ser candidato en la elección. Después de un largo reinado, siempre existía la posibilidad de que los electores se decidieran por un Pontífice con una expectativa de vida más limitada.

Ahora, súbitamente, Aquino, aquel sujeto tan marcial, estaba bajo asedio. Quienes lo amenazaban eran las *Madres de Plaza de Mayo*, un grupo de mujeres que había denunciado, y a la larga destruido, a la dictadura en Argentina. Eran las madres, viudas, hermanas y novias de los miles de ciudadanos que habían sido "desaparecidos" bajo el régimen del que el propio Rossini había sido una de tantas víctimas.

Habían venido a Roma trayendo pruebas, reunidas a lo largo de veinte años, acerca de la presunta complicidad de Aquino con el reinado del terror, en actos de delación, secuestro, tortura y ejecución que el gobierno estimaba que habían afectado a nueve mil ciudadanos, pero que según las *Madres de Plaza de Mayo* habían alcanzado a alrededor de treinta mil. El propósito de su visita a Roma era presentar ante el Pontífice una petición para que se dejara sin efecto la inmunidad de Aquino como ciudadano de la Ciudad Estado del Vaticano, lo que permitiría acusarlo ante los tribunales bajo las leyes de la República de Italia. Muchas de las víctimas del terror eran inmigrantes provenientes de Italia, y algunos de ellos, que al parecer sólo gozaban en Argentina de la condición de residentes, todavía seguían siendo ciudadanos italianos. Ahora que el Pontífice había muerto, las mujeres habían anunciado su intención de esperar, para presentar su petición formal ante el nuevo Pontífice.

La esencia de las pruebas materiales con las que contaban le resultaba familiar a Rossini. Además, tenía libre acceso a los archivos de la Secretaría de Estado: una delgada carpeta, escogida entre muchas otras, descansaba sobre la mesa, frente a él. Durante un breve período, el mismo Aquino había sido una figura familiar en su vida: taciturno y distante, había sido el mensajero involuntario encargado de transportar un desagradable cargamento de mercadería dañada desde la Argentina a Roma. A medida que Rossini había ido ganando el favor del Papa, sus encuentros con Aquino se habían hecho cada vez más esporádicos, y en las ocasiones formales en que se producían, los saludos que intercambiaban eran breves y fríos. Ahora Aquino regresaba para suplicarle a Rossini que saliera en su defensa ante aquellas furias de la *Plaza de Mayo* tocadas con sus pañuelos blancos. Para Rossini, encarnaba los años de pesadilla, y su sombra campearía sobre el encuentro que aquella misma noche tendría con Isabel.

Golpearon a la puerta y, por indicación de Rossini, un joven clérigo hizo pasar a Aquino. Rossini se puso de pie para saludarlo. Hizo una reverencia, pero no le dio la mano. Aquino respondió del mismo modo y ensayó una tosca disculpa. Rossini lo invitó a sentarse. Aquino se sentó, rígido y serio, hasta que Rossini lo aguijoneó.

—Usted pidió verme, Eminencia.

—Sí. Como sabrá, estoy en una situación difícil.

—¿En qué consiste esta situación difícil?

—Estas mujeres, las *Madres de Plaza de Mayo*. Han venido hasta aquí a montar una campaña en mi contra. Quieren hacerme comparecer ante un tribunal civil en Roma. Quieren que se deje sin efecto mi inmunidad como ciudadano de la Ciudad Estado del Vaticano. Se proponen esperar en Roma hasta que sea elegido el nuevo Pontífice. Es todo sumamente penoso, sumamente angustiante.

—Me figuro que debe serlo —dijo Rossini con afabilidad—. Por supuesto, lo que estas mujeres sufrieron, lo que sus hijos, hermanos o esposos sufrieron también fue muy angustiante.

—Lo sé.

—Por supuesto, tenía que saberlo: era su trabajo. Aunque, en varias ocasiones, usted negó públicamente que lo supiera.

—Eso fue un gambito diplomático necesario.

—He visto sus informes. —El tono de Rossini todavía era afable. Hizo tamborilear sus dedos sobre la carpeta que estaba sobre la mesa—. Pertenecen a un período muy doloroso de mi vida, que todavía hoy me resulta difícil de asimilar. Por esa razón, se me han asignado otras tareas, en otras áreas. Todavía sigo siendo muy vulnerable a los traumas de veinte años atrás. No obstante, en vista de nuestro encuentro de hoy, examiné varios archivos clave. Observo que sus minutas fueron siempre sensatas y cuidadosamente equilibradas, aun en los asuntos más controvertidos.

—Gracias. Es el deber de un diplomático: nunca exagerar ni cargar las tintas. Un diplomático debe desentrañar las causas más profundas de los acontecimientos.

—¿Aun cuando hombres y mujeres estén siendo torturados con la picana eléctrica y ahogados en cubos de mierda en la Escuela de Mecánica de la Armada? ¿Aun cuando estén siendo azotados, y sodomizados con palos de escoba, y castrados, y les venden los ojos para luego arrojarlos desde aviones al océano?

—Protesté contra esas cosas constantemente.

—¿Ante quién? ¿Y cuán públicamente?

—Todo cuanto supe está en los informes que elevé a la Secretaría de Estado.

—Pero aun así seguía jugando al tenis con los hombres que ordenaban atrocidades. Eso sí, usted solicitaba, ¿cómo lo llamó? —Levantó la cubierta de la carpeta y apoyó los dedos en una línea—. Ah, sí. "Un consejo teológico sensato acerca de los límites morales de la tortura que puede ser necesaria para obtener información de los enemigos del Estado y, en muchos casos, también de la Iglesia." Recibió el consejo y se lo transmitió a los generales mientras jugaba con ellos al tenis: "Se puede apelar a medidas extremas siempre que no excedan los límites humanos, que no tengan consecuencias terminales, ni provoquen traumas, y que su duración no exceda las cuarenta y ocho horas como máximo". ¿Quién le escribió esa basura?

—Fue escrito por un reputado teólogo moral...

—¡Reputado! ¡Santo Cielo!

—...para aportar una base de reconciliación a los hombres de las fuerzas armadas que se vieron obligados por *force majeure* a ejecutar tareas brutales.

—¿Y cómo propuso usted reconciliar a las familias de los muertos y los desaparecidos?

—¡No vine aquí a ser maltratado!

—Esto no es maltrato. Esto es la verdad. ¿Por qué vino usted aquí? ¿Qué esperaba de mí? ¿Silencio? ¿Una capa de barniz sobre toda esa sucia historia?

—¿Nunca se le ocurrió —Aquino todavía mantenía el control sobre sí mismo— que podría venir a buscar comprensión y ayuda?

—Si eso es lo que quiere, ¡hable con las mujeres! Suplique su comprensión. Confiese ante ellas y pídales perdón. Ellas lo escucharán,

¡se lo aseguro! Están acostumbradas al silencio. Esperaron día tras día, tocadas con sus pañuelos blancos, como acusadoras silenciosas, frente a la casa de gobierno. Sus desaparecidos han enmudecido para siempre.

—Usted sabe que no puedo enfrentarlas.
—¿Por qué no?
—Me harían pedazos.
—Eso dependería, ¿o no?, de cómo usted se presentara ante ellas.
—Eso también. —Una pequeña sonrisa forzada arrugó los labios de Aquino—. ¿Qué es lo que usted tenía en mente? ¿Un cilicio, una soga alrededor de mi cuello?
—¿Usted tiene alguna otra idea, tal vez?
—Tenía la esperanza de que usted les hablaría por mí, y conmigo, puesto que usted también fue una víctima.

Rossini profirió una blasfemia entre dientes.

—¡Por los clavos de Cristo! ¿Qué clase de hombre es usted?
—Soy un sobreviviente —dijo Aquino sin alterarse—. Necesito su ayuda para sobrevivir a esta... ¡esta infamia!
—¿Qué infamia?
—Estas acusaciones de conspiración y colaboración.
—¡La mejor forma de sobrevivir es responder a las acusaciones! —A pesar de sí mismo Rossini se vio arrastrado a la discusión—. ¡Mire! En Chicago, nuestro finado colega Bernardin fue acusado por un ex seminarista de abuso sexual. Él no se escondió detrás de la Iglesia o de su alto cargo: desafió a su acusador a ir a los tribunales. La acusación fue retirada. Bernardin se reunió con el hombre y lo trató con compasión y caridad. Desafortunadamente Bernardin no sobrevivió, pero murió con honor y el pueblo bendice su memoria.

—¡Todo el mundo bendice a un buen pastor! ¡Nadie bendice a los diplomáticos! Usted ya ha visto lo que ha hecho la prensa italiana. ¡Figúrese lo que serían capaces de hacer con una audiencia judicial! ¡Es imposible!

—¿Por qué imposible?
—Me niego a comparecer como un criminal. Ayudé a muchas de las familias de las víctimas. Ahora estas mujeres me persiguen con imputaciones no probadas.
—Entonces llévelas a juicio. Deje que las pruebas sean expuestas y examinadas. Si son falsas, usted será reivindicado. Si son ciertas, que Dios tenga piedad de su alma.

—El suyo es un juego cruel, Rossini. Acudí a usted para pedirle ayuda, como colega y como cristiano. Recuerde que tiene una deuda conmigo. Yo lo saqué de la Argentina.

—Lo sé. Otros miles no tuvieron tanta suerte. Pero lo mío no es un juego. Estoy tratando de evaluar su situación y decidir cómo y bajo qué condiciones puedo ayudarlo.

—¿Condiciones?

—Por supuesto. Usted es un diplomático. Condiciones, términos, negociaciones son su especialidad.

—Muy bien, empecemos a negociar entonces. ¿Qué hará para ayudarme?

—Primero, me pondré en contacto con la delegación de las mujeres. Me comprometeré a llevarlo ante ellas para que mantengan una reunión en un ámbito privado. Les pediré que le proporcionen, en mi presencia, un resumen de las pruebas que tienen. Si puedo, las persuadiré de que escuchen su descargo y de que acepten, al menos, discutir una solución arbitrada.

—¿Y si el arbitraje resulta insatisfactorio para alguna de las partes?

—Usted ofrecerá el cese de su inmunidad y manifestará su voluntad de comparecer ante los tribunales. Si lo hace, trabajaré con Ángel Novalis para asegurar la mejor interpretación posible de su situación por parte de la prensa mundial.

—Pide demasiado, Rossini. Ofrece demasiado poco.

—Más no puedo hacer.

Aquino le dispensó una mirada fría y hostil. Luego se puso de pie.

—Hizo más por Raúl Ortega. Lo recomendó como Embajador ante la Santa Sede, así puede traerle a su amante a Roma.

Como Rossini no le contestó, agregó un pequeño *post scriptum* cargado de desprecio:

—Parece haber olvidado algo. Necesito un permiso del Pontífice antes de presentarme ante un tribunal, por el motivo que fuere. Por lo tanto, nada puedo hacer hasta que el nuevo Papa sea electo. Usted, en cambio, tiene la libertad de intervenir informalmente en mi defensa. Así que, si quiere revisar su oferta de ayuda, llámeme. No queda mucho tiempo antes del cónclave. Después de eso, como dicen los americanos, empieza otra partida.

En ese momento, Rossini cayó en la cuenta. Dejó escapar un largo resoplido de sorpresa y sacudió la cabeza en un gesto de absoluta incredulidad.

—Tiene razón, por supuesto. Fui un tonto al no darme cuenta. Usted no busca una reivindicación. Usted sólo quiere un aplazamiento, ¡una tregua!

—Exactamente. ¡Y usted es el hombre más indicado en Roma para negociarla!

—Supongamos, no es más que una suposición, que usted fuera elegido Pontífice. ¿Qué pasaría entonces?

—Entonces, como le decía, empezaría otra partida. El Pontífice es la cabeza de un Estado Soberano. También es el líder de mil millones de creyentes. No puede ser llevado ante ninguna corte de este mundo. *Plenitudo potestatis*. La plenitud del poder. Es un concepto antiguo, pero ha estado reverdeciendo durante este reinado. En el colegio electoral cuenta con un gran apoyo. Piénselo, Rossini. Pero no se demore. El tiempo se acaba.

Giró bruscamente y abandonó la sala, cerrando suavemente la puerta tras de sí.

Diez minutos después, un Rossini decididamente enfadado elevaba su informe al Secretario de Estado.

—¡Fue un error, Turi! Nunca debí haber aceptado esa reunión. ¡No tengo estómago para tratar con ese hombre!

—No importa. —El Secretario de Estado se encogió de hombros con indiferencia—. Él pidió la reunión. Nosotros la concertamos. ¡Tú fuiste! ¡*Basta*!...

—¿Crees que podría ser elegido con su trayectoria?

—Es una pregunta que no corresponde, Luca, pero te la contestaré. Su trayectoria será limpia hasta tanto no se lo condene por algún delito. Tiene una pequeña facción de seguidores con poder en la Curia. Sí, podría ser elegido, aunque más no sea como un candidato provisorio. Hay precedentes históricos. No obstante, no me pidas que haga una apuesta.

—Otra pregunta, Turi. ¿Cómo supo Aquino que yo te había dado una recomendación en el asunto del nombramiento de Raúl Ortega?

—No sé. No lo oyó de mí. En realidad, no la he discutido con nadie. No se la he mostrado a nadie. Todavía está en mi archivo personal, bajo llave. De todos modos, sabiendo que los argentinos habían hecho la recomendación, pudo deducir fácilmente que yo te consultaría.

—Es decir que sigue manteniendo estrechos vínculos en Argentina.

—En Argentina, en Washington, en todos los lugares en que ha desempeñado funciones. En un diplomático, eso es un mérito.

—Había una amenaza en su comentario sobre Isabel.

—Y tú tendrás la prudencia de recordarla, Luca, ahora que la señora de Ortega va a estar en la ciudad. Te diría que Aquino está enterado de su llegada.

—¿Cómo diablos podría saber eso?

—Del mismo modo, por la Embajada. Ha estado en contacto permanente con ellos por el asunto de las *Madres de Plaza de Mayo*. Incluso me sugirió que podría haber una conexión entre este grupo y la súbita llegada de la señora de Ortega. ¿Hay una conexión?

—No sé. Desde luego, se lo preguntaré a Isabel. Esta noche vamos a cenar juntos, con su hija.

—Confío en que pases una velada agradable.

—Gracias.

—Te deseo lo mejor, Luca. Lo sabes.

—Lo sé.

—Así que, antes del encuentro, serénate. Deshazte de tu ira. Disfruta de tu reunión.

—Gracias, Turi.

—Ahora tengo otra tarea para ti. Me gustaría que mañana asistieras a una reunión con una media docena de los más antiguos miembros del Colegio de Cardenales que, por su edad, no podrán votar. Quieren comunicar sus opiniones; a ti y a otros miembros que sí votarán.

—Me gustaría que me excusaras, Turi. Me había reservado el día para asuntos personales.

El Secretario de Estado se enfadó. Su actitud al preguntar fue cortante:

—¿Más importantes que el servicio al que te debes aquí, en este momento?

—Creo que lo son, sí. —De pronto, era un hombre diferente, abierto y apasionado—. ¡Escúchame, Turi, trata de entender! Lo que nuestros colegas mayores quieren es lo que Pablo VI les negó: una voz en el cónclave, o al menos una audiencia ante la cual hacer valer su experiencia de toda una vida. Entiendo eso. Creo que están en su derecho. Pero mi situación es completamente distinta. Estoy en crisis, estoy en una oscuridad desesperante. Mi encuentro con Aquino no ha hecho más que profundizarla. No estoy para nada seguro de que deba participar en el cónclave. Estoy tentado de renunciar antes de que empiece...

—¿Por qué, Luca? ¿Por qué?

—Porque no estoy seguro de seguir siendo un creyente. De pronto, la fe me ha abandonado. El Dios en el que alguna vez creí es un extraño para mí. La Iglesia en la que he pasado mi vida, y en la que desempeño, como tú, un cargo encumbrado y honorable, es una ciudad poblada por extraños. Aunque no me estoy explicando muy bien, espero que entiendas por qué necesito un pequeño lapso de silencio. Soy lo que era al principio: un hombre vacío, un hombre hueco, con la cabeza inundada por una clara luz polar y un bloque de hielo donde debería estar su corazón.

—¡Ambas excelentes condiciones para un conclavista! —El Secretario de Estado se echó atrás en la silla y jugueteó con un cortapapeles—. Una cabeza despejada y un corazón frío. No te rebajaré demostrándote lástima. Si decides renunciar, lo lamentaré, pero te ruego que postergues tu decisión hasta después del cónclave. El juicio de un descreído, pronunciado sin miedo y sin favoritismos, podría ayudarnos a todos.

—¿Cómo se avendría eso con tu propia conciencia, Turi?

—Perfectamente bien. Tomo lo que me has dicho como una confidencia confesional. No acepto de ninguna manera tu estado de ánimo actual como definitivo. La noche oscura del alma es un fenómeno familiar en la vida espiritual: más aún, para algunos es una estación necesaria en el camino a la Santidad... No habiendo un rechazo formal de la fe, sigo aceptándote como un hermano en Cristo y un colega en el gobierno de la Iglesia. ¿Responde eso a tu pregunta?

—En parte, al menos. Gracias.

—Entonces permíteme sugerir que suspendas tu juicio acerca de nuestro colega Aquino. Él, como tú, tiene problemas de conciencia. No deberíamos abrigar la pretensión de decidir sobre ellos.

Ante el reproche, Rossini inclinó la cabeza en señal de respeto. Luego sonrió.

—Tienes razón, Turi. Lo siento. Ahora, por favor, ¿puedo tener el día libre mañana?

—Por supuesto. Tenemos el número de tu celular. Trataremos de dejarte en paz. Y Luca...

—¿Sí?

—Sé cauteloso. Aquino y sus amigos son un grupo poderoso. Alguna gente poco amable los llama la *Mafia Emiliana*.

—¿Qué pueden hacerle a un hombre que no tiene nada que perder?

—Pueden despojarte de tu poder para hacer algún bien en la Iglesia, que, a pesar de tus problemas personales, es más grande que lo que piensas... Disfruta tu velada.

Capítulo Seis

Esa tarde se retiró de su oficina temprano. Todavía dominado por aquel oscuro sentimiento de ira, necesitaba el aire libre, y sentir en torno de sí la presión de la gente común y sin responsabilidades. Decidió ir a su casa caminando: cruzó el puente de Sant'Angelo y las viejas calles que se extienden más allá del Lungotevere Tor de Roma, las mismas en las que los banqueros de otros tiempos habían ejercido su oficio.

A medida que caminaba, la nube que envolvía su espíritu comenzó a disiparse y se sintió invadido por una creciente sensación de liberación. Ahora la verdad había salido a la luz. Su confesión al Secretario de Estado había sido un acto necesario de purificación. El Secretario, como buen diplomático, lo había advertido, y le había pedido que postergara cualquier decisión definitiva. Incluso había pergeñado una pieza casuística muy conveniente para salvar las apariencias por Rossini, y para quedar en paz con su propia conciencia. Había una cierta caridad en ello, que Rossini apreciaba tanto más en la medida en que brillaba por su ausencia en hombres como Aquino.

Rossini se preguntaba —y no era la primera vez— por qué tantos prelados, hombres buenos y liberales en su juventud, se convertían en tiranos cuando eran promovidos a cargos encumbrados. Era como si súbitamente se sintieran llamados a alterar la totalidad del orden de cosas de la humanidad para reemplazarlo por un artefacto teológico, en lugar de recurrir a una renovada inyección de caridad.

Cuando llegó a la mitad del puente, se detuvo, se inclinó sobre la balaustrada de piedra y se quedó mirando fijamente las turbias aguas del Tíber. Recordó otra confesión que había hecho muchos años antes, en su primera entrevista con el difunto Pontífice. El anciano lo había sometido a un duro acoso, poniéndolo en apuros, de pronto de un lado, de pronto del otro, como un perro ovejero que trata de hacer regresar al redil a un cordero extraviado:

—¿Qué sientes por el hombre que te azotó?
—Era un salvaje, un sádico. Me alegra que esté muerto.
—¿Lo has perdonado?
—Esa gracia todavía no me ha sido concedida, Santidad. Aborrezco todo lo que él representa en mi país: las atrocidades que están siendo planeadas y cometidas día tras día por hombres importantes, y por otros que no lo son. Odio, sí, odio el silencio y la connivencia de aquellos que se llaman a sí mismos sacerdotes y obispos. Me pregunto qué piensa Su Santidad de todo esto, porque no oímos lo que dice.
—Estás perdiendo el control, muchacho.
—Perdí mi juventud cuando me ataron a esa rueda.
—¿Y tu inocencia, hijo? ¿Cuándo la perdiste?
—Del mismo modo que muchos de mis hermanos sacerdotes. La perdí en el silencio de nuestros obispos y en el silencio de Roma. Hubo tortura y asesinatos, Santidad, y todo se hizo en silencio. No entendíamos eso. Yo todavía no lo entiendo. Ésa es otra de las cosas que me resulta difícil perdonar. Fue una mujer la que mató a mi torturador. Se necesitaron semanas de negociación para que el emisario de Su Santidad interviniese.
—Mientras tanto, tú te habías involucrado en una relación adúltera con esa misma mujer, la señora de Ortega.
—Una mujer a quien recuerdo con amor y gratitud.
—¿No ves nada pecaminoso en eso?
—Mis pecados son míos, Santidad. Yo era un hombre destrozado. Isabel me recompuso, fragmento por fragmento. Arriesgó su vida para hacerlo.
—¿Está fuera de tu vida ahora?
—No. Nunca lo estará. La recuerdo todos los días, en mi misa.
—¿Sigues siendo creyente entonces? Sigues siendo sacerdote.

—Ejerzo mi sacerdocio en público. Rezo pidiendo un poco de luz en medio de la oscuridad. Lucho todo el día, y todos los días, con mis dudas acerca de esta Iglesia nuestra.

—Eres un joven muy difícil.

—He sobrevivido a tiempos difíciles, Santidad. Otros no tuvieron tanta suerte.

—Otra gente me teme. Tú te sientas ahí como un joven Lucifer y me desafías.

—No lo desafío, Santidad; pero no le tengo miedo. Me resulta más fácil entenderlo a usted que a muchos de los que hablan con su autoridad. Sé que está tratando de ser amable conmigo, pero...

—¡No me lo estás haciendo fácil, hijo!

—¡Por favor, Santidad! Trate de entender. Usted está sentado aquí, como monarca indiscutido de su propio reino, apoyado por la lealtad de los fieles de todo el mundo. Yo acabo de llegar de un campo de batalla en el que sus ministros y su pueblo, hombres y mujeres, sucumben en una tierra ensangrentada. Sólo pueden apostar a la supervivencia. La política del gobierno es de represión masiva, "maldito sea el vencido". Las palabras del evangelio que más se escuchan son: "Dios mío, ¿por qué me has abandonado?". Fue una mujer quien me respondió en nombre de Dios, Santidad. La he abandonado, y ella todavía corre peligro. Estoy avergonzado por el silencio de aquellos que se presentan como los defensores de la fe pero no son capaces de alzar la voz para proteger al rebaño... Le pido perdón, Santidad. La ira todavía me domina. He dicho demasiado. Pido su venia para retirarme.

—¡Aún no, Luca! Soportémonos un rato más. Quiero hablarte de tu futuro...

La conversación que había empezado ese día se prolongó durante años, a medida que el Pontífice lo iba preparando para los más altos cargos y lo atraía lentamente a su círculo íntimo. La relación entre ellos era una paradoja que el cotilleo vaticano adornaba con otras contradicciones. Mientras Su Santidad, como su tocayo Pablo, se entregaba a espectaculares viajes por el mundo, Rossini fue puesto bajo la tutela del Secretariado de Estado y se le impuso la obligación de cursar estudios suplementarios en el Biblicum, la Universidad Gregoriana y la Propaganda Fide. Fue una terapia dura, que no le dio tiempo para rumiar, y mucho menos para que pensara en orientar su vida hacia la libre elección de una nueva vocación.

Lentamente al principio, y luego con más rapidez, comenzaron los cambios. Rossini se convirtió entonces en el viajero y el Pontífice dedicó algo más de tiempo a la instrucción y la disciplina dentro de la Iglesia. Les dispensó más confianza y apoyo a los teólogos rigoristas y a los disciplinarios de la línea dura de la Curia. Al mismo tiempo, recurrió a Rossini para pedirle sus interpretaciones personales acerca de un mundo que, con el paso de los años, se le iba tornando cada vez menos accesible, cada vez menos hospitalario.

Como era de suponer, esto suscitó críticas y celos, que Rossini ignoró cuidadosamente. No tenía talento para la sociabilidad, y no le gustaban los conciliábulos y las conspiraciones. Había tenido más que suficiente de aquello en su propio país. Si se sentía solo, nunca lo admitió. Siempre fue independiente, viviendo peligrosamente entre el Todopoderoso y el sucesor de Pedro y de todos los Tronos, Dominios y Principalidades de la iglesia del siglo xx.

Los discursos y escritos del Pontífice eran redactados por los teólogos más conservadores, y había un esfuerzo concertado por extender la autoridad de su magisterio y sofocar el debate acerca de sus conclusiones. Había poca compasión en el tono jurídico que los distinguía. En lugar de unir a la Iglesia de los peregrinos, provocaban un efecto de extrañamiento. Las expresiones de disenso de los miembros del clero eran duramente reprimidas. El disenso de los laicos era ignorado, de modo que éstos, sabiendo que la autoridad no los tenía en cuenta, dejaban de acudir a su dominio.

Rossini, por su parte, no se quedaba callado con su patrón. Resistía como una roca las oleadas de ira que lo invadían, y, como mucho, la dejaba en suspenso cuando una orden directa lo obligaba a obedecer. Su argumento era siempre el mismo:

—Sé que usted quiere ser el Buen Pastor, y cuando toma contacto con su pueblo, ellos lo aman; pero, cuando escribe, es como un juez pronunciando un veredicto. Casi se puede oír el golpe seco del sello sobre el pergamino: "¡Hela ahí! Ésa es la verdad, pura e incorrupta. ¡Que se la traguen, o se atraganten con ella!". La vida no funciona así, Santidad. La gente no está hecha de ese modo. Lo mejor que pueden hacer está muy lejos de la perfección, y necesitan ser tratados con paciencia y dulzura aun para llegar adonde llegan...

—¿Me estás diciendo que debería diluir la verdad?

—Le estoy pidiendo a Su Santidad que tenga en cuenta cómo transmitió sus enseñanzas nuestro Señor: mediante cuentos y parábolas que echaban raíces y crecían lentamente en las mentes y los corazones de la gente. Él sólo maldijo a los hipócritas y a los que se creían moralmente superiores.

—¿Ahora pretendes enseñarle al Papa?

—Soy un hijo de la casa, Santidad. Reivindico el derecho de ser oído en ella, y ésa es otra advertencia que no dejo de repetir. Las hijas de la casa también han sido ignoradas por demasiado tiempo. Ellas sostienen las vigas de nuestro mundo y sin embargo tienen pocas voces y ningún voto en la asamblea de los fieles. Sin su presencia, somos pobres.

—Eso es terreno trillado, Luca. No volveré a discutirlo contigo.

—Es terreno que no le pertenece, Santidad, aunque en este momento usted reclame su control.

—Y tú no cedes terreno en absoluto, ¿verdad, Luca?

—El pequeño territorio en que hago pie fue comprado con sangre. No estoy dispuesto a rendirlo, ni siquiera ante usted.

Muchas veces, después de aquellos intercambios, se había figurado que lo exiliarían a alguna región remota en la periferia de la Cristiandad. Muchos de sus colegas querían que se fuera. Sus misiones lo mantenían suficientemente alejado de Roma lo bastante a menudo como para que la Curia pudiese tolerar su existencia. Sin embargo, cada vez que regresaba, el Pontífice lo recibía como a un hijo pródigo y pasaba mucho tiempo con él, tiempo que los otros consideraban, con cierta razón, que les era debido a ellos. Pocos días antes de su colapso final, había hecho una confesión conmovedora:

—Has sido un buen hijo para mí, Luca, aunque a menudo has hecho que me enfadara. Soy un viejo terco. Se supone que desde mi sitial en la colina vaticana veo el mundo entero, y todos los planes que Dios tiene para él, con la sencillez y la claridad de uno de esos libros de imágenes para los niños. Sin embargo, tú, mi díscolo Luca, me has mostrado cosas con las que nunca había soñado. Me has mostrado el rostro de Dios, aun en los Templos de los Extranjeros.

—No estoy seguro de entender qué me quiere decir, Santidad.

—Tú mismo me hiciste reparar en ello: en la sagrada isla de Delos, adonde los visitantes acudían desde todos los rincones del Mediterráneo para tomar parte en los juegos délicos, se construían altares en los que cada pueblo podía adorar a sus propios dioses en paz. Pensé en eso a menudo cuando medité en el texto de San Pablo acerca del Dios Desconocido. Cuanto más viejo me vuelvo, Luca, más lamento todo el encarnizado esfuerzo y todo el tiempo que he dedicado a crear una Iglesia conformada. Reprimí las voces liberales y las cuestionadoras. Encumbré en el poder a hombres ciegos y designé a sordos para que mediaran ante las peticiones de la gente. Al cabo, tal como me lo advertiste a menudo, he fracasado. La gente se cansó de ser amonestada, aplastada por absolutos en un universo todavía inacabado. De modo que optaron simplemente por abandonar la discusión y se alejaron de la familia. Se refugiaron en el Dios que todavía habita en ellos y que, ellos lo saben, todavía habita instintivamente en los Templos de los Extranjeros. ¡Ya no los veré volver, Luca! Tendré mucho que explicar cuando me llegue el momento del juicio.

—Todos los días rezamos para que nuestros pecados nos sean perdonados, Santidad. Tenemos que creer que nuestro fin será un regreso al hogar, ¡no una sesión con los torturadores!

—¿Realmente crees eso, Luca?

—Si así no fuera, Santidad, creo que no podría soportar el caos de este mundo sangriento ni la presencia del monstruo que le dio el ser.

—Hasta este momento, nunca había entendido por qué estabas tan enfadado conmigo. Perdóname, hijo mío, y reza por mí.

Rossini todavía recordaba el frío silencio que sobrevino y la sombría tristeza de la última confidencia que habían compartido.

Echó una última mirada a las aguas grises que se arremolinaban en los cimientos del puente, y luego reanudó la caminata rumbo a su casa. Ahora comprendía más claramente el significado del diario robado. Era el libro íntimo de un hombre viejo, triste y solitario, a quien se le estaba acabando el tiempo, cuya familia, profundamente dividida, estaba dispersa por todo el planeta, y cuyo obispado pronto le sería asignado a otro.

A una manzana de su apartamento, Rossini se permitió una pequeña indulgencia romana: una visita a la barbería para un corte de pelo, una afeitada y una manicura. Era un pequeño placer sensual y una gran concesión a su propia vanidad masculina. Después de todos estos años, no podía, no debía presentarse ante Isabel acicalado a medias. Además, había otras razones. Todavía era temprano y estaba nervioso como un gato sobre un tejado de cinc caliente. El cotilleo de Darío, el barbero, sería una grata diversión. Llegaba siempre bajo el modo de un torrente ruidoso y continuo. Cubría la zona ribereña y los callejones, y la alta sociedad y la baja sociedad de la ciudad desde la colina del Quirinal hasta la colina vaticana, y la última tanda de asesinatos en la Via Salaria. Cuando la sesión hubo terminado, Rossini estaba del todo sedado y su cabeza, atestada de banalidades romanas, a punto de estallar. Ya en su casa, se bañó y se vistió con ropas informales; luego un taxi lo llevó al Grand Hotel.

Apenas acababa de entrar al vestíbulo, una mujer joven cuya apariencia le resultaba vagamente familiar le salió al encuentro.

—Disculpe, Eminencia, ¿no es usted el Cardenal Rossini?

—Lo soy.

—Soy Steffi Guillermin, corresponsal de *Le Monde* en Roma. Acabo de entrevistar a uno de sus colegas, el Cardenal Molyneux, de Montreal. A usted lo reconocí por las fotos que tengo en mi archivo.

—Me halaga, mademoiselle. En este momento la ciudad está llena de gente como yo.

—Bueno, como todos los periodistas, soy una oportunista. Me gustaría concertar una entrevista con usted.

—En otro momento, tal vez.

—¿Cómo me pongo en contacto con usted?

—Llame al Secretariado de Estado. Ellos la comunicarán conmigo.

—Necesitaría una hora de su tiempo, si es que eso es posible.

—En mi oficina le dirán cuál es el tiempo del que dispongo.

—Gracias, Eminencia.

—Ahora, con su permiso, mademoiselle.

Lo observó mientras se desplazaba briosamente hacia el escritorio del conserje. Vio cómo el conserje levantaba el tubo y hablaba brevemente por teléfono, y luego le indicaba a Rossini el ascensor.

Cuando la puerta se cerró tras él, Steffi Guillermin se acercó velozmente al escritorio y deslizó un billete de cincuenta liras por debajo del registro de pasajeros. Desde que estaba en Roma, había encontrado un montón de buenas historias aquí. Había logrado que los nativos fueran amistosos. Le dijeron que la persona eminente estaba cenando en la suite número treinta y ocho del tercer piso con una dama argentina, la señora Isabel Ortega.

Antes de tocar el timbre de la suite, tuvo un momento de pánico. Hubo una larga pausa antes de que Isabel abriera la puerta y lo hiciera pasar a la sala. Un momento después, ella estaba en sus brazos y el tiempo se detuvo mientras se abrazaban, se besaban, se reconocían y lloraban en silencio, embargados por un sentimiento de mudo asombro. El tiempo recomenzó cuando él la apartó, estirando los brazos sin soltarla, y dijo simplemente:

—Había olvidado lo hermosa que eres.

—Y tú, mi Luca, ¡estás tan espléndido!

Sólo en ese momento él atinó a preguntar:

—¿Dónde está Luisa?

—En su dormitorio. La llamaré cuando estemos listos.

—No dejaba de preguntarme cómo sería el momento en que nos volviéramos a ver así, cara a cara.

—Yo sabía exactamente cómo sería. —Lo besó otra vez y le limpió una marca de lápiz labial que le había quedado en la boca—. Luisa beberá una copa con nosotros, y luego un joven muy presentable de la Embajada la llevará a cenar.

—Me preguntaba cómo ibas a arreglar eso.

—¿Alguna vez te decepcioné?

—Nunca. Mi temor era que yo pudiera decepcionarte a ti.

—Sírvete una copa. Llamaré a Luisa. Tiene su propia habitación al final del corredor. Necesita preservar su intimidad tanto como yo necesito preservar la mía.

Cuando ella lo dejó solo, fue hasta el bar, se sirvió un brandy con soda e hizo un brindis silencioso por aquella belleza apasionada y de ojos oscuros a la que los años apenas habían rozado veteando de gris aquel cabello negro como el azabache, y que todavía mantenía el fuego en los ojos y el surco de la risa en torno de los labios. La sencillez del encuentro después de tantos años tenía algo de milagroso, aun cuando Isabel había confesado alegremente sus artilugios. Para él, era como si una nueva luna surcara el cielo: al menos por esta noche, todos los temores se llamarían a descanso, todos los misterios se desvanecerían. Mañana sería otro día. La irrupción de Isabel con su hija le deparó una nueva sorpresa: Luisa Ortega era una réplica asombrosa de la joven Isabel, a quien había visto por primera vez cuando despertó en el dormitorio de ella, después de la golpiza a que lo habían sometido en la plaza del pueblo. Miró a una y a otra, buscando a tientas las palabras.

—No puedo creerlo, eres tan parecida a tu madre. Es un gusto conocerte, Luisa.

Le tendió la mano. Ella inclinó la cabeza y se dispuso a besársela a la antigua usanza.

—Me siento honrada, Eminencia.

Él rechazó el gesto y la hizo ponerse de pie con una sonrisa.

—Esta noche, jovencita, no soy una Eminencia. Soy Luca, un viejo amigo de tu madre.

—Espero que también lo sea mío.

—¡Cómo podríamos no ser amigos!

—¿Cómo lo llamo, entonces?

—A menos que tu madre tenga alguna objeción, ¿por qué no Luca?

—Pero sólo en privado —dijo Isabel—. En sociedad, él es siempre *Eminencia*.

—¡Mamá! ¡A veces puedes ser tan estirada!

—Tu padre puede ser aún peor, bien lo sabes. ¿Puedo beber un vaso de vino blanco, Luca?

—Y para mí, un campari con soda, por favor.

Rossini sirvió las bebidas y se las ofreció. Luego propuso un brindis.

—¡Por las amigas de mi corazón, demasiado tiempo ausentes!

Chocaron las copas y bebieron. Luisa lo desafió, sonriente:

—Uno de estos días, Luca, quiero oír tu versión sobre cómo tú y mi madre os conocisteis. Cada cual parece tener un texto diferente. Estoy realmente muy confundida.

—Es una larga historia, la dejaremos para otro día. Tu caballero llegará en cualquier momento. A propósito, ¿quién es él?

—Todavía no lo conozco. Se llama Miguel Alamino. Mamá lo consiguió para sacarme del medio mientras estás aquí. Su padre es el primer secretario de la Embajada Argentina, un amigo de papá.

—¿Adónde piensa llevarte?

—A un lugar llamado *Piccolo Mondo*. ¿Lo conoces?

—Lo conozco. Aunque no puedo darme el lujo de comer allí muy a menudo. Te gustará.

—Creí que todos los cardenales eran ricos. ¿Acaso no los llaman Príncipes de la Iglesia?

Estaba empezando a provocarlo, y a él lo complacía seguirle el juego.

—Muy pocos de ellos son ricos en estos tiempos. En cuanto a lo de príncipes, es una noción anticuada, pero algunos todavía se aferran a ella.

—¿Y tú?

—¿Parezco un príncipe, Luisa?

—Mamá piensa que sí.

—¿Y qué piensas tú?

—Me reservo la opinión hasta que te conozca mejor. Por el momento, estoy impresionada.

—Yo también estoy impresionado. Eres una joven muy hermosa. Tu madre y tu padre deben de estar muy orgullosos de ti.

—Papá está orgulloso. Mamá se lo pasa tratando de convertirme en una erudita y una dama. Yo quiero ser pintora. Estudio en la escuela de bellas artes de Nueva York, pero lo que tranquiliza a mamá es que además estoy trabajando como restauradora en el Metropolitan. Ella quiere que sea una mujer independiente.

—Ella fue siempre una mujer independiente.

—¿Crees que podría ir a ver cómo trabajan los restauradores en el Museo del Vaticano?

—Estoy seguro de que puedo conseguirte esa visita. Deberías ir a Florencia también.

Sonó el teléfono. Luisa atendió. Un momento después anunció:

—Mi cita me aguarda en el vestíbulo. No me esperes levantada, mamá. Y tú, Luca, no dejes que se acueste demasiado tarde. No ha estado bien últimamente y el cruce del Atlántico no ayudó.

Besó a su madre y sorprendió a Rossini con un abrazo rápido y un pedido halagador.

—Espero que encuentres algo de tiempo para mí también mientras estemos en Roma.

—Será un placer. Es probable que no tenga demasiado tiempo libre antes del cónclave, pero después sin duda lo tendré.

—¡Bien! Te tomo la palabra. Ahora deséenme suerte. Odio las citas a ciegas, pero una chica tiene que empezar por algún lado cuando llega a una gran ciudad. Y recuerden que esto lo estoy haciendo por los dos.

Cuando la puerta se cerró tras ella, Isabel se echó a reír.

—¡Bien! Has hecho otra conquista. Me alegro. No tenía la menor idea de cómo podíais caer vosotros dos. Sírveme otra copa, por favor, y aflojémonos un poco. Pedí que nos traigan la comida a las nueve. Elegí un menú simple, así no tendremos a los camareros brincando de aquí para allá.

—¡Me alegra tanto que estés aquí! —Le alcanzó el vino y se sentó frente a ella, ante una pequeña mesa ratona—. Estoy más torpe que un estudiante. No sé cómo ni por dónde empezar.

—¿Recuerdas el juego que solíamos jugar cuando estabas enfermo? "¿Pasado, presente o futuro?"

—Lo recuerdo muy bien. Primero, dejemos el pasado a un lado.

La frase pareció perturbarla. Su sonrisa se desvaneció. Sacudió la cabeza.

—Eso no es tan fácil como tú crees, mi amor.

—Perdóname. Fue una expresión torpe.

—Estás perdonado. Los dos hemos estado haciendo un largo viaje, separados por océanos. Hay que acarrear un equipaje terriblemente pesado, ¡y la mayor parte es mío!

—Muy bien, hagámonos cargo. Tu matrimonio parece haber durado.

—Para lo que fue, y cuándo y dónde fue, ha durado bastante bien. Nos permitió atravesar épocas muy peligrosas. Fui una joven impulsiva y ambiciosa que pretendía tener todas las cosas buenas de la vida apenas las veía. Raúl era un hombre guapo y débil, con pocos talentos, mucho dinero familiar, y un padre poderoso y lo suficientemente listo para sobrevivir a sus pares en el generalato a los desastres de Malvinas, e incluso a las secuelas de las atrocidades. En Argentina, nos mantuvimos juntos porque juntos estábamos a salvo. Para la época en que fuimos destinados a los Estados Unidos, Raúl había aprendido de su padre lo suficiente para convertirse en un hombre útil e insignificante entre los burócratas. Yo le enseñé lo suficiente para mantener la casa de un diplomático y para poder darle una educación civilizada a Luisa. Logré hacer mi propia carrera de estudios hispanoamericanos y conservar las amistades que me mantuvieron, ¿cómo decirlo?, emocionalmente estable. Fue un matrimonio de conveniencia que, de alguna manera, funcionó. Mi padre fue una gran ayuda en todo esto. Él era un cínico a la antigua usanza que me enseñó a no esperar nunca demasiado de las relaciones humanas. Tú, mi amor, fuiste la única indulgencia que él me aprobó, y cuando supo que tu estrella comenzaba a brillar en el firmamento de Roma, lo tomó como un elogio a su propio buen criterio. Él fue quien me ayudó con Luisa mientras Raúl hacía sus incursiones por Nueva York, Washington y París.

—Es una joven hermosa y admirable. Deberías estar muy orgullosa de ella.

—Lo estoy. Ahora cuéntame de ti. Tus cartas fueron mojones en mi vida. Sin embargo, no me contaban nada que yo ya no supiera: tú me amabas, yo te amaba. No olvides que no empezamos a escribirnos hasta que yo me mudé a Nueva York con Raúl. En la Argentina de los malos tiempos escribir cartas era peligroso...

—Ni siquiera cuando llegaron los buenos tiempos encontré las palabras adecuadas. —Le dedicó una pequeña sonrisa cargada de vergüenza—. No te enseñan a escribir canciones de amor en la Secretaría de Estado. ¡Mis minutas, por otra parte, son sumamente elogiadas por su concisión y exactitud!

—Aun así, he conservado todas tus cartas.

—¿Te parece prudente?

—¿Acaso he sido prudente alguna vez en mi vida, Luca?

—Entonces puedo confesar que yo he conservado las tuyas.

—Ahora cuéntame cómo fueron las cosas cuando llegaste a Roma por primera vez.

—Aquél era otro Luca Rossini, el que tenía marcas en la espalda y un sabor amargo en la boca. Había sido un buen sacerdote; simple, pero bueno. Creía que había oído la llamada y que la había contestado. Me preocupaba por mi gente, y traté de protegerla, pero fracasé. Después, cuando comprendí cuán profundamente todos nosotros habíamos sido traicionados, la ira se apoderó de mí hasta el punto de que habría podido matar. Hubo momentos en que pensé que estaba un poco loco.

—Recuerdo esos momentos. Te cuidé mientras pasabas por algunos de los peores...

—Hiciste más que eso. Mantuviste vivo a otro Luca, el más elemental, el que todavía tenía telarañas de sueños en la cabeza. Pusiste tu sello en él: tu sabor, tu tacto, tu perfume, que olía a azahares. Cuando ese Luca fue separado de ti y llevado a Roma, era frágil, débil e inseguro como un animal herido en una jungla de depredadores exóticos. El que mantenía el control en ese momento era el otro Luca. El que comenzó una *vendetta* contra todos aquellos a quienes veía implicados en las conspiraciones de la opresión. Todavía hay demasiados de ellos en la Iglesia. Ese Luca todavía no estaba armado para una guerra abierta, de modo que optó por campañas de obstrucción, de bloqueo, de desafío. Debido a que todavía estaba un poco loco, y a que aún no comprendía del todo lo que le estaba pasando, sobrevivió. Fue patrocinado por el propio Pontífice. A causa de que no buscó ese patrocinio y se negó a negociar por él, era respetado, y a veces temido.

—¿Y el otro Luca, el que tenía impreso mi sello?

—Al principio fue una suerte de espectro pálido que vivía de recuerdos cada vez más desteñidos: el recuerdo de una cama de amantes, de unos padres muertos mucho tiempo atrás, de lealtades vecinales, de tempranas confianzas. Algunas veces, cuando me miraba al espejo, veía a este Luca y lloraba por él, y ansiaba recuperar el amor que había perdido.

—¿Y yo? ¿Nunca estuve ahí, con el Luca vengador?

—¡Oh, sí, tú estabas ahí! Eras la Isabel que le enseñó a no desperdiciar nunca una bala en un combate ni una palabra en una discusión. Le enseñaste a inclinar la cabeza y decir suavemente: "¡Como su Eminencia quiera!". Le enseñaste los usos del poder. Le diste el don del silencio. Lo convenciste de que nunca debía permitir que su paz dependiese de las bocas ajenas.

—¿No hubo otras mujeres en tu vida, Luca?

—Ni antes ni después de ti. Lo único que lamento es no haber sido lo suficientemente audaz para arrancarte de esa vida y unirnos a la guerrilla. —Sonrió y desplegó las manos en un cómico gesto de derrota—. Menos mal que no lo intenté. Estoy seguro de que habría hecho algo mal, y estaríamos muertos desde hace mucho.

—Probablemente ahora lo harías mejor.

Fue un comentario provocativo. Prefirió dejarlo pasar.

—Hablaremos de eso mañana.

—¿Qué pasará mañana?

—Voy a llevarte a pasar el día conmigo, a un lugar que es sólo mío.

—¿El que mencionabas en tu carta?

—El mismo. Tendrás que vestirse con ropas de campo. Tomarás un taxi y vendrás a mi casa, y desde allí yo te llevaré al campo en mi coche, y pasaremos el día trabajando en el jardín. Beberemos vino. Te prepararé un almuerzo y nadie en el mundo sabrá dónde estamos. Te traeré de regreso antes de que el tránsito se ponga demasiado pesado. ¿Cómo te suena eso?

—Me suena maravilloso. Pero ¿qué haremos con Luisa?

—Dame dos minutos y le organizaré algo que le alegrará el día.

—Fue hasta el teléfono y marcó el número de la casa de Piers Hallett.

—¿Piers? Luca Rossini.

—Mi eminente amigo. Traté de llamarte un par de veces pero no estabas. Quería darte las gracias por la cena, y por tu invitación a fastidiarte en el cónclave. Acepto con alegría. Estaré esperando tus instrucciones.

—¡Magnífico! Ahora quisiera pedirte que hagas algo muy especial por mí.

—Lo que sea, amigo mío.

—Llama al Grand Hotel a primera hora de la mañana. Pregunta por la señorita Luisa Ortega. Dile que yo te he designado para que le muestres el Museo Vaticano, y en particular la sección en la que trabajan los restauradores. Después de eso, invítala a comer a algún lugar alegre en el Trastevere, alquila una *carrozza*, y llévala de regreso al Grand, como corresponde.

—Todo esto, espero, con cargo a tu cuenta.

—Por supuesto. Si no tienes efectivo, llama a mi oficina, pregunta por Rodrigo, y dile que te adelante el efectivo bajo mi responsabilidad.

—¡Por favor! Estaba bromeando. Ando muy bien de efectivo en este momento: por fin un cheque del *Connoisseur*. ¿A qué hora me sugieres que llame a la dama?

—A las ocho, no más tarde. Y organiza tú mismo cómo venir a buscarla. Si quiere llevar a un amigo, ocúpate también de él. Si se echa atrás, trata de no sentirte demasiado lastimado.

—¿Tú dónde estarás?

—En el campo, con su madre.

—Disfrútalo, Eminencia. ¡Disfrútalo! Quién sabe qué plagas pueden asolarnos después del cónclave. ¡*Ciao*!

Rossini colgó y se volvió hacia Isabel.

—Listo. Todo arreglado.

—¿Quién es Piers?

—Piers Hallett, nada menos que un Monseñor. Es un erudito inglés que trabaja en la Biblioteca del Vaticano y que demostrará ser, te lo aseguro, un guía turístico de lo más divertido e instructivo para tu Luisa. Antes de irme le escribiré una breve nota explicativa que el conserje le dará esta noche cuando vaya a recoger la llave. Si ha hecho otros planes, como enamorarse locamente de Miguel como se llame, puede llevarlo, o cancelar la cita con Hallett. No tiene ninguna importancia.

—A mí me parece —Isabel se burló de él con delicadeza— que tú has pensado bastante en esta visita.

—Tuve que hacerlo. El Secretario de Estado me había programado una reunión con un grupo de cardenales mayores que no tienen derecho a voto pero quieren que los conclavistas sepan lo que piensan.

—¿Y qué excusa le diste al Secretario de Estado?

—La verdad. Él sabe que estás en la ciudad. Y sabe que estoy desesperado por estar contigo. Me autorizó a que mañana tenga el día libre.

Isabel frunció el entrecejo y sacudió la cabeza.

—Si esto significa lo que creo que significa, entonces tú y yo somos un secreto a voces en Roma.

—Lo hemos sido por muchos años, mi amor. En realidad, desde que llegué a Roma. Quien me trajo, si lo recuerdas, fue el Nuncio Apostólico, que ahora es el Cardenal Aquino. Era carne y uña con la Junta. Se aseguró de que cada circunstancia sospechosa relacionada conmigo quedara registrada, y cada suposición convertida en un hecho conocido. Fui interrogado por el mismísimo Pontífice.

—¿Y le hablaste de lo nuestro?

—¡No! Él me habló.

—¿Y tú qué dijiste?

—Que me salvaste la vida. Que fuimos amantes. Y que te amaría todos los días de mi vida.

—Así que él te convirtió en una persona encumbrada, para que purgaras tus demonios desde la cima de una montaña.

—Más bien al contrario, creo. Me usó para purgar sus propios demonios.

—¿Sabes lo que esto me dice, Luca?

—¿Qué?

—Tú y yo todavía somos peones en este juego de silencios.

—¿Me responderías una pregunta?

—Si puedo...

—Fue mi colega Aquino quien me la suscitó. Sugirió que tú estabas de alguna manera vinculada con las *Madres de Plaza de*

Mayo, que están ahora aquí en Roma, tratando de plantear una acusación contra él.

—¿Y tú qué le dijiste?

—Le dije que te lo preguntaría.

—Entonces, cuando vuelvas a verlo —una llamarada de ira encendió sus ojos oscuros—, ¡dile que se vaya al infierno!

—Con el mayor gusto, señora.

Sonó el timbre de la puerta. Rossini se puso de pie para ir a atender. Un camarero y un mayordomo entraron con una mesa rodante para disponer la comida y servir el vino. Isabel se metió en el dormitorio, mientras Rossini esperaba en la sala, hablando con el mayordomo acerca de la comida, el talento del chef que la había preparado y las virtudes del vino, proveniente de una muy noble bodega de los alrededores de Montepulciano.

Finalmente se sentaron a la mesa, ya solos, los platos calientes humeando en el hornillo, y el vino color rubí en las copas. Isabel había recuperado la calma y Rossini se aplicó a entretenerla.

—El vino que beberás mañana es mucho más basto que éste, pero va muy bien con lo que cocino.

—¿Eres buen cocinero, Luca?

—Dentro de ciertos límites, sí. Sopa, pasta, ensaladas, paella, ragout, carne a la parrilla, ese tipo de cosas.

—¿Invitas a mucha gente a tu casa de campo?

—Serás mi primer visitante desde que la construí.

Ella le dedicó una mirada extraña e inquisitiva y una vaga sonrisa.

—¿Debo sentirme honrada o atemorizada?

—Espero que te sientas bienvenida y cómoda. Debes entender algo, mi amor. Este lugar es mi ermita, la madriguera en la que me resguardo de las guerras del mundo. Nadie entra en ella, salvo el granjero de la zona y su esposa, que me la mantienen limpia y ordenada.

—Por el modo en que lo dices, podría estar invadiendo un altar.

—No. Tú siempre has estado allí. He vivido todos estos años sin ti y, sin embargo, al dormirme y al despertarme te he llevado conmigo como si fueras mi propia piel.

—No tenía idea de que mi Luca era un poeta. —Lo dijo con liviandad, como si tuviera miedo de darle demasiada importancia a las palabras. Él respondió con la misma espontaneidad.

—No lo soy realmente. Las canciones que te canto son todas prestadas, pero en el jardín de mi ermita suenan dulces.

—Estoy orgullosa de que me ames tanto, Luca. No puedo decirte lo feliz que me hace mi amor por ti. Es tu soledad lo que me atemoriza, creo.

—No debería ser así, créeme. Mi vida exterior es activa y variada. En mi vida secreta he tenido algunos momentos malos, pero, desde que supe que venías, he llegado a un lugar extraño y apacible. El aire es frío, pero no hay viento y el mar está en calma, iluminado por la luna. Siento que es un regalo que me ha sido dado para ayudarme a reflexionar acerca de mi futuro, y a tomar una decisión al respecto.

—¿Qué decisión, Luca?

—Permanecer en la Iglesia o apartarme de ella.

—¡Luca! No hablas en serio. —Había un dejo de pánico en su voz. Bajó el tenedor con un repiqueteo—. Ésa es una decisión muy importante para un hombre como tú. ¡Dios quiera que yo no sea parte de ella!

—Tú eres parte de todo lo que soy, de todo lo que hago. Eso es algo que los dos sabemos y a lo que ninguno de los dos puede sustraerse. Pero ésta es una experiencia personal que me atañe sólo a mí. Tengo que decidir si, aquí y ahora, o la próxima semana, o el mes que viene, soy sinceramente un creyente. Me siento curiosamente distendido acerca de lo que, al final, puede ser una pérdida devastadora. Piers Hallett me dice que los ingleses tienen un dicho: *"Dios le hace más suave el viento al cordero esquilado"*. Ni siquiera puedo rezar por esto. Me limito a esperar.

—Yo rezaré por ti, mi amor.

—¿Sigues creyendo, a pesar de todo?

—A causa de todo, probablemente. Peleo como un viejo conquistador, abriéndome camino a manotazos hacia lo que quiero, pero siempre con la Iglesia a mis espaldas para iluminarme. Tú eres diferente. Te tragas toda la bilis y esperas...

—Como tú me enseñaste.

—O como tú interpretaste mis lecciones. ¿Quién sabe? En todo caso, hay cosas que tengo que contarte. No iba a hacerlo esta noche pero ¿por qué dejarlas para mañana? Quiero disfrutar de tu ermita.

—Puedes contarme lo que quieras, en el momento que quieras.

—Ése es el problema. No hay demasiado tiempo. Estás a punto de recluirte en el cónclave. Yo no puedo quedarme en Roma indefinidamente. Y sí, tengo trabajo que hacer para las *Madres de Plaza de Mayo*. Hay pruebas de que la mayor parte de los archivos acerca de los "desaparecidos" fueron enviados a España para mantenerlos fuera del alcance de futuros investigadores. Sin embargo, algunos fueron copiados por manos amigas y enviados a Suiza. Mientras estés en el cónclave viajaré a Lugano con dos de las mujeres para verificar su contenido. Puesto que fui una persona protegida en los malos tiempos, siento que ésta es una manera de saldar mi deuda. Hay otra cosa más, pero puede esperar. —Cambió de tema bruscamente—. Voy a servir el segundo plato. No deberíamos dejar que la comida se eche a perder.

—Es una comida muy buena. —Rossini se acomodó rápidamente a su cambio de humor—. Serás una espléndida *embajadora*.

—Honestamente, Luca: ¿crees que hay alguna posibilidad de que Raúl sea designado? ¿El Vaticano aceptará su nominación?

—Depende exclusivamente del nuevo Pontífice.

—¿Qué dijiste tú acerca de Raúl?

—Le di una aprobación con reservas. Es un hombre que no podría hacer mucho daño. No podríamos contar con él para que nos haga algún gran beneficio, si es que alguna vez lo necesitáramos.

—¿No estuviste tentado de mejorar tu informe, por mí?

—Un poco tentado, sí. Pero soy lo bastante cínico para saber que estratagemas como ésa, a la larga, nunca dan resultado.

Ella le puso el plato delante, y volvió a ocupar su lugar. Comieron un rato en silencio. Luego Isabel dijo con calma:

—Aun en el caso de que Raúl obtuviera el nombramiento, yo no vendría con él.

—Pero en tu carta dijiste...

—La escribí mientras esperaba el informe de una tomografía computada que me había indicado el especialista. Tengo cáncer de huesos, Luca, una invasión importante. Cuando vuelva, quieren que me interne en el hospital para una terapia. Pero ya me advirtieron que el pronóstico es negativo.

En un primer momento, él se quedó mirándola fijamente, enmudecido por el impacto. Luego no encontró palabras que no fueran pura banalidad.

—¡Dios mío! Cuánto lo lamento.

—¡No lo lamentes, Luca! Yo, como tú, he llegado a cierto lugar, y allí también está tu amor.

El dolor estuvo a punto de asfixiarlo. Isabel se inclinó sobre la mesa, le aprisionó las manos entre las suyas y no se las soltó hasta que la rabia cedió y él se entregó a un llanto silencioso. Finalmente se tranquilizó lo suficiente para preguntar:

—¿Tu marido lo sabe?

—Sí. Se está haciendo a la idea a su manera. Será generoso en todo, pero no se involucrará personalmente. Seguirá haciendo la vida que hace siempre.

—¿Y Luisa?

—Todavía no sabe todo. Cree que mi internación en el hospital es para que me hagan otros estudios. He tratado de ahorrarle lo peor para que pueda disfrutar sus vacaciones.

—¿Puedo ayudar de alguna manera? Siento que no te sirvo para nada.

—¡Ni se te ocurra pensarlo! De alguna extraña manera, nos hemos completado el uno al otro. Y, tal vez haya algo que puedes hacer por Luisa.

—Todo lo que esté a mi alcance. Ya lo sabes.

—Lo sé. Pero hablaremos de eso después de la cena. Ahora quiero terminar esta comida que ordené tan cuidadosamente. Nos dedicaremos a Luisa durante el café. Así que, por el momento, no se hable más de mis cosas. Cuéntame acerca del cónclave y dime qué piensas que ocurrirá allí.

Una vez más, aunque sentía que se le rompía el corazón por ella y por él mismo, se rindió ante sus deseos y habló sosegadamente acerca de lo que ocurriría cuando los hombres clave se reunieran para elegir al nuevo Pontífice.

Eran casi las diez y media cuando el camarero se llevó la mesa rodante. Isabel se veía cansada. Rossini le dijo que se marcharía en quince minutos. Ella no quiso saber nada.

—¡Por favor, Luca! Conozco esa expresión. Te estás cerrando.

—¡No contigo, amor mío! No pienses eso. He vivido durante mucho tiempo detrás de una fachada y carezco de las palabras del habla cotidiana. No sé exactamente en qué momento el roce de una mano puede ser una molestia en lugar de un consuelo. Pero, por favor, créeme cuando te digo que jamás me he cerrado a ti.

—Entonces debes dejarme hablar. Tengo otras cosas que decirte.

—Te escucho.

Ella dejó la taza, cruzó las manos sobre el regazo, respiró profundamente para darse fuerzas y luego le dijo:

—Luisa es hija tuya, Luca.

Fue entonces cuando ella comprendió lo que los años espartanos le habían hecho. No hubo el más mínimo parpadeo de sorpresa en sus ojos, pero sus facciones enjutas se congelaron bajo la máscara del depredador. Cuando habló, su voz era suave como el frufrú de la seda.

—¡Bueno! ¡Éste es un regalo que no esperaba!

—¿Realmente es un regalo, Luca? Otro en tu situación lo consideraría una copa de veneno.

Él la observó en silencio y con el mismo tono suave le dijo:

—Creo que nunca te dije esto, pero los momentos más difíciles que pasé cuando era un sacerdote joven eran las ocasiones en las que sostenía a un bebé en brazos sobre la pila bautismal y comprendía que había renunciado para siempre al derecho a la paternidad. Te estoy diciendo la verdad, me has hecho un regalo. El problema es que reacciono con mucha torpeza. ¿Luisa sabe que soy su padre?

—No.

—¿Lo sabe Raúl?

—No.

—Hagamos una pausa. Esta noche te visito, soy un antiguo amante, sí, pero un amante constante; recordamos los momentos de felicidad, celebramos el vínculo que nos ha mantenido unidos. De pronto abres una caja mágica y de ella brota este gran secreto. Tienes una enfermedad terminal. Yo tengo una hija que es toda una mujer.

—Reflexioné mucho antes de tomar la decisiónde decírtelo.

—Te agradezco que confíes en mí —dijo Luca Rossini—. Pero jamás habría imaginado que me quedaría sin palabras. Soy un hombre cautivo. ¿Qué puedo ofrecerte salvo un amor inútil? ¿Qué puedo ofrecerle a Luisa? Ella no me agradecerá que invada su vida, ni te agradecerá a ti que hagas vacilar sus cimientos. ¿Me equivoco?

—Durante años me pregunté si debía contarte. Respetaba tu derecho y el de ella de vivir en la ignorancia.

—Pero ahora has cambiado de idea.

—Es lo que ocurre cuando te leen tu sentencia de muerte. Me falló el coraje. Ya no podía cargar yo sola con ese secreto. Por eso te planteo ahora el tema. ¿Luisa debería saberlo?

—No lo sé —repuso Luca Rossini—. Sinceramente no lo sé. De todas maneras, estoy seguro de una cosa: si va a saberlo, deberíamos decírselo los dos juntos.

De pronto, soltó una risita seca y forzada, como burlándose de sí mismo. Luego alargó una mano para tocarle la mejilla y le dijo con firmeza:

—Ahora, ¿por qué no vuelves a empezar y me explicas este anticuado libreto del que nada me has contado en todos estos años?

—Creo que una copa ayudaría.

—Sírveme una a mí también, por favor, pero que sea sólo agua mineral. Necesito estar muy sobrio para esta función. Y, por favor, siéntate frente a mí, así puedo mirarte a los ojos.

—¿Por qué? ¿No me crees?

—Oh, sí, te creo. Pero quiero leer tu cara a medida que me cuentas. ¿No entiendes? Acabas de donarme una hija del amor. Es una experiencia extraña. Habría sido más fácil en los viejos tiempos, cuando los prelados fundaban vastas familias y les procuraban una vida llena de riquezas o les concertaban a sus hijos casamientos con miembros de la nobleza.

La tensión de su rostro se aflojó en una sonrisa burlona. Isabel le sonrió sin convicción.

—Luisa tiene una muy buena dote, por la fortuna de mi padre. También heredará de Raúl. Lo que no quiero es ver a Raúl negociando otro casamiento de conveniencia.

—¿Qué pasa si lo hace? ¿Irrumpe Luca en su armadura, cabalgando como Julio II, y gritando "¡Alto! ¡Alto! Soltad a la muchacha"? Isabel, ¡te estás imaginando un cuento de hadas! Por favor, alcánzame la copa y siéntate.

Ella se arrellanó en el gran sillón, mirándolo a la cara, como él había pedido. Se demoró un poco con el primer sorbo de brandy, se secó la boca con una servilleta de papel y luego comenzó, lentamente, a desgranar su historia:

—…Es probable que hayas olvidado parte de esto, pero yo lo recuerdo día por día, e incluso hora por hora. Cuando papá fue a Buenos Aires a negociar por tu vida, y por la mía desde luego, nos dejaron a los dos en la *estancia* de su amigo, cerca de Córdoba. Nos alojamos en la casa de huéspedes, y para seguridad de todos, nos mantuvimos alejados de todos los que trabajaban allí. Durante los diez primeros días estuviste muy enfermo. Sufrías mucho por las heridas de la golpiza y por la infección. No fue sino hasta la cuarta semana, cuando acababa mi período, que comenzamos a hacer el amor. Lo cierto es que nuestra luna de miel duró tres semanas. Creí que me estaba cuidando, pero no me cuidé lo suficiente. Al cabo de la tercera semana, te hicieron desaparecer como por arte de magia para embarcarte en un vuelo a Roma con el Nuncio. Conforme a lo acordado, papá me llevó de regreso a mi casa en Buenos Aires. Por suerte, o al menos eso pensé, Raúl estaba en viaje de trabajo por Chile y Perú. Estuve en casa casi cinco semanas antes de que él regresara. Entretanto, advertí que no me había venido el período. Cuando Raúl volvió, representé como siempre mi papel de amante esposa hasta que, como siempre, Raúl se aburrió. Luego, al advertir otra vez que no me había venido el período, acudí a un médico, no un médico cualquiera, sino uno que me recomendó tía Amelia, la hermana de papá, una dama vieja y fuerte que conocía bien los hábitos de la sociedad masculina de la Argentina. Cuando me diagnosticaron el embarazo —¡y recuerda, Luca, que tú estabas a miles de kilómetros de distancia, en el cálido seno de la madre Iglesia!—, tía Amelia me dio un sabio consejo. "*¡Piensa en el futuro, Isabel! Tu padre me ha contado todo lo que pasó. Mataste a un militar y te acostaste con un cura. Si tu marido, o la familia de tu marido, se pusieran desagradables, estarías en graves problemas. Lo que no querrás que ocurra es que tu bebé aparezca seis semanas antes y te obligue a dar explicaciones. Así que piensa en el futuro. Te conseguiremos un buen médico en Nueva York y una buena excusa médica para que vayas a consultarlo. Luego fijarás una fecha para una cesárea en su hospital, una fecha que concuerde con los hechos y permita crear la ficción apropiada. La cesárea no le hará daño al bebé, y a ti te ahorrará un montón de problemas*". Y bien, eso es exactamente lo que hice, con la ayuda de papá y tía Amelia. A Raúl la idea le gustó. Le permitiría consolidar su lista de contactos en Nueva York y retozar en lugares donde solía divertirse. Cuando por fin Luisa llegó, hermosa y saludable, quedó embelesado. Su padre y su madre hicieron llover sobre ella los regalos y las atenciones. El cuento de hadas había llegado a su fin...

—Pero no para ti.

—No. Yo estaba totalmente confundida. Durante todos los festejos, lo que estaba viviendo era una mentira. Estaba engañando a Raúl. Me estaba burlando de su alegría, que era verdadera. Si alguna vez la verdad llegaba a saberse, habría significado una vergüenza devastadora para él. Por otra parte, la hija que había parido era tu hija. Eso me hacía feliz, pero era una felicidad amarga porque no podía compartirla contigo. Durante un tiempo, estuve sumida en una profunda depresión, pero me recuperé y comencé a hacer el recuento de mis bendiciones.

—¿Y Raúl nunca te hizo ninguna pregunta acerca del tiempo en que estuve contigo?

—Jamás. Ninguna. Dudo que pudiera percibir a un cura de campo como rival. Además, todos los papeles estaban en orden, también mi historia clínica. Así que ¿qué recelo podía tener?

—Entonces te hago otra vez la misma pregunta. —De pronto, Luca Rossini era otro hombre, imperioso y duro como el acero—. ¿Por qué tenías que plantearme la cuestión ahora, después de todos estos años?

Ella no opuso resistencia a su ira: se inclinó hacia adelante en el sillón para enfrentarlo.

—¡Porque quería que lo supieras! Quería compartir a nuestra hija contigo, hacerte ver lo que habíamos hecho juntos en aquella cama, en Córdoba. No esperaba que la reconocieras. No lo espero ahora, pero sí, sí, sí, quería que supieras. Tenía la esperanza de que hallarías algo de felicidad en el secreto, tal vez el último que podamos compartir.

—Eso puedo entenderlo. —El tono de Rossini era cuidadosamente neutral—. Eso vale para ti y para mí. ¿Qué planeaste para Luisa?

—Tuve la esperanza, Dios lo sabe, de que tú podrías ser un regalo para ella también. Cuando os vi y os oí juntos esta noche, supe que podían hacerse bien el uno al otro.

—Eso es una suposición, una apuesta. ¡No tienes derecho a hacerla con la vida de tu hija!

—También es tu hija, Luca. ¿O es que no crees lo que te he contado?

—¡Oh, sí! Creo que Luisa es mi hija, pero lo es por obra de la naturaleza. Por crianza, es tuya y de Raúl. Hay un equilibrio precario en esto. Si inclinas la balanza para el lado que no corresponde, ¿quién sabe el daño que puedes hacer? Esto es algo sobre lo que tengo que pensar. Lo hablaremos de nuevo mañana.

—¿Todavía quieres llevarme a tu ermita?

—Por supuesto.

Se puso de pie y alargó los brazos para ayudarla a levantarse. La atrajo hacia sí y la estrechó en un abrazo. Le recorrió suavemente el cabello con los labios.

—Te amo. Nada puede cambiar eso. Te amaré desde ahora hasta el día del juicio final. Pero también estoy triste, porque estás sufriendo y no puedo hacer nada para aliviar tu sufrimiento, excepto rezar, y últimamente mis oraciones no son de lo mejor. Además, está Luisa. Estoy triste por ella, también, aunque de una manera diferente. Hubo una chispa entre nosotros, ¿no es cierto?

—La hubo.

—Entonces subamos un poco la apuesta.

—¿Qué quieres decir? —Se apartó para poder mirarlo a la cara. Él sonreía otra vez.

—Pensaba en mañana. En esta época de mi vida no son muchas las gracias de que puedo disfrutar, pero mi pequeña casa de campo es una de ellas. Tenía desesperación por compartirla contigo. Ahora...

Se interrumpió; parecía no saber cómo seguir.

—¿Ahora qué, Luca?

—Ahora, para gran sorpresa suya, Luca Rossini, Cardenal Presbítero, ¡es un hombre de familia! Estoy sugiriéndote que invitemos a nuestra hija a nuestro picnic.

—¿Quieres decir que piensas contarle? —Había un matiz de alarma en la voz de Isabel.

—No tengo idea de lo que haré, salvo que me propongo llevármela a la cocina para que me ayude a preparar el almuerzo, mientras tú tomas el sol en el jardín. Charlaremos, y veremos adónde nos lleva la charla. ¿Cómo te cae eso?

—¿Qué puedo decir? Sería bueno pensar que la gracia que habita tu jardín nos tocará a todos.

—¡Bien! Ahora será mejor que llame a Piers Hallett y cancele el programa. Para él será una gran desilusión.

—¿Has pensado qué haremos si Luisa no quiere venir?

—Así sea. Dejemos que haga lo que quiera. Habrá otros momentos y otros tiempos.

—No cuentes con eso, mi amor —dijo Isabel sombríamente—. ¡Recuerda que estoy representando el último acto de esta ópera!

Esa noche se despidieron envueltos en las sombras de sus dolores compartidos. La pasión de aquel encuentro tan largamente esperado se había consumido como un fuego de artificio en el leve resplandor de la emoción. Ahora iban abrazados por un paisaje oscuro, bajo un cielo sin luna, despojados de todo. Lo único que les quedaba era el consuelo físico más elemental: el contacto de las manos, el efímero calor de sus cuerpos y la caravana de los sueños del ayer. Fue Isabel quien encontró las pocas palabras que necesitaban:

—Sé lo que estás pensando, Luca, amor mío. Deberíamos echar el cerrojo a la puerta, dejar afuera al resto del mundo y dormir juntos hasta mañana. Pero no podemos, y aunque pudiéramos, al salir el sol nos despertaríamos y nos sentiríamos ridículos. Tú todavía eres un hombre apuesto. Yo no soy hermoso cuando me desnudo.

—Para mí, has sido lo más hermoso del mundo. Siempre lo serás.

—Ahora vete a casa Luca, por favor.

—Tienes mi dirección, mi número de teléfono...

—Todo. Te veremos a las diez. ¡Hasta mañana, mi amor!

Le tomó más de una hora atravesar a pie una ciudad que se hundía lentamente en el sueño, en la que la turbulencia del tránsito y los ruidos de la noche todavía se prolongaban, en la que el *smog* que cubría el Tíber todavía exhalaba su fetidez, y se enroscaba como una víbora venenosa a través de los hormigueros que cubrían las antiguas colinas.

A pesar del férreo dominio de sí mismo que mantenía, todavía estaba abrumado. Isabel era la roca sobre la cual su virilidad devastada se había reconstruido. Ahora la roca se estaba desmoronando como un castillo de arena arrastrado por una marea invasora. No podía hacer otra cosa que observar indefenso cómo vacilaban los cimientos de su frágil vida interior.

Luisa representaba otra clase de dolor: una hija a quien no podía reconocer, cuya infancia nunca había compartido, y cuyo futuro él podía hacer peligrar. La angustia lo invadió otra vez: angustia por las ilusiones que él mismo había alimentado, y que ahora yacían dispersas a sus pies como pétalos de rosas ya marchitas.

Caminó aprisa, pero sin prestar atención, con la cabeza gacha, vagamente orientado en dirección a su casa, pero sin preocuparse en absoluto por cuándo llegaría. Los amantes que se abrazaban en las entradas de las casas lo ignoraron. Un borracho tropezó con él. Un motociclista que llevaba a una muchacha en el asiento trasero pasó junto a él y vociferó una elocuente maldición romana. Una Virgen pálida, aprisionada en un pequeño altar de vidrio e iluminada por una lámpara de aceite que ardía con luz parpadeante, lo miró con sus vacíos ojos de yeso.

La imagen de la Virgen despertó en él los recuerdos de infancia de una casa napolitana en los barrios bajos de Buenos Aires, en la que una Virgen Dolorosa dominaba desde lo alto el lecho matrimonial. Allí también, pegada en la pared sobre su propia cama, había una estampita de Primera Comunión en la que estaba representada la mítica Virgen y Mártir Filomena, el nombre de bautismo de su madre.

Con el paso de los años se había ido volviendo cada vez más escéptico respecto de la mitografía de la Iglesia, y, al mismo tiempo, cada vez más consciente de su poderío y de la profunda necesidad humana de misterios y milagros que la sustentaban. Lo irónico era que, mientras rechazaba un conjunto de mitos, había adoptado otro: el mito de la amante ideal, entronizada en el altar de los recuerdos, dotada de virtudes heroicas e inmune a los riesgos de la mortalidad. Ésta era una criatura con la que podía soñar sin culpa, y a la que podía desear sin remordimientos, porque no estaba a su alcance, del mismo modo que la Virgen de la esquina que lo miraba desde detrás del vidrio polvoriento.

Por supuesto, había recibido advertencias miles de veces. Sus primeros maestros en la vida espiritual lo habían puesto en guardia contra el apego a las cosas perecederas y a las personas perecederas. Habían tratado en vano de cauterizar sus emociones, y la cauterización había durado hasta que un salvaje con una fusta le había azotado la piel de la espalda y la había dejado expuesta en carne viva.

La de esta noche había sido otra clase de exposición: el dolor de la amada, ahora en peligro de muerte, a la que él no sólo no podía ofrecerle cura o alivio espiritual sino ni siquiera compañía, más que por unas pocas y fugaces horas. Aun en el caso de que renunciara a la Iglesia y emprendiera el largo camino a ninguna parte que le permitiría mantener su precaria identidad, ¿qué podía ofrecerle a Isabel? Ella era más fuerte que él. El amor que ella daba, y el que tomaba, no tenían un precio marcado. Como la loba, ella había aceptado vivir y morir en su propio reducto, en su propia piel.

¿Dónde dejaba eso a Luca Rossini? Enamorado, no podía, no se permitiría pedir más que lo que le había sido dado. Comprendía el elemento obsesivo de su propia naturaleza. Su sentido del ridículo, su negativa a comprometer la dignidad personal por la que, según su modo de ver, había pagado con sangre lo había mantenido a salvo de la locura, si no de las preguntas acerca de lo que habría podido pasar.

Aquella noche había significado para él al menos una cosa. Había separado a Isabel de la cuestión de sus relaciones con la Iglesia como creyente bautizado. La pregunta, ahora, era simple y radical.

¿Era todavía un creyente? Si lo era, debía renovar su asentimiento y servir en aquella misión para la que había sido llamado. Si no, debía retirarse con dignidad y evitar el escándalo. No podía verse a sí mismo como el sórdido renegado que vocifera su protesta en el atrio del templo, y tampoco podía suplicar la caridad de los fieles o su lástima, por el estado al que se había visto reducido.

Para el momento en que había logrado combatir sus confusiones hasta llegar a un orden elemental, ya estaba otra vez en casa. Un cartel fijado en el ascensor anunciaba *Fuori Servizio*, lo que significaba que tendría que trepar trabajosamente por la larga escalera de piedra para llegar a su apartamento. Luego, puesto que la costumbre y el ritual eran la última y frágil defensa que le quedaba contra el temor y el dolor, abrió su breviario y leyó las completas del día:

"Oye, oh, Señor, mi plegaria, y deja que mi súplica llegue hasta ti... Mi vida se ha desvanecido como el humo, estoy solo como un pelícano en el páramo...".

Capítulo Siete

Rossini tenía la costumbre de decir misa a la mañana temprano en la capilla de un pequeño convento situado a unas pocas manzanas de su apartamento. El convento era propiedad de una comunidad de mujeres que se llamaban a sí mismas Hermanas de la Redención. Se dedicaban a tareas de caridad, una de las cuales tenía como base el propio convento: un hogar transitorio para mujeres que habían pasado algún tiempo en prisión o estaban en libertad condicional.

La comunidad era pequeña y sus fondos escasos, de modo que, conforme a la tradición italiana, todos los días dos monjas salían a la calle a cumplir tareas de mendigas profesionales, pidiendo limosnas a los comerciantes y vecinos. Era una tarea ingrata. Las monjas de la comunidad estaban envejeciendo y eran pocas las mujeres jóvenes que se ofrecían para ayudar, pero las Hermanas se las arreglaban para conservar una ironía romana que se adecuaba muy bien a la modalidad a menudo anárquica de sus bandidas.

Rossini las había conocido en uno de sus malos días, cuando, vestido de paisano, se preparaba para irse a su ermita. Les hizo un donativo y luego se puso a conversar con ellas. Él, que había nacido en una familia de inmigrantes napolitanos y se había criado en un barrio pobre, sentía un respeto inveterado por los mendigos y un odio profundo por los indiferentes que despreciaban la mendicidad y sólo la aceptaban como una obligación social.

En el curso del diálogo con las Hermanas, les reveló su identidad y les ofreció una subvención permanente en dinero en efectivo y la celebración ocasional de misas para la comunidad. Después hubo de lamentar más de una vez haber tenido este impulso, pues con el tiempo fue convirtiéndose en confesor, consejero y amigo de última instancia para la comunidad y sus protegidas. Y tenía la lucidez mental suficiente para reconocer que el sistema no era sino una forma anticuada de la caridad eclesiástica que no podía sustituir de ninguna manera una necesaria, pero imposible, reforma del sistema social italiano.

Así pues, las mujeres del convento se convirtieron para él en una pequeña circunscripción privada en la que podía funcionar del mismo modo como lo había hecho en su parroquia de las montañas en Argentina. Las monjas confiaban en él. Las otras mujeres, al principio, se mostraron desconfiadas, y él comprendió que difícilmente podría ser de otra manera. Ellas conocían la rudeza de la vida alrededor de las fogatas en el Annulare, a las que los camioneros se acercaban para un revolcón rápido sobre una manta grasienta. Habían sufrido la violencia de los chulos y el acoso de la policía y los guardiacárceles.

No obstante, con el tiempo, las mayores de entre ellas hicieron correr la voz de que se podía confiar en este hombre que no las sermoneaba, que comprendía las palabras y los hechos desde el mismo lado de la calle que ellas y cómo podían ser las cosas con la policía. Sabían que sus regalos les hacían la vida más fácil a todas. Además, tampoco había nada furtivo en él. Su modo de hablar era delicado, pero conocía la diferencia entre *Merda y Macaroni*, y sabían que, si alguna de ellas quería jugar con él, él les hablaría sin medias tintas. Con mucha discreción, se encargó de que se supiera que también él había estado embrollado con la policía en su país y que comprendía la reticencia de ellas. No era obligatorio asistir a sus misas, pero primero unas pocas y luego algunas más comenzaron a acudir, de modo que cuando sabían que venía, lo habitual era que la capilla se llenara.

Esta mañana, no tenía ganas de salir de su casa, pero no podía decepcionarlas. Las monjas eran una raza especial, una tribu en extinción, pero aun así llena de coraje. Las mujeres a las que servían eran, como él, extranjeras, exiliadas, proscritas, las *avanze di galera*, los restos de un sistema carcelario al que algunas, casi inevitablemente, terminarían por volver. Fue a ellas a quienes se dirigió para hacerles un pedido conmovedor.

—Amigas mías, tengo que pedirles un favor. Una amiga muy querida y muy cercana acaba de enterarse de que tiene un cáncer incurable. Hace muchos años, esta mujer arriesgó su vida para salvar la mía. Les ruego que recemos por ella esta mañana. Ofrezco esta misa, no para pedir una cura milagrosa, sino para que le sea concedido el coraje que necesita y un rápido alivio de su dolor. Desearía saber por qué, entre todas las personas de este mundo, tuvo que ser ella la que sufriera de este modo. Pero ése es el misterio con el que todos nos enfrentamos, ¿no es cierto? Cuando venía hacia aquí esta mañana, no podía dejar de preguntarme: ¿por qué ella? ¿Por qué no yo? Me siento como un ciego que tantea buscando su camino en medio de una súbita oscuridad. Luego me recuerdo a mí mismo que Nuestro Señor y Salvador hubo de verse envuelto en esta misma oscuridad un momento antes de morir: "Recen también por mí. Todas ustedes son mis hermanas. Recen por mí". Su voz se quebró. Se tomó un momento para recuperarse, y luego se dirigió al altar para comenzar la misa.

Cuando la misa hubo concluido, se entretuvo apenas lo suficiente para beber un café e intercambiar cortesías con la Madre Superiora. Luego, mientras se apresuraba a dejar el lugar, una de las mujeres, una robusta veterana de los bordes de la carretera, lo detuvo y le puso en la mano una pobre cadena de plata con un pequeño medallón de la Virgen. Y le dijo:

—¡Tenga! ¡Dele esto a su amiga! A mí me salvó de muchos problemas en la calle. Quizá pueda hacer algo por ella. —Luego se marchó, haciendo repiquetear sus zuecos de madera en el suelo empedrado del corredor.

Rossini, otra vez embargado por la emoción, guardó el regalo en el bolsillo del pecho y salió apresuradamente del lugar.

De regreso en su apartamento, se detuvo ante la pantalla para verificar su correo electrónico. Había tres mensajes. Los dos primeros eran de su propia oficina. La entrevista solicitada por Steffi Guillermin de *Le Monde* estaba agendada para el día siguiente a las diez de la mañana en la Sala Stampa. Monseñor Ángel Novalis se ofrecía a estar presente y grabar la conversación si su Eminencia lo deseaba. Una rápida reflexión convenció a Rossini de que ésta era una medida prudente. El siguiente mensaje era del Secretario de Estado: "He reprogramado tu reunión con los Cardenales no votantes para las once y media. Esto te da un respiro de media hora después de la reunión con la prensa. Ángel Novalis puede necesitar apoyo, y es posible que la prensa te diga algunas cosas duras sobre el diario del Pontífice. Les disgusta la idea de que pueden haber estado manejándose con material robado. De modo que están preparando una argumentación defensiva.

Nuestro colega, Aquino, me dio su versión de la conversación contigo. Cuando le dije que hablarías con la prensa me preguntó, bastante más mansamente que de costumbre, si podía arreglar otra breve charla contigo: 'Más breve y más amistosa' fueron las palabras que usó. Te sugiero que lo llames. Creo que estás en condiciones de resolver el asunto con más gracia y urbanidad. Que tengas un buen día de campo".

Rossini miró su reloj. Todavía faltaba una hora y veinte minutos para que llegara Isabel, con o sin Luisa. Fue hasta el teléfono y marcó el número de Aquino. Cuando su Eminencia atendió, Rossini fue esmeradamente insípido.

—Tengo un mensaje del Secretario de Estado. Me pide que me ponga en contacto con usted.

—Una amabilidad de su parte. Gracias por llamar tan pronto. He estado preocupado. Sentí que nuestra charla había perdido el rumbo. Por culpa mía, no me cabe duda. Si es posible, quisiera hacer correcciones, reparar el daño, por así decir.

—Los dos estábamos inspeccionando viejos campos de batalla —dijo Rossini con calma—. Siempre se corre el riesgo de pisar un campo minado. ¿Qué le gustaría que hiciera?

—Me gustaría aceptar su oferta de intervención con las mujeres. Me gustaría ver si es posible una solución arbitrada. Me encantaría emplear a Ángel Novalis para manejar a la prensa. No obstante...

Hubo un breve silencio. Rossini lo aguijoneó.

—Lo escucho.

—No obstante, sentí, aún lo siento, que la condición que usted planteó —que yo debía ofrecerme a comparecer ante un juez— es pedir demasiado, y, además, es canónicamente imposible.

—También yo pensé en ello —dijo Rossini con afabilidad—. No tenía derecho a plantear esa condición, pero, de todos modos, en lo que a mí concierne, todavía tengo una condición.

—¿Cuál es?

—Respuesta abierta, discusión abierta. Hay mucha ira en todo esto. No quiero que la suya, o la mía, se le sumen.

—¿Cómo manejaríamos las cuestiones en las que está en juego el secreto?

—No las manejaremos. Si tiene las respuestas, las da libre y abiertamente. Si no las tiene, lo dice. Si hay un impedimento real para la revelación, admite al menos el impedimento. Pero hay algo que debería saber. Además de las pruebas reunidas por las mujeres, hay documentos que han sido guardados en secreto en España. Algunos de ellos han sido copiados y depositados en Suiza. Las mujeres van a ir a inspeccionarlos mientras nosotros estamos en el cónclave.

—¿Está seguro de eso?

—Sí, aunque no conozco los documentos.

—¿Pero su fuente de información…?

—Es impecable.

—Tendré que pensar un poco más acerca de esto. Hay ciertas complicaciones, y una posible participación del clero en las transacciones no es la menos importante. Estoy seguro de que entiende lo que quiero decir.

—No del todo —dijo Rossini—, pero preferiría no poner a Ángel Novalis, que nos estará haciendo un servicio a los dos, en una situación embarazosa.

—Tendré eso en cuenta. Espere mi llamado, que no tardará mucho, y gracias por su cortesía, Rossini.

—Es bueno que podamos entendernos mejor.

—Muy bueno, realmente muy bueno. Gracias.

Cuando cortó la comunicación, Rossini estaba sonriente. Las palabras de Aquino habían sido suficientemente cordiales, pero cuando las dijo sonaban como si estuviera chupando un limón muy amargo. Miró su reloj. Todavía tenía tiempo para llamar a la Secretaría de Estado y comentarle a Turi la conversación con Aquino. Su respuesta fue cálida.

—Gracias, Luca. Aprecio lo que has hecho. Cuantas menos fricciones tengamos en esta etapa, mejor. A propósito, ¿dónde obtuviste la información acerca de los documentos que estarían en España y Suiza?

—De la señora de Ortega. Irá a Suiza a ayudar a verificar la autenticidad de los que están depositados allí. Es una cuestión de conciencia para ella. Lo que te cuento es confidencial, Turi.

—Por supuesto. Tuviste una velada agradable, supongo.

—Agradable pero triste. Me temo que Isabel no estará por mucho más tiempo entre nosotros. Me dice que está muy enferma, y que el pronóstico no es bueno.

—Lo siento mucho, Luca. Por ella y por ti. Diré mi misa por ella.

—Gracias.

—¿Hoy vas a pasar el día en el campo?

—Sí. Su hija vendrá con nosotros. Es una muchacha hermosa, el vivo retrato de su madre.

—¿Volverás al trabajo mañana?

—Tal como lo prometí, Turi. Me encuentro con los ancianos del Colegio a las once y media, y antes de eso tengo una entrevista con una periodista de *Le Monde*. Ángel Novalis estará allí para tomarme de la mano.

—Una palabra de advertencia, Luca. Tú, con nombre y apellido, estás mencionado en el diario del Pontífice. Esa parte se publicará pronto. Puede que seas interrogado acerca de ella.

—¿Piensas que la Guillermin hará la pregunta mañana?

—¿Quién sabe? Si la hace, tendrás que manejarla lo mejor que puedas.

—No estoy demasiado preocupado, Turi. No quiero ningún escándalo para la Iglesia, igual que tú, pero, en lo que a mí concierne, estoy desnudo. No pueden quitarme nada que yo vaya a echar mucho de menos.

—Me alegra oír eso. El tiempo está hermoso. Disfruta el día, amigo.

Pero cuando cortó la comunicación, el Secretario de Estado se quedó pensativo. Todos los días, en alguna parte del mundo, había crisis con las que tenía que lidiar. Hombres y mujeres se convertían en mártires mientras él hacía tratos con sus ejecutores para proteger al resto de los fieles. Era un hombre de apetitos disciplinados y juicios fríos, pero mantenía una profunda amistad con Luca Rossini. Sabía muy bien que lo que lo había mantenido sano y estable no era la antigua fe. Era el culto privado e intenso de una *Madonna* del Perpetuo Socorro encarnada en Isabel de Ortega. Prefería no especular acerca de lo que podría pasarle a Rossini si lo privaran de ella y quedara reducido al papel de adorador en un altar vacío, en un páramo de creencias abandonadas.

El ascensor todavía no funcionaba. Habían prometido que estaría reparado para el mediodía: si sería el mediodía de hoy o de algún vago mañana era siempre una pregunta discutible. Así que Rossini decidió ahorrarle a Isabel la larga y trabajosa escalera. Esperó en la calle, junto a su coche, un Mercedes que tenía ya doce años y había comprado a precio muy bajo a un colega americano que había sido trasladado de regreso a los Estados Unidos. Había sido cuidado con mucho esmero y ahora lucía sólido y reluciente en el empedrado, junto a la entrada, mientras Rossini esperaba apoyado en él como cualquier conductor romano, en guardia contra los jóvenes conductores que podrían rayarlo con una moneda o arrancar el símbolo del radiador. Lo cierto es que disfrutaba estos momentos de absoluto anonimato, en los que se sentía absuelto de su pasado y distante de su situación actual, y en los que nadie le pedía cuentas ni de uno ni de la otra.

Isabel se había retrasado, y ya eran las diez y media. El arreglo había sido claro. Se encontrarían a las diez. Las horas de Roma eran flexibles, pero él estaba irritado porque con la sombra de la pérdida inminente cerniéndose sobre ellos como una nube de tormenta, estaba celoso de las pocas horas que podrían pasar juntos. Llamó al hotel por el teléfono celular. En la habitación de la señora no contestaban. Según el portero, acababa de salir en un taxi con su hija. ¿El señor querría dejar un mensaje? No, gracias.

Pasaron otros diez minutos hasta que el taxi se estacionó con un chirrido de frenos y depositó a las dos mujeres en la calzada. Las dos se deshicieron en excusas, hablando al mismo tiempo: Luisa había regresado tarde y se había quedado dormida; Raúl había llamado desde Nueva York, lo que significaba una larga conversación tanto con Isabel como con Luisa; luego Miguel la había llamado para concertar otra cita para esta noche, que Luisa no sabía si le interesaba, y, finalmente, cuando estaban a punto de subir al taxi, Isabel fue llamada otra vez y mantuvo una larga conversación con la mujer con quien habría de viajar a Suiza.

—... Y con eso, querido Luca, termina nuestro rosario de excusas. ¡Lo sentimos! ¡Ahora, por favor, danos tu absolución y sácanos de una vez de aquí!

—Besa a la mujer, por amor de Dios —ordenó Luisa—. Está más estirada que una cuerda de violín. Eso no es bueno para ella, ¡ni para mí!

Rossini obedeció. Besó a Isabel y le puso la mano en el hombro, como consolándola, mientras la ayudaba a subir al coche.

—Ahora puedes besarme a mí, Luca.

—¡Luisa, por favor!

—¿Por qué no, mamá? No está de uniforme, ¿o sí?

Rossini se inclinó hacia el asiento trasero, le dio un rápido beso en la mejilla, luego se trepó al asiento del conductor, y puso el coche en marcha.

—Mi casa está enclavada en un pliegue de las Colinas Sabinas, a unos pocos kilómetros al sur de Tívoli. Si quieren, podemos ir por el camino de Tívoli: podrían ver la Villa de Adriano, y la Villa d'Este, y luego iríamos a mi casa a almorzar. De todos modos, os advierto que es un recorrido popular, de modo que habrá muchos grupos en autobuses.

—Si no te importa, Luca, me gustaría pasar un día tranquilo contigo.

—Yo estoy totalmente a favor de un día tranquilo. —Luisa se apresuró a apoyar a su madre—. Me acosté muy tarde. Miguel fue muy atento, pero hizo todo lo que indica el protocolo: cena, club, y luego ¡todo el espectáculo de Roma de noche, con bombos y platillos!

—Hecho, entonces. Nada de turismo. Tomaremos la carretera secundaria. Nos detendremos en el pueblo y compraremos lo necesario para cocinar, y tú, Luisa, me ayudarás en eso mientras tu madre se toma un descanso. ¿De acuerdo?

—De acuerdo.

—Te ayudaremos las dos —dijo Isabel con firmeza—. ¡Todavía no soy una inválida! ¿Qué hiciste anoche después de que te marchaste?

—Supongo que podrías llamarlo mi propia versión de Roma de noche. Me fui a casa caminando. Perdí el rumbo más de una vez, porque tenía demasiadas cosas en que pensar. Recuerdo haber levantado la vista y haber contemplado, a través de una ventana iluminada, un cielorraso con un maravilloso fresco. Casi me atropellan mientras lo miraba. Cuando llegué a casa, leí mi breviario y me fui a la cama... Hoy tenía que levantarme temprano para decir misa para una comunidad de Hermanas y hacer algunos llamados telefónicos. ¡Y bien, aquí estoy! ¡Libre por hoy, y con una agenda cargada para mañana!

En sus ropas de campo y detrás del volante de su coche, Rossini era otro hombre: la viva imagen atávica del golfillo de las calles napolitanas. Conducía con destreza y brío. Respondía con entusiasmo a los bocinazos y los insultos de los otros conductores. Como guía turístico era menos que informativo, y como comentarista de las tácticas de los conductores romanos, propensos a creerse pilotos de carreras, era elocuente, entretenido y empleaba el *lunfardo* con cierto exagerado histrionismo. Las dos mujeres pasaban de la risa a la exclamación, y finalmente manifestaron su profundo agradecimiento cuando abandonaron la Via Tiburtina y se abrieron camino a través de una serie de vías laterales en dirección a la ermita de Rossini. Se detuvieron en un pequeño pueblo para aprovisionarse, y, al verlo conversar con el hombre que atendía el negocio, Isabel se sintió invadida por una ráfaga de recuerdos en los que aparecía otro Rossini, el pastor rebosante de juventud que había conocido en otro pueblo, enclavado en las estribaciones de la precordillera andina.

Finalmente Rossini abrió el pesado portón e hizo ingresar el coche en su reino. Las ayudó a bajar del coche y les pidió que lo esperaran mientras iba a cerrar el portón. Cuando regresó junto a ellas, Isabel sonrió, le apoyó una mano en el brazo y dijo:

—Recuerdo una de tus cartas, en la que me decías que querías tener un *huerto abigarrado*. Ahora entiendo lo que querías decir.

—Bienvenidas ambas. Mi casa es vuestra casa.

Adentro el lugar estaba frío, pero en la chimenea ya habían sido dispuestos algunas astillas y leños. Rossini les acercó un fósforo, y luego encendió el equipo de CD. Mientras las llamas cobraban altura y la Sinfonía "Haffner" se adueñaba de la sala, las llevó a recorrer su pequeño retiro.

—La mayor parte de las modificaciones las hice yo mismo. —El orgullo que mostraba por su trabajo era fascinante—. Pueden ver dónde empecé, y cómo el trabajo mejoró a medida que iba adquiriendo destreza. Me gusta tener herramientas en las manos.

—¿Lo diseñaste tú mismo? —Luisa ya estaba probando los grifos, abriendo cajones y armarios, y revisando los cubiertos y la vajilla.

—Sí, por supuesto. Para la fontanería tuve ayuda de gente de por aquí, pero el resto es obra mía. Echad vosotras solas el último vistazo. Yo iré a buscar la caja de las provisiones.

Cuando traspuso la puerta, las mujeres se miraron. Luisa meneó la cabeza en un gesto de incredulidad.

—Es tan feliz con tan poco.

Isabel la regañó con aspereza.

—¿Acaso nosotros somos más felices porque tenemos mucho más?

—¡Mamá, por favor! Has estado irritable toda la mañana.

—Lo siento. Pasé una mala noche. Mientras tú recorrías Roma, yo estaba recorriendo mi pasado y tratando de entrever el futuro. No es un bonito paisaje.

—Luca tiene que lidiar con su propio pasado, y tú eres parte de él. ¡No! ¡No me des vuelta la cara, por favor! Normalmente la expresión de su cara es rígida y cerrada. Cuando te mira a ti, cambia por completo. No alcanzo a comprender cómo encaja en tu futuro, pero espero poder encontrar un hombre que me mire así.

—Yo lo encontré y luego lo perdí.

—Nunca lo perdiste, mamá.

Rossini entró en ese momento y depositó la caja de las provisiones sobre la mesa.

—Olvidémonos de esto por ahora. Vayamos a dar un paseo por el huerto. La casa estará más cálida cuando regresemos.

Caminaron tomados de las manos, como un trío familiar en el que campeaba una mutua armonía, aunque cada uno, individualmente, estaba preocupado por sus propias cuestiones personales. Luisa preguntó:

—¿Nunca te sientes encerrado, aquí? Nadie puede mirar para adentro, pero tú tampoco puedes ver más allá de tu propia cerca.

—Así es como me gusta, pero tienes que entender que la mayor parte de mi vida la paso en contacto con gente, ocupado siempre en discusiones o negociaciones. Regreso vacío como una vasija de arcilla, y aquí me vuelvo a llenar.

—¿Pero nunca te sientes solo?

—La vida en celibato es un camino solitario, Luisa.

—Mamá nunca ha sido célibe, y, sin embargo, también se ha sentido sola, aunque odia hablar de ello.

—Yo tampoco hablo de ello. —Rossini la trataba con afabilidad—. De una manera o de otra, todos tenemos que enfrentarnos con la soledad esencial de la condición humana, tanto si somos célibes como si estamos casados.

—Si eres una buena persona, ¿Dios no llena tu soledad?

—La llena, creo, con una divina insatisfacción.

Isabel se hizo cargo de la frase con una intensidad que sorprendió a ambos.

—Es la insatisfacción que nos mantiene vivos. Cuando el último deseo se apaga, estamos listos para cruzar el río.

—Entonces tú y Luca todavía tenéis un largo camino por recorrer.

—¿En qué sentido?

—¡Por favor, mamá! Hasta un ciego se daría cuenta de que vosotros dos os amáis. Me alegro por ambos, pero no entiendo por qué lo habéis hecho tan difícil.

Esta vez fue Rossini quien la regañó.

—¡Estás pisando terreno privado, jovencita!

Luisa no estaba dispuesta a quedarse callada.

—Tú dijiste que esta casa era también mi casa. Así que, si hay terrenos que no puedo pisar, indícamelos. No conozco toda la historia que hubo entre tú y mamá, porque nadie consideró que tuviera derecho a saberla. Pero ahora estoy con los dos, en este huerto. Creo que es algo que requiere alguna explicación, ¿o no? No es ningún secreto que mamá y papá viven vidas separadas, y mamá también ha tenido sus amantes, de vez en cuando.

—¡Luisa, por favor! —Isabel estaba furiosa—. Ahora sí que te has pasado de la raya.

—Déjala terminar —dijo Rossini con suavidad—. Tiene razón, yo le di libertad para sentirse como en su casa. Por favor, di lo que quieras, Luisa.

—Yo no culpo ni a mamá ni a papá. Los dos me han amado y me han cuidado, cada uno a su modo. Así que no tengo quejas, mamá. Pero Luca también ha sido parte de mi vida: una leyenda, un misterioso personaje acerca del cual el abuelo Menéndez solía hablar algunas veces. Sólo ayer se convirtió en alguien real. De modo que ya no podéis hacerme callar, ninguno de los dos. No permitiré que lo hagáis.

Isabel estaba a punto de intervenir otra vez. Rossini la disuadió con un gesto.

—Os propongo algo. Preparemos la comida juntos. Mientras trabajamos, hablamos. Si tienes preguntas que hacerme, trataré de responderlas. Tu madre podrá hablar o quedarse callada, como ella quiera. ¿Te parece justo?

—Sí, es justo, siempre que ninguno de los dos me trate con condescendencia. Eso me resultaría odioso.

Mientras las conducía de regreso a la casa siguió hablando, interrumpiéndose sólo para arrancar aquí y allá algunas peras maduras del árbol, que rebosaba de ellas.

—Hay algo que debes entender desde el principio. Parte de lo que oirás ocurrió antes de que tú nacieras. Parte ocurrió cuando eras muy niña, y Argentina y su pueblo se encontraban acerba y brutalmente divididos. Estuvieras del lado que estuvieras, había enemistad y sufrimiento. Tú no tuviste que pasar por todo eso, de manera que trata de no juzgar a nadie con demasiada severidad. Una palabra antes de que empecemos. Es cierto que amo a tu madre. La amaré hasta el día de mi muerte. Ella también me ama. Durante años, nos hemos escrito. Pero en aquel tiempo, y bajo aquellas circunstancias, cada uno de nosotros era una amenaza mortal para el otro. En cierto modo todavía lo somos.

—Se volvió hacia Isabel y preguntó—: ¿Puedo mostrarle?

—Si tú puedes soportarlo, yo también.

Luisa observó cómo Rossini se desabotonaba la camisa y se quitaba la camiseta de modo de quedar desnudo hasta la cintura. Luego Isabel lo hizo girar para que Luisa pudiera ver las cicatrices y verdugones que le cruzaban la espalda. Ella ahogó una exclamación, horrorizada. Isabel dijo con serenidad:

—Ahí es donde empieza la historia para los dos. Raúl estaba de viaje por Chile y Perú. Yo me había quedado con tu abuelo Menéndez. Desde nuestro apartamento se veían la plaza y la iglesia en la que Luca era pastor...

Después de ese primer y brutal momento de revelación, el resto de la historia pareció fluir natural y rítmicamente a medida que —por momentos él, por momentos ella— iban alternándose en la narración, mientras Luisa trabajaba silenciosamente con ellos en la mesada de la cocina, sin preguntar nada, sin comentar nada, hasta que el relato terminó, con el regreso de Rossini a Roma y el regreso de Isabel con Raúl.

—... Y bien, ahora ya sabes —dijo Rossini.

—Gracias a los dos por contarme. —Luisa estaba serena pero contenida—. ¿Ya podemos comer? Tengo mucha hambre.

Rossini escanció el vino mientras las mujeres servían la pasta. Luego pidió una bendición para la comida y para ellos tres. Después de los primeros bocados, Isabel alzó su vaso.

—¡Felicitaciones para el chef!

—¡El chef agradece a sus sub-chefs!

—Esta sub-chef estuvo trabajando bajo cierta presión. —Luisa los reprendió con afabilidad—. Lo que me habéis contado es un drama de aquellos...

Con ternura, Isabel le apoyó una mano en la mejilla.

—Lamento que tuvieras que esperar tanto. Luca me dijo que esta casa estaba habitada por una cierta gracia.

—Lo que hay en ella hoy es amor —dijo Rossini.

—¿Y qué había antes, Luca?

—Un poco de fe, un poco de esperanza, apenas el recuerdo del amor. Pero éste es nuestro ágape, la comida con la que celebramos juntos el amor.

—¿Y mañana qué? —La pregunta de Luisa quedó suspendida entre ellos como una clara gota de agua a punto de caer en una oscura fuente. Isabel se quedó callada, con la vista fija en el suelo. Le tocaba a Rossini dar una respuesta.

—Hay un antiguo adagio entre los diplomáticos: abordad las preguntas difíciles entre la pera y el queso. ¿Por qué no hacemos eso? Disfrutemos ahora la comida y el momento, y hablemos más tarde.

—¿Me prometes que no quedará postergado?

Rossini miró a Isabel. Ella asintió. Él le dijo a Luisa:

—Te lo prometemos los dos.

Se incorporó para sacar de la mesa los primeros platos, pero Luisa lo obligó a volver a sentarse.

—¡Déjamelo a mí! Mamá y yo somos las que estamos sirviendo la comida. ¡Tú, ocúpate del vino y trata de parecer un príncipe de la Iglesia!

Una hora alegre y matizada por una amena conversación transcurrió antes de que la fruta y el queso ganaran la mesa y el café estuviera listo. La charla fue languideciendo, mientras Rossini, en una pequeña ceremonia, cortaba una pera y ofrecía "la primera degustación de la fruta de mi jardín". Después de que ellas hubieron probado y aprobado la fruta, se volvió hacia Isabel:

—Ahora, mi amor, tenemos que cumplir nuestra promesa. Hablemos del futuro.

—Todavía no. —Luisa lo detuvo con un gesto—. No hemos terminado con el pasado.

—Pensé que sí habíamos terminado —dijo Isabel—. Cuando Luca regresó a Roma, yo volví a vivir con tu padre. Luca y yo nos hemos escrito, pero el de anoche fue nuestro primer encuentro desde...

—Desde hace veinticinco años —dijo Luisa—. Eso lo sé; pero mientras hemos estado hablando, yo he estado haciendo un simple cálculo aritmético. Sé cuándo nací y dónde fui bautizada. Sé que tuviste una cesárea en Nueva York. De modo que me pregunto si existe alguna posibilidad de que yo pudiera ser hija de Luca.

—Naciste, fuiste inscrita, y fuiste bautizada, como Luisa Amelia Isabel Ortega.

—Eso no contesta mi pregunta, mamá.

—¿Por qué lo preguntas ahora?

—Porque es la primera vez que os veo a ti y a Luca juntos, y es la primera vez que veo a dos personas de mediana edad tan desesperadamente enamoradas, y eso me rompe el corazón.

—Creo que deberías contarle —dijo Luca Rossini—. Contarle exactamente lo que me contaste a mí anoche. Es tu historia. Ella puede interpretarla como le parezca. Yo iré a trabajar un poco en el huerto. Llámame cuando me necesites.

Las dejó solas, se quitó la camisa y comenzó a pasar el azadón por las hileras de verdura, tratando de apaciguar el remolino de sus pensamientos al ritmo de los golpes de azadón con los que iba desmenuzando la seca costra de la tierra. Era el remedio más primitivo y eficaz que conocía contra los maníacos conflictos de ideas y argumentos, de cuestiones importantes e irrelevantes, de intereses y prejuicios y de reclamos y contrarreclamos que acaparaban su atención día tras día.

Fueran cuales fuesen, las disputas o discusiones que Isabel y Luisa estaban manteniendo en la casa lo salpicarían, pero en última instancia él no estaba en condiciones de controlar sus destinos. La cuestión de su reconocimiento de Luisa como hija natural era una cuestión menor, y ya estaba decidida. Que ella lo reconociera como su padre ya era otro asunto, y estaba decididamente más allá de la simple entrega afectiva. Pronto su madre se habría ido de su vida, pero esa ida podía prolongarse, y ser dolorosa y destructiva. ¿Qué podía ofrecerle él a Isabel para hacer más llevadera su partida, y qué a Luisa para compensar su pérdida?

Esto lo condujo, a su vez, a una cuestión que había debatido muchas veces con el Pontífice y que había discutido con sus colegas de la Curia: los sempiternos problemas de un clero consagrado al celibato en la disciplina romana del cristianismo. En la vida de un clérigo célibe, cada etapa traía su propia cosecha de problemas. En el período de formación, sus instintos sexuales eran reprimidos; sus expresiones de afecto, inhibidas; su lenguaje, purgado de pasión, de manera que cuando volvían a encontrarlo, si es que alguna vez les ocurría, en los escritos de los grandes místicos, siempre adquiría la dimensión de una conmoción. En la edad mediana de la vida pastoral, el compañerismo o la ambición compartida aportaban un apoyo parcial; pero en los últimos años, la enfermedad, o el hastío, o simplemente la soledad, transformaban el paisaje de sus vidas en una gris desesperación... Y hacía ya mucho tiempo que habían perdido las artes elementales del compañerismo tanto con las mujeres como con los otros hombres. Lo que enfurecía a Rossini con frecuencia era el elemento de hipocresía que afloraba en las discusiones en todos los niveles, y aquello era, también, una destreza muy latina: agregarle el color de la virtud al argumento menos convincente, del mismo modo que los falsificadores agregaban años a sus bronces y mármoles en estercoleros y pozos negros.

Esta idea tan rumiada lo acompañó hasta el final de las hileras de judías, y estaba ya limpiando su azadón cuando Isabel y Luisa salieron de la casa, tomadas de la mano. Se acercaron a él, que las esperaba, sudoroso y cubierto de polvo.

Isabel se detuvo a unos pasos. Luisa se detuvo fuera del alcance de Luca. Él se apoyó en el mango de la azada y esperó.

De pronto ella parecía pequeña y vulnerable, una criatura perdida en una playa desierta. Sin embargo, no lograba encontrar palabras para consolarla ni para dar una explicación. Cuando ella habló, lo desconcertó totalmente:

—Como deberíamos sentirnos, Luca?

—No lo sé, Luisa, sólo puedo decirte cómo me siento yo.

—¡Entonces dilo, por favor!

—Me alegro de que la verdad haya salido por fin a la luz. Me preocupaba haber permanecido tanto tiempo en la ignorancia. Me entristece pensar en los años que he perdido. Sé que eso es puro egoísmo. Me alegro que nos hayas visto a tu madre y a mí juntos. Creo que comprendes el amor que nos ha mantenido unidos todos estos años. Espero que comprendas que eres realmente hija del amor, y que me permitas brindarte parte de mi amor. Confieso que no se cómo pero sé que tengo mucho amor para dar. ¿Cómo te sientes tú?

—Confundida, aunque no desdichada. Me siento como si hubiera vuelto a nacer, y todos los hitos de mi vida han cambiado súbitamente.

—¿Para bien o para mal?

—Cuando mamá se haya ido... y sé lo enferma que está... será para mal. Pero ahora que os he visto juntos, sé lo importante que ha sido vuestro amor en su vida. Aunque me quedan unos pocos enigmas.

—¿Por ejemplo?

—¿Cómo me manejo con dos padres en mi vida? Con Raúl, nada cambiará. Sé que no puede, y no debe cambiar nada. ¿Cómo puedo vivir con un secreto tan enorme? Porque sé que tendrá que ser así. ¿Cómo puedo llegar a conocerte mejor? Porque eso es algo que quiero también. Luego está el problema de cómo debería sentirme contigo.

—¿Cómo te gustaría sentirte?

—Tranquila, incluso un poco amada, pero por mí, no por mamá.

—Yo no tengo práctica, ni siquiera con tu madre. Tendrás que enseñarme.

—Entonces me gustaría que me abraces y me beses, y me digas que soy bienvenida a tu vida, como lo es mamá.

Él se enderezó, arrojó el azadón a un lado, y le tendió los brazos. Ella salvó la distancia en un salto y él la abrazó, repitiendo en un murmullo: —Bienvenida, hija, bienvenida. —Luego Isabel se unió a ellos y se abrazaron los tres en silencio hasta que Luisa rompió la telaraña que los aprisionaba. Dijo con liviandad:

—Mamá tenía razón. ¡Míranos! ¡Tres gracias en un huerto! Tú necesitas una ducha, Luca, y después, creo que deberíamos bebernos una copa para celebrar.

—Bien, estamos tratando cosas de campo —dijo Isabel.

—¿Y qué son, si se puede saber, las cosas de campo? —preguntó Rossini.

—Tía Amelia me enseñó la frase. Ella la aprendió de los ingleses que se hicieron ricos en Argentina. Se llama cosas de campo a cualquier cosa que tenga que ver con el sexo y la reproducción, legítima o no.

—Yo no conocí a la tía Amelia —dijo Luisa—. Pero lo cierto es que jugó un papel importante en mi vida. Creo que me habría gustado.

El resto de la tarde debía haberse desarrollado como un agradable epílogo al drama de las revelaciones. En cambio, Rossini fue testigo involuntario de la súbita erupción de una disputa entre madre e hija. Lo que la desencadenó fue una observación aparentemente superficial de Luisa.

—Ahora que has ordenado mi vida tan pulcramente, mamá, hablemos de la tuya.

—No hay nada que hablar. En cuanto regresemos a Nueva York, tengo que hacerme otra serie de estudios. Lo que suceda después de eso depende de los resultados. Es simple. Tiempo al tiempo.

—No es tan simple, y tú lo sabes. Papá me ha contado lo grave que estás.

—Pues no tendría que haberte contado. Es mi vida.

—Y él es tu marido, y yo soy tu hija, y ahora también Luca ha entrado en escena.

—Mi vida sigue siendo mía. Tomaré mis propias decisiones, mientras pueda.

—¿Y cuando no puedas?

—Entonces tu padre podrá hacerse cargo por el tiempo que quede. No quiero que desperdicies tu vida cuidando a una paciente terminal. Raúl puede pagar perfectamente los cuidados que yo pudiera necesitar.

—Eso lo sé, mamá. Papá no es un monstruo. Es amable y generoso, pero con las mujeres es un tonto.

—¡Suficiente!

—¡No, mamá, no es suficiente! Lo que quiero es que te enfrentes con lo que tienes por delante con calma y satisfacción…

—No puedo hacer eso si todo el mundo está dándome la lata sobre cómo organizo lo que me queda de vida. Necesito intimidad. Necesito un espacio para mí. ¡Trata de explicárselo, Luca!

Fue en ese momento cuando él recordó el medallón que la mujer le había dado en la misa, esa misma mañana. Recogió la chaqueta de la cama y sacó del bolsillo el pequeño objeto envuelto en papel tisú. Lo llevó hasta la mesa y lo depositó frente a Isabel.

—¿Qué es esto?

—Antes de que lo abras, déjame que te cuente. Esta mañana dije misa en un convento en el que unas Hermanas tienen un hogar transitorio para mujeres que han salido de la cárcel. Todas ellas han tenido vidas difíciles, pero han aprendido a confiar en mí. Les pedí que te dedicaran sus oraciones porque, lo mismo que Luisa, me siento impotente para cambiar el futuro que tienes por delante, impotente incluso para ayudarte a enfrentarlo. Después de la misa, una de las mujeres se me acercó. Andará por los cincuenta años, diría yo, y ha pasado gran parte de su vida junto a los fogones parando camioneros en las carreteras que conducen a Roma. No es precisamente un juego, puedes figurártelo, eso de vender tu cuerpo invierno y verano en las cunetas de la carretera. Fue cuando me estaba yendo: me alcanzó y me puso en las manos su regalo. Dijo: "Dele esto a su amiga. Me salvó de un montón de problemas en la calle. Tal vez pueda hacer algo por ella". Fin de la historia. Desde cierto punto de vista, es una marginada social y un no muy buen clérigo para entrometerse en tu intimidad. Pero, desde otro punto de vista, es un acto de amor y preocupación por ti.

Isabel abrió el paquete y tomó el medallón, que pendía de la frágil cadena. Le pidió a Luisa:

—¿Me lo pondrías, por favor?

Mientras Luisa aseguraba el colgante, Isabel le buscó las manos con las suyas.

—Perdóname. No quiero ser brusca. Cuando tengo miedo, me enfado. Cuando me enfado, tengo que golpear a alguien. ¡Luca debería estar contento de no haberse casado conmigo!

Rossini se apresuró a responder:

—Casados o no, nos debemos el uno al otro. Así que déjame decir mi pequeño discurso en mi propia casa. Toda mi vida ha sido un acto de gratitud por lo que hiciste por mí y lo que me diste: ¡dignidad y virilidad! No puedo abrir juicio sobre tu marido. Sólo sé lo que tú me has contado. No obstante, debes darle la oportunidad de darte lo que pueda, y ser lo que pueda ser para ti en este último tramo de tu vida. Es algo que tampoco puedes negarle a Luisa. Todos necesitamos la oportunidad de dar para redimirnos. ¿Lo entiendes?

—Lo entiendo, pero no quiero más sermones, Luca, ¡por favor!

—¡Santo cielo! —dijo Luisa con una sonrisa burlona—. Suena exactamente como el Gran Inquisidor, ¿no es cierto? ¡Me alegra que esté de nuestro lado!

—Ven, acompáñame a lavar los platos, jovencita. Isabel, ¿por qué no pones algo de Haydn? ¡Creo que necesitamos un poco de música agradable y ordenada en estas vidas nuestras tan desordenadas!

Mientras trabajaban en el fregadero de la cocina, Luisa preguntó:

—¿Podremos verte otra vez antes del cónclave?

—Es poco probable. Tal vez podríamos cenar en mi casa, pero todos los que pertenecemos al Colegio estaremos sometidos a una fuerte presión en los próximos días. Después del cónclave será mucho más fácil.

—A menos que seas elegido Papa...

—Eso, hija querida, sería la posibilidad más remota de todos los tiempos. Mucho más probable es que termine exiliado en alguna de las oficinas más oscuras del Vaticano.

—¿Hay alguna posibilidad de que vayas a ver a mamá a Nueva York, antes del final? Eso es lo que ella espera, aunque es demasiado orgullosa para admitirlo.

—Moveré cielo y tierra para estar allí. Lo prometo: pero necesito que tú me prometas algo también. Tendré que depender de ti para estar permanentemente informado de cómo evoluciona tu madre. Escríbeme al correo electrónico.

—Cuenta con ello. Te mantendré informado.

—¡Bien! Creo que deberíamos ir pensando en regresar a Roma.

—Todavía no, por favor. Mamá necesita estar un poco a solas contigo. Yo me iré al huerto, a hablar con los pájaros.

Un momento después, ella ya se había ido y él se quedó a solas con Isabel. Estaban sentados uno junto al otro en el desvencijado sofá —él la había tomado del hombro, y ella dejaba descansar la cabeza en el pecho de él—, saboreando el silencio. Después de un largo momento, Isabel, somnolienta, murmuró:

—Luca, mi amor, creo que éste ha sido el día más largo de mi vida.

—¿Ha sido un día feliz?

—Feliz, sí; pero lo cierto es que esta noche los dos dormiremos solos, y así será todas las demás noches. Tengo miedo, Luca, y siento un frío interior, como si ya estuviera encerrada en mi cámara mortuoria.

Él la atrajo hacia sí, murmurando palabras de consuelo y esperanza que, en cuanto las decía, sonaban vacías y huecas. No obstante, Isabel pareció iluminarse un poco. Comenzó a juguetear con el pequeño medallón deslustrado que descansaba entre sus pechos. Finalmente, habló otra vez en el mismo tono somnoliento y distante.

—Imagínate todas las cosas que esta virgencita habrá visto a la luz de las fogatas, junto a la carretera. Espero que la mujer que me la dio no se sienta sola sin ella. ¿Harías algo por mí, mi amor?

—Lo que quieras, ya lo sabes.

—Compra otra medalla. Que sea de oro, y con una cadena también de oro. Hazla bendecir por el nuevo Papa y envíasela a ella con una nota firmada por nosotros dos.

—¿Qué debo decirle?

—Cuéntale que su regalo fue muy importante para mí y que su virgencita ya me está cuidando, y lo más importante de todo, que siento que tengo una nueva hermana. ¿Podrás recordarlo todo?

—¿Cómo podría olvidarlo?

—Demasiado fácilmente, mi amor. Yo conozco a ese negro espíritu que te ronda. Sea lo que fuere lo que decidas hacer de tu vida, no lo hagas apresuradamente o dominado por la ira. Pero, sobre todo, no lo hagas por mí, porque no estaré aquí para compartir nada contigo.

—Por favor, mi amor, por favor...

—¡No! ¡Déjame terminar! Si en última instancia descubres que no puedes creer, yo creeré por ti. Si no tienes esperanza, yo la tendré por ti. Si esto te parece una tontería, recuerda que los dos tenemos amor y que el amor es más fuerte que la muerte, más fuerte que la desesperación. Ahora bésame. Abrázame un momento, y luego llévame de regreso a Roma con nuestra hija.

Capítulo Ocho

Con miras a prepararse para su entrevista con Steffi Guillermin, Rossini había convenido en tener una sesión preparatoria de media hora, en la *Sala Stampa*, con Ángel Novalis. Como mentor, era ideal: escueto, lúcido, desapasionado. Primero le hizo un retrato.

—Es una mujer con mucho estilo y una mente despejada. Vendrá preparada en el tema y su vocabulario. No le interesan los hombres como compañeros sexuales, pero exige que reconozcan su inteligencia y su estilo. Puede confiar en que las citas de lo que diga serán exactas, que no se privará de algunas descripciones ácidas acerca de sus actitudes frente a las preguntas y alguna perspicacia que tal vez le sorprenda. No aceptará nada *off the record*. Su actitud es que usted ha aceptado las reglas del juego. ¿Temas? Desde luego, se referirá a la relación personal del Pontífice con usted. Desde luego, querrá hablar de su drama personal: cómo fue rescatado de los militares y cómo fue su posterior salida de Argentina. Mi hipótesis es que tendrá más información que la que usted puede suponer. A esta altura, todo el mundo sabe que el marido de la señora de Ortega ha sido propuesto para ser el próximo embajador argentino ante el Vaticano...

—Lo que nos lleva directamente a las *Madres de Plaza de Mayo*.
—Sí.
—Y, puesto que usted estará presente en la entrevista, eso suscitará sin duda la pregunta acerca de la participación o compromiso de miembros del Opus Dei en la guerra sucia que hubo en Argentina. ¿Tiene alguna información para mí sobre eso?

—Guillermin es demasiado profesional para hacerme preguntas a mí esta vez. Ésta es su entrevista, Eminencia. Yo no seré más que un cero a la izquierda. Mi consejo sería que dé sus propias respuestas y que no trate de adivinar cuál será su comentario ni instruirla en la fe. Algunos de sus eminentes colegas ya han caído en esa trampa. Tendrá que responder, inevitablemente, dos preguntas generales: "¿Cuál es el estado actual de la Iglesia y qué tipo de Papa necesitamos?". Cada una de ellas viene con su propia trampa incorporada. Si la Iglesia no funciona bien, ¿a quién se ha de culpar? Si la Iglesia necesita reparaciones, ¿quién es el hombre indicado para arreglarla? Y su respuesta a esta última podría traerle problemas con el colegio electoral entero. ¿Alguna otra pregunta, Eminencia?

—Volvamos a la que no me respondió —dijo Rossini—. ¿Cuál es su respuesta personal a las acciones de ciertos miembros del Opus Dei en mi país durante la guerra sucia?

La pregunta lo tomó completamente por sorpresa. Se puso rojo como un tomate. Abrió la boca y volvió a cerrarla. Luego se sentó y se quedó en silencio con la vista fija en el dorso de las manos. Finalmente alzó la cabeza para mirar a Rossini. Habló con voz firme, y su respuesta fue estudiadamente formal.

—Usted no es mi confesor, Eminencia. Así que no estoy obligado a responder esa pregunta.

—Lo entiendo.

—Entonces, Eminencia, ¿para qué pregunta?

—Porque, primero en mi vida personal, y ahora en mi vida colegiada como Cardenal, la cuestión reviste una importancia especial. Hace un momento, cuando planteé la pregunta, usted prefirió no darme orientaciones ni siquiera acerca de cómo podría serle respondida a la prensa. Por eso se la hice otra vez en confianza. Hay pruebas, pruebas inequívocas, de que hubo miembros del Opus Dei involucrados directa o indirectamente en las actividades represivas de los militares en Argentina. Hay pruebas de que ellos han ayudado a ocultar pruebas de crímenes cometidos en la guerra sucia. Lo conozco a usted como un hombre recto y honorable. Y me gustaría saber cómo explica estas anormalidades. ¡Yo también tengo cuestiones de conciencia que resolver y me gustaría tener la cabeza bien despejada cuando enfrente a mi inquisidora!

—Entonces la respuesta tendrá que ser taquigráfica, Eminencia.

—Acepto.

—Empecemos con esta proposición: como grupo, el Opus Dei no es ni popular ni populista. Es elitista. Está basado en la reserva. Se relaciona con grupos de poder en la justicia, las finanzas, la política. Se esfuerza, no siempre con éxito, por aplicar los principios cristianos a la mecánica del orden social. Sus orígenes, como los de los jesuitas, son hispánicos. Su ascetismo, si usted quiere, también es hispánico. Por mi parte, debo reconocer que la formación que me dio me permitió sobrevivir a un período sumamente difícil de mi vida. Pero, como usted y yo sabemos, el poder es un juego peligroso y corruptor, ¡especialmente cuando uno tiene de su lado a Dios y al Vicario de Cristo! Nuestra sociedad constituye un grupo de presión muy fuerte en las Iglesias ibéricas y latinoamericanas... Zonas en las que, permítame decirlo, el juego del poder ha sido jugado de la manera más brutal. Si me pide pruebas de cómo estuvimos involucrados, no puedo darlas. Están enterradas a demasiada profundidad. Yo he preferido no hurgar a más profundidad que a la que estoy obligado. Igual que usted, Eminencia, he vivido y trabajado bajo el más estrecho patrocinio personal del difunto Pontífice, quien le otorgó a nuestra sociedad un lugar especial en sus planes. Su Santidad ejerció una poderosa influencia en la caída de los regímenes comunistas de Europa oriental. En política y en la Iglesia, se inclinó más hacia la derecha que hacia la izquierda... De modo que, viviendo tan cerca de la sede del poder, me ha sido fácil disociarme de sus abusos, cubrirme la cabeza con la capucha como un monje de la antigüedad y decirme a mí mismo que Dios y el Santo Padre saben qué es lo mejor para el mundo. ¡Ahora no estoy tan seguro! ¿Qué hacer al respecto entonces? Tampoco estoy seguro, especialmente con todos los cambios que traerá un hombre nuevo. Así que me limito a esperar. ¡Lucho con mi conciencia, y en mis oraciones pido la luz y las fuerzas que un día necesitaré para limpiar mi propio rincón en la casa de Dios! —Se interrumpió. Sus delgadas facciones se distendieron en una sonrisa y su voz recobró su habitual tono irónico—. Ya ve lo fácil que es olvidar la disciplina y dejarse llevar por una emoción excesiva.

—Su exceso fue un regalo para mí —dijo Luca Rossini—. La luz del día aparece lentamente, ¿no es cierto?

—Demasiado lentamente a veces. Pero permítame que le repita mi advertencia, Eminencia. Steffi Guillermin es una entrevistadora seductora. Tiene una enorme inteligencia, y le gusta exhibirla. Recuérdelo: ¡tiene agua helada en las venas y ácido en su pluma!

La entrevista se realizó en una sala de la Oficina de Prensa. Guillermin y Rossini se sentaron frente a frente, separados por una pequeña mesa. Ángel Novalis se sentó a un costado, fuera de la línea de visión de ambos. Su grabadora estaba junto a la de Guillermin, sobre la mesa. La entrevistadora comenzó sin preámbulos.

—Usted es un hombre ocupado, Eminencia. Le agradezco que haya aceptado esta entrevista. Empecemos con las grandes preguntas. ¿Qué es lo que le está pasando a la Iglesia?

—Lo mismo que le ha estado pasando a lo largo de dos mil años: ¡la gente! Los hombres y las mujeres, y también los niños, que forman la familia de los creyentes. Ésta no es la comunidad de los puros y los perfectos. Son malos, buenos e indiferentes. Son ambiciosos, avariciosos, temerosos, lujuriosos, y constituyen una muchedumbre de peregrinos unidos por la fe y la esperanza, y por la difícil experiencia del amor.

—Seamos más específicos entonces. Usted, en su carácter de funcionario clave de la institución: ¿cómo describiría su situación actual?

—Alguna vez se la ha llamado la *barca de Pedro*. Es una buena metáfora. Es un barco, un barco muy viejo, que navega por aguas turbulentas. Ha sido bien construido —sus estructuras fundamentales son sólidas—, pero su maderamen cruje: parte de él está comido por los gusanos y debe ser reemplazado. Las jarcias están raídas, las velas han sido remendadas una y otra vez. Se revuelca en las depresiones de las olas y tambalea en sus crestas, en todos los océanos, pero todavía sigue a flote y la tripulación todavía la gobierna, aun cuando, a veces, sus miembros parecen también un ramillete de lo más variopinto.

—Y ahora, por supuesto, ha muerto el capitán. Usted es una de las personas, de las muy pocas personas, que tienen que elegir un nuevo capitán. ¿Qué cualidades especiales aporta usted a esa tarea electoral?

—Muchas menos que las que usted podría suponer. Sé cómo trabaja la burocracia, aunque tengo poco gusto y menos talento para ella. Como quiera que sea, el proceso electoral es un juego de fuerzas e intereses dentro de un pequeño cuerpo formado por individuos sumamente diferentes, y a veces un bicho raro como yo puede inclinar la votación en un sentido o en otro; al menos eso me han contado aquellos que han asistido a un cónclave. Para mí, éste será el primero.

—El reinado de Su santidad fue muy largo. ¿Eso es bueno o malo?

—Bueno o malo, es un hecho que produce ciertas consecuencias.

—¿Podría ser más específico, Eminencia?

—No hay ningún misterio en ello. El proceso de envejecimiento produce ciertas consecuencias inevitables. El catálogo es bien conocido. Las arterias se obstruyen. Las articulaciones pierden elasticidad. Las funciones cerebrales pueden sufrir cambios radicales. También hay cambios psicológicos. El anciano puede tornarse temeroso, paranoico, incluso tiránico. En las sociedades humanas que viven bajo un régimen que se prolonga en el tiempo, se verifican cambios análogos.

—¿Esto no hace pensar que podría ser necesario realizar cambios en el sistema tradicional? ¿Una edad de retiro obligatorio para un Pontífice, o una revisión de las normas acerca del retiro o la destitución fundados en un estado de incapacidad?

—Ésas son cuestiones de legítima preocupación para toda la Iglesia. Sí.

—¿Pero, en última instancia, tal como están las cosas, esas cuestiones pueden ser resueltas por un hombre, el Pontífice reinante?

—Es verdad.

—Y, si los acontecimientos siguen su curso normal, ¿qué Pontífice habría de ordenar su propia ejecución?

Rossini echó la cabeza hacia atrás y rió.

—¡Un punto para usted!

—El Diario Secreto del difunto Pontífice enfatiza ese punto. Se ha planteado una acusación según la cual fue robado por el valet del Papa, y nosotros, junto con otros medios, lo estaríamos publicando ilegalmente. ¿Está enterado de eso?

—Estoy enterado, sí.

—¿El diario es auténtico?

—Hasta donde yo sé, lo es.

—¿Fue robado?

—Hay una fuerte presunción en ese sentido.

—Uno de los pasajes del diario dice lo siguiente: "En la Curia hay quienes piensan que mi decisión de promover a Luca Rossini es un error. Aseguran que es dado al secreto, arrogante y que desecha demasiado rápidamente las opiniones contrarias a las suyas. Yo sé lo que significan estas críticas. A menudo he tenido que reprenderlo por su tendencia a poner demasiado énfasis en sus argumentos. Pero sé por lo que ha pasado. Sé con cuánta tenacidad ha luchado por mantener la integridad de su espíritu atormentado. Me ha confesado el afecto profundo y perdurable que siente por la mujer que le salvó la vida. Creo que esa experiencia ha dado un carácter y un valor muy especiales a su servicio a la Iglesia. No puedo protegerlo del escándalo, la calumnia o el rumor hostil. Él consideraría muy por debajo de su dignidad el buscar esa protección. Su razonamiento es muy simple. Una vez me dijo: 'Santidad, he sido desnudado frente a mi propia Iglesia y azotado hasta que mi carne se convirtió en una pulpa sanguinolenta. Estuve a punto de ser violado. Mi agresor fue muerto de un balazo un instante antes de penetrarme… ¿Qué pueden hacerme los rumores?'. Cuando lo nombré Cardenal, tuve ese pensamiento en mente. Mi fantasía me llevó a pensar en cómo actuaría él si estuviera sentado en el trono de Pedro. Pero luego pensé en otros que sobrevivieron a la tortura y fueron considerados papables… Beran, Slipyi, Mindszenty. Todos ellos de alguna manera fueron mutilados…" ¿Tiene algún comentario sobre eso, Eminencia?

—Ninguno.

—¿Es usted un espíritu profundamente atormentado?

—Digamos que estoy cojo, como Jacob después de su lucha con el ángel.

—¿Cómo ve su futuro?

—Para mí, cada día es un nuevo día. Lo tomo como viene.

—¿Los comentarios del Pontífice le molestan?

—Me molesta que su intimidad haya sido invadida con la publicación del diario.

—Esta mujer por la que usted siente un afecto profundo y perdurable, ¿qué puede decirme sobre ella?

—Le debo la vida. Eso lo dice todo, creo.

—Según mi información, su nombre es Isabel Ortega, de nacimiento Menéndez. Está casada con un diplomático argentino, cuya familia la protegió durante la guerra sucia. Tiene una hija de veinticinco años.

—Está usted muy bien informada, mademoiselle. Le diré: no tengo intención de seguir hablando de este tema con usted.

—¿El episodio está cerrado entonces?

—Por favor, mademoiselle, no juegue conmigo. No estamos hablando de episodios o incidentes, sino de mi perdurable gratitud. Cuando fui por primera vez a Japón, cumpliendo una misión personal para el Santo Padre, se me instruyó acerca de los hábitos y costumbres de aquel país. Se me advirtió, entre otras cosas, que no interviniera de ninguna manera en un accidente callejero, y que dejara más bien que la víctima fuera auxiliada por otros. Si intervenía, me arriesgaba a contraer una relación de obligación con la víctima de por vida, relación de la que bajo ningún concepto yo podría hacerme cargo.

—¿Cuál es la moraleja de esa historia, Eminencia?

—Abrumar a la mujer que me salvó la vida con la carga de una relación permanente era algo que yo no podía y no debía hacer, y no lo hice. Ahora veamos qué otras preguntas tiene.

—Antes de eso, Eminencia, permítame decirle algo, por favor. No puedo evitar el tratamiento de este tema, en el contexto del diario del Pontífice, y de la elección en sí misma. En realidad, me ha sido planteado por algunos de sus colegas.

—No le preguntaré quiénes son esos colegas.

—Mejor que no. Tengo entendido, por una entrevista que tuve con el Cardenal Aquino, que usted ha accedido a actuar como mediador en un conflicto entre él y las *Madres de Plaza de Mayo*.

—¡Un momento! ¿Usted dice que ha entrevistado al Cardenal Aquino?

—Entre otros, sí.

—¿Y él le ofreció esta información?

—Sí.

—¿Cuándo fue esa entrevista?

—Ayer, aproximadamente a esta misma hora. ¿Por qué? ¿Pasa algo malo?

—No. No pasa nada malo. Es cierto que discutí esa posibilidad con él. Me parece raro que haya revelado una cuestión tan delicada en una entrevista periodística.

—¿Cuán delicada es la cuestión, Eminencia?

—Muy delicada.

—Es por eso que me pregunto por qué usted ha accedido a defender a Aquino.

—Una vez más, mademoiselle, su lenguaje es inexacto e impreciso. Lo que he aceptado no es defender a Aquino, sino actuar como mediador en una discusión acerca de las acusaciones que las mujeres están levantando contra él.

—Eso podría ser interpretado como un muy eficaz alegato en su defensa, o en defensa de las políticas de Roma y de la Iglesia argentina.

—Sería una interpretación falsa.

—Entonces, ¿cómo describe usted lo que ocurrió en su país, Eminencia?

—Demasiados de los nuestros vendieron su alma al diablo.

—¿Para qué, Eminencia?

—Una ilusión de orden, estabilidad, prosperidad. La ilusión, vieja como el mundo, de que se puede erradicar las ideas con las armas y los instrumentos de tortura.

—¿Por qué, entonces, aceptaría tan siquiera confortar a Aquino, quien, según su propia confesión, le procuró como mínimo cierta confortación al régimen?

—Primero, porque tiene derecho a una presunción de inocencia de mi parte, y segundo, porque como cristiano estoy obligado a encontrar en mi corazón el perdón para aquellos que me han hecho daño.

—¿Lo ha logrado, Eminencia?

—Trabajo en ello. —Rossini hizo una mueca de disgusto—. No lo he logrado aún.

—¿Puede explicar por qué?

—Sí. Como bien dice el difunto Pontífice, todavía soy un hombre con muchos defectos, y consciente de mi propia capacidad para el mal.

—¿Esa capacidad lo asusta?

—Oh, sí, desde luego. La preponderancia del mal es el misterio más oscuro y espantoso del universo.

—Entonces, ¿cómo ve usted el rol de la Iglesia en la lucha contra el mal?

—Como una comunidad de creyentes, formada en la fe y la esperanza, apoyada y enriquecida por la caridad, que lleva a todas partes la buena nueva de la Redención. Pero la comunidad tiene que renovarse día tras día.

—Hablemos del rol de los dirigentes en esa renovación.

Rossini sonrió y meneó la cabeza.

—Ésa es una enorme lata de judías. Ni usted ni yo podríamos digerirla en una entrevista tan corta.

—Se lo diré con otras palabras entonces. Dentro de unos pocos días, usted ingresará al cónclave con otros cien o más miembros del colegio electoral para elegir un nuevo Pontífice. ¿Qué clase de hombre estarán buscando?

—Puedo hablar sólo por mí mismo, como elector individual.

—Sin embargo, todos ustedes comparten un interés común: el bien del pueblo de Dios.

—Pero como somos humanos, estamos divididos en lo concerniente a cómo debería ser servido ese interés.

—Se afirma, ¿no es verdad?, que el Espíritu Santo está presente en el cónclave.

—Invocamos al Espíritu. —El tono de Rossini era tranquilo—. No hay ninguna garantía de que todos, o algunos de nosotros, estemos abiertos a sus mensajes.

—¿Y el hombre que usted elija estará habitado por el Espíritu?

—Rezamos para que lo esté, pero él también estará sometido a las tentaciones cotidianas del poder, que como alguna vez escribió un gran inglés, tiende siempre a corromper.

—"Y Satanás lo llevó hasta la cima de una alta montaña" —Steffi Guillermin citó de memoria el consabido texto—, "y le mostró los reinos del mundo y la gloria desde allí." Así que, verdaderamente, Eminencia, usted y sus colegas están embarcados en una empresa de alto riesgo. Y el riesgo resulta duplicado, ¿verdad?, por el dogma de la infalibilidad, que en los últimos tiempos ha sido interpretado de maneras muy diversas.

—Yo lo expresaría de otro modo —dijo Luca Rossini—. Creo que se sirve mejor a la Iglesia, no cuando se invoca la infalibilidad, sino cuando se dispensa lo más abundantemente posible la caridad.

—Hablemos de la caridad entonces: el amor divino y el amor humano.

—Dos caras de la misma moneda.

—Y el acto sexual es una expresión de ese amor.

—Debería serlo. No siempre lo es. A veces es una invasión, a veces es una degradación. Como, por ejemplo, el abuso sexual cometido por clérigos o maestros religiosos.

—Y usted, más que nadie, debe considerar inaceptable ese tipo de abuso.

—Así es, y considero que su ocultamiento por autoridades de la Iglesia agrava el crimen.

—¿Qué me dice de los que lo cometen?

—Tenemos que admitir que algunos de nuestros sistemas de formación han contribuido a convertirlos en delincuentes. No podemos mantenerlos circulando furtivamente por los sistemas pastorales o educacionales.

—¿Se los debe perdonar?

—Ellos, como todos nosotros, deben tener la oportunidad de cambiar y buscar el perdón.

—La ordenación de mujeres: ¿cuál es su posición al respecto?

—Mi posición es la que el difunto Pontífice nos ordenó sustentar: estoy contra la idea. Hasta que una sapiencia ulterior cambie la orden, y mientras siga ocupando un cargo oficial en la Iglesia, no hablaré contra ella.

—¿Qué posibilidad hay de que alguna de esas posiciones cambie? ¿Una decisión papal, su propia posición dentro de la Iglesia?

—A pesar de los rumores y de las presiones en contrario, creo que la posición papal podría cambiar. ¿Mi propia posición? Como todos los que estamos en la Curia, renuncio automáticamente y me pongo a disposición del nuevo hombre.

—¿Qué opina acerca de la convivencia de las parejas gays o lesbianas? ¿Se les debería conceder el estado marital?

—Pienso que no. Por otra parte, se les debería dar un reconocimiento civil como convivientes con derechos y obligaciones mutuas.

—¿Y con respecto al costado físico y emocional de sus vidas?

—La Iglesia proclama un ideal cristiano de castidad. No puede, y no debe, intervenir en el comercio de la cama matrimonial.

—Eso suena bastante cínico.

—No es la intención. Hombres y mujeres son criaturas muy complejas. Repito: más que prescripciones legales necesitan amor.

—¿Y las prescripciones morales?

—La Iglesia señala el camino. Somos libres de aceptarlo o rechazarlo. Si elegimos el camino equivocado, la Iglesia nos tiende la mano para ayudarnos a regresar al camino correcto. Es para lo que sirve una familia, ¿no es cierto?

—¿Ha pensado acerca de dónde le gustaría estar, o qué le gustaría hacer en esta etapa de su vida?

—No estoy seguro de poder responder esa pregunta. Las palabras que rondan mi mente en estos días son las que Goethe pronunció en su lecho de muerte: "*Mehr Licht*, más luz".

—Se nos acabó el tiempo, mademoiselle —dijo Ángel Novalis desde su puesto de observación.

—Hemos terminado. —Steffi Guillermin apagó su grabadora. Se puso de pie y tendió la mano para despedirse—. Gracias por el tiempo y la molestia, Eminencia. Espero hacerle justicia.

—¿Tiene idea de cuándo se publicará?

—Dos días antes de que comience el cónclave.

—Así que me arroja, como a Daniel, a la guarida de los leones.

—Lo dijo riendo, y Guillermin rió con él.

—Si yo fuera un león, Eminencia, me esforzaría por trabar amistad con usted.

Mientras la acompañaba hasta la salida, Ángel Novalis agregó su propio colofón:

—Se lo advertí. Es un hueso duro de roer.

—Me hizo sudar cada maldita línea. Es un tipo realmente formidable. Sólo por gusto, ¡bien podría hacer una pequeña apuesta por él en la quiniela electoral del Club de la Prensa!

La siguiente cita de Rossini era más desalentadora: un café de media mañana con seis de los miembros más antiguos del Colegio de Cardenales cuyas edades, sumadas, totalizaban medio milenio. Eran todos italianos, todos veteranos de cargos pastorales o curiales, pero todavía lo bastante activos y ambiciosos como para querer influir a los electores antes de que ingresaran al cónclave.

Además, estaban francamente resentidos. En 1975, el Papa Pablo VI había excluido como electores a todos los cardenales mayores de ochenta años. La jugada fue planeada para impedir que en la Iglesia se desarrollara una gerontocracia, un gobierno de ancianos tercos y celosos en su ejercicio del poder. Lógicamente habría debido incluir también el ejercicio de la propia dignidad papal. No tenía sentido que el Pontífice debiera ser elegido con carácter vitalicio, provocando en la Iglesia un posible trastorno si quedara incapacitado por la edad, la enfermedad, o incluso la locura. No obstante, la radical irresolución que lo caracterizaba hizo retroceder a Pablo VI, dejando pendiente la resolución de esta anomalía esencial.

La delegación con la que iba a reunirse Rossini era un grupo de presión de ancianos que se dirigía a un hombre de menor jerarquía que ellos, para plantear una queja inequívoca y una firme exigencia. Los dirigía un fortachón de ochenta y cinco años, el Arzobispo emérito de una de las principales ciudades italianas.

—...Somos todos hermanos dentro de la misma familia, pero a nosotros nos ha sido retirada una franquicia en la Constitución Apostólica de 1975. La Iglesia ha sido privada de cuanto poseemos de sabiduría y experiencia. Los necesitamos, a usted y a otros colegas, para hacer llegar nuestros puntos de vista a los votantes que participarán en el cónclave.

—Nunca he estado en un cónclave. —Rossini se mostró afable y complaciente—. Así que estoy decididamente en desventaja.

—¡Aprenderá! Mantenga abiertos los ojos y los oídos. Mida sus palabras y cuídese las espaldas. La situación puede ponerse espesa ahí dentro.

—¡Espesa! Creo que no lo comprendo.

—¡Celos entre hermanos! —El anciano rompió a reír espasmódicamente—. Somos todos hermanos en el Señor, pero cuando estamos encerrados juntos somos como una bolsa de gatos, y maullamos y arañamos. Cuanto más se alarga, peor se pone el cónclave.

—Díganme, entonces, ¿qué es, exactamente, lo que esperan de mí?

—Una voz para expresar nuestras opiniones.

—¿Una voz aprobatoria?

—No necesariamente. Nos contentaríamos con un mensajero honesto.

—¿Por qué yo?

—Oh, no hablaremos sólo con usted; pero usted nos interesa especialmente. Por una parte, es extranjero. Por la otra, sus orígenes están aquí, en Italia. Y creemos que tiene, ¿cómo decirlo?, una posición comprensiva, una cierta neutralidad.

—No soy un hombre neutral —dijo Rossini—. ¿Y con qué, o con quiénes, se supone que sea comprensivo?

—Con la idea de un Pontífice italiano.

—Hay ciertos méritos en la idea.

—¿Cómo los definiría?

—Preferiría que ustedes los definieran para mí —dijo Rossini con afabilidad.

—Lo intentaré yo, entonces, amigo mío. —Era una voz nueva y enérgica la que se hizo oír. Rossini le echó un vistazo a su lista para identificar al hombre, de ochenta y tres años, el rector de la Universidad Lateranense—. Comencemos con una proposición claramente establecida por el Concilio Vaticano Segundo, según la cual la Iglesia es una comunidad que siempre necesita reformas, *ecclesia semper reformanda*. El proceso es a veces lento, a veces rápido, pero se verifica, y debe continuar. Desde hace ya un tiempo, el ritmo de la reforma se ha tornado más lento hasta llegar casi al estancamiento, y eso a pesar del hecho de que en el curso de todos estos años hemos tenido un Pontífice trotamundos con una misión personal orientada a la unificación y centralización de la Iglesia. La dimensión de su éxito ha sido asombrosa. ¡La radio, la televisión, internet, y la aviación, veloz y moderna, han traído el mundo a Roma, y han acercado a Roma al mundo en una forma que antes no habríamos podido siquiera imaginar! Lo que tenemos ahora es una nueva Iglesia imperial, unida pero profundamente dividida, vigilada por las congregaciones vaticanas, monitoreada por los nuncios y delegados vaticanos, doctrinariamente censurada en secreto por la versión actual de la Inquisición, la Congregación para la Doctrina de la Fe.

Rossini se echó a reír.

—Valoro su franqueza, Eminencia. Ahora bien, ¿qué propone usted para cambiar esta imagen imperial?

—Creo que necesitamos un Papa italiano, y una revisión total, en un Concilio ecuménico, del rol y del cargo.

—¿Cómo junta las dos cosas en un solo paquete? —La perplejidad de Rossini era genuina—. Un Pontífice dispuesto a hacerse el harakiri y un concilio que forjará las armas para hacerlo realidad.

—Bastante simple. Reúna los votos suficientes para el hombre adecuado y él aceptará hacerlo.

—¿Por qué habría de aceptar? Usted sabe que, legalmente, ninguna promesa preelectoral es exigible, y ni siquiera la simonía invalida una elección. Una pregunta más: ¿por qué un candidato italiano les garantiza a ustedes mejores perspectivas de cambio que uno no italiano?

—Es una cuestión de actitud.

—¿Puede explicarme eso, por favor?

—Muy fácil. El problema más serio que hemos tenido durante el último pontificado ha sido el absolutismo anticuado, el temor al "relativismo moral". La capacidad de llegar a una armonía viable entre las dos nociones fue, y siempre lo ha sido, una cualidad de los italianos: hacemos leyes horrendas para todo. Aceptamos que el principio de la ley es inmutable y que practicarlo a la perfección es imposible. Ahí es donde entra la *"tolleranza"*. Es en eso en lo que nos diferenciamos de los alemanes y los anglosajones...

En principio, a Rossini la idea le resultaba interesante. Los italianos tenían un talento especial para manejar situaciones imposibles y que de alguna manera coexistían con la inveterada propensión al crimen ínsita en la naturaleza humana. Tenían una vida familiar firmemente arraigada en el sistema matriarcal, en el que todas y cada una de las mujeres, siempre que pudieran sobrevivir a la infidelidad, la tiranía masculina y los múltiples partos, llegaban por derecho propio a la soberanía: el respeto de toda la familia tribal a aquella cuya palabra era ley. Uno de los grandes errores estratégicos de su difunto amo había sido alejar a las mujeres del mundo. Enfrentado a la malhadada decisión de su predecesor de pronunciarse contra el control artificial de la natalidad, no había aliviado en nada las cargas de la mujer, y, en un mundo hambriento y superpoblado, había abierto las puertas a problemas más graves a la vez que les clausuraba a los teólogos católicos la posibilidad de discutirlos abiertamente.

Rossini no se engañaba acerca de la complejidad de los temas relacionados con el proceso primario de la supervivencia. Comprendía también que la mayoría de las decisiones humanas individuales se tomaban en momentos de crisis, y con frecuencia sin apoyo o consejo alguno. Había aprendido dolorosamente en su propia vida que predicar contra el pecado era una cosa y ofrecer compasión y perdón al pecador otra muy distinta. Su respuesta fue simple y pragmática.

—Estoy de acuerdo en que tenemos que elegir un pontífice que se entregue a una misión de reconciliación. Ése es el nudo de la cuestión. ¿En quién están pensando?

Esta vez, la respuesta vino de un cardenal que en otros tiempos había dirigido la Congregación para los Obispos. Era un hombre frágil y canoso, pero éste era sin duda su tema, y estaba dispuesto a exponerlo.

—Tenemos tres candidatos. Dos son pastores de importantes ciudades italianas, uno es prefecto curial, con una larga experiencia diplomática.

Rossini esperó en silencio a que terminara. Era el viejo libreto romano: mantener al hombre en suspenso, repartir la información como si fueran perlas. Finalmente la información llegó.

—Nuestro primer candidato es el Cardenal Arzobispo de Génova. Lo conoce, supongo.

—Nos hemos conocido, sí.

—¿Ningún otro comentario?

—Por el momento, no.

—El segundo candidato es el Cardenal Arzobispo de Milán.

—También lo conozco, un poco mejor que al de Génova.

—El tercero es su colega curial, Aquino.

—Lo conozco muy bien.

—¿Estaría dispuesto a darle su voto a alguno o a todos ellos?

—Estaría dispuesto a considerar a cada uno según sus méritos, y en el clima mudable de cada ronda, suponiendo que se requieran múltiples rondas.

—¿Rechazaría a alguno de ellos de antemano?

—¿Quiere decir, aquí y ahora, fuera del marco del proceso electoral?

—Aquí y ahora, sí.

—Creo que no sería apropiado adelantarse a la situación electoral.

—Como usted quiera, por supuesto.

—¿Tenían ustedes un consejo en contrario?

—Nuestro colega Aquino nos indujo a pensar que usted era un hombre con opiniones positivas.

—¿Les dio algún ejemplo de mis opiniones?

—No específicamente. En realidad, me pareció que lo estaba elogiando. Dijo: "Hablen con Rossini. Viaja mucho. Sabe por dónde van los tiros. Si yo fuera Pontífice, me aseguraría de tenerlo muy cerca de mí".

—Fue una gran amabilidad de su parte —dijo Rossini—. ¿Alguno de los otros les hizo algún comentario?

—Déjeme pensar. Génova se limitó a encogerse de hombros y dijo que usted era un buen hombre, que tenía opiniones propias y que probablemente influiría poco en el cónclave.

—¿Y Milán?

—Ése es un jesuita, por supuesto, y un erudito bíblico de gran reputación. Ambas son, o podrían ser desventajas para un pontífice. ¿Cómo lo describió él? Ah, sí, dijo: "¿Rossini? Un sujeto interesante. Me gustaría pensar que podríamos aprender el uno del otro". ¡Ahí tiene, pues! Si usted ayudara a elegirle, probablemente se convertiría en un buen patrón. Dos candidatos en un solo lote. No está mal, ¿eh?

Fue un mal chiste y no fue bien recibido. Lo siguió un momento incómodo. Rossini, sentado y en silencio. El resto de los presentes se estudiaba los dorsos de las manos. Luego las campanas del Angelus comenzaron a tañer en toda la ciudad. Como soldados bien entrenados que eran, los ancianos se pusieron de pie y miraron a Rossini para que en su carácter de anfitrión pronunciara la oración de práctica: *"Angelus Domini nuntiavit Mariae"*. Las viejas voces respondieron en un desigual coro: *"Et concepit de Spiritu Sancto"*. Cuando la oración concluyó, hubo un momento de silencio durante el cual cada uno de ellos recordó que en este día, y por algunos días más, no aparecería la familiar figura vestida de blanco en la ventana del apartamento papal, recitando el Angelus con los peregrinos apostados en la plaza. La Sede de Pedro estaba vacante. Los hombres reunidos en la oficina de Rossini eran miembros de un fideicomiso cuyos poderes estaban limitados por el decreto de un muerto. Cuando terminaron de rezar el Angelus, Rossini pareció súbitamente retraído. En medio del silencio, el Arzobispo Emérito lo instó a continuar con mucha discreción.

—Nos ayudaría mucho si nos dijera la primera impresión que le suscitan las ideas que le hemos planteado.

Rossini, aunque momentáneamente desconcertado, dio una respuesta firme.

—Para ser franco, me dejan perplejo. Su trío de candidatos es interesante, pero no puedo creer que sea exhaustivo. A la política que ustedes proponen —si se la puede llamar así— le falta sustancia y detalle. Habría esperado una exposición más razonada de las necesidades de la Iglesia.

—Supusimos que usted estaba enterado de ellas. Esperábamos que tuviera ya algunas soluciones en mente.

—Me temo, caballeros, que piden demasiado. Les hablaré claramente. Mi servicio como pastor fue muy breve. Lo desempeñé en un rincón primitivo de Sudamérica. Terminó bruscamente. El resto del tiempo —por disposición personal del difunto Pontífice— fui formado, si les parece que así puedo decirlo, para una misión errante. Actué en lugares tan remotos como Tokio y Tulsa. Su Santidad vio, o creyó ver, cierto valor en mis informes acerca de las situaciones locales, en mis contactos con políticos y con líderes de otras religiones que no habrían querido, o no habrían podido, recibirme formal y abiertamente. A menudo pensé que lo que yo estaba viendo era la parte de abajo de una alfombra y que me estaba perdiendo el dibujo del otro lado.

Logré comprender algunas cosas, sí. Me hice de amigos y conocidos que podían procurarme un acceso reservado a la gente que detentaba el poder, pero recuerden que mis informes fueron desarrollados sobre la base de esos conocimientos fragmentarios y de mi reacción instintiva a circunstancias no previstas. Mis juicios adquirieron valor a causa del hombre a quien le eran entregados. Él me dio confianza y agregó a las mías sus propias percepciones. Ahora, tengo que decírselos, me tengo mucha menos confianza. No estoy para nada seguro de que mis opiniones tengan algún valor para ustedes.

—Tenga la seguridad de que sí, Rossini, y recuerde que, más allá de que nuestras opiniones sean correctas o equivocadas, necesitamos su voz para hacérselas llegar a los votantes que participarán en el cónclave. Somos viejos, y sólo algunas veces sabios, pero hemos sido confinados al silencio por decreto.

Rossini hizo un gesto de resignación.

—Así sea, entonces. Les prometí una voz honesta en el cónclave. La tendrán. Ahora, ¿todos ustedes tienen movilidad? Si no, será un gusto para mí ocuparme...

Y así se hizo, si no exitosamente, al menos en el estilo tradicional. Se habían hecho sondeos. Se habían trazado planes en un delicado estilo italiano, y luego se los había borrado mágicamente como si nunca hubieran existido. Había habido incluso el tintineo amortiguado de las monedas más preciosas en circulación —cargos, ascensos, patrocinio—, ninguna de las cuales era verdaderamente patrimonio de quienes las estaban ofreciendo. Y, sin embargo, Rossini sabía que había un meollo de verdad entre las cáscaras de falacia.

En las últimas décadas del siglo XX, el papado romano había sido amplificado más allá de la capacidad de cualquier hombre para ejercerlo. El difunto Pontífice había recorrido el mundo con la Buena Nueva en su maletín, si bien la mitad de ella había sido reescrita para él por consejeros locales. Los modernos medios de comunicación le habían garantizado una presencia dominante, un grado de exposición impensable en los viejos tiempos. Ya no lo rodeaba un aura de misterio sino de familiaridad e idiosincrasia. Muchos textos suyos, demasiados, eran escritos por otras manos. Habían empezado a oler a candil, a incienso rancio y a argumentos rancios.

Ningún hombre —ni siquiera uno que estuviera habitado por el Espíritu— era lo bastante grande, lo bastante sabio, lo bastante duradero para rescatar la ilusión de la universalidad: un pastor universal de una Iglesia universal. Había mucha más razón, mucho más atractivo quizás, en la imagen de un Pontífice Romano, Obispo de su propia Sede, que incluía en sí, del mismo modo que su ciudad, la larga historia de la Cristiandad, la unidad fundamental de sus sacramentos y creencias. Su supremacía sería la de una tradición milenaria entre las Iglesias. Sería el árbitro último de sus disputas, el máximo censor de su conducta. Gobernaría, no por el ejercicio tortuoso del poder burocrático, sino por la aquiescencia colegiada a un evangelio y a una tradición apostólica comunes.

Quizás esto era también una ilusión, porque el poder, una vez conquistado no era fácilmente cedido. Sin embargo, la noción de autoridad basada en el servicio, validada por la tradición apostólica era, en última instancia, la única auténtica. Éste era el verdadero árbol de mostaza de la parábola, surgido de una sola semilla, y que sin embargo desplegaba sus ramas para que todos los pájaros pudieran posarse en ellas. Si la Buena Nueva de un evangelio universal había de oírse por encima del parloteo de las lenguas y el estrépito de las discordantes campanas de los templos, debía ser expresado con la simplicidad del canto matinal de los pájaros: "Ama a tus enemigos. Haz el bien a aquellos que te hacen daño...".

Era el más fácil de predicar de todos los preceptos morales y el más difícil de aplicar. Rossini estaba llegando a comprender dolorosamente que éste era el centro de su propio problema. Desde que había llegado a Roma, había estado construyendo una fortaleza para su fragmentada identidad. La fortaleza no asentaba sus cimientos en un suelo firme y plano sino sobre un abrupto crestón granítico de ira y resentimiento. En su centro se alzaba un altar en el que moraba un Dios silencioso y había una lámpara siempre encendida ante la imagen milagrosa de una mujer ausente, Isabel de Ortega. Era ella quien mediaba entre él y el Dios silencioso, cuya existencia reconocía con todas las formalidades que correspondían, pero que en su inconsciente estaba siempre asociado con la más cruel presunción de magistratura. *"No hay ningún poder que no venga de Dios, y los poderes que existen son ordenados por Dios."*

La amante visible era quien lo había mantenido vivo y sano. Después de ella, había vivido en celibato, se había abstenido de actos de justo castigo o venganza, y aun así la puntualidad de su servicio era un acto de exclusión contra los recuerdos del abuso. *"No espero que me amen, caballeros, ¡pero habrán de respetarme!"* Ahora Isabel estaba en Roma. La había besado y la había abrazado. Ella le había mostrado el fruto de su amor, una hija que había crecido hasta hacerse mujer. Había abrazado a su hija y ella lo había abrazado a él. Los tres habían disfrutado de cierta alegría en el encuentro.

Luego, súbitamente, el Dios silencioso les obsequió con una exquisita ironía. Isabel estaba condenada a muerte. La sentencia podía aplazarse pero no suspenderse. Él, nada menos que él, era uno de los dos padres de Luisa: el que menos podía ofrecerle en términos de amor, cuidados y herencia. El Dios silencioso había ocultado su cara —tal vez para siempre—, de manera que las liturgias públicas que él ofrecía, las tareas que desempeñaba en lugares encumbrados y públicos se habían convertido en una burla estéril. Pronto el altar quedaría vacío. Los cimientos de su fortaleza vacilaban. Las paredes se desmoronaban a su alrededor. Un buen día, se encontraría de pie en medio de las ruinas, con la vista clavada en un cielo vacío, y despojado hasta del don de las lágrimas.

Y aquélla era la última ironía del Dios silencioso: no habría nadie con quien pudiera compartir su desolación. Isabel habría partido. Luisa, cargada de dolor pero asegurada por el amor de dos padres, a la larga se desprendería de ambos y encontraría su propio hombre.

A pesar de las ruinas amenazantes que lo rodeaban, no podía rendirse sin pelear. No debía involucrar a Isabel o a Luisa en su guerra privada. Si algo significaba el amor, era que debía dar los últimos pasos para apoyar a la amada. Que debía compartir la última oración, aunque no tuviera ningún sentido para él sino solamente para el otro. ¿Y después de eso, qué? ¿Un último y estridente trompetazo como el de Rolando en Roncesvalles para desafiar al Dios enmudecido a que se hiciera oír una vez más en el silencio del desierto?

El Cardenal Luca Rossini era un ironista. Podía esbozar una leve sonrisa hasta frente a sus propios conceptos. Demasiada conversación y demasiada cafeína en un estómago vacío eran un mal remedio. Los oscuros demonios estaban empezando a asediarlo otra vez. Necesitaba comida y compañía. Buscó el teléfono y marcó el número de Piers Hallett en la biblioteca del Vaticano. Misericordiosamente el hombre todavía estaba en su oficina.

—Piers, tenemos que hablar. Si estás disponible, te invito a almorzar a mi casa. Pasa a buscarme por aquí en veinte minutos.

—Eminencia, me ha salvado la vida. Estoy frente a un rancio bocadillo de jamón y a una página de un Evangelio del siglo VI, en griego. Mi problema es que este texto es propiedad de un prelado un tanto irascible de América Central. ¡No le causará mucha gracia cuando le diga que es una falsificación muy pobre y que el texto original se encuentra en Rossano bajo la custodia del Arzobispo!

Capítulo Nueve

Isabel y Luisa habían pasado la mañana en una orgía de compras. Habían errado por todas y cada una de las trampas doradas que acechan entre la Via Condotti y el Corso, y habían recalado, con los pies doloridos y más pobres, en el salón de té de Babington, al pie de las Escalinatas Españolas. Se acomodaron en un rincón discreto, se quitaron los zapatos debajo de la mesa y pidieron té Earl Gray con bocadillos de salmón ahumado con pepino.

—Como si fuéramos un par de anglos —dijo Luisa, con una sonrisa burlona.

—No te burles, jovencita —Isabel la reprendió sin convicción—. Este lugar guarda recuerdos muy felices para mí. Mi padre y mi madre me traían aquí cuando tenía dieciséis años. Eso fue a finales de los años cincuenta, cuando Argentina era un país rico e Italia resultaba barato para los visitantes. Vinimos en barco, en el viaje de retorno de uno de los grandes transatlánticos que llevaban emigrantes italianos de Nápoles a Buenos Aires.

—¿Y este lugar ya estaba aquí?

—Este lugar ha estado aquí, si no recuerdo mal, desde 1894. Fue fundado por miss Anna Babington, que era inglesa, y miss Isabel Cargill, que provenía de Nueva Zelanda. La recuerdo porque tenía mi mismo nombre: Isabel. Habría mucho para contar, pero no quiero aburrirte.

—¡No, por favor! No me estás aburriendo. Me encanta que compartas tus recuerdos conmigo. Últimamente no ha sucedido con tanta frecuencia.

—Uno pierde la costumbre —dijo Isabel—. Dicen que uno necesita nietos para recuperarla.

El camarero dejó los bocadillos sobre la mesa, sirvió el té, les deseó buen apetito y se marchó.

—Por favor —rogó Luisa—. Por favor, termina la historia.

—Las cosas se ordenan en la mente de una manera extraña. Recuerdo Babington como el lugar de mi madre. Se sentía atraída por la parte anglo del lugar, y la historia la fascinaba. Anna Babington descendía de un tal Anthony Babington, que fue ahorcado, destripado y descuartizado por traición contra la Reina Isabel I de Inglaterra. Su amiga, Isabel Cargill, descendía de un escocés que había adherido al pacto de la reforma religiosa y predicaba contra Carlos II, acusándolo de tiranía y libertinaje. Fue ejecutado en Edimburgo. En las malas épocas de Argentina, cuando Luca y yo estábamos en peligro, yo soñaba con este lugar. Tu abuelo Menéndez, en cambio, nunca se sintió cómodo aquí. Prefería el café Grecco, que está del otro lado de la plaza, en la Via Condotti. Todos los grandes románticos solían ir ahí: Byron, Liszt, Wagner... Y mi padre era un romántico, pero tenía corazón de león. Cuando nosotros estábamos escondidos, después de que yo matara al sargento, se fue a Buenos Aires, solo, y negoció para salvar nuestras vidas... Nunca me contó lo que ocurrió, pero cuando murió en el accidente de helicóptero, me pregunté si aquello no había sido un ajuste de cuentas planeado por alguien a quien él había amedrentado en su momento. Se lo catalogó como un accidente, pero ¿quién sabe? Hemos enterrado tantos secretos en los últimos veinte años. A pesar de todo, aquí estamos, tú y yo, ¡bebiendo té y comiendo bocadillos de pepino en la Babington de *Piazza di Spagna*!

—Mientras tanto, tu Luca, mi nuevo padre, es un cardenal de capelo rojo, que incluso podría llegar a ser nuestro nuevo papa.

—¿Qué sientes por él, ahora?

—No lo sé. Tú has tenido veinticinco años para acostumbrarte a él. Yo sólo he tenido veinticuatro horas. ¿No te das cuenta de lo confuso que es esto? Es como si una figura hubiera salido de un cuadro y se paseara por la habitación más privada de mi vida. ¡Tienes que ayudarme! Tienes que hablarme de él ¿Qué lugar ocupó Luca en tu vida durante todo este tiempo en que has estado casada con Raúl? ¿Qué lugar ocupa en tu futuro?

—¿El futuro? Es fácil. Volveré a casa sin él. Moriré amándolo.

—¡Por Dios, a veces puedes ser brutal, mamá!

—Maté a un hombre, no te olvides. Ése es un acto brutal. Viví épocas brutales. ¡Perdóname! Me pediste una explicación. La estoy intentando. Pero mi amor por Luca no se puede explicar en pocas palabras. Yo era joven entonces. Adoraba a mi padre, que era todo lo que Raúl no era. Era fuerte, audaz, decidido. Se había retirado del ejército porque abominaba de lo que estaba ocurriendo en la fuerza. Yo todavía estaba aprendiendo que Raúl era lo que siempre sería, un muchacho malcriado, un seductor agradable, pero un desastre cuando tenías que depender de él. Viajaba mucho. Y, cuando viajaba, jugaba. En esas ocasiones, yo solía visitar a mi padre y quedarme con él donde le tocara estar por su trabajo. Es por eso que aquella mañana yo estaba en la parroquia de Luca. Lo había visto un par de veces en el pueblo, lo suficiente como para darle los buenos días, advertir que era un joven guapo y preguntarme qué satisfacción podía procurarle enterrarse en un no lugar como aquél… El día que llegaron los militares todo cambió.

—Por favor, mamá, no quiero oír esa parte otra vez. ¿Cómo actuó Luca?

—Tienes que comprender que nadie "actúa" después de una golpiza como aquélla: estaba amarrado a la rueda, gimiendo y retorciéndose, con la fusta del sargento adherida a su espalda, mientras éste se desabotonaba los pantalones de montar y se disponía a sodomizarlo.

—¡Santo cielo!

—El propio Luca ha olvidado esa parte por completo. Durante todas aquellas semanas en que estuvimos juntos, jamás la mencionó. El médico dijo que podría mantenerla reprimida hasta el día de su muerte, si es que su razón sobrevivía hasta entonces. La herida interna no fue grave, pero el daño psíquico sí, o, como lo dijo el médico, "inadmisible"…

—¿De modo que te apiadaste de él, y te enamoraste?

—¡No! Todo lo contrario. Me enamoré de la ira que él todavía sentía, de las maldiciones que todavía podía proferir, de su alma desafiante. No lo veía como una víctima, sino como a un hombre, embrutecido sí, pero que a pesar de todo mantenía un espíritu inquebrantable… Fue mi premio. Yo había matado por él. A mí también, a la larga, podrían matarme, pero este hombre era mío.

—¿Pero no pudiste conservarlo?

—¡No! Lo curé. Traté de librarlo de la fiebre y las pesadillas. Me serví de todos y cada uno de los trucos que había aprendido para despertar su pasión y restaurar los estragos a su orgullo y su virilidad. ¡Santo cielo, Luisa! Si alguna vez hubo un hijo del amor en este mundo, ese hijo fuiste tú.

—¿Entonces por qué lo dejaste ir? ¿Por qué te quedaste con Raúl?

—Porque ése fue el trato que mi padre se vio obligado a hacer, con los generales y con la Iglesia.

—¿Y si no lo hubiera hecho?

—Los tres habríamos terminado entre los desaparecidos.

—¿Cuánto de esto sabe Raúl?

—No puedo decirlo con certeza. Nunca hemos hablado del asunto.

—No puedo creerlo.

—Es la verdad. En cuanto el abuelo Menéndez se puso en contacto con los generales —¡y recuerda que el padre de Raúl era uno de ellos!—, todos comprendieron lo peligroso de la situación. Ya había habido matanzas, asesinatos y desapariciones. Este episodio podía ser uno de tantos. ¡Un insignificante cura rural no era más que un número en las estadísticas! ¿Pero la nuera de un general, esposa de un conocido *playboy* internacional, hija de un conocido ingeniero de la industria petrolera? ¡Suficiente, dijeron! Que la mujer vuelva a casa con su marido. Que el cura salga del país. Que el Nuncio Apostólico lo entregue, envuelto para regalo, en Roma. ¡Pero en silencio! Una palabra fuera de lugar, ¡y no pueden figurarse lo mal que terminará todo! ¡Somos todos rehenes del silencio!

—¿Por qué tú y Luca no escapasteis juntos?

—¿Adónde podíamos haber escapado? ¿Perú? ¿Chile? Y no olvides que había también otros rehenes: mi padre, Raúl y su familia. ¡No había forma de mejorar el trato que habíamos conseguido! Los dos lo sabíamos.

—¿Cómo reaccionó Luca?

—Nunca lo vi tan frustrado, tan amargamente ganado por la ira. La última vez que hicimos el amor fue algo salvaje y desesperado y maravilloso, pero nuestro adiós fue sereno y apacible. Agazapados juntos, en la sombra, vimos aterrizar el helicóptero. No nos besamos. No nos abrazamos. Habíamos decidido que no debía haber ningún testigo, ningún testigo oficial al menos, de nuestro mutuo amor. Dos personas bajaron del helicóptero: un cura y un mayor del ejército. Los ojos de Luca eran dos piedras oscuras. Su cara parecía de madera tallada. Recuerdo lo que me dijo en la primera hora de aquel amanecer: "Te amo. Siempre te amaré. No habrá ninguna otra mujer en mi vida". Se alejó caminando entre los dos hombres, orgulloso y en silencio, sin volver la vista atrás. No sé si me saludó o no cuando despegaron. Las lágrimas no me dejaban ver...

—De todos modos, te volviste a casa e hiciste el amor con mi padre, y tuviste otros amantes. ¿Cómo te sentías cuando estabas con ellos?

—Para mí, eran como juguetes. Eran mi venganza por lo que Raúl me estaba haciendo.

—Pero Luca también era parte de tu venganza.

—¡No! Él era mi hombre.

—Dijiste que te pertenecía. ¿Fue realmente así?

—Sólo una parte de él, no todo.

—¿Te pertenece ahora?

—¿Quién está siendo brutal ahora?

—Lo siento, mamá, pero estoy tratando de entender. ¿Piensas que Luca cumplió su promesa de no tener otras mujeres?

—Estoy segura de que sí.

—¿Cómo puedes estarlo? ¿Sentía tanta culpa por ti que perdió por completo el gusto por las mujeres?

—Al contrario. Se negó a verme como una culpa en su vida. Me consideraba un "regalo salvador", y tenía razón.

—Pero todavía no se ha salvado, no del todo. Se ha envuelto con la Iglesia como si fuera una capa de invisibilidad. Esa ermita que tiene da cuenta de otra parte de la historia. Todavía está en fuga. Todavía necesita un refugio. Él no lo va a admitir. Es demasiado orgulloso para hacerlo, pero tú sigues siendo la piedra imán que orienta su vida. ¿Qué hará cuando no estés aquí?

—¿Es eso lo que temes, Luisa, que de alguna manera trate de descansar en ti?

—Es posible.

—Es imposible, y no ocurrirá. Cuando Luca y yo nos rendimos a lo inevitable, ese capítulo de nuestras vidas quedó cerrado. La historia terminó. Ninguno de los dos estaba dispuesto a aceptar una tortura autoinfligida. El amor era algo más, un tesoro secreto que compartíamos. Ni siquiera nos escribíamos: empezamos a hacerlo cuando tu padre y yo nos mudamos a Nueva York y yo ya trabajaba en el Instituto, donde tenía mi propia oficina. Fui yo quien comenzó la correspondencia. Así que ¡ni se te ocurra pensar que Luca se inmiscuirá en tu vida!

—Pero, igual que tú, jamás podré dejarlo fuera de ella.

—Eso es cierto. Entonces ¿por qué no darle la bienvenida?

—¿Y darle las gracias por reconocerme como su hija?

—Eso también, si quieres.

—¡Si esa noticia se hiciera pública, sería una complicación enorme para su carrera!

—Lo dudo. —Isabel le hizo una seña a la camarera pidiéndole la cuenta.

—¿Cómo puedes decir eso, mamá?

—Porque pienso que es posible que esté en vísperas de abandonar la Iglesia.

Luisa ahogó una exclamación, sorprendida.

—¿Para hacer qué?

—No lo sé, y creo que él tampoco.

—¿Pero por qué querría renunciar? A menos que lo hagan Papa, ha llegado al punto más alto al que alguien puede llegar en Roma.

—No creo que él lo entienda así.

—¿Y cómo entonces?

—Está pasando por una crisis de fe. Tal vez ésa sea la forma que el trauma irresuelto de su vida encuentre para resolverse. La golpiza, la violación, nuestro mutuo amor, la conspiración de silencio entre la Iglesia y el Estado en la que, para salvar nuestras vidas, aceptamos involucrarnos. Es mucho para soportar, hija querida. De modo que trata de no enfadarte demasiado con ninguno de nosotros. A propósito, ¿qué vas a hacer esta tarde?

—Llevaré nuestras compras al hotel y luego escribiré algunas postales y cartas. ¿Qué harás tú?

—Tengo una reunión a las dos y media con la dirigente de las *Madres de Plaza de Mayo*. Se aloja con las Hermanas Misioneras de Nazaret en Monte Oppio. Después de la reunión, pasaré por la casa de Luca y me quedaré un rato con él, suponiendo que esté allí y me reciba.

—Recuerda que esta noche tenemos una cena en la Embajada. Enviarán un coche a buscarnos. Deberías reservar algo de tiempo para descansar antes de irnos.

—¿A qué hora deberíamos estar allí?

—Entre las ocho y las ocho y media. Ah, y, puesto que todavía estamos de duelo por el Papa, se puede ir en ropa informal.

—Qué bendición —dijo Isabel—. Vamos. Pagaremos en el mostrador.

—Antes de irnos, mamá. Sé que a veces te parezco una bruja, pero te amo de verdad y sé bien que es algo muy especial esto de ser tu hija del amor además de ser tu hija legal.

—¿Sabes por qué?

—¡Dímelo!

—Tía Amelia solía decir: "Los hijos del amor tienen suerte cuando son bien recibidos. Se los cuida mejor, y, por lo general, ¡tienen mejores modales que el resto de la familia!"

En la pequeña terraza de su casa de la Via del Governo Vecchio, Rossini servía café a Monseñor Piers Hallett. Al mismo tiempo, le endilgaba una breve pieza informativa acerca de la organización del cónclave.

"…Esta vez, todos los conclavistas y sus equipos de asistentes estarán alojados en la Casa de Santa Marta. No es exactamente el Grand Hotel, pero es un edificio totalmente nuevo con ciento ocho suites y treinta tres habitaciones individuales, salón comedor y salas de estar. Los ocupantes actuales se mudarán para facilitarnos esas comodidades a los conclavistas. Todavía no estamos seguros de cuántos cardenales estarán presentes, pero digamos que no serán menos de ciento diez y hasta un máximo de ciento veinte. Eso no deja demasiado espacio para los asistentes. Se nos ha pedido a cada uno de nosotros que especifiquemos los asistentes personales que necesitemos y que justifiquemos su presencia mediante un memorándum dirigido al Camarlengo. Más allá de las cuestiones de espacio, la idea es disminuir el número de lacayos clericales que solían revolotear entre las diversas facciones de electores. De modo que yo he decidido presentarte a ti, mi querido Piers, como mi confesor personal.

Piers Hallett rompió a reír.

—¡Eso sí que es gracioso! Piers Hallett, paleógrafo, pedante, ratón de biblioteca, ¡ahora confesor de una Eminencia! ¡Nadie se lo creerá! Me echarán del lugar arrastrándome del cogote!

—No, no lo harán —le dijo Rossini con calma—. Ya he aclarado que tengo un problema personal y que espero resolverlo durante el cónclave, durante el cual se nos ordena que actuemos "teniendo únicamente a Dios ante nuestros ojos". De modo que, en realidad, lo que necesito es un confesor, y te he nombrado a ti.

—Sigo pensando que bromeas.

—No bromeo. Eres cura, ¿no?

—Por supuesto. Pero, escúchame, te lo digo como amigo, no soy un hombre espiritual. Soy un erudito en collar romano. ¿Qué consejo puedo ofrecerle a un hombre como tú?

—Pero tú me pediste consejo a mí acerca de una cuestión muy espiritual, tu propia identidad, tu propia vida moral. Yo espero poder ayudarte, y estoy seguro de que tú puedes ayudarme a mí.

—¿Cómo, en nombre de Dios?

—Escuchando, arrastrándome a través de los zarzales hasta campo abierto. Todo lo que hablemos quedará en el más absoluto secreto. En última instancia, los dos tenemos la libertad de otorgar o negar el perdón.

—Eso es puro formalismo. —Hallett estaba auténticamente sorprendido—. Nunca imaginé que te oiría hablar así.

—Lo sé —dijo Rossini con aplomo—. Pero es todo lo que me queda en este momento. Mira, lo que tengo que decidir, espero que con tu ayuda, es si todavía soy o no un creyente, si debería o no renunciar silenciosamente e internarme en el desierto por un tiempo.

—¿Adónde irías?

—Ésa, amigo Piers, fue la pregunta de Pedro. "Señor, ¿hacia quién iremos?".

—Pero Pedro se la respondió a sí mismo. "Tú tienes las palabras de la vida eterna".

—Exactamente. Pero Pedro ya tenía la respuesta. Yo ya no estoy seguro de tenerla.

—Tampoco yo estoy seguro. —De pronto, Piers Hallett se puso de mal humor—. No estoy seguro de cómo encajo yo en este mundo pluscuamperfecto dominado por los absolutistas morales. ¡Tal vez hagamos algunos descubrimientos juntos mientras asistimos al *raree-show* del Sucesor de Pedro!

Rossini se sintió auténticamente intrigado por la referencia.

—¿Qué fue lo que dijiste? —preguntó.

—"El *raree-show* del Sucesor de Pedro". Es una cita del poeta inglés Robert Browning.

—Pero ¿qué es, si puede saberse, un *raree-show*?

—¡Válgame Dios! En italiano o español, yo diría que la palabra que más se aproxima sería carnaval, aunque en inglés la expresión sugiere una suerte de feria con malabaristas, tragasables, mujeres barbudas y otros fenómenos.

—Con algunos cómicos eclesiásticos de adehala, uno o dos cardenales, o un esqueleto de las criptas de los franciscanos.

—Veo que captaste la idea —dijo Hallett alborozado—. Es una palabra anticuada, ¡pero podría despertar algunos fantasmas en Ciudad del Vaticano!

Rossini todavía estaba regodeándose con la imagen, cuando sonó su celular. Respondió con brusquedad; luego toda su expresión cambió. Pasó de la ansiedad a la duda y la preocupación. Finalmente dijo:

—Muy bien. Que venga contigo. Después mi chófer la llevará de regreso. Necesito hablar a solas contigo un rato. No, en absoluto, tengo un visitante, eso es todo. —Cortó la comunicación y se volvió hacia Hallett.

—Tengo que ver una gente en alrededor de veinte minutos, así que tendré que echarte. ¿Estamos de acuerdo entonces? Ingresarás al cónclave como mi confesor personal. De aquí en adelante, todo lo que nos digamos quedará como secreto de confesión.

—Estamos de acuerdo. Y gracias por la confianza que estás depositando en mí.

—Piénsalo bien —dijo Rossini, con una sonrisa burlona—. Ambos estamos depositando una gran dosis de confianza uno en el otro. Si alguno de nosotros, o ambos, nos convertimos en no creyentes, ninguna de las reglas tiene sentido, excepto como herramientas para la conducción de la institución.

—Que es la razón por la cual la mayoría de ellas fueron inventadas a lo largo de los siglos —dijo Piers Hallett—. Una sociedad bien ordenada se ve como algo espléndido. Es como un invernadero.

Puedes hacer crecer cualquier cosa en él, pero no todo sobrevivirá a las inclemencias del clima de fuera. Ése es el verdadero terror que me infunde el mundo, Luca. Tantos humanos como somos, ¡y algunos tan miserablemente solos!

En la sala de estar del Club de la Prensa Extranjera, Fritz Ulrich, ahíto gracias a un suculento almuerzo y un par de brandys, dispensaba su sabiduría e ironía ante un grupo de recién llegados de la prensa católica bávara.

—...Éste es el Colegio Electoral más pequeño y más exclusivo del mundo: ciento veinte varones célibes designados para elegir a un gobernante absoluto para la feligresía religiosa más numerosa del planeta... ¡Piénsenlo! Ellos, por su parte, no han sido electos. Son nombrados por el Pontífice reinante. ¿A quién representan en verdad? Desde luego que no a la vasta masa de los fieles. ¿Qué tarea se les ha asignado? Encontrar un hombre universal para una Iglesia universal. ¡Imposible! En teoría, pueden elegir a cualquier varón bautizado y hacerlo cura, Obispo y Papa en una ceremonia única. En los hechos, elegirán a uno de ellos: uno entre ciento veinte —si todos le levantan el pulgar—, que custodiará las llaves del reino para mil millones de creyentes y para todas las almas sumidas en la ignorancia a las que, aseguran ellos, tienen el mandato de convertir...

—¡Estás hablando muy alto, Fritz! —Steffi Guillermin lo increpó desde el otro extremo de la habitación—. Algunos de nosotros estamos intentando trabajar.

—¡Mis disculpas! Trataré de hablar más bajo. De todos modos, he dicho lo que tenía que decir. Esta buena gente decidirá por sí misma.

—Gracias, Fritz.

Ahora que ambos estaban bajo presión para informar sobre un acontecimiento crucial para el milenio, ahora que estaban ocupados en temas de unificación y distribución de la información, sus relaciones eran menos ríspidas. Ulrich despidió a su público, se levantó con esfuerzo de la silla y se acercó hasta la mesa de Steffi Guillermin. Ella frunció el entrecejo y lo echó con la mano.

—Ahora no, por favor, Fritz. Estoy trabajando.

—Sólo un momento, Steffi. De la central me han enviado una pregunta.

—¿Sobre qué?

—Tu entrevista con Aquino. Sabes que compramos los derechos en lengua alemana para publicar todos esos retratos que has estado haciendo.

—¿Y cuál es el problema?

—Como mencionas las acusaciones que han levantado contra él las *Madres de Plaza de Mayo*, mi gente quiere saber si tienes algún material acerca de otro aspecto de la cuestión: la posible participación de ex nacionalistas alemanes en la guerra sucia, o de presuntos criminales de guerra, y cosas por el estilo.

—No, no tengo, Fritz. Eso es historia. No quise volver sobre el tema. De todos modos, ¿por qué necesitan ese tipo de material?

—Están tratando de armar un cuadro de antecedentes para identificar a los candidatos que pudieran tener puntos oscuros que los desmerecieran, ya sea políticamente o en otros aspectos. Los italianos que han sido financiados por los Demócratas Cristianos, los latinoamericanos que se han inclinado demasiado a la izquierda o demasiado a la derecha, ese tipo de cosas. Les dije que les enviaría algo corto, pero no quise perder tiempo en ello. Es material de relleno, especulación pura.

—Bueno, diles que lo lamento, pero no puedo ayudarles. Ahora, si no te importa...

—Una cosa más y te dejo tranquila. ¿Qué sabes de los jenízaros?

—¿Los qué?

—¡Jenízaros! —Lo alegró haberla sorprendido, lo alegró poder lanzarse a un nuevo monólogo—. Las tropas de choque del antiguo Imperio Otomano, fundado en el siglo XIV, que tenían guarniciones en todos los puestos fronterizos de los Balcanes de los turcos otomanos.

Steffi Guillermin le clavó una mirada inexpresiva.

—¿Y qué diablos tienen que ver con una elección papal? ¿Estás seguro de estar sobrio, Fritz?

—No, no estoy seguro. Necesito otro trago. Con uno más tendría la prueba de si lo estoy o no. Tú no querrías uno, ¿verdad?

—¡Claro que no, Fritz! Y tú tampoco deberías beber. Ahora, ¿qué es esta basura de los jenízaros?

—Una analogía, Steffi. —Pareció vacilar ante la palabra; luego tomó impulso—. Una analogía histórica importante. Los otomanos reclutaban niños varones cristianos entre los cautivos. Los entregaban como esclavos a familias turcas en las que aprendían el idioma y abrazaban el Islam. Después de eso, se los alistaba en el ejército como cuerpo de elite. Se los entrenaba en cuarteles especiales, permanecían célibes, se les impedía aprender oficios o ejercer el comercio; su obediencia era absoluta. Sus emblemas de honor eran los viejos nombres de esclavos: lavaplatos, leñador, cocinero. Pero eran una fuerza formidable y temida. Ahora, mi querida Steffi, ¿comprendes adónde me lleva mi pequeña analogía? Todos los prelados que se están por reunir ahora en esta ciudad son como los jenízaros: tropas de choque de un imperio religioso.

—Es una idea interesante, Fritz. Pero ¿qué vas a hacer con ella?

—Un artículo digno de una mesa redonda, tal vez. ¿A tu gente le interesaría levantarlo?

—Lo dudo, Fritz, pero estoy dispuesta a negociarlo por ti cuando lo hayas terminado. El problema que tenemos todos es una sobredosis de información y lectores no lo suficientemente educados para absorberla. Ahora lárgate y déjame tranquila, como un caballero. Tengo un plazo estricto para el cierre y debo cumplirlo.

—¡Ya me voy! ¡Ya me voy! —Se puso de pie torpemente antes de recitar su mutis—. Lo de los jenízaros funcionó mientras tuvieron una oferta regular de niños esclavos. Pero, una vez que se interrumpió la lucha, hubo que comenzar la reproducción, de modo que tiraron el celibato por la ventana. Hay una lección en eso, Steffi, una lección para la Iglesia. Y una lección para ti también, piénsalo.

—Gracias a Dios no soy una reproductora, Fritz, ¡porque podría tocarme un niño como tú!

Mientras Fritz se alejaba riendo, Frank Colson se acercaba a la mesa. Antes de que hubiera abierto la boca, Guillermin le espetó:

—¿Por qué siempre caigo? Soy una mujer inteligente, y sin embargo, cada vez que me habla, salgo volando de mi percha como un loro enloquecido.

—¿Caes en qué, Steffi?

—¡Los malos chistes de Fritz Ulrich! Es un patán tan vulgar.

—Te conoce demasiado. Siempre muerdes el mismo anzuelo. Escucha: tengo una pequeña noticia exclusivamente para tus oídos.

—¿Buena, mala, o qué?

—Los diarios sensacionalistas londinenses están poniendo en circulación una historia acerca de la moral de los miembros más antiguos del clero, material viejo en su mayor parte: un cardenal austríaco, un par de hombres fuertes de la Curia. Están pescando en aguas turbias, pero uno de los nombres que apareció es el de Luca Rossini. Tú lo entrevistaste el otro día. Lo llamaste el hombre misterioso.

—Lo sé. Estoy revisando la nota en este momento y la frase sigue sin convencerme. Me gustaría encontrar una mejor antes de entregarla. Y ¿qué es lo que están diciendo los sensacionalistas londinenses?

—Nada demasiado concreto ni que alcance para un proceso judicial, pero hablan de un crimen misterioso con el que estuvo vinculado Rossini, de una golpiza horrenda, afirman que fue sodomizado, y mencionan un arreglo secreto para sacarle de contrabando del país. Y están haciendo señales de humo a propósito de un amorío y el nacimiento de un hijo suyo después de que abandonó el país.

—¡Santo Cielo! ¡Eso sí que es arriesgarse!

—¿A qué? ¿A un juicio? Para iniciar un proceso necesita la autorización del Pontífice, alguien que por el momento brilla por su ausencia. Y, además, ¿qué importaría? En lo que concierne a las posibilidades de elección, Rossini naufragará antes de zarpar.

—Entonces, ¿quién cargó el cañón y encendió la mecha?

—¡Buena pregunta, Steffi! ¿Tú cómo la contestarías?

—Hay dos posibilidades. Primero, los argentinos han tenido esta información desde hace mucho. Lo único que no querrían es ver a una de las víctimas de su guerra sucia entronizada en el Vaticano, con sus cicatrices y todo lo demás. La segunda alternativa, que me gusta mucho menos, apunta a alguien dentro del Vaticano, alguien que tiene acceso a los archivos y el motivo para divulgarlos con la intención de perjudicar a Rossini.

—¿Clérigo o laico?

—Clérigo. Tendría que ser un clérigo.

—¿Motivo?

—Celos o inquina. Uno de los dos, o ambos.

—Entonces, Steffi, necesito que me des un consejo. De mi oficina me piden que diga si deberíamos investigar la historia o dejarla morir y que algún otro haga la autopsia.

Steffi Guillermin consideró la pregunta en silencio por un momento antes de responder.

—Ante todo, Frank, lo único que hay es lo de la sodomía y lo del hijo ilegítimo, que no estaba implícito en el diario del Pontífice. El amorío está mencionado, aunque no descrito. ¿El hijo? Una partida de nacimiento acabaría con la cuestión de un plumazo.

—Tienes razón, por supuesto. Odio revolver en la ropa sucia. Supongo que estoy buscando una buena excusa para retirarme del juego.

—Tú bien sabes, Frank, que en un caso como éste, con cualquier consejo que uno dé está expuesto a equivocarse. Echan a rodar una historia sucia, y al día siguiente se convierte en un titular. Si vas tras ella, estás ayudando y alentando a los bastardos que la pusieron en circulación por primera vez. Yo estoy en buenos términos tanto con Aquino como con Rossini, y no sería demasiado difícil arrancarles algún comentario a los argentinos. Pero, como amiga, te diría que no lo hagas. De todos modos, tienes una salida elegante. Eres jefe de redacción. Di que cualquier intento de fastidiar con una historia como ésa en vísperas de una elección podría ser interpretada como un intento de interferir en la elección por parte de un país anglosajón y protestante.

—Eso no funcionaría, Steffi.

—Entonces invoca tu conciencia. Di que te niegas a participar en una campaña de rumores difamatorios en este momento crucial.

—Estoy seguro de que el alegato resultaría atractivo. Les gustan las frases redondas. Te debo un trago. ¡Ciao!

Steffi Guillermin quedó cara a cara con su propio dilema: qué grado de traición hacia un colega se le podría imputar si echara otro vistazo a su nota antes de entregarla, y si tal vez, sólo tal vez, pusiera en circulación algo de su propia cosecha. Le llevó por lo menos dos minutos tomar la decisión. Telefoneó a la oficina de Rossini y pidió que le transfirieran la llamada adonde estuviese. Sí, se trataba de algo muy urgente. Necesitaba chequear un pasaje clave del texto de la entrevista antes de entregarla para su publicación. Tuvo que esperar bastante antes de que le dieran la respuesta. Su Eminencia tenía una tarde muy ocupada, pero se haría tiempo para recibirla en su apartamento a las cinco y media. Esperaba que no se sintiera ofendida si tenía que hacerla esperar un rato. Por supuesto que no. ¡Por favor, hágale llegar el agradecimiento de Steffi Guillermin a Su Eminencia!

La mujer que Isabel le presentó esa tarde tenía más de setenta años. Su nombre era Rosalía Lodano. Era la presidenta de las *Madres de Plaza de Mayo*, y estaba residiendo temporariamente en Roma.

Tenía el pelo blanco como la nieve, y una piel como marfil antiguo, arrugada y marcada por el tiempo y por una amarga experiencia de vida. Una calma extrañamente sibilina y una gravedad formidable, inaccesible al miedo y la malignidad, emanaban de ella. Bajo los párpados caídos, sus ojos eran oscuros e implacables. Se había sentado al lado de Isabel. Rígida y erguida en su silla, la figura delgada envuelta en ropas sueltas, apoyaba las manos, abiertas e inmóviles, en una gruesa carpeta de documentos. Sus primeras palabras fueron una sorpresa: una afirmación lacónica e imperiosa.

—Conozco su historia, Eminencia. Conozco a la señora de Ortega. Estoy dispuesta a confiar en usted.

—Debo decirle que no suelo hacer promesas; pero las que hago las cumplo.

—¿Sabe por qué mis amigas y yo estamos en Roma?

—Creo que sí. Pero quiero que usted me lo diga, en pocas palabras y con claridad.

—En 1976, perdí un hijo y una hija. Mi hija fue arrestada, interrogada, torturada, violada y finalmente asesinada. Mi hijo fue arrestado. Sabemos que fue llevado a la ESMA, la Escuela de Mecánica de la Armada. Después de eso, ni un rastro. Hay miles como él, los desaparecidos. Sabemos que están muertos. No sabemos dónde ni cómo murieron. Es una tortura no saberlo, ¡una tortura que no tiene fin! Necesitamos saber, y, una vez que sepamos, tal vez podamos llevar a los asesinos ante la justicia. Pero saber es el primer paso. ¿Me entiende?

—La entiendo.

—Entienda algo más. En nuestro país, el régimen ha cambiado, sí. Sin embargo, nuestro presidente ha bloqueado todos los caminos para llegar a la justicia que buscamos. Les ha concedido el indulto a los oficiales de más alto rango responsables de los años de terror. Y no autoriza el acopio de testimonios y declaraciones contra ellos u otros delincuentes en Argentina. Ciertos archivos con información vital fueron enviados fuera del país, creemos que a España. Como la señora de Ortega ya le habrá contado, esperamos tomar contacto con algunos de ellos en Suiza.

—Pero han venido a Roma. ¿Por qué?

—Queremos presentar todo este sucio asunto ante la Corte Internacional de La Haya. Como personas individuales, no podemos hacerlo. La petición debe ser presentada por un país a través de su gobierno legal. Nuestro propio país se niega a hacerlo. De modo que decidimos dirigirnos a Italia. Usted y yo, Eminencia, somos de origen italiano pero no somos ciudadanos. Una vez más, no tenemos voz. Sin embargo, cientos de desaparecidos eran ciudadanos italianos, tenían pasaporte italiano, y residían legalmente en Argentina. Ellos no tienen voz porque ya no existen más. Así que decidimos apelar a un italiano que sabe lo que pasó, el hombre del Papa, el Nuncio Apostólico, el Arzobispo Aquino.

—Pero se han encontrado con que tampoco a él pueden tocarlo, debido a que es ciudadano de la Ciudad Estado del Vaticano.

—¡Exactamente! Le rogamos que renuncie a esa condición, lo que nos permitiría presentar cargos contra él en una corte italiana, y ofrecer allí testigos y testimonios que podrían forzar al gobierno italiano a trasladar la cuestión a la Corte Internacional. El Arzobispo, ahora es Cardenal, se niega. Sostiene que no tenemos ninguna prueba. Dice que no se le debería pedir que se condene a sí mismo. Además, para comparecer ante una corte civil necesita el consentimiento del Santo Padre. Ahora que el Santo Padre ha muerto, todas las esperanzas que teníamos quedaron enterradas con él. No quiero ser irrespetuosa. Usted me ha recibido en su casa, pero tengo que decir que ya no tengo fe en la Iglesia. En Argentina, fueron demasiados los miembros de la jerarquía que hicieron un pacto de silencio con hombres malvados. ¡Parece que tendremos que esperar a discutir el asunto con Dios!

—Si lo que usted está buscando es justicia, señora —dijo Luca Rossini—, ése es el único lugar donde la encontrará. Sería un mentiroso si le dijera otra cosa. Escuchándola, yo mismo me siento culpable. Yo padecí, como usted sabe. La señora de Ortega se expuso a un riesgo mortal para salvarme, pero en última instancia los dos debemos la vida a esa misma conspiración de silencio. Hubo un trato. Si rompíamos el trato, otros padecerían.

—Pero ¿por qué siguen ustedes guardando silencio, ahora que las cosas han cambiado? ¿Todavía tienen miedo?

—Sólo puedo responder por mí —dijo Rossini—. Yo no tengo nada que temer.

—Yo sí tengo algo que temer —dijo Isabel—. Tengo un esposo, una hija. No puedo jugar a los dados con sus vidas.

—Entiendo —dijo la anciana—. Sé muy bien lo que significa el miedo. Así las cosas, mi valiente Eminencia, ¿qué piensa usted que puede hacer por nosotras?

—Hablemos un poco más, señora. Tenemos una oportunidad, y no podemos darnos el lujo de cometer ningún error. Quiero oír todo lo que tienen contra Aquino. Y recuerde que es contra él, y no contra la Iglesia argentina.

—Tengo los documentos aquí...

Durante más de cuarenta minutos estuvieron sentados hombro con hombro ante el escritorio, mientras Rosalía Lodano exhibía el contenido de su *dossier* y Rossini la interrogaba minuciosamente sobre su autenticidad y procedencia. Finalmente fue él quien abrió el diálogo.

—Con lo que he visto es suficiente. Le pediré a Juan que les traiga té o café. Necesito estar solo unos minutos.

Llamó de un timbrazo al criado, le pidió las bebidas para las mujeres, y luego se encerró en su dormitorio, desde donde hizo una llamada telefónica a Aquino. Comenzó bruscamente.

—Habla Rossini. Estoy en mi casa. Está conmigo una mujer que ha venido desde Argentina, Rosalía Lodano, con quien usted ha mantenido correspondencia. Acabo de revisar los documentos de su *dossier* contra usted.

—¡Esto es un ultraje! Usted no tiene derecho a entrometerse de esta manera.

—Tranquilícese, por favor, y limítese a escuchar. No me entrometí: usted me pidió ayuda. Hoy esta mujer vino a verme con el mismo pedido. Hace dos días, le concedió usted una entrevista bastante maliciosa a Steffi Guillermin, en la que reveló nuestras conversaciones en privado acerca de las *Madres de Plaza de Mayo*.

—Yo no la llamaría una revelación. Pensé que era una buena ocasión para preparar el terreno con vistas a cualquier discusión que pudiéramos sostener con las mujeres, algo así como crear una atmósfera de buena voluntad. No vi nada objetable en ello.

—Yo lo encontré seriamente objetable. Me presentó usted como su abogado defensor.

—No lo hice.

—La dama dijo otra cosa.

—¡Vamos, Rossini! ¡Sea justo! Usted sabe lo expuestos que estamos a las malas interpretaciones, especialmente en una entrevista informal.

—¡Y usted también lo sabe! Es un diplomático experimentado. Se ha pasado la vida midiendo las palabras. Éstas también las midió antes de decirlas.

—Eso es más que ridículo, ¡absolutamente paranoico!

—Ah, ¿sí? Permítame situarlo en el contexto. Acepto, en privado, mediar en un conflicto, no arbitrar, no juzgar, simplemente mediar. Guillermin es una mujer muy inteligente, una reportera muy precisa. Usted le da una versión de nuestro acuerdo que inmediata e irrevocablemente me compromete a mí y lo absuelve a usted. La propia víctima alega la inocencia del acusado. Es todo lo que usted necesita. No tiene que responder ninguna acusación. Ingresa al cónclave como un candidato impoluto para un papado interino. Y otra cosa: por favor, no me recomiende a nadie.

—¿De qué está hablando?

—De otra reunión, con una delegación de colegas. Lo citaron: "Rossini viaja mucho. Sabe por dónde van los tiros. Si yo fuera Pontífice, me aseguraría de tenerle cerca de mí".

—Fue un cumplido.

—Me fue transmitido como un estímulo.

—¡Y usted, como corresponde, se sintió insultado!

—Sí, así me sentí.

—Entonces le sugiero que se serene antes de que terminemos nuestro negocio.

—Podemos terminarlo esta tarde, si lo desea. Rosalía Lodano todavía está aquí. Mademoiselle Guillermin estará aquí a las cinco y media. Tengo todo el material del *dossier* que necesito para poder participar en la discusión con inteligencia.

—¿Con qué fin?

—Darle la oportunidad de exponer su caso abiertamente a la prensa, con una mujer con quien usted obviamente se sintió cómodo. Dar a las *Madres de Plaza de Mayo* una oportunidad de ser oídas en un foro abierto. Darme a mí la oportunidad de hacer lo que usted me pidió en un principio: mediar para lograr una situación de riesgo mínimo para usted y para la Iglesia.

—¿Y si me niego?

—Entonces, manejaré la cuestión lo mejor que pueda.

—No puedo decidir algo así de un momento para otro. Necesito tiempo...

—No lo tiene. —Recitó irónicamente: "Ahora es el momento. Hoy es el día de la salvación".

—¿Puede al menos limitar el alcance de...

—Creo que puedo limitar el daño y dejarle todavía algún vestigio de reputación. Ahora dígame, Eminencia, ¿sí o no?

—¿Le ha contado esto al Secretario de Estado?

—Le recuerdo que fue él quien concertó nuestro primer encuentro, a pedido suyo. Lo cito textualmente: "Incluso puedes encontrar algún fondo de compasión que tal vez le aliente a enfrentar a sus acusadores. Acaso puedas llegar al hombre real que se esconde debajo de la corteza".

Hubo un prolongado silencio en la línea. Finalmente Aquino preguntó:

—¿Cómo organizará esto?

—Rosalía Lodano está aquí. Usted debería hablar primero con ella. Luego todos deberíamos reunirnos con mademoiselle Guillermin.

—¿Quién más estará?

—La señora de Ortega. Fue ella quien me puso en contacto con Rosalía Lodano.

—¿Cuál es su posición?

—Bastante parecida a la mía. Será como tener un amigo en la corte. Bien, ¿qué me dice?

—Estaré allí lo antes posible.

—Creo que ésa es una sabia decisión —dijo Luca Rossini—. Muy sabia.

Cuando regresó con las mujeres para informarles de la conversación, se encontró con que la actitud de Rosalía Lodano era decididamente hostil.

—Cuanto más lo pienso, menos me gusta: una conversación privada, en una habitación privada. Después cada uno tiene una versión diferente. Es lo que siempre ocurre, aquí y en nuestro país: palabras conciliadoras, frases cuidadosas, la promesa de estudiar a fondo el asunto, y luego, nada.

—Grabaremos la conversación —dijo Rossini con calma—. Podrá llevarse la cinta original. Mucho más importante, sin embargo, es lo que obtendrá de la reunión.

—¡Tenemos que llevarlo a la corte!

—¡No, señora! —Rossini fue cortante—. Nunca podrán hacerlo. Yo he visto sus documentos. Les provocará una sangría, de dinero y de vida, pero no tienen un caso para presentarse en una corte.

—¿Cómo puede decir eso?

—Porque es un hecho que surge claramente de sus propios archivos. Desde el punto de vista legal, Aquino no es un criminal, y, según lo que he leído en el *dossier*, nunca conseguirán un proceso contra él, ni en Italia ni en La Haya.

—¿Entonces para qué estoy aquí, perdiendo el tiempo?

—Porque esta tarde usted tiene la oportunidad de ofrecer la historia una vez más a la atención del mundo entero, de instalarla más profundamente en la memoria del mundo, para que la sombra de la culpa siga cerniéndose siempre sobre los responsables. En cuanto a Aquino, su silencio previo todavía puede convertirse en un testigo valiosísimo para la causa que ustedes defienden. Si pueden conseguir que admita culpas morales, habrán logrado una gran victoria.

—¿Puede garantizarnos que admitirá algo?

—Creo que se lo puede inducir a ello, sí. El hecho de que haya aceptado la reunión de esta tarde lo pone a mitad de camino.

—¿Y el resto del viaje?

—Creo que con paciencia puedo empujarlo a llegar al final.

Las dos mujeres lo miraron con asombro. Isabel apuntó una advertencia.

—Has concertado la reunión, Luca. Eso ya es mucho. ¿Te parece prudente dirigir tú mismo la discusión?

—No estoy seguro. En todo caso, es algo que debe decidir la señora Lodano. No obstante, el hecho es que yo puedo usar palabras y argumentos que a ella tal vez podría resultarle amargo pronunciar. Y puedo juzgar el impacto de esas palabras en Aquino. En su propio contexto, es posible que adquieran más fuerza que cualquier reproche que se le haga en nombre de los ausentes. De todos modos, también estoy dispuesto a quedarme callado y dejarla que conduzca su propio diálogo.

La anciana permaneció en silencio unos instantes; luego dijo bruscamente:

—¿Por qué piensa que puede defender nuestra posición mejor que nosotras?

—No puedo defenderla mejor. Puedo procurarle un resultado más rápido, y tal vez mejor, que el que ustedes podrían lograr.

—Convénzame de eso, Eminencia. ¡Convénzame de que deberíamos confiar en usted hasta ese punto!

Capítulo Diez

Un súbito frío invernal acompañó a Aquino cuando entró en la habitación. Rossini presentó a las dos mujeres. Aquino las saludó con una reverencia y, por temor a ser rechazado, se abstuvo de ofrecer la mano. Rossini lo hizo sentarse del lado opuesto de su escritorio. Ocupó su propia silla y depositó la carpeta de documentos ante Aquino. Las mujeres estaban sentadas juntas, a un paso del escritorio. Junto a ellas, había una tercera silla para Steffi Guillermin, quien debía llegar en menos de una hora.

Rossini actuó con cuidada formalidad. Anunció:

—Propongo que grabemos nuestra conversación para que no se susciten dudas acerca de lo que aquí se diga. Si alguna de las partes quiere decir algo *off the record*, interrumpiré momentáneamente la grabación. ¿Estamos de acuerdo?

Todos asintieron. Rossini encendió la grabadora y dictó la fecha, la hora, el lugar y los nombres de los presentes en la reunión. Luego comenzó:

—Esta conferencia se realiza con la esperanza de resolver ciertos problemas pendientes entre las *Madres de Plaza de Mayo* y Su Eminencia el Cardenal Aquino, ex Nuncio Apostólico en Argentina. Permítanme aclarar que hace unos días el Cardenal Aquino me pidió que mediara en esta discusión. El Secretario de Estado aprobó la idea. La señora Lodano, líder de una delegación de las *Madres de Plaza de Mayo* actualmente en Roma, había estado tratando de concertar una reunión desde hace algún tiempo. No obstante, todas las discusiones se llevarán a cabo sin detrimento de la postura de cualquiera de las partes, y no tienen carácter formal. Yo actuaré solamente como mediador. No he sido convocado para emitir juicio alguno, sino simplemente para facilitar las discusiones. Mi rol no excluye la posibilidad de asumir en alguna medida la defensa de cualquiera de las partes, siempre y cuando esa defensa ayude a alcanzar una solución. Desgraciadamente hay algunas soluciones que no están a nuestro alcance. No podemos recuperar a los muertos. No podemos decir, no por el momento al menos, dónde o cómo los desaparecidos encontraron su fin. La justicia para ellos o el resarcimiento para sus doloridos familiares no están a nuestro alcance.

"Permítanme decir también que no es posible dispensar plena justicia al Cardenal Aquino, quien como representante diplomático del Vaticano se desempeñó en Argentina durante un período terrible de la historia del país. Los documentos que él envió directamente a Su difunta Santidad, se encuentran ahora en el Archivo Secreto. Otros, que están en poder de la Secretaría de Estado, no pueden ser puestos a disposición del público hasta que resulte electo un nuevo Pontífice. Se han hecho afirmaciones conflictivas acerca de las acciones de su Eminencia en el contexto del período. No es mi función abrir juicio sobre esas afirmaciones, sino simplemente elucidar aquellos hechos acerca de los cuales ambas partes puedan acordar en este momento. Eminencia, ¿está usted dispuesto a acordar en que durante su desempeño como Nuncio Apostólico en Argentina hubo una campaña de terror estatal en gran escala contra ciertas clases de ciudadanos, y que esta campaña incluyó el arresto, la tortura y la muerte de miles de personas y la desaparición permanente de muchas otras cuyo destino todavía se desconoce?

—Sí. No dispongo de una cifra exacta de las víctimas, pero puedo afirmar que fueron miles. El propio gobierno admitió que eran diez mil, creo.

—Ahora veamos si podemos llegar a una descripción exacta, aunque no exhaustiva, de sus funciones como Nuncio Apostólico. Sea lo más claro que pueda, por favor. Esto es muy importante para la señora Lodano y las colegas que ella representa en esta ocasión.

—Se trata de una doble función. Un Nuncio es un delegado de la Santa Sede, un agente diplomático permanente del Papa, que es el soberano de la Ciudad Estado del Vaticano. Su rango es el de embajador.

Su segundo deber, bien diferenciado del primero, es velar por el bienestar de la Iglesia en el país en que cumple su misión.

—¿Y cuál es su rango en la Iglesia local?

—Está por encima de todo el clero local, con la única excepción de los Cardenales Arzobispos. Es responsable sólo ante la Santa Sede.

—¿Puede dar directivas al clero local?

—A pedido de la Santa Sede, sí.

—Pero además informa y asesora a Roma acerca del estado de la Iglesia local, y, aun cuando no los ejerza, tiene amplios poderes de intervención.

—Sí, pero se espera que utilice esos poderes con prudencia y discreción.

Rossini se volvió hacia las dos mujeres.

—¿Alguna pregunta?

—Sólo una —dijo Rosalía Lodano—. Al parecer, tenemos un perro guardián con dos cabezas. ¿Cuál de ellas se supone que debía ladrar cuando nuestra gente estaba siendo arrestada, torturada y asesinada?

—¿Le importaría responder a eso, Eminencia? —preguntó Rossini.

—Admito que ninguna de los dos hizo el ruido suficiente. —Aquino se mostró sorprendentemente manso—. Un embajador sólo puede trabajar en el marco de ciertos protocolos. Normalmente sus relaciones con los gobiernos, el suyo propio y aquel ante el que está acreditado se llevan a cabo en secreto. Gran parte de su influencia depende de un manejo discreto de las situaciones difíciles.

—Eso es comprensible. —Rosalía Lodano se mostró ominosamente fría—. Uno se pregunta cuán discreto se puede ser ante el caso de una mujer joven, una estudiante, detenida en la calle, encarcelada, torturada, violada y finalmente asesinada. Es lo que le ocurrió a mi hija. ¿Mi hijo? No sabemos qué le ocurrió después de su arresto. ¿Cómo justifica eso?

—Oí muchas historias como ésa durante mi período como Nuncio. No me fue posible determinar si se trataba de hechos o de rumores.

—Pero usted tenía un contacto muy estrecho con los generales. Nadie estaba en mejor posición para preguntar por los hechos.

—Me parece que no entiendo, señora.

—Creo que está hablando de esto. —Rossini hojeó el *dossier* y extrajo de allí tres vistosas fotografías de un Aquino mucho más joven, con un grupo de oficiales; todos vestían ropas de tenis. Aquino les echó una mirada; luego las apartó con un ademán, quitándoles importancia.

—Eso, visto con la perspectiva que da el tiempo, fue una indiscreción. Por otra parte, yo era un diplomático. Uno no hace diplomacia desde el sillón de su despacho. Trata de ganar amigos, de cultivar gente. Yo lo hice, y en varias ocasiones importantes eso me dio la posibilidad de negociar la liberación de prisioneros que de otro modo podrían haber desaparecido.

—Tenemos registrada al menos una de esas negociaciones. —Rossini volvió a hojear la documentación—. ¿Le ofrecieron, cómo fue, cuarenta detenidos que acababan de ser enviados a Buenos Aires desde otras zonas? Al comandante local no le interesaban. Alguien le dijo a usted que si podía encontrar la forma de sacarlas del país estas personas se ahorrarían algunas experiencias muy desagradables que terminarían con la muerte o la desaparición. Usted lo consiguió. Se las arregló para persuadir al gobierno venezolano de que las recibiera. Estos documentos lo confirman.

—Sí, lo hice. No fue suficiente, pero fue algo.

—Usted hizo algo especial por mí, también. Me dio un salvoconducto para salir del país después de mi propia experiencia.

—Una vez más, era cuestión de hacer lo que se podía en momentos difíciles.

—Pero hay una anomalía en esto, ¿no es cierto?

—¿Qué tipo de anomalía?

—Antes y después de estos acontecimientos, en entrevistas públicas con la prensa, usted declaró que no tenía conocimiento de lo que se estaba haciendo bajo el sistema del terror de Estado.

—Cuando uno camina por la cuerda floja, a veces resbala. Fue, lo confieso, una mentira diplomática.

—Lo que suscita inevitablemente la pregunta, ¿no?: ¿usted sabía y permaneció callado?

—Ya se lo expliqué: como diplomático, tenía que obrar en silencio.

—¿Nunca se le ocurrió, Eminencia? —Rosalía Lodano fue implacable—. ¿Nunca se preguntó qué podría haber pasado si usted hubiera gritado la verdad ante el mundo, aunque sólo hubiese sido una vez?

—Me hice esa pregunta muchas veces.

—¿Pidió consejo a sus supervisores en Roma?

—Lo hice. La respuesta fue siempre la misma. Yo era el hombre que estaba en el teatro de los acontecimientos. Tenían que fiarse de mi evaluación de la situación, y de la evaluación de la Iglesia local.

—Otra vez —Rosalía Lodano lo desafió con aspereza—. ¡Otra vez las dos cabezas del perro, pero ninguna de ellas ladra!

—¡No, señora! —Rossini giró prestamente hacia ella—. No es cierto. Hubo muchos otros que ladraron, y gritaron, y lucharon también. Muchos buenos pastores fueron asesinados. Hubo monjas y monjes entre los desaparecidos.

—¡Pero sus superiores se quedaron callados! Y todavía callan. Juegan con las palabras, tratan de elaborar documentos que digan sí y no al mismo tiempo.

—Le repito, señora: no es así, de ninguna manera. —Volvió a hojear el *dossier* y se detuvo en un párrafo que leyó pausadamente en voz alta—. *"Nosotros, los miembros de la Iglesia Argentina, tenemos muchas razones para confesar nuestros pecados y pedir perdón por nuestras insensibilidades, nuestra cobardía, nuestras omisiones, nuestras complicidades..."* —Interrumpió la lectura y se volvió hacia Aquino—. ¿Conoce usted al hombre que escribió esto, Eminencia?

—Lo conozco. Era —sigue siéndolo— un buen obispo, pero ése es su testimonio y el testimonio del clero de su diócesis. No todos los clérigos recibieron con beneplácito su afirmación. Aun hoy sigue sin gustarles.

—¿Por qué no?

Aquino no respondió de inmediato. Con las manos cruzadas y la cabeza inclinada, miraba fijamente el escritorio, buscando las palabras. Finalmente levantó la vista y completó la respuesta con esmerada parsimonia.

—Es la historia más antigua y más triste del mundo. Demasiado poco, y demasiado tarde. El mal crece en el silencio. La buena gente se deja llevar fácilmente de la comodidad a la indiferencia. Los hombres de Dios se envanecen con la idea de que están investidos de poder por la Iglesia que los respalda. Salen a cenar con el diablo, confiados en que a la larga terminarán por convertirle. Siempre se sobresaltan cuando ven sangre en la sopa. Su sabor sólo cautiva a unos pocos, muy pocos, gracias a Dios. —Se volvió hacia Rosalía Lodano y dijo con expresión patética y sombría—: Me temo que no puedo hacer nada mejor por ustedes. Podríamos estar horas así. El resto sería más de lo mismo. Ojalá yo pudiera restituirles los seres queridos que han perdido, señora. Sólo puedo pedirles su perdón.

Rossini apagó la grabadora y el silencio llenó la habitación. Luego, en un tono crecientemente airado, Rosalía Lodano volvió al ataque.

—¡Esto todavía apesta a conspiración! Ustedes dos usan el mismo uniforme y dicen las mismas palabras anodinas. Los dos están bajo la protección de la misma institución. ¿Alguno de ustedes ha dado a luz un hijo, ha criado ese hijo con amor, para que luego terminara embrutecido y asesinado? ¿Han pasado por eso?

—¡Basta! —La voz de Isabel sonó como el estampido de un disparo—. Ahora, señora, cállese y escúcheme.

Tomó su cartera, la abrió y sacó un pequeño álbum forrado en cuero del tamaño de un pasaporte. Lo abrió y se lo extendió con gesto enérgico a Rosalía Lodano.

—Mire eso, y dígame lo que ve.

La mujer miró un momento y luego preguntó:

—¿Por qué me muestra esto?

—Usted habló de conspiración, protección, palabras anodinas. ¿Estas imágenes le sugieren alguna conspiración? Por favor, páseselo a Su Eminencia.

Aquino alzó la mano en un gesto de rechazo.

—Gracias. Ya lo he visto. Tengo mis propias copias.

Rossini preguntó:

—¿Puedo verlo, por favor?

Rosalía Lodano le alcanzó el álbum. Rossini lo abrió y se encontró mirando una serie de fotos cubiertas por un plástico en las que estaba él, desnudo, abierto de brazos y de piernas sobre la rueda como un animal despellejado: adherida a su espalda, la fusta del sargento parecía balancearse como una cola. Al sargento se lo veía en una posición diferente en cada toma: primero abriéndose los pantalones de montar, luego exhibiendo su pene, y finalmente caído en el suelo con la cabeza reventada como una sandía.

Rossini se volvió hacia Isabel. Estaba pálido como un muerto. Parecía que la voz se le había coagulado en la garganta.

—¿Por qué yo nunca vi estas fotos?

—Porque mi padre se las llevó consigo a Buenos Aires. Fueron su carta de negociación con los generales y con Su Eminencia aquí presente.

—Pero yo hablé con él antes de salir del país. Le pregunté por qué había permitido que la golpiza se prolongara tanto. ¡No me dijo que había estado tomando fotos! ¿Por qué no me las mostró en ese momento?

—Porque pensó que no estabas preparado. El médico estuvo de acuerdo con él. Yo también. Aquello te había provocado un bloqueo total. Pensábamos que podrías haber estado inconsciente cuando ocurrió.

—Entonces, por Dios, cuéntame el resto.

—Tomó las fotos lo más rápido que pudo, pero con mucho cuidado. Luego arrojó la cámara sobre la cama, me alcanzó el rifle y me dijo: *"En cuanto me veas pisar la plaza, mata a ese hijo de puta y toma una foto del cadáver"*. Es lo que hice. Lo maté y tomé la última foto. El resto ya lo sabes.

—Parezco un animal. —Rossini seguía mirando las fotografías—. Me despellejaron como a un animal en un matadero y me violaron con una fusta.

Arrojó el álbum sobre el escritorio y huyó de la habitación. Un momento después, oyeron sus arcadas en el lavabo. Isabel se puso de pie instantáneamente, pero la anciana la retuvo atenazándole la muñeca.

—¡No! ¡Mejor que se enfrente solo con sus propios fantasmas! —Se volvió hacia Aquino—. ¿Ni siquiera con esas fotos en la mano se decidió a hablar?

—Había vidas en juego. Ése fue el trato que tuve que hacer.

—La sangre en la sopa —dijo la anciana—. ¿Qué sabor tiene ahora?

—¡Cállese, abuela! —Había un enorme cansancio en la voz de Isabel—. La ira ya no nos beneficia. Mejor pídale a su Eminencia que diga misa para dar sosiego a los muertos y un poco de paz a los vivos!

Quince minutos más tarde, Rossini reapareció, proveniente de su habitación. Se había quitado la ropa eclesiástica y se había puesto una camisa blanca limpia. Estaba pálido pero sereno. Caminó directamente hacia Isabel, le puso las manos en los hombros y le dijo con sencillez, y asegurándose de que todos lo oyeran:

—Gracias, mi amor, por las fotografías. Eran el fragmento de mí mismo que me faltaba, el que no me atrevía a buscar, el que no quería encontrar.

Apoyó los labios en su pelo. Aquino apartó la vista del gesto íntimo y comenzó a jugar con el cortapapeles. El rostro de la anciana tenía una expresión indescifrable. Isabel buscó con los suyos los dedos de Rossini. Luego él se apartó y se sentó otra vez ante su escritorio, volviéndose primero hacia Aquino y luego hacia Rosalía Lodano. Dijo:

—Pronto estará aquí mademoiselle Guillermin. Me gustaría ahorrarles nuevas preguntas a ambos. Por lo tanto, propongo que le hagamos oír la cinta y que luego me haga las preguntas a mí. Ustedes intervendrán solamente si consideran que mis respuestas no son las apropiadas.

—Entiendo lo que está haciendo —dijo Aquino—, y le agradezco su consideración, pero puede estar exponiéndose a críticas muy severas de parte de nuestros colegas una vez que esta entrevista se publique.

—¿Qué hace uno después del diluvio? ¿Esperar la paloma con el ramo de olivo en el pico? ¿Cómo se siente, señora Lodano?

—Soy una mujer vieja, con un sabor amargo en la boca. Lamento algunas de las cosas que dije: no todas, algunas. Si esta mujer quiere más información, se la daré sin ambages, pero no aquí. Todos nosotros hemos tenido demasiadas emociones para un solo día.

Momentos después, era anunciada Steffi Guillermin. Se la veía inequívocamente sorprendida por el grupo que tenía delante. Se lo comentó a Rossini.

—Dos Eminencias y dos distinguidas damas. Menudo botín para una periodista como yo.

—Lo agradecerá como corresponde. —Rossini lo dijo con una sonrisa, pero ella se puso instintivamente en guardia.

—¿Y cómo se supone que demostraré mi gratitud?

—En nuestra entrevista anterior, acepté jugar con las reglas que usted me propuso: todo lo que se dijera podría hacerse público. Hoy está usted en mi casa. Le ofrezco una primicia exclusiva sobre una historia importante. Algunos otros temas que pudieran surgir quedarán *off the record*. Usted tiene una excelente reputación de periodista honesta. Si no puede aceptar esa condición, no deberíamos seguir adelante con esto. ¿De acuerdo?

—No me queda otra opción, ¿verdad?

—En realidad, tiene una opción. Puede darme su palabra y luego encontrar alguna excusa plausible para faltar a ella. O puede hacerme la promesa y cumplirla.

La respuesta tardó unos segundos en llegar.

—Tiene mi promesa.

—Gracias. Siéntese, por favor. Voy a hacerle escuchar una cinta grabada esta tarde en esta habitación. Puede copiarla en su grabadora. El Cardenal Aquino no desea hacer ningún comentario adicional. La señora Lodano está dispuesta, si usted lo desea, a concertar otra cita con usted para ampliar el tema.

—¿Y usted, Eminencia?

—Me reservo la opinión hasta que oiga las preguntas. ¿Comenzamos?

Escucharon la repetición de la conversación en el más absoluto silencio. Sólo cuando hubo terminado comprendieron hasta qué punto Aquino se había comprometido, y cuán astutamente Rossini lo había conducido a la confesión. Aun con renuencia, hasta Rosalía Lodano lo elogió.

—Ahora entiendo qué es lo que usted quiso decir. Si esto se publica, bien podría ahorrarnos dinero y dolor.

—Se publicará —dijo Steffi Guillermin—. Primero lo haremos nosotros; luego lo distribuiremos. Necesito una autorización escrita y un documento de cesión.

—Si todos están de acuerdo, puede prepararlos y enviármelos para que yo los firme —dijo Rossini.

Los demás no hicieron ninguna objeción. Guillermin aprovechó para presionar:

—Ahora, Eminencia, vamos a las preguntas que me trajeron aquí en un principio. Se relacionan con la entrevista que sostuve con usted y con el material que acabo de oír.

—¿Cuáles son las preguntas?

—La prensa sensacionalista de Inglaterra está poniendo en circulación un material que todavía es impreciso, pero que puede convertirse en algo más sustantivo. Se refiere a un crimen violento vinculado con su huida de Argentina, una agresión sexual a su persona, un amorío y un hijo ilegítimo nacido después de que usted abandonó Argentina.

—Ahora estamos *off the record* —dijo Rossini.

—Como acordamos —dijo Steffi Guillermin.

—Me opongo terminantemente a cualquier revelación acerca de este tema. —De una zancada, Aquino se había puesto en el centro de la escena—. No sería oportuno. Más allá de lo que prometa mademoiselle Guillermin, los rumores tienden a multiplicarse. No se puede ejercer un control absoluto sobre ellos.

—El trato sigue en pie —dijo Luca Rossini—. ¿Estamos *off the record*, mademoiselle?

—Lo estamos.

Rossini tomó el álbum de fotografías y se lo extendió a Guillermin. Al ver las imágenes, también ella palideció. Cerró el álbum y lo devolvió. Rossini fue rotundo:

—El hombre que está sobre la rueda soy yo. Las fotografías fueron tomadas por el padre de la señora de Ortega antes de correr a la plaza a rescatarme.

—¿Quién mató al sargento?

—Yo —dijo Isabel—. Mi padre tomó el control de las tropas, las envió de regreso a su cuartel, y nos envió a nosotros dos a un escondite mientras negociaba una amnistía para mí y un salvoconducto para Luca.

—¿Y ustedes se hicieron amantes?

—Sólo por esas semanas —dijo Rossini—. Ahora sólo tenemos amor.

—Pero usted, señora de Ortega, tiene una hija, ¿verdad?

—Así es. Nació en el Hospital Doctors, en Nueva York. Fue bautizada Luisa Amelia Isabel Ortega en la Iglesia de San Vicente Ferrer de Nueva York.

Guillermin se volvió hacia Aquino.

—Tengo algunas preguntas para usted, Eminencia.

—Confío en que sigamos estando *off the record*.

—Lo estamos. Primera pregunta. ¿Cuánto sabía de Luca Rossini antes de traerlo a Roma?

—Todo. A mí también me dieron copias de las fotografías. Se las entregué al Santo Padre cuando presenté mi informe.

—¿Y también le contó acerca de la relación entre Luca Rossini, un sacerdote ordenado, e Isabel Ortega, una mujer casada?

—Le conté.

—Sin embargo, a pesar de ello, el Santo Padre confió en él y lo promovió ininterrumpidamente a lo largo de los años. ¿Puede explicar eso?

—Sería un atrevimiento intentarlo. En asuntos así, el Santo Padre obraba de acuerdo con un criterio absolutamente personal. ¿Puedo saber por qué avanza en esta línea de preguntas conmigo?

—Porque, dos días antes del cónclave, estaremos publicando mi entrevista con el Cardenal Rossini y la última parte del diario del Papa. Hay una referencia significativa en el diario que sólo ahora cobra sentido para mí. El Pontífice escribe: *"Nunca he conocido la ternura o el terror del amor. Rossini pagó un alto precio por ese conocimiento. Al final, creo que es más afortunado que yo".*

Se volvió hacia Isabel y le ofreció un inesperado tributo de admiración.

—Cuando niña —fui a una escuela de monjas—, siempre admiré a las mujeres valientes de la Biblia: Ruth, Esther, Judith. Creo que usted se ha ganado un lugar entre ellas.

Isabel agradeció el cumplido con una sonrisa y un encogimiento de hombros.

—Me adula usted, mademoiselle. Matar es muy fácil. El verdadero arte está en permanecer vivo. —A Luca Rossini le dijo—: Ya debería marcharme. Luisa y yo nos comprometimos para una cena. ¿Me llamarás por la mañana?

—Por supuesto. Juan te acercará hasta el hotel y llevará a la señora Lodano a Monte Oppio.

—Ella podría venir conmigo. —Steffi Guillermin no daba puntada sin nudo—. Podríamos conversar en el camino.

—Gracias. Hay mucho más para decir que lo que se ha planteado aquí. De todos modos, le estoy agradecida al Cardenal Rossini por lo que ha hecho, y a la señora de Ortega por sus buenos oficios. Tampoco me olvido de que hoy el Cardenal Aquino ha sufrido lo suyo.

En este momento, Rossini juzgó prudente intervenir.

—¿Su Eminencia tiene cómo movilizarse? Si no, Juan puede llevarlo con la señora de Ortega.

—Mi chófer vendrá por mí cuando le telefonee; pero antes de marcharme quisiera hablar dos palabras con usted.

Así fue cómo, después de que las tres mujeres se hubieron marchado, Rossini se encontró agasajando a su ex adversario con una garrafa de brandy. Aquino ofreció el primer brindis:

—¡*Salud*! ¡Me ha hecho pasar un mal rato! Pero es usted un hombre más grande que lo que creí, Luca Rossini.

—Me alegro, por los dos, que el asunto esté concluido.

—Nunca estará concluido —dijo Aquino sombríamente—. Pero ahora, al menos, ha salido a la luz. Seguiré mirando al mismo hombre en el espejo, pero no tendré que mantener la puerta cerrada.

—Dijo que tenía que hablar conmigo —le recordó Rossini—. No quisiera parecer poco hospitalario pero creo que estoy sufriendo una especie de conmoción postergada. Ver esas fotografías fue como recibir un puñetazo en el estómago.

—En principio, no entiendo por qué ella las trajo consigo a Roma.

—Cuentas pendientes —dijo Rossini con sencillez—. No nos hemos visto en veinticinco años.

—Me di cuenta de cómo se conmovió usted. Pensé que su recuperación fue muy rápida.

—Sabía lo que ella estaba tratando de hacer. Cuando nos conocimos, yo era como una vasija hecha añicos. Había fragmentos de mí dispersos por todas partes. —Rossini parecía reflexionar en voz alta—. Día tras día, fragmento por fragmento, ella me reconstruyó. Cuando nos separamos y yo me vine a Roma, todavía faltaban algunos fragmentos. Usted estaba conmigo. Ha de recordar en qué estado me encontraba.

—Lo recuerdo muy bien.

—Esas fotografías eran los fragmentos que faltaban. Yo no podía admitir el horror de la violación. Isabel sabía que, a la larga, tendría que enfrentarlo.

—¿Puede enfrentarlo ahora?

—Sí, siento que estoy íntegro. Pero, por favor, no me sacuda demasiado antes de que el pegamento se seque.

—Tengo algo que confesarle.

—¿Qué?

—Cuando lo traje desde Buenos Aires a Roma, presenté un informe al Santo Padre. Le dije que pensaba que estaba usted en una condición muy frágil y que había elementos de escándalo en su situación. Antes de que regresara a la Argentina, volvió a citarme. Me dijo que había pensado mucho en ese joven que le había traído. Y se despachó con un discurso acerca de la epístola de San Pablo a Timoteo: "*...en una casa grande, no solamente hay vasijas de oro y de plata, sino también de madera y de barro*". Yo no sabía muy bien adónde me estaba llevando hasta que dijo: "*Nuestro hijo, Luca, es una vasija rota, pero un día será una vasija de honor, para uso del amo*". Me tomó un largo tiempo comprender lo que quería decir. —Se interrumpió bruscamente y luego le preguntó a Rossini:

—¿Tiene planes para esta noche? ¿Consideraría la posibilidad de cenar conmigo? El rector del Angelicum agasaja a un pequeño grupo de electores con una cena. Estoy seguro de que le encantaría recibirlo. Se habla mucho de usted, pero se lo conoce poco. En unos pocos días, vamos a estar todos encerrados en la Casa de Santa Marta. No le haría daño prepararse un poco. Después lo dejaré en su casa.

Tenía la negativa en la punta de la lengua, pero la reprimió. La perspectiva de una noche solitaria era demasiado desalentadora. Vaciló apenas un segundo y luego dijo:

—Es una idea agradable. Me gustaría ir.

—¡Bien! Llamaré al rector y avisaré a mi chófer. Luego nos pondremos cómodos por un rato... Este brandy es excelente. Y más tarde, si me presta una navaja, me pondré presentable para nuestros colegas.

La cena le resultó benéfica. Lo arrancó de su aislamiento, y lo obligó a asumir la función colegial implícita en su cargo. Más aún, le exigió enfrentarse con un grupo de prelados estrechamente unidos, la mayoría de ellos graduados de la institución que los estaba agasajando.

No eran solamente el lenguaje y la tradición escolástica los que los unían. Ahora, en el colegio electoral, los italianos eran una minoría sitiada. Controlaban solamente el diecisiete por ciento de los votos. En la Curia, algunas de las posiciones clave habían sido ocupadas por no italianos, de modo que ahora su poder dependía de una pequeña y curiosa oligarquía de hombres eminentemente políticos a quienes se conocía como "los grandes electores", y, a veces, como los pescadores nocturnos.

Sus redes se desplegaban en toda su amplitud aún en las aguas menos prometedoras. Pescaban pacientemente siguiendo pautas complicadas, ignorando a los pequeños peces de las corrientes más superficiales, esperando al pez grande que, tarde o temprano, nadaría hacia sus carnadas.

En los viejos tiempos, no hacía tanto de eso, un candidato necesitaba los dos tercios más uno de los votos para ser elegido Papa. Básicamente eso significaba que aun un candidato popular podía fracasar si un tercio de los votantes lo rechazaba. Sin embargo, desde 1996, estaba en vigencia una nueva disposición.

Si después de treinta rondas de votación no se llegaba a un resultado, entonces una mayoría simple bastaría para definir la elección.

Esto significaba que, si las rondas se prolongaban lo suficiente, un candidato podía arañar el triunfo con una escasa mayoría de uno. Esta disposición no fue tema de discusión en la cena del Rector. Como muchas otras cosas en Roma, se la daba por supuesta, y había quedado archivada hasta que llegara el momento de invocarla. Sin embargo, se desprendía como una suerte de subtexto de la invitación de Aquino. En términos de nacionalidad, Luca Rossini era un forastero, un híbrido cultural. En términos del acontecimiento que se avecinaba, era un votante colegiado y un candidato en condiciones muy poco favorables para el cargo. Para los "grandes electores" él era una pieza descartable, pero potencialmente útil, en la partida de ajedrez que comenzaría dentro de unos pocos días.

De modo que lo cortejaron con pequeñas muestras de respeto y cierta curiosidad lisonjera por sus misiones. También lo pusieron a prueba con alusiones sutiles a cuestiones con las que un nuevo Pontífice debería enfrentarse: si se autorizara a los curas a casarse, ¿cómo habría que dirigirse a ellos?; ¿cómo sería recibida esa iniciativa en tal o cual país?; ¿cómo se los podría financiar, llegado el caso?; los poderes de los dicasterios, ¿deberían limitarse o acrecentarse?; un tercer Concilio Vaticano, ¿debería completar la obra del Vaticano segundo, o no debería celebrarse bajo ningún concepto?

No esperaban una respuesta de manual a todas las preguntas. Lo juzgaban por su habilidad para contestar satisfactoriamente las preguntas, por el buen humor que mostraba cuando advertía las trampas que le habían tendido. Querían saber cómo reaccionaría ante una crisis: ¿podría ser presionado, seducido o chantajeado para obligarlo a someterse a un grupo poderoso como el de los "grandes electores"? Hubo una pregunta que, al parecer, adquirió un énfasis peculiar en sí misma. Fue formulada como un acertijo.

—Usted viaja mucho, Luca. ¿Cómo ve a la Iglesia? ¿Es una o es muchas? ¿En qué nos convertiremos en el nuevo milenio?

Rossini, que estaba menos prevenido que lo habitual por el cansancio, la fraternidad y el Frascati del Rector, mordió el anzuelo.

—De todos los presentes en esta habitación, soy el que menos elementos tiene para responder esa pregunta... He viajado lo suficiente para conocer la diversidad del mundo. He vivido en Roma lo suficiente para comprender tanto la verdad como la falacia de la afirmación según la cual donde está Pedro está la Iglesia. Pienso que ésa es una de las nociones históricas que aceptamos sin examinarlas. Hay una afirmación mucho más antigua, que hizo el propio Jesús: *"Donde hay dos o tres reunidos en mi nombre, ahí estoy yo, en medio de ellos"*. En ese sentido, podemos decir que hay muchas Iglesias que son una en la fe, sí. La pregunta de la que todo depende, ¿no es cierto?, es: ¿de quién es la inscripción que está en el dintel de la puerta? *"Los hombres sabrán que vosotros sois mis discípulos si os amáis los unos a los otros"*. Pero ¿qué estoy diciendo? Ustedes no me invitaron aquí para debatir la primacía de Pedro. —Alzó la copa para ofrecer un brindis—: ¡Por la hermandad que compartimos, por el futuro que esperamos moldear juntos!

Bebieron. Lo aplaudieron largamente. A algunos les causó gracia la palabra que eligió, *"fratellanza"*, para referirse a la hermandad, porque aquélla era una palabra teñida por muchas connotaciones, tanto buenas como malas. Claro que, después de todo, Rossini era un extraño y se suponía que no tenía por qué conocer todos los matices de la lengua materna.

Mientras iban en el coche hacia el apartamento de Rossini, Aquino le dijo:

—Provocó usted una muy buena impresión esta noche, Luca. Lo han asado más que de costumbre, pero usted lo soportó sonriendo como San Lorenzo en su parrilla. Esa última breve homilía también tuvo buena acogida, porque era lo último que esperaban.

—Espero haber pasado la prueba.

—¡Ya lo creo, y con altas calificaciones! Todo ayudará.

—¿Ayudará a qué?

El chófer estaba acercándose a la casa de Rossini cuando Aquino respondió:

—Me temo que puedan asarlo otra vez en el artículo de Guillermin. No le va a perdonar tan fácilmente el haber mantenido la mejor parte de la historia *off the record*. No digo que ella no lo toreará limpiamente, ¡pero le clavará algunas picas en el pellejo!

—Se estaría arriesgando a recibir una cornada mortal. —Rossini estaba agotado—. Yo no sentiría nada. Gracias por la cena y la compañía.

—Le deseo felices sueños —dijo Aquino—. Buenas noches.

A las cinco de la mañana, la chicharra del teléfono lo despertó de un sueño profundo. Tanteó en la oscuridad en busca del interruptor de la luz y del aparato. Era Luisa, obviamente angustiada.

—Sé que es una hora abominable, Luca, pero mamá se siente mal. Quise llamar al médico del hotel, pero se negó. Me pidió que esperara hasta la mañana y te llamara. Dijo que tú podrías recomendarle un buen médico.

—¿Cómo está ahora?

—Ha dejado de vomitar. La fiebre todavía no le ha bajado. Sólo duerme de a ratos.

—¿Esto es algo que ha sucedido antes?

—Sí, pero los intervalos son cada vez más cortos. A pesar de que toma la medicación, éste es el peor ataque que le he visto.

—¿Desde dónde me llamas?

—Estoy en el salón de su suite.

—Me dijo que traía con ella una copia de su historia clínica.

—La tiene en su maletín.

—Estaré con vosotras lo más pronto posible. Entretanto conseguiré un médico y le pediré que se encuentre conmigo en el hotel.

—Estoy preocupada. Lo que pasó ayer la dejó muy tensa. Estuvo bien durante la cena, pero cuando regresamos al hotel se derrumbó.

—¿Pero la medicación la alivió?

—Sí. Siempre es así. Una cosa más, Luca. Me opongo con todas mis fuerzas a que vaya a Suiza. Sé que es una buena causa, pero ella no tiene demasiada energía. ¿Podrías hablarle?

—Lo haré. Ahora pide un desayuno para ti y un té para tu madre. Tengo que ponerme en movimiento. Estaré con vosotras lo más pronto posible.

Cortó la comunicación y se dirigió a su estudio para buscar el número particular del doctor Ernesto Mottola, el médico del difunto Pontífice. Al buen hombre no le causó precisamente alegría que lo despertasen, pero por otro lado tenía un considerable respeto por este extranjero excéntrico y perentorio que parecía acostumbrado a dar órdenes no sólo a espíritus de los lugares más encumbrados, sino también a sus propios demonios personales.

Escuchó con atención a medida que Rossini describía lo que Isabel le había contado de su enfermedad. Luego dijo:

—La examinaré, por supuesto. El hecho de que tenga su historia clínica es una ayuda. Como usted sabe, no soy oncólogo. Puedo conseguir un especialista, por supuesto, pero aun sin verla, yo recomendaría un regreso inmediato a Nueva York: ellos disponen de recursos mucho mejores que los que tenemos nosotros. Si permaneciera aquí, le recomendaría que se tratara en Milán más que en Roma. ¿Tiene algún pariente cercano aquí?

—Una hija adulta. El marido está en Nueva York, pero es fácil localizarlo.

—Entonces, ¿le parece bien a las ocho de la mañana en el hotel?

—Gracias, doctor. Le estoy muy agradecido.

—¿Puedo preguntar cuál es el vínculo de su Eminencia con la señora de Ortega?

—Es una distinguida compatriota —dijo Rossini—. Hace un cuarto de siglo, me salvó la vida.

—Eso la convierte en una paciente muy especial. —El doctor Mottola era un cortesano muy experimentado—. Gracias por recomendarme. Hasta luego, Eminencia.

Capítulo Once

El doctor Angelo Mottola había estado y se había ido. Había leído la historia clínica. Había examinado con sumo detenimiento a la paciente. Su consejo, que había costado doscientos dólares, fue simple:
—No puedo hacer nada por usted, mi querida señora, más allá de lo que su propio médico le ha prescrito. Su estado general seguirá empeorando. Las remisiones serán más breves. Debería regresar de inmediato a su casa y ponerse bajo los cuidados clínicos apropiados, los de su médico personal.

A lo cual, según Luisa, había una sola respuesta sensata: remunerar al hombre y regresar a toda prisa a Nueva York. Isabel protestó. Luisa se negó a escuchar.
—¡Ya hice todos los trámites, mamá!
—¿Qué trámites?
—Llamé a la señora Lodano y le conté que no puedes ir a Suiza. Lamenta mucho que estés enferma. Te agradece por la ayuda que le diste ayer. Y desea que Dios te acompañe en tu regreso a Nueva York. He reprogramado nuestro viaje. Partimos mañana a mediodía en un vuelo Delta que llega al aeropuerto Kennedy. El conserje ha gestionado los pasajes. Yo me ocuparé de tu equipaje. He llamado a papá. Irá al JFK a recogernos.

Isabel estaba furiosa.
—Juré que nunca permitiría que esto pasara. Me niego a rendirme y perder el control de mi propia vida. ¡Tú sabes de qué estoy hablando, Luca! ¡Díselo!

Rossini le apoyó una mano en la muñeca con suavidad. Ella dio un respingo. Él razonó con ella serenamente.

—Mi amor, tu propio cuerpo te está diciendo que es hora de rendirse. Y tú lo sabes. El doctor Mottola nos explicó a Luisa y a mí que, aun en caso de que te quedaras, tendrías que ir a tratarte en Milán, y que ese tratamiento no sería de ninguna manera comparable con el que recibirías en Nueva York. ¡Créeme, por favor!

—Contaba con hacer tantas cosas con Luisa. Hice tantos planes.

—Mamá, yo organizaré todo para que estés segura y cuidada en casa.

Isabel golpeó el cobertor con los puños cerrados.

—¡Tú no puedes organizar nada! ¡Es mi vida! ¡Déjenmela vivirla como yo quiera!

—Escucha, por favor, amor mío. —Rossini se mostró persuasivo pero firme—. ¿Recuerdas lo que solías decir cuando me estabas cuidando, en la *Estancia*? "Cuídate de la ira. Vive de la fuerza que los otros te prestan. Lucha desde un territorio amistoso." Quedarte aquí sólo servirá para agotar tus fuerzas. Aunque esté entre la gente más amable, el viajero siempre es un extraño. Si pudiera estar contigo todo sería más fácil, pero no tengo nada para ofrecerte. Estoy encadenado. Aun cuando rompiera las cadenas, algo que bien puedo hacer, ¿qué soy? Un hombre en sus cincuenta, sin la menor perspectiva por delante. ¿Qué puedo ofrecerte?

Isabel cerró los ojos y se recostó, exhausta, sobre la almohada.

Luisa la arropó con la manta, la besó, y se fue hacia la puerta de la habitación. Rossini la siguió, cerrando la puerta tras de sí. Luisa dijo:

—Fue la cosa más triste que oí en mi vida, Luca.

—Tuve que decirlo.

—Lo sé. ¿Puedes quedarte un rato más?

—Por supuesto. Hablaré a mi oficina desde aquí. Deberás tratar de dormir un poco. Cuelga en la puerta el cartel de "No molestar".

—Promete que me despertarás antes de marcharte. Nosotros también tenemos que hablar. Es nuestra última oportunidad.

—Lo prometo. ¡Ve!

Cuando Luisa se hubo ido, Rossini llamó a su oficina: el único mensaje urgente era del Secretario de Estado. Cuando le telefoneó, el Secretario de Estado preguntó:

—¿Dónde estás ahora?

—En el Grand Hotel. Anoche, la señora de Ortega se indispuso. Llamé al doctor Mottola para que la viera. Su recomendación fue que vuelva de inmediato a los Estados Unidos. Partirá con su hija por la mañana.

—Lo lamento. ¿Cuándo supones que quedarás libre?

—Cerca del mediodía.

—Bebamos un café y comamos un bocadillo en mi oficina, a la una. Hay cosas que debemos discutir. Aquino me llamó esta mañana. Me contó vuestro encuentro de ayer con la señora Lodano. Evidentemente todo salió bien.

—Mejor que lo que yo esperaba; pero, como siempre, hay un precio que pagar.

—¡Ah, sí, la presencia de la prensa! Una lástima que no me lo hicieras saber antes. Te habría aconsejado que no lo hicieras.

—En ese caso, todavía tendrías una guerra entre manos, Turi. De este modo, al menos tienes una tregua, y siempre puedes culparme por cualquier catástrofe.

—Me pregunto por qué, dadas las circunstancias, no le pediste a Ángel Novalis que monitoreara la reunión.

—Porque los documentos de las mujeres, y los nuestros, Turi, arrojan ciertas sombras sobre la conducta del Opus Dei. Ángel Novalis es un buen hombre. No quise ponerlo en una situación incómoda; ni a él ni a nosotros.

—Es probable que tuvieras razón. Me han dicho también que anoche hiciste una aparición como invitado en el Angelicum.

—¡Qué rápido corren las noticias en esta ciudad!

—Y hay muchas circulando en este momento. Recibimos una nota de nuestro nuncio en Brasil. Claudio Stagni ha aparecido en Río. Ha alquilado un apartamento muy elegante. Un guardaespaldas lo acompaña a todas partes.

—Ésa es una verdadera demostración de elegancia. —Rossini rió—. Me pregunto quién vigila al guardaespaldas. Me han dicho que en Río hay alguna gente violenta. ¿Algo más, Turi?

—El resto puede esperar hasta que nos encontremos. Lamento lo de la señora de Ortega, pero estoy seguro de que lo más prudente es que vuelva a su casa lo antes posible. Con todos los prelados que nos visitan, Roma se está convirtiendo rápidamente en una ciudad invivible. Hasta luego, entonces.

Cuando Rossini regresó al dormitorio, encontró a Isabel despierta y fuera de la cama. Se había puesto una bata, se había cepillado el pelo y olía a azahares. Lo besó graciosamente, pero cuando él la tocó ella se sobresaltó. Él se apartó instantáneamente. Ella explicó:

—Estoy mejor ahora, pero me duelen las articulaciones, y tengo la piel muy sensible. Lamento haberme portado tan mal. ¿Dónde está Luisa?

—Descansando en su habitación. Quiere hablar conmigo antes de que me marche.

—¡Lo siento, Luca! —Lo condujo hasta la sala—. La intención era que ésta fuese una ocasión feliz. ¡Y míranos ahora! Estamos complicándote la vida con problemas.

—Por favor, amor mío. Mi problema es que estoy trabajando con una mano atada a la espalda. Me reclaman a todas horas. No tengo práctica en materia de vida familiar.

Luego, sin que nada lo anunciara, ella se quebró. Las palabras surgieron como en un torrente incontenible.

—¡Tengo miedo, Luca! ¡No puedo enfrentar el regreso a casa! Todas esas horas en el avión, toda esa espera para sellar el pasaporte, todo ese forcejeo con el equipaje. Ahora casi todo el tiempo me duele alguna parte del cuerpo. No es un dolor intolerable, pero no cede en ningún momento. Cuando lleguemos a casa, allí estará Raúl. Será encantador y solícito. La casa estará llena de flores. El personal de servicio me colmará de atenciones. —Rió con una risa ligeramente temblorosa—. Has de saber, mi amor, que los Ortega regentean un hotel muy distinguido. Pues eso es lo que es, un hotel en el que cada cual tiene su propia habitación. La mía habrá que convertirla en una clínica, hasta que me trasladen para los cuidados terminales. Y, sin embargo, pensándolo bien, ¿de qué tengo que quejarme? ¡De nada, realmente! Desde que era joven, me aferré al árbol de la vida, y lo sacudí, y me harté con los frutos que caían en mis manos. Ahora, muy pronto, llegará el momento de partir... ¿Cómo era aquel verso latino que me enseñaste, "*Satis* no sé qué más..."?

—*Satis bibisti, satis ludisti, tempus est abire.*

—¡Ése es! Hemos bebido, hemos gozado, es hora de partir. Eso es lo que más miedo me da, Luca. ¿Partir hacia qué? ¿Y quién estará esperándome en la otra orilla?

Allí estaba, clara e ineludible como el ojo de Horus, la pregunta de la amada aterrada por el viaje sin retorno. No estaba dispuesto a mentirle, y sin embargo no podía privarla del consuelo de la Palabra, de la que él, el Cardenal Luca Rossini, todavía era un siervo acreditado y en funciones. Ella le buscó las manos, y las tuvo entre las suyas mientras él hablaba, suave y persuasivamente.

—Nadie sabe lo que pasa después de la muerte, amor mío. Sólo tenemos símbolos y parábolas para expresar nuestros deseos, nuestras esperanzas y nuestras creencias. No sólo lo desconocido nos atemoriza, sino también la pérdida de lo conocido, de las cosas a las que nos aferramos como si nos hubieran sido dadas para siempre y no como un sostén temporario. Cuando nacemos, unas manos extrañas, pero amorosas, nos reciben en un mundo nuevo y extraño. Cuando morimos, creemos, aunque no lo sabemos, que seremos recibidos con amor en un mundo del todo diferente. Cuando agonizaba, nuestro señor gritó, agobiado por la agonía y la desesperación: "¡Dios mío, Dios mío, por qué me has abandonado!". La muerte lo alivió, ¡y murió encomendándose a las manos de su Padre!

—Yo no soy Jesucristo. —Había un matiz de cansancio en su voz—. Me parezco más a María Magdalena.

—A quien le fueron perdonados muchos pecados porque había amado intensamente.

—¿Querrás oír mi confesión, Luca, por favor?

El pedido lo sorprendió más que la declaración de sus temores. Aquello significaba una prueba más severa. Del invierno de dudas en que vivía, se vio empujado a volver al formalismo que Piers Hallett le había reprochado. Sin embargo, una vez más, no pudo negarse.

—Si estás segura de que eso es lo que quieres, sí. Pero no deberías imponerte una larga enumeración. Di simplemente lo que piensas que has hecho mal. Expresa tu arrepentimiento, tu deseo de cambiar. Luego te daré la absolución.

Isabel se encogió de hombros y meneó la cabeza.

—Sé que quieres hacérmelo todo más fácil, Luca, pero no tengo intención de recitarte una lista: cuántos pecados de lujuria, cuántos de ira, cuántas mentiras. Quiero contarte las auténticas verdades: qué soy para mí misma, qué he sido para Raúl y Luisa, sí, incluso para ti, que eres lo que más quiero en el mundo. ¿Me escucharás, por favor? No quiero volver a pasar por esto nunca más. No podría...

—No será necesario. —Una vez más, la entonación ritual tiñó su voz—. Cada absolución es un nuevo comienzo. —Liberó las manos, que ella todavía tenía aferradas entre las suyas, buscó la cruz pectoral bajo la chaqueta y la sostuvo para que ella la viera, como si fuera un tabique que se alzara entre el pasado compartido y la relación que los unía en el presente—. Dime qué es lo que te está atormentando.

Esta vez no fue un torrente de palabras cargadas de pánico, sino una lenta y gradual declamación, como si el relato le provocara un sabor amargo en la boca.

—Desde que puedo recordar, siempre he querido ser una ganadora. Hiciese lo que hiciese, tenía que ser la mejor y la más lista. Si no podía serlo, perdía interés en el juego. No, eso no es totalmente cierto. Si no podía ganar hoy, esperaba hasta el día siguiente, o el otro, hasta el momento en que todos los demás creyeran que había perdido el interés. Entonces volvía a mi marca y me llevaba el premio. A medida que recuerdo, me doy cuenta de que, como los antiguos salteadores y los pandilleros, siempre anduve armada y fui temeraria. No era inquina, creo. No había nada a lo que le tuviera inquina. Era la excitación de la jungla: matar o morir. Es por eso que mi padre y yo éramos tan unidos. Él era un hombre osado. Aquel día, cuando me dio el rifle y me pidió que matara al sargento, puso su vida y la vida de todos los pobladores en mis manos. ¡Pero él sabía que yo podía hacerlo! No estoy alardeando. Es parte de la verdad. He dicho muchas cosas malas de Raúl, y todas son ciertas. La única cosa que no he dicho, y que también es cierta, es que él nunca quiso jugar al juego que yo estaba jugando, de modo que nunca pude vencerlo. Y porque nunca pude vencerlo, nunca pude perdonarlo. Lo terrible fue que hubo momentos, incluso meses, en que supe que con un poco de generosidad de mi parte habríamos podido estar más unidos. Incluso cuando descubrí que estaba muy enferma, fui demasiado orgullosa para pedir una tregua, y estaba demasiado invadida por la ira para ceder un solo centímetro más de terreno. El otro día me preguntaste si él estaba enterado de lo nuestro. Sabía que yo había matado. En cuanto al resto, pareció dispuesto a aceptar que tú eras un hombre quebrado a quien yo había estado cuidando. Dijo simplemente: "Era lo menos que podías hacer por un pobre diablo como ése. ¡No hablemos más del asunto!". Y así fue: nunca más volvimos a hablar del asunto. Fue amargo tener que tragarme esa píldora. Tú eras importante para mí, pero no para él. Me puse furiosa cuando te despreció, como un duelista que se niega a enfrentar a un oponente al que juzga indigno de él.

—Si ansiabas con tanta desesperación una venganza —dijo Luca Rossini—, me pregunto por qué no le contaste lo de Luisa. Dijiste que siempre viajabas armada y eras temeraria, ¿por qué resignaste esa arma?

—Sabía que si la usaba podía perderos a los dos, a ella y a ti. No pude enfrentarlo.

Rossini no hizo ningún comentario. Todavía era el ministro que conduce un ritual. Lo que quedaba de él se había ocultado tras un camuflaje. Preguntó:

—¿Me estás diciendo, no es así, que te negaste a una posible reconciliación con tu marido?

—Sí.

—¿Cómo puedes pedir, entonces, la reconciliación con Dios?

—Es por eso que necesito tu ayuda.

—¿Estás arrepentida de lo que has hecho?

—Estoy sinceramente arrepentida.

—¿Recuerdas el acto de contrición?

—Ha pasado mucho tiempo desde la última vez que lo dije.

—Dilo ahora, por favor.

Recitó las palabras con la misma formalidad con que él había pronunciado las suyas.

—Dios mío, me arrepiento de todo corazón de las ofensas que he cometido... —Cuando la breve oración hubo concluido, Rossini la reprendió una vez más.

—Ahora debes tratar de reparar, si puedes, el daño que has hecho. Además, te corresponde una penitencia.

—No tengo demasiado tiempo para ninguna de las dos cosas.

—Un solo acto bastará para ambas. Cuando llegues a tu casa, dile a tu marido lo que has podido poner en palabras ante mí.

—¿Y rogarle que me perdone?

—¿Por qué no decirlo de otro modo? ¿Podemos nosotros, al menos, perdonarnos mutuamente, por favor?

—Ésa es la parte más difícil, ¿no? Una palabra: por favor. ¿Puedes contarle a Luisa por mí?

—No. También eso debes hacerlo tú. Mi corazonada es que ya sabe casi todo.

—Trataré. Ahora, por favor, ¿me dirás que estoy perdonada?

Él alzó la mano, hizo la señal de la cruz y pronunció las palabras de absolución.

—*Yo te absuelvo de tus pecados, en el nombre del Padre, y del Hijo, y del Espíritu Santo. Amén.*

Isabel se puso de pie. Su cara estaba desencajada y pálida. Sus ojos estaban húmedos de lágrimas no derramadas, pero su voz era firme.

—Gracias, pero, ¿no has olvidado algo?

—Creo que no.

—¿No deberías decir: "Ve en paz"? Los dos sabemos que esto es un adiós.

—No hay adioses —dijo Luca Rossini con suavidad—. El amor es lo único que nos llevamos con nosotros al cruzar el río. Esto ya nos ha pasado antes. Recuerdo lo que me dijiste: "Hagámoslo con clase, Luca. Alta la frente, sin lágrimas, y sin mirar atrás".

—Abrázame dulcemente cuando me beses, amor mío. Me duele todo el cuerpo.

Rossini encontró a Luisa sentada al escritorio de su dormitorio, escribiendo postales. Había maletas abiertas sobre la cama. Tuvo que hacer lugar para poder acomodarse en una esquina del colchón.

Luisa volteó la silla para poder mirarlo a la cara, pero no hizo ningún movimiento para acercársele. Preguntó:

—¿Cómo está mamá?

—Ahora está tranquila. Está lista para volver a casa. Sólo necesitaba un poco de ayuda, y que le dieran un poco de tranquilidad.

—Gracias por dársela.

—También necesita tu ayuda. Está desesperada por reconciliarse con Raúl antes de morir.

—¿Reconciliarse? —Luisa parecía conmovida—. ¿Qué espera, exactamente?

—Quiere decirle que está arrepentida. Su problema es encontrar el momento y las palabras.

—Ése también es mi problema, Luca. No puedo encontrar las palabras que necesito decirte.

—Tal vez yo pueda ayudar. —Aquí ya no había ritual. No había fórmula para recitar. Respondió con una sonrisa burlona—: No sabes qué hacer conmigo. Soy como un guijarro en tu zapato, que te lastima al caminar. ¿Es así?

—Sí.

—Y amas a Raúl, que para ti es mucho más un padre que lo que yo podría llegar a ser jamás, y pronto el dolor será un habitante más de la casa cuando tu madre parta. Así que ahora no tenemos tiempo para construir nada entre tú y yo.

—¡Todo eso, sí! Pero parece un desperdicio tan grande. Tú me gustas, Luca. Creo que podría empezar a amarte. Supongo que debería leer un poco de historia y enterarme de cómo se relacionaban los prelados del Renacimiento con sus hijos e hijas.

Rossini rió.

—Enriquecían a sus hijos y concertaban casamientos importantes para sus hijas. Las cosas ya no funcionan más así. Los tiempos han cambiado.

—Pero yo no tengo tiempo. ¡No puedo abarcarlo todo! Y tú eres propiedad de ese, ese gran monstruo incontrolable que es la Iglesia.

—Desempeño el servicio que ella me ordena. —Hubo cierta irritación en la respuesta—. No soy de su propiedad.

—Lo siento. No quise decir eso.

—Sé lo que quieres decir. Soy como el centurión del Evangelio. Me dicen "ven" y yo acudo, "ve" y yo voy. Pero hay algo más, más importante. Tú tienes tu propia vida por delante. Si quieres ser una buena artista, tendrás que viajar, conocer a los viejos maestros y a los nuevos. Es necesario que viajes ligera de equipaje. Un padre Cardenal es un equipaje demasiado pesado, pero aquí, o en algún otro lugar, puede que te resulte útil.

—¡Por favor, Luca! No quiero que me borres del todo de tu vida.

—¿Cómo podría hacer algo así? Eres mi hija. Soy parte de tu vida para siempre. Cuando tengas hijos, seré parte de ellos también. Habrá siempre una inscripción genética que dirá: "Luca Rossini: ¡su marca!". ¡Bastante impresionante si te pones a pensarlo! Ahora, ¿puedo darle un beso de despedida a mi hija?

—Has tenido una mañana dura, Luca. —El Secretario de Estado lo dijo más como una observación que como una pregunta.

—Podría decirse que sí, Turi. Esperaba que Isabel y yo tuviéramos algo de tiempo para estar juntos después del cónclave; pero no lo tendremos. Nos hemos dicho adiós. Tengo que pedirte un favor.

—Pídelo, por favor.

—Sé que durante el cónclave se nos tiene incomunicados. Sé también que hay un canal de comunicación abierto entre la Sagrada Penitenciaría y el Vicario General de San Pedro. Me gustaría poder recibir noticias de Isabel. Su hija aceptó mantenerme informado. ¿Puedes conseguir un intermediario confiable para pasarme esos mensajes? El doctor Mottola me advirtió que el colapso final podría sobrevenir bastante pronto. Querría darle a Luisa las indicaciones de cómo hacerlo antes de que se marche, por la mañana.

—Déjalo en mis manos, Luca. Me ocuparé de ello y te llamaré esta noche.

—Eres un buen amigo, Turi.

—¿Es probable que sea una agonía dolorosa?

—Puede que lo sea, aun cuando le presten los mejores cuidados para aliviarla. Otra vez las viejas cuestiones, ¿no? ¿Cuándo el alivio se convierte en intervención positiva? ¿Cuándo el Todopoderoso pide la muerte por crucifixión?

—Todos nosotros tenemos un montón de cuestiones que enfrentar durante el cónclave, Luca. Es por eso que te he llamado. —Con la misma rapidez con que había mencionado el tema volvió a apartarse de él—. ¿Café o té? Finalmente he logrado enseñarles a los de la cocina a preparar bocadillos ingleses. Son muy buenos.

—Prefiero té, Turi. Pero nada de juegos de salón. No estoy de humor.

El Secretario de Estado se concentró en el texto de su agenda.

—Ya has empezado a ver cómo se definen las facciones electorales, Luca. Durante el cónclave cambiarán, por supuesto, y es posible que los cambios sean bastante dramáticos, porque ninguno está obligado a rendir cuentas, excepto a Dios o a su propio interés personal, por ningún cambio de fidelidad durante los procesos de votación.

—Lo he notado. —Luca le dispensó una sonrisa malévola—. Nuestro amigo, Aquino, es un maestro en el arte del abordaje. Me recuerda a los carteristas de Sri Lanka: los llaman "dedos bailarines" porque giran a tu alrededor y te distraen haciéndote bailar los dedos por todo el cuerpo, siempre sin tocarte. Nunca sabes de dónde vienen hasta que tu billetera ha desaparecido, y ellos con ella.

—¡Es nuestra buena formación diplomática! —El Secretario de Estado rió—. Al menos tú conoces el juego... Pero, para ser serios, esta elección puede ser —en mi opinión tiene que serlo— un nuevo comienzo para la Iglesia. Nuestro difunto Pontífice —¡Dios lo tenga en la gloria!—, ha tratado de colmar el Colegio y el episcopado de hombres que, así pensaba él, continuarían sus propias políticas como fieles discípulos. Si ellos votan de esa manera, elegirán a un candidato interino: alguien con poca esperanza de vida pero con la experiencia suficiente para mantener el barco en un rumbo fijo. Personalmente creo que no podemos darnos el lujo de perder ese tiempo. Estamos perdiendo congregaciones demasiado rápido. Hay demasiados temas cerrados, demasiadas cuestiones no debatidas. Roma está perdiendo relevancia, porque la gente no está siendo oída. Anoche fui invitado a una pequeña cena en el colegio inglés. El orador fue un anciano benedictino. Su texto se basó en una cita de Milton, el poeta puritano inglés: "*Las ovejas hambrientas miran al cielo y no son alimentadas*". Su exégesis del texto fue sorprendentemente franca. "Están siendo alimentadas", dijo, "¡pero las estamos alimentando con papel y no con el pan de la vida!"

—Es por eso —dijo Rossini con ironía— que me traes aquí, para alimentarme con té y bocadillos ingleses. Al grano, Turi.

—Se trata de lo siguiente: no conseguiremos el candidato adecuado mediante la riña y el disenso entre grupos partidarios. El disenso puede suscitarse, ha ocurrido en el pasado. Aun a pesar de que el sistema actual ha sido concebido con el propósito de evitar que el cónclave se prolongue, existe la posibilidad de llegar a un punto en que una mayoría simple de votantes sea la que decide la elección. Ése es el peligro: un colegio dividido, una Iglesia dividida, gobernada por un candidato de compromiso. ¿Estoy siendo claro, Luca?

—Admirablemente, amigo mío, y el té y los bocadillos son excelentes; pero dime qué esperas de mí.

—¡Por favor! ¡Ten paciencia, Luca! Como tú sabes, es de práctica al comienzo del cónclave ofrecer a los electores un panorama general de la Iglesia en su conjunto: "aquí es donde estamos parados, ¿quién es el mejor hombre para conducirnos?" Según se acostumbra, el Secretario de Estado presenta una exposición acerca de la situación política en cada país y de cómo afecta a la Iglesia. Luego viene el discurso de apertura, una meditación acerca de la Iglesia como la Ciudad de Dios, testigo del Verbo para el mundo. Se supone que eso prepara el ánimo de los electores, y les recuerda su deber de encontrar al mejor Pontífice para conducir al Pueblo de Dios. El Camarlengo seleccionó una lista de oradores y se la propuso a un comité del Sacro Colegio. El comité te ha elegido a ti.

—¡Esto es una broma, Turi!

—Al contrario, es una pesada responsabilidad: preparar el ánimo en un momento histórico, abrir las mentes de los electores a las sugerencias del Espíritu Santo.

—Turi, amigo mío, tú sabes que odio ser manipulado. Y sabes que en estos últimos días he tenido que soportar más de una dosis de eso. Así que, por favor, ¡otra más no!

—¡Cálmate, Luca! Té diré lo que nuestro amigo Baldassare me dijo. Tu pedido de que Monseñor Hallett te asista como confesor personal durante el cónclave no fue bien recibido. Ciertos miembros de la Curia consideraron que huele a privilegio. En la Casa de Santa Marta el espacio está muy solicitado. Ya hay confesores nominados para esa tarea en el cónclave. Sin embargo, Baldassare pensó que podía conseguirlo si tú estabas dispuesto a predicar. Tú sabes cómo es la cosa, Luca. —El Secretario de Estado saboreaba su seco humor—. A los ojos de Dios, somos todos iguales, ¡pero algunos tienen que trabajar más para seguir siendo iguales!

—Me estás chantajeando, Turi.

—Se le llama delicado equilibrio de intereses. De eso se trata la diplomacia.

—No tengo nada que ofrecer, Turi. —Una súbita pasión se apoderó de Rossini—. Soy el hombre inadecuado, en el momento inadecuado. Estoy quebrantado. Tú lo sabes. Estoy pasando por una crisis de fe, que sólo puedo describir como una travesía nocturna bajo una nube de tormenta en un mundo del que Dios se ha apartado. La mujer a la que he amado todos estos años me está siendo arrebatada, y ni siquiera puedo echarle la culpa a Dios, porque no está allí. Esta mañana ella me pidió que oyera su confesión y le diera la absolución. No pude negarme; sin embargo, anduve por el escenario como un prestidigitador, sabiendo que el público creería todo lo que viera, pero que no podía engañarme a mí mismo... Es por eso que quiero a Hallett conmigo. Él tiene sus propios problemas, con los que yo estoy tratando de ayudarlo, pero también es un escéptico con quien puedo hablar sin tener que disimular, y tal vez, sólo tal vez, Turi, encontrarme otra vez a mí mismo a la luz del día. Y hay una cosa más, Turi. He sangrado por esta Iglesia. Ella me ha formado y me ha promovido mucho más allá de mis merecimientos personales. No deseo dividirla con nada de lo que yo pueda decir o hacer. Hay muchas, muchísimas cosas que desapruebo en sus políticas y sus procedimientos. Si no puedo aceptar a conciencia vivir en la casa, me marcharé en silencio, sin escándalo, después del cónclave. Con toda la agitación de un nuevo pontificado, a nadie interesará el retiro anticipado de Luca Rossini. Pero este sermón que me pides que haga es una cuestión completamente distinta. No puedo decir trivialidades. No lo haré. Estoy dispuesto a quedarme callado, pero, si me pides que hable, debes aceptar las consecuencias de lo que diga, así como yo debo aceptar las consecuencias de decirlo.

Hubo un largo silencio durante el cual el Secretario de Estado se sirvió una nueva taza de café, le puso azúcar y la revolvió lentamente; luego inspeccionó con sumo cuidado la carne del último bocadillo antes de morderlo. Rossini observaba y esperaba. La actuación de Pascarelli le resultaba familiar, pero estaba manejando tan magníficamente el tiempo que se sintió tentado de aplaudir. Uno de los jóvenes chistosos de la Secretaría lo había apodado Fabio Cunctator —Fabio el Tardón— por su talento para evitar las confrontaciones desagradables. Finalmente terminó su bocadillo, bebió un sorbo de café, se limpió los labios y dio su opinión.

—Aclaremos las cosas, Luca. No soy tu confesor. No deseo entrar al foro de tu conciencia íntima. Rezo por ti en mi misa, para que te sea concedida la luz que necesitas. Por lo demás, dependes de la Secretaría. Por mi cargo, soy tu legítimo superior. Si quisiera, podría darte la orden de prestar este servicio. Prefiero tratar de persuadirte, para que tu discurso no sea tan divisionista como temes. Si suscita polémicas, tanto mejor. Una elección papal no es momento para matices y proclamas cuidadosamente editadas. El crédito de que gozas entre tus pares es mucho más alto que lo que crees. Gozaste de la confianza del difunto Pontífice, pero nunca la traicionaste. Al contrario, luchaste por colegas que considerabas que habían sufrido injusticias y por causas que eran consideradas impopulares. Tu carácter es otra cuestión. Hay una gran marca negra contra ti: tu adulterio con la señora de Ortega. Tu más firme defensor fue el difunto Santo Padre. Pero no tiene importancia quién esté a favor o en contra de ti. Tú hablas siempre con tu propia voz, Luca, que viene de un corazón comprensivo.

—Hablo desde las tinieblas de la desolación, Turi. Se me rompe el corazón, y aun así ni siquiera puedo llorar. ¿Qué esperas que les diga a mis hermanos en el cónclave?

—Precisamente eso, tal vez —dijo el Secretario de Estado—. Precisamente eso: soy Luca, vuestro hermano. Os hablaré de la buena nueva que estamos encargados de transmitir... —Hizo un breve gesto desdeñoso y terminó con una sonrisa irónica—. ¿Lo ves? Ya tienes escrita la mitad del sermón, Luca. Unos pocos toques de gracia aquí y allá lo vestirán de punta en blanco, ¿no crees?

No era fácil conmover a Luca Rossini.

—Eres un tío muy persuasivo, Turi. ¡Imagina lo que podrías hacer con un potro y unas empulgueras! Pero, por favor, trata de ver un poco más allá. Yo hago esta elocuente apelación. Luego, un buen día, mientras todos vosotros estáis asoleándoos a la luz de una nueva era Apostólica, ya no estoy entre vosotros. Me he revelado como un desertor y me he convertido —en lo que fuere que me haya convertido—, y entonces tú, mi querido Turi, quedas pegado a un nuevo escándalo en toda la línea que involucra al predicador hipócrita, el traidor en la cena de la hermandad. Me estás ofreciendo una copa envenenada, Turi. ¿Por qué me apuras a beber de ella con tanto empeño?

—Porque lo que llamas veneno, Luca, bien puede ser el remedio que te cure de la enfermedad que tan agudamente estás padeciendo. Cuando te pongas de pie para hablar, te enfrentarás a tus hermanos de todo el mundo. Te verás a ti mismo en sus rostros. Razonarás contigo mismo, mientras estás razonando con ellos.

—Turi, ¡sigues sin entender! ¡Esto no es una crisis de la razón! Si lo fuera, podría discutir con Gottfried Gruber y todo su equipo de asesores e inquisidores hasta el agotamiento, y elevarme a mí mismo a la beatitud instantánea. Esto es algo más. Estoy preso en la oscuridad, la oscuridad de una casa vacía. Un día, Turi, Su Santidad me preguntó si no lamentaba mi exilio de mi patria. Le dije que no, que traía conmigo las brasas de mi hogar. Sólo tenía que soplarlas para que volvieran a encenderse. Él sabía que le estaba contando sólo la mitad de la verdad. Sonrió y me preguntó qué sucedería cuando finalmente las brasas se consumieran y se convirtieran en cenizas. No pude contestarle. Ahora puedo. La casa se pone muy, muy fría.

—De modo que tienes que preparar un nuevo fuego. Y rezas por la chispa que lo haga encenderse otra vez... Pero yo tengo que saberlo ahora: ¿hablarás ante el cónclave?

Ahora le tocaba a Rossini jugar el juego de la dilación. Había en la situación algo más que la presentación de una homilía para abrir los corazones y las mentes de cien o más electores, todos ellos hombres encumbrados, arraigados en sus opiniones y celosos, cada uno de ellos, de su propio principado. Sabía que lo estaban presentando como a un profeta de una nueva era, que tanto podría llegar a ser despedido con desprecio como bienvenido con respeto. De cualquier manera, una u otra de las facciones de electores quedaría satisfecha; o bien todas quedarían satisfechas al unirse en una condena unánime a un advenedizo. Así pues, hizo una pregunta aparentemente impertinente.

—Cuando invocamos al Espíritu Santo para que nos acompañe en el cónclave, ¿nos dota automáticamente del don de lenguas?

—Lamentablemente no, Luca. Y un montón de nuestros prelados han perdido sus conocimientos de latín. Sea cual fuere el idioma que uses, habrá una parte del cónclave a la que no llegarás. Es bastante parecido a una ópera. Compartirán la melodía, y lucharán con las palabras.

—Entonces, ¿cuál es el sentido del ejercicio?

—El sentido lo aportaremos nosotros con un texto políglota. Ésa es una de las cosas que hacemos bien aquí, como sabes. De ese modo, tienen la música y las palabras. Tienes seis días, Luca, y tres de ellos los necesito para traducirlo e imprimirlo.

—¿Lo que me deja tres días para preparar mi texto?

—Dos y medio. Necesito una mañana para leer y discutir el borrador contigo.

Fue en ese momento cuando la luz de la revelación se hizo plenamente visible. El titiritero ya estaba maniobrando los hilos que movían a las marionetas. Rossini se echó atrás en la silla y rió.

—Turi, eres realmente desvergonzado. No habrá borradores, ni discusiones. No habrá interpolaciones, ni matices, ni comentarios marginales. He aceptado hablar. Éste bien podría ser el último testimonio que ofrezco en la asamblea de nuestra hermandad, e insisto en que sea de mi propia cosecha. ¡Si lo aceptan, bien! Si lo rechazan, ponlo en la trituradora. Simple. De cualquier manera, fuera del cónclave nunca nadie lo sabrá. Estamos todos bajo juramento de secreto, ¿o no?

—Lo estamos, por supuesto —dijo el Secretario de Estado—, lo que le hace a uno preguntarse cómo es que se filtra material para tantas columnas de información. Concedido. Das tu propio sermón.

—Y tengo a Piers Hallett y mi conexión con Nueva York.

—¡Ahora creo que tú me estás chantajeando a mí, Luca!

—Al contrario, creo que hemos llegado a un delicado equilibrio de intereses.

—Me sentiría mucho mejor, Luca, si comentaras tu texto conmigo. De ese modo, no me sentiré tan estúpido cuando el techo se desplome.

En ese momento, sonó el teléfono. El Secretario de Estado respondió. Un momento después, Ángel Novalis era introducido en la habitación por un clérigo joven que se llevó los restos de la comida. Después de un breve intercambio de saludos, Ángel Novalis explicó el motivo de su visita. Depositó sobre el escritorio copias abrochadas de dos artículos del *New York Times*.

—Aquí son seis horas más temprano que en Nueva York. Estos dos artículos aparecieron en la edición de esta mañana. Se los he mostrado al Camarlengo, y él me recomendó que los discutiera inmediatamente con usted. El primero es la última entrega del diario del Pontífice.

Rossini se inclinó por encima del hombro del Secretario de Estado para leerlo.

"...no me siento bien esta noche. Tengo un terrible dolor de cabeza y siento ese extraño malestar que en el pasado anunció el comienzo de un pequeño accidente cerebral. Trato de no exagerar las posibilidades, pero he sido advertido varias veces de que ésta es la forma en que podría sobrevenirme la muerte. Mi cabeza alberga una bomba de tiempo que un día estallará y me matará. Aún así, debo seguir trabajando 'porque vendrá la noche en que ningún hombre pueda trabajar'.

"Viviendo así, a la sombra del juicio, me veo obligado a juzgarme a mí mismo con la mayor severidad. Todavía estoy investido de autoridad, pero el poder para ejercerla se me está escapando de las manos. Hace ya bastante tiempo que me he visto obligado a delegarlo cada vez más en hombres que yo mismo he designado, y sin embargo, en última instancia, sigo siendo responsable por lo que hacen. Lo que más me preocupa en estas horas grises es el ejercicio de mi poder sobre las conciencias de hombres y mujeres, el poder de atar y desatar que, a lo largo de los siglos, con demasiada frecuencia hemos ido engordando hasta convertirlo en tiranía.

"Lo que yo mismo he pensado que se justificaba como un ejercicio legítimo de la autoridad lo veo ahora como una intervención cruel y a menudo oportunista. He actuado más como un general que despliega los ejércitos que están bajo sus órdenes que como un pastor que vigila a sus ovejas dispersas pastoreando en las vastas laderas de las colinas, expuestas a las incursiones de los depredadores. He condenado al silencio a mentes esforzadas. He preferido aplastar a los espíritus rebeldes en lugar de persuadirlos. He rechazado el consejo de nuestro Señor: dejar que la paja y el trigo crezcan juntos hasta la época de la cosecha. En lugar de ello, he enviado a bastos hortelanos a arrancar la paja, y la buena semilla ha sido arrancada con ella.

"En todo esto, he invocado los consejos de hombres a quienes yo mismo había designado, de modo que la voz que escuché fue siempre la mía. Para justificar mis decisiones, he contado con la tolerancia de los cristianos leales y con la ignorancia absoluta del vasto rebaño que pasta en las praderas más remotas. ¿Por qué he sucumbido a ésta, la más insidiosa de las traiciones? Porque la veía como un medio idóneo para continuar mis políticas para la Iglesia hasta mucho después de que mi reino haya terminado. Hay un temor arraigado en todos los que gobiernan: que respetar el disenso es fomentar la rebelión. De modo que, sean buenos o malos, dejamos que nuestros edictos cuelguen de los muros de la ciudad hasta que la lluvia de los siglos los haga desaparecer. Mientras estén allí, pueden ser invocados contra los incautos y los desprevenidos.

"Es fácil encontrar colaboradores en esta continuidad del poder, porque ellos me consideran su garante, su justificación contra toda proscripción. Más aún, su poder seguirá incólume después de que el mío se me haya deslizado de las manos. La costumbre no hará más que confirmarlo. El desafío no logrará otra cosa que tornar más riguroso su ejercicio.

"El terror que me invade ahora es éste: estoy demasiado viejo para cambiar nada. Mido mi vida como un niño, por el sueño y el despertar, por las oraciones que digo a la hora de acostarme y los agradecimientos por un nuevo día. Qué le responderé al Dios en cuyo nombre gobierno, al Señor Jesucristo cuyo Vicario reivindico ser..."

Hubo un prolongado silencio entre los tres hombres, cuando cada uno de ellos terminó la lectura del texto. Luego, Luca Rossini exhaló un largo suspiro, coronado por una expresión de pesar apenas susurrada.

—¡Dios querido! Eso es lo que estuvo tratando de decirme durante semanas. Pero nunca pudo resignarse a ponerlo en palabras. Pobre hombre, qué solo estaba.

—Se destapó la olla —dijo el Secretario de Estado con franqueza.

—Creo que deberían leer el editorial —dijo Ángel Novalis respetuosamente—. Habrá muchos otros del mismo tenor.

Leyeron en silencio, Rossini mirando por encima del hombro del Secretario de Estado. Aunque la procedencia del Diario Papal todavía sigue en la nebulosa, parece no haber reparos acerca de la autenticidad del texto.

"Estos párrafos, escritos la noche antes de que cayera en un silencio definitivo, constituyen un documento de singular importancia. Se trata de la confesión de un hombre anciano y poderoso al final de un largo reinado. Hay una gran tristeza en ella: un sentimiento de culpa, un reconocimiento de que a ninguno de nosotros nos es dado recuperar el tiempo perdido.

"Demasiado a menudo, especialmente en esta época de información instantánea, las autoridades del Vaticano se ponen en ridículo y ponen la fe en descrédito con rectificaciones tardías de decisiones que debían haber sido abandonadas hace siglos. El caso Galileo es un ejemplo notorio. Menos evidentes, aunque tal vez más peligrosas, son las exigencias de nuevas profesiones de fe a catedráticos de universidades católicas, profesiones que van mucho más allá de las afirmaciones tradicionales del Credo Niceno. No basta con dejar la corrección de los errores o las exageraciones al mero transcurrir del tiempo. El conmovedor registro de la intranquilidad del difunto Pontífice ante la inminencia de la muerte es un reconocimiento de que se debe servir a las almas aquí y ahora, porque también a ellas el tiempo se les escurre rápidamente.

"No obstante, abrigamos la esperanza de que los electores que van a reunirse ahora en Roma lean este postrer documento y reflexionen acerca de él mientras consideran a su candidato. Muy pronto, la decisión que ellos tomen también será irreversible."

El Secretario de Estado se echó atrás en la silla, cruzó las manos sobre la nuca y sondeó a sus visitantes en silencio. Ángel Novalis fue el primero en hablar.

—Se me pedirá un comentario. ¿Ustedes, caballeros, tienen alguno?

—Yo, ninguno —dijo el Secretario de Estado—. El hombre está muerto y enterrado. Los comentarios son los copos de nieve que ayer cubrieron su tumba.

—*Requiescat* —dijo Luca Rossini—. Que descanse en paz.

—Con el mayor respeto —dijo Ángel Novalis—, necesito más ayuda que la que ustedes parecen dispuestos a brindarme.

—Tal vez —el Secretario de Estado se mostró engañosamente manso—. Tal vez no hemos comprendido bien el sentido de esto.

—Entonces permítame que lo clarifique, Eminencia. En una entrada de su diario íntimo, escrita poco antes de su muerte, el Pontífice se ha retractado, o al menos ha echado serias dudas sobre ellas, de las políticas que le ha llevado dos décadas poner en práctica. Comprendemos su estado de ánimo al momento de escribir. Era un hombre anciano y abrumado por el trabajo que trataba de poner en orden las cuentas de su vida antes de la última rendición. Recordarán que yo traté esta cuestión en una declaración pública que hice en el Club de la Prensa Extranjera. Manifesté mi opinión personal en el sentido de que el diario, en realidad, había sido robado. Lo hice, espero que no lo hayan olvidado, por expreso y formal pedido de ustedes. Este extracto final es la muestra más incontrastable de que en el propio diario está la prueba de ese argumento. Yo por lo menos, no puedo creer que Su Santidad haya conspirado con su valet para destruir la tarea en la que le fue la vida. Creo que se debe hacer un comentario, inequívoco por cierto, ya que de otro modo aquellos que, de buena fe, han ejecutado las políticas del Pontífice, quedarán inermes ante sus congregaciones. Más aún, habrá una aparente sospecha de que la publicación es tolerada. Para los liberales es un regalo caído del cielo, un arma contra aquellos que defienden puntos de vista más conservadores. Dejarlo pasar sin un comentario del Vaticano huele a oportunismo. Se evita la franca denuncia de un crimen porque conduce a un cambio de política.

El Secretario de Estado jugueteó con el cortapapeles de su escritorio. Rossini hizo una afirmación categórica:

—Si quiere insistir con la hipótesis del robo, necesita más pruebas contra Stagni. Si quiere el salvataje de alguna de las políticas de su difunta Santidad, no lo logrará polarizando a los electores. La Iglesia entera está en receso por el momento. La Sede está vacante. Estamos todos sentados bajo ese paraguas simbólico, hasta que vuelva a salir el sol.

—Algo hay que hacer. —Ángel Novalis era un hombre de convicciones firmes—. Se me pedirá un comentario. No puedo negarme a darlo.

—Entonces obre según las convenciones de su cargo —dijo el Secretario de Estado—. Usted ya está en el candelero por su declaración pública y personal en el Club de la Prensa. Repítala, por supuesto, pero recuerde que los está entreteniendo con la música del entreacto hasta que se alce el telón del acto final, la elección de un nuevo papa. Ese acto aún no ha sido escrito. Cometería usted un gran error, si en su celo por lograr una justicia imposible, tratara de entrometerse en el guión.

—Quisiera asegurarme de que entiendo, Eminencia. ¿Me está instruyendo para que actúe según las incumbencias de mi cargo?

—Exactamente.

—Entonces será mejor que ponga manos a la obra. Con el permiso de ustedes, Eminencias.

Cuando la puerta se hubo cerrado tras él, Rossini ensayó una tibia protesta.

—Lo has bajado del caballo, Turi.

—Su montura es demasiado buena —el Secretario de Estado se permitió una ligera sonrisa burlona—, pero fue formado en la escuela de equitación española: es un estilo maravilloso para hacer maniobras, pero no el mejor para una carrera de obstáculos de larga distancia.

Rossini se marchó de la oficina al atardecer. Salió de Ciudad del Vaticano por la *Porta Angelica* y caminó a lo largo del *Borgo Sant'Angelo* en dirección al río. Había sido un largo día. Ahora una negra depresión se había apoderado de él. Un cuento de hadas de la infancia, el del niño que perdió su sombra, rondaba sus pensamientos. Ya no tenía más puntos de referencia. Era un hombre vacío, sin un destino fijo.

Aunque había ocurrido apenas seis horas antes, le parecía que había transcurrido un siglo desde que se despidiese de Isabel y Luisa. Todavía estaban en el hotel. Estarían allí hasta la mañana siguiente. El deseo de volver a verlas lo consumía, pero sería mejor no retornar a la escena del compartido dolor. Ya se habían dicho adiós. No había nada que añadir a las últimas vacilantes palabras de ternura. Los abrazos que se suponía debían ser de placer ahora se habían convertido para Isabel en una fuente de padecimiento. Abrigó la débil esperanza de que podría visitarla en Nueva York después del cónclave. De momento caminaría solo y en silencio, sumido en su propia oscuridad, y esperaría la salida del sol, si es que acaso el sol volvía a salir alguna vez.

Luego recordó que tendría que comunicarse al menos con Luisa, para transmitirle las instrucciones que el Secretario de Estado le había dado para que pudiera tomar contacto con él durante el cónclave. Su intención había sido enviárselas por fax al hotel, pero el Secretario de Estado había objetado el procedimiento, invocando razones de seguridad. Los casilleros de mensajes de los hoteles eran lugares notoriamente peligrosos.

De modo que, cuando finalmente llegó al río e ingresó en el puente de Sant'Angelo, marcó el número del hotel y pidió que le comunicaran con la habitación de Luisa. Se sintió aliviado pero incómodo cuando ella respondió. Se apresuró a explicarle:

—He conseguido que me habiliten una línea de comunicación que puedes usar mientras estemos en el cónclave. Es oficial, pero depende de que calcules con precisión la diferencia horaria y del acceso directo a la persona encargada. Así que quiero que apuntes con mucho cuidado lo que te voy a dictar y luego me lo leas, y que te asegures de tenerlo siempre contigo. El Vaticano es un lugar grande; pronto va a ser un lugar atiborrado de gente. Hasta que el cónclave haya terminado, ésta es la única línea por la que podré comunicarme contigo. ¿Comprendido?

—Comprendido. Aquí me tienes, lista para apuntar.

Le dictó la información lentamente, deletreando cada palabra, repitiendo cada número. Luego le hizo repetir todo, asegurándose de que la ortografía y la pronunciación fueran las correctas. Sólo cuando todo estuvo hecho, sintió que podía tomarse la libertad de preguntarle:

—¿Cómo está tu madre?

—Pasó un mal rato después de que te marchaste, pero ahora está mejor. Acabo de ir a verla. Está durmiendo. Más tarde la llevaré al restaurante a cenar. Las maletas ya están listas. No tendremos que ajetrearnos a la mañana.

—¿Te gustaría que fuera a verla esta noche?

—Mejor no, creo. Para qué pasar por lo mismo otra vez.

—Tienes razón, por supuesto. Dile tan sólo que la llamé, y dale todo mi amor.

—Me gustaría que una pequeña parte fuera para mí.

—La tienes. Siempre la tendrás.

—¿Y cómo estás tú, Luca?

—En marcha hacia adelante, a pesar de que no estoy seguro de adónde voy.

—Tampoco yo lo estoy. Empiezo a darme cuenta de lo que significa perder una madre.

De pronto, sintió que aquella difícil situación lo llenaba de ternura. La pérdida de un padre era como el corte de la raíz que lo nutre todo. El flujo de savia que venía del pasado cesaba bruscamente. El futuro se convertía en incertidumbre.

—Querida niña. Nunca nadie está preparado para nada. Cuando llega el momento, lo enfrentas. Ése es el peaje que todos pagamos por ser humanos. Te diré algo más, que tu madre ha aprendido y yo todavía estoy tratando de aprender. Todos pasamos por algún momento en el que Dios parece estar ausente y nos encontramos sumidos en la oscuridad y terriblemente solos. Nos abrimos paso como el ciego que tantea el camino adelantando su bastón, con la esperanza de que el suelo se mantenga firme y las criaturas con las que nos topemos sean amigables. No hay ninguna garantía, nunca. Nos mantenemos abiertos al amor, porque sin él nos convertimos en bestias salvajes.

Hubo un silencio en la línea que le hizo pensar que la había perdido. Luego, con una voz extrañamente forzada, ella preguntó:

—¿Tú rezas, Luca?

—Digo las palabras. No sé quién las oye.

—¿Las dirás por nosotras, por mí y por mamá?

—Por supuesto.

—Y nosotras rezaremos por ti. Estaré en contacto desde Nueva York. —Hubo un breve silencio antes de que ella pidiera—: ¡Dime que me amas, por favor!

—Te amo, hija mía.

—Y yo te amo a ti, papá.

La comunicación se cortó. Rossini guardó el celular en el bolsillo; luego se inclinó sobre la balaustrada de piedra y clavó en el agua gris una mirada nublada por las lágrimas.

Capítulo Doce

Monseñor Domingo Ángel Novalis era un hombre puntilloso. También era un hombre colérico. No había fuego en su cólera, sino más bien una fría astucia. Las cosas estaban torcidas; había que enderezarlas. Las ideas estaban confusas, había que aclararlas. El tiempo se acababa: quedaba menos de una semana para que los Cardenales electores se internaran en el cónclave. Después de eso, las palabras y los hechos de un pontífice muerto serían noticias de ayer que nadie recordaría. Por lo tanto, había que poner las cosas en su lugar de inmediato. De modo que, desde que abandonó la oficina del Secretario de Estado, Ángel Novalis había estado muy ocupado.

Primero, llamó a un colega de Río de Janeiro, uno de aquellos laicos a quienes en el Opus Dei se llamaba *"Numerarios"*. Su nombre era Edoardo da Souza y era el editor de un importante diario conservador. Ángel Novalis le pidió que buscara en sus archivos toda la información disponible acerca del recién llegado Carlo Stagni y se la enviara. Querría tenerla en no más de tres horas. ¿Era posible? Por supuesto, de acuerdo con el Bendito fundador, nada era imposible si la causa era buena y uno tenía a Dios de su lado.

La siguiente llamada fue más difícil, porque él era un hombre orgulloso y odiaba tener que endeudarse con alguien. El orden de cosas normal era que los medios acudieran a él para obtener información. Él nunca tenía que rogar que le concedieran espacio o atención. Hoy estaba dispuesto, si no a rogar, sí al menos a pedir algunos favores. Quien estaba en mejores condiciones para ayudarlo era Frank

Colson, del *Daily Telegraph*, que había sido su interlocutor en el Club de la Prensa Extranjera. El *Telegraph* no había participado en la puja por el diario papal. Colson bien podría estar dispuesto a publicar una última historia, antes de que la inminente elección sepultara el pasado inmediato. Colson se interesó en la idea. Concertaron un encuentro en el *Caffè Greco* a las cinco y media.

Ángel Novalis pasó las dos horas siguientes en su oficina preparando un relato sucinto y razonado acerca de la sospechosa procedencia del diario papal, y de la posibilidad de que los textos fueran usados para cambiar radicalmente las políticas disciplinarias del difunto Pontífice. Eran casi las cinco en punto cuando llegó desde Río, por el correo electrónico, la respuesta a su pedido:

"Carlo Stagni ha alquilado por tres años un costoso apartamento en un edificio de alta seguridad en la Rua Lisboa. Su personal doméstico consiste en un cocinero, una asistenta y un chófer guardaespaldas, contratado a través de una agencia autorizada. Dada la tolerancia moral que caracteriza a esta ciudad, no hay nada que despierte comentarios acerca del estilo de vida de Stagni. Tiene afición por los jóvenes apuestos, que en esta ciudad se consiguen fácilmente, y se dice que busca relacionarse con gente de los círculos artísticos y literarios. Ha comenzado a frecuentar las galerías de arte locales y ha sido agasajado por un par de editores locales, interesados en la obra que está escribiendo acerca de su vida como servidor del difunto Pontífice. Parece tener plena conciencia de los riesgos de una vida demasiado pública o demasiado disipada en esta ciudad. Cultiva el perfil discretamente bajo de un caballero dedicado a la literatura que dispone de una situación desahogada. Por otra parte, no desprecia la compañía femenina, siempre que se trate de mujeres de cierta edad y adictas al chismorreo de moda. En síntesis, es un individuo tranquilo que sabe exactamente lo que quiere, y lo consigue con mucha inteligencia.

"No obstante, hay un par de notas al pie que pueden resultar útiles. Brasil está a punto de firmar tratados de extradición con algunos países, como Gran Bretaña. Stagni ha consultado a un abogado muy conocido en el medio, con quien nosotros estamos conectados, para que lo asesore acerca de todos los riesgos a los que podría estar expuesto en ese sentido. No creo que Italia o la

Ciudad Estado del Vaticano estén en la lista para ese tratado, pero puedo averiguarlo, y no nos perjudicaría en nada comenzar una pequeña campaña de hostigamiento para desestabilizarlo.

"Es una práctica muy común en este país que ha engendrado algunos siniestros subproductos, como los 'Escuadrones de la muerte' y otras formas violentas de hacer justicia por mano propia. Por el momento, no le sugiero que contemple esos métodos para alcanzar sus objetivos. Sin embargo, hay formas más simples de desestabilizar a un residente indeseable. Si se me ocurre alguna buena idea, se lo haré saber. Entretanto, seguiré hurgando. Fraternalmente suyo, Edoardo Da Souza".

No era mucho, pero le daba letra para su charla con Frank Colson. Imprimió el texto, lo guardó en su maletín con sus otros materiales y luego escribió en su ordenador una respuesta a da Souza:

"Muchas gracias por el tiempo y la molestia. Stagni parece haberse construido un *bunker* muy sólido. Sólo podemos esperar que un día pueda verse obligado a salir. No hay forma de justificar el hostigamiento violento, pero un zumbido de abejas puede provocar cierto malestar.
"Fraternalmente suyo, Domingo Ángel Novalis".

Cuando el mensaje fue transmitido, apagó la máquina y se encaminó a toda prisa al *Caffè Greco*, para su cita con Frank Colson.

Colson bebió su café y leyó cuidadosamente los documentos. Luego meneó la cabeza.

—No hay nada nuevo aquí, y por cierto nada suficiente para armar un artículo, ni corto ni largo.

—¡Se equivoca, Frank! Stagni siempre ha sido sospechoso: de robar el diario del Pontífice y de falsificar los documentos que lo avalan como su propietario.

—Sospechoso, sí, pero nunca acusado, porque no hay una sola prueba de ninguna de las dos cosas.

—Pero es obvio que algo teme. De otro modo, ¿por qué habría de consultar a un abogado en Brasil?

—¿Y por qué ese abogado estaría dispuesto a defraudar la confianza de un cliente?

—Es amigo de amigos. Fue una excepción para hacernos un favor.

—¡Dios nos libre de abogados semejantes! Y usted, Monseñor, debería cuidarse de amigos así.

—Sigue equivocándose, Frank: hay una prueba interna en el texto. El Pontífice retractándose del trabajo de su vida. Yo he trabajado mucho tiempo para él. No puedo imaginarlo embarcado en un proyecto de destrucción en colusión con un valet.

—¡Él escribió el texto! —Colson estaba disgustado—. ¿Por qué? Seguramente no para que quedara enterrado por siglos en el Archivo Secreto. Todos escribimos para comunicar algo a alguien. El valet era el último ser humano con quien él hablaba a la noche. ¡Era el mediador más natural entre el Pontífice y la feligresía, fuera cual fuere, a la que quería llegar!

—¡Si usted dice que esa feligresía es la Iglesia en general, está equivocado! Todos sus esfuerzos estuvieron encaminados a confirmar la autoridad de la jerarquía y reducir la intervención del laicado. ¿Por qué se entregaría a arruinar el trabajo de toda su vida?

—Porque, en última instancia, ¡no estaba satisfecho con él! Hay escultores que destruyen sus obras. Pintores que acuchillan sus telas. Para mí, esto debe interpretarse como una confesión y una advertencia: "La estructura que he construido es defectuosa. No la obliguen a soportar muchas más tensiones. Extiéndanse en otras direcciones. Presten atención a los cimientos".

—¡Yo no lo interpreto así, Frank!

—¿Cómo entonces?

—Una debilidad repentina de un hombre anciano y abrumado por el trabajo. Invadido por el pánico, confesó un temor íntimo. Lo que escribió cayó en manos de un ladrón. Ahora puede ser usado para subvertir la vida espiritual de la Iglesia.

—¿Subvertir? Ésa es una palabra muy fuerte, muy categórica. Está diciendo que el propio Pontífice escribió la fórmula para la subversión.

—No creo que su intención fuera que se lo usara así.

—El texto es muy claro. Si no es válido, ¿quién está autorizado a interpretar su intención?

—El nuevo Pontífice. Mientras la Sede esté vacante, nada cambia.

Frank Colson no pudo reprimir una sonrisa.

—Eso, mi querido Monseñor, es mito puro, pura fábula. ¡Por supuesto que las cosas cambian! Opiniones, políticas, matices, cambian a medida que hablamos, a medida que los prelados se reúnen en los institutos religiosos de la ciudad entera. El mundo no se queda esperando al nuevo residente que ocupará los aposentos papales: no deja de girar, y nosotros, pobres diablos, pendemos de él prendidos con alfileres.

—Lamento que se sienta así, Frank. Había abrigado la esperanza de...

—Tranquilícese, mi amigo. Tendrá su historia. Tendré que amañarla un poco, usar algunas de las cosas de las que hemos estado hablando, pero sí, le daremos al tema el espacio que se merece.

—Gracias. Al menos puedo pensar que he cumplido con un acto de piedad por este hombre. No olvidaré este favor, Frank.

—Nunca lo había visto ansioso por instalar una historia.

—Estoy enfadado. Se ha perpetrado un mal. Quiero verlo enmendado.

—La mejor forma de hacerlo es volver a poner el acontecimiento en el centro de la escena y dejar que el público decida por sí mismo. ¿Le molesta si me marcho ahora? Tengo que escribir esto y enviarlo a Londres.

—¿Estará en la edición de mañana?

—Espero que sí. Pedí que reservaran el espacio.

—Pero, si no me equivoco, usted dijo que no había nada nuevo en el material que le di.

—Un viejo truco, Monseñor: para hacer que el narrador justifique su línea argumental. Su texto era bueno. Su actuación fue mucho más elocuente.

Monseñor Ángel Novalis ordenó otro café y una porción de torta de chocolate. Era un hombre demasiado inteligente para no saber que había sido llevado de las narices a incurrir en una indiscreción. Ya no estaba transmitiendo la opinión oficial del Vaticano: estaba agregando un comentario personal. Por otra parte, ¿qué importaba? Sus horas en el cargo estaban contadas. Bajo un nuevo Pontífice, bien podría ocurrir que el propio Opus Dei se viera empujado a una travesía por los desiertos de la enemistad oficial. Así era la vida en una Iglesia imperial. Los Institutos Religiosos eran los ducados y baronías, los marquesados y corporaciones del pueblo llano, en los que las propiedades y el dinero, y el poder de hombres y mujeres se ponían a disposición de un Pontífice para el pueblo de Dios. A veces gozaban del mayor favor. Otras veces resultaban despojados tanto de la gracia como del favor. No obstante, era raro que se les rescindieran sus privilegios oficiales. Sólo una mancha superlativa en su reputación podría hacer que les fueran retirados.

De modo que ¡calma y paciencia, Domingo! Has procurado proteger el honor de un hombre a quien tú mismo serviste con honor. Si en este servicio final tropezases y derramases vino sobre la mesa, puedes disculparte, pasar el trapo y luego retirarte con toda la gracia de que seas capaz. Si Dios quiere, mañana será otro día.

Ahora que su propia historia estaba a buen recaudo, Ángel Novalis pensó que podría hacer una excursión al Club de la Prensa Extranjera para enterarse qué otras historias se estaban echando a rodar por el mundo, y cómo estaban empezando a conformarse las apuestas acerca del nuevo Pontífice. Le echó una mirada a su billetera para asegurarse de que tenía el efectivo suficiente para invitar a un par de rondas en el bar. Él, por su parte, sólo bebía agua mineral, pero creía que un clérigo asalariado debía pagar sus gastos como cualquier hijo de vecino. Observó con satisfacción que Frank Colson le había dejado la cuenta del café. La pagó, y se internó en la plácida noche otoñal.

En el Club de la Prensa, Fritz Ulrich festejaba la presentación editorial de su material acerca de los jenízaros del Imperio Otomano. Un editor astuto había descubierto las posibilidades del artículo y lo había desplegado en una doble página con ilustraciones de un conocido caricaturista satírico, Georg Albrecht Kirchner.

La simple analogía que Ulrich había propuesto entre los jenízaros —niños cristianos cautivos convertidos en encarnizados soldados del Islam— y el clero célibe de la Iglesia Romana, cada vez menos numeroso, plagado de escándalos sexuales que daban lugar a resonantes juicios por daños, había sido interpretada en el contexto de una confrontación global entre la Cristiandad y un Islam fundamentalista en plena etapa de resurgimiento. Era un artículo vigoroso y cosechó muchos elogios.

Steffi Guillermin lo alabó con generosidad.

—Te confieso, Fritz, que no le presté demasiada atención al tema cuando me lo mencionaste. Pero, con este despliegue, y las caricaturas que subrayan la alegoría, se ve magnífico. Despertará discusiones acerca de muchos otros temas: Argelia, Serbia, Indonesia, Paquistán...

—Me hace sentir orgulloso. —Ulrich estaba contento como un estudiante—. Y Kirchner es tan inteligente. Mira cuán simple lo hace parecer: cambia las mitras por turbantes, luego destaca las vestiduras sacerdotales de un lado y los trajes ceremoniales de las tropas otomanas del otro. ¡*Presto*! El motivo es claro, ¡y mi texto aporta el argumento! ¿Cómo ha quedado tu artículo, el retrato del Cardenal Rossini?

—No estoy segura. Tiene algo bueno, pero hay zonas oscuras del hombre a las que todavía no he llegado. Pero ya no tengo más tiempo. Tengo que entregarlo a más tardar mañana por la mañana.

—¿Te importa si le echo una mirada? Como sabes, vamos a publicarlo en alemán.

—Estás invitado.

Abrió el documento en la pantalla de su lap-top. En el momento en que Ulrich se sentaba a leerlo, llegó a la mesa Ángel Novalis, saludó a Steffi Guillermin y cabeceó hacia Fritz Ulrich. Preguntó si estaba interrumpiendo algo. Guillermin le aseguró que no y le explicó lo que estaba haciendo.

—Una última revisión al artículo en que retrato al Cardenal Rossini.

—¿Le molestaría si leo por encima de su hombro? Se acordará que yo estaba allí, monitoreando la entrevista. Me encantaría ver lo que ha hecho.

—Tal vez usted pueda ayudarme a pulirlo.

Ángel Novalis ocupó su puesto detrás de ellos y leyó el texto a medida que se desplegaba en la pantalla. Guillermin bebió su trago y esperó. Lo que pudiera decir Ángel Novalis podría ser valioso o irrelevante. Fritz Ulrich, en cambio, era un profesional, y su gente, en Alemania, había pagado una buena suma por los derechos. Él tenía un interés muy particular por el texto definitivo. Su primer comentario fue un elogio.

—Es un buen retrato, Steffi, a pesar de que tuviste que cincelarlo en una piedra muy dura. Pero hay una pregunta que no has contestado.

—Dímela.

—Su difunta Santidad era un hombre sin términos medios. "Intrínsecamente bueno, intrínsecamente malo." Esas dos frases aparecen en todos los documentos de su reinado. De modo que ¿por qué patrocinó a un hombre dañado como Rossini? ¿Por qué le ofreció el capelo rojo? ¿Por qué lo envió como su delegado personal a cumplir misiones confidenciales en todo el mundo?

—Creo que he respondido eso con bastante claridad —dijo Steffi Guillermin—. Si retrocedes hasta el tercer párrafo, verás que está en el texto. En los ya muchos años que han pasado desde que regresó a Roma, la vida que ha vivido Rossini ha sido intachable. No está dispuesto a negar su deuda con la mujer que le salvó la vida, tampoco el perdurable afecto que siente por ella. El difunto Pontífice respetó esa actitud. ¿Cómo podría no haberlo hecho? De eso se trata en el Cristianismo: la reconciliación, el crecimiento, los progresos que hacen los peregrinos sobre la marcha: ¡y siempre el amor!

En ese preciso momento, Ángel Novalis decidió intervenir en la discusión. Preguntó:

—¿Cuál es su balance final acerca de Rossini?

Steffi Guillermin frunció el entrecejo con resignación.

—Ése es mi problema. No tengo un balance final. Usted estuvo presente en la entrevista. Vio lo que sucedió. Él nunca eludió una pregunta. Respondió a todo lo que le pregunté. Pero no explicó nada de nada, y mucho menos de sí mismo. En parte, lo comprendo. He visto pruebas de lo que le hicieron hace todos esos años. Fue una afrenta terrible.

—Hace veinticinco años —dijo Fritz Ulrich—. ¿Cuánto tiempo necesita un hombre para curarse?

Steffi Guillermin se volvió hacia él, súbitamente encolerizada.

—¡A veces, toda una vida no alcanza!

—¿Y cómo sabes eso?

—Porque tuve un padre que era un animal —dijo Steffi Guillermin fríamente—. Hizo que me apartara de los hombres para toda la vida.

—Lo siento —dijo Fritz Ulrich—. Perdón por todos mis malos chistes. Lo siento de veras.

—¡Por amor de Dios, Fritz! Vuelve a tus malditos jenízaros y déjame tranquila.

Ulrich se puso de pie sin abrir la boca y se fue hacia el bar con el rabo entre las piernas. Ángel Novalis cambió rápidamente de tema.

—Entiendo el problema que se le suscita para definir a este hombre, Steffi. Desde hace más de un cuarto de siglo, Rossini ha tratado de hacerse invulnerable. Se ha convertido... ¿cómo decirlo?, en un enorme *iceberg* en cuyo centro arde una hoguera. Uno alcanza a ver el fuego, pero no puede acercarse lo suficiente para sentir el calor. Uno se pregunta si un buen día el fuego terminará por derretir el hielo, o si el hielo finalmente apagará el fuego.

—¿Le gustaría arriesgar una hipótesis, Monseñor? Después de todo, usted ha contado su propia experiencia después de la pérdida de su esposa, y cómo encontró la salvación —o al menos un puerto seguro— en una fraternidad religiosa. ¿Diría usted que la Iglesia ha satisfecho esa necesidad en el caso del Cardenal Rossini?

—Diría que probablemente no, al menos no hasta esta altura de su vida.

—¿Por qué no?

—Porque él nunca se ha entregado por entero a la Iglesia: en su propio país vio demasiado a menudo cómo ella conspiraba con los gobiernos militares. Es una Iglesia que tuvo sus mártires, por cierto. Rossini mismo sufrió por la fe, pero aquellos mártires eran lo que son los mártires por lo general: marginales que se convierten en héroes y heroínas después de su muerte. A pesar de su ascenso al poder —y él, sin duda, ejerce el poder de que dispone—, el Rossini que hoy conocemos sobrevivió gracias a la mujer que fue su auténtica salvadora, la restauradora del cántaro roto. ¿Sabía usted que ella estaba en Roma?

—Lo sabía. Traté de concertar una entrevista. Se negó. Me han dicho en el hotel que se enfermó y parte mañana hacia Nueva York con su hija.

—De hecho, su enfermedad es mortal —dijo Ángel Novalis—. Rossini llamó al médico papal, el doctor Mottola, para que la atendiera.

—¿Qué ocurrirá cuando ella lo haya abandonado definitivamente?

—No sé. A veces me he preguntado qué me pasaría a mí si perdiera todos mis apoyos. A veces me he preguntado si podría haber sido un hombre más sabio, un hombre mejor en última instancia, si me hubiese visto obligado a adoptar otro proyecto de realización personal. Y otras veces he pensado en...

—¿En qué, Monseñor?

—En la parábola de la casa vacía, pulcra y engalanada, y en los siete diablos que se instalaron a vivir en ella.

—¿Piensa usted que Rossini tiene diablos viviendo en su casa?

—Todos los tenemos, Steffi. Pero a los demonios de Rossini va a tener que ponerles nombre usted.

Mientras lo decía, recordó que un diablillo travieso estaba golpeando a la ventana de su propia alma. Su fraternal colega de Río había instalado a aquel diablillo, no como inquilino permanente, sino más bien como a un bufón. Era divertido imaginar a Claudio Stagni, a salvo en su exilio de nuevo rico, repentinamente acosado por moscardones y punzantes avispas. Luego, debido a que era un hombre dotado de una conciencia refinadamente lúcida, Ángel Novalis comprendió que no se trataba de un diablillo bufonesco, sino de todo un señor diablo, con lo que quedaba claramente evidenciado cómo las perversiones del poder podían servir la causa de la justicia. Sintió que un involuntario estremecimiento lo recorría. Steffi Guillermin lo escrutó con una mirada inquisidora.

—¿Ocurre algo?

Ángel Novalis atinó a sonreír en medio de su turbación.

—Un pensamiento inoportuno. Estamos hablando de diablos. Acabo de divisar uno por el rabillo del ojo.

—¡Vaya pensamiento! —Steffi Guillermin se volvió hacia la pantalla—. Tal vez ésa sea la clave. Rossini es un hombre que ha visto al diablo cara a cara y no puede relacionarlo con ninguna visión de la bondad. La creencia en un creador que hace el bien es difícil de sostener. Eso es algo que entiendo muy bien.

—¿Ha leído usted el Quijote?

—Hace años. ¿Por qué lo pregunta?

—Hay una frase que se me ha quedado grabada en la memoria. *"Tras la cruz está el Diablo."*

—No la recuerdo. Pero tiene sentido. Déjeme jugar un rato con esto. ¿Me conseguiría un trago, por favor? Gin y tónica. Y ofrézcale uno a Fritz Ulrich con mis saludos. El hombre estaba tratando de ser agradable y yo le gruñí. Pero, por Dios se lo pido, ¡no lo traiga otra vez aquí!

Se volvió hacia la pantalla y escribió un nuevo comienzo.

"Luca Rossini, posible candidato papal, es un hombre complejo, nada fácil de descifrar."

En la intimidad de su oficina, Frank Colson elaboraba su versión de la teoría de Ángel Novalis acerca de la subversión. Sabía muy bien que la procedencia y la autenticidad de los documentos eran temas muertos que pronto serían sepultados por una avalancha de especulaciones a propósito de la elección, y de páginas de periodismo gráfico dedicadas al nuevo titular de la Sede de Pedro. Tenía dos razones para retomar el final de la historia: el propio Ángel Novalis y el futuro del Opus Dei en un nuevo pontificado.

Su propia historia personal explicaba muy bien a Ángel Novalis. Hombre despojado, se había comprometido hasta la obsesión con una fraternidad que le había dado sentido y orientación a su vida. Se había formado en un mundo de banqueros en el que cada artículo debía ser cuidadosamente contabilizado. En consecuencia, el Opus Dei se le presentó como el último y el más seguro de los refugios de la ortodoxia en un mundo que se encaminaba rápidamente al infierno. La peligrosa noción de una Iglesia de unos pocos elegidos, fieles en medio de la decadencia universal, estaba inscrita en el pensamiento que los guiaba. El énfasis que ponían en aquella palabra tan exagerada, "subversión", parecía ser la clave de vastas zonas de su pensamiento, y de la sensación de ultraje del propio Ángel Novalis. Colson comenzó, como era su costumbre, por esbozar una introducción general.

"El diario papal, que según se cree fue robado, y cuyos derechos de publicación se basan en un documento aparentemente fraguado, bien puede ser algo más: un anteproyecto para la subversión de la vida espiritual y la disciplina de la Iglesia.

"Ésta fue la opinión personal que arriesgó hoy Monseñor Ángel Novalis, Jefe de la Oficina de Prensa y vocero oficial del Vaticano. Vale aclarar que el comentario no respondió a una solicitud de este corresponsal. Fue Monseñor Ángel Novalis quien pidió que se diera a conocer su punto de vista personal. Acudió a nosotros porque no estamos entre los medios que publicaron el mencionado diario.

"Interrogado acerca del término que empleó, "subversión", Ángel Novalis insistió en que era exacto. Afirmó que la entrada del diario del difunto Pontífice correspondiente a la noche anterior a su colapso era 'la confesión de un hombre asaltado por el pánico, una súbita debilidad de un hombre muy anciano y abrumado por el trabajo'. Y manifestó su temor de que esta momentánea pérdida de confianza pudiera ser utilizada para destruir las políticas y disciplinas del propio Pontífice.

"Se le señaló que esa interpretación encerraba una contradicción en sí misma, ya que se trataba justamente de las palabras que había escrito el Pontífice. Ángel Novalis se refugió inmediatamente en un legalismo: la Sede de Pedro está vacante. Todas las disposiciones existentes siguen vigentes hasta tanto un nuevo pontífice no las modifique. Y fue más allá: aseguró una vez más que los documentos habían sido robados, y que por tratarse de expresiones privadas carecían, de hecho, de toda validez canónica.

"Ante nuestra insistencia, Ángel Novalis admitió que no se habían recolectado pruebas contra el vendedor de los documentos, Claudio Stagni, quien vive actualmente con cierta suntuosidad en Río de Janeiro. Sin embargo, sabemos que un colega de Ángel Novalis en Brasil se dedicó, al menos oficiosamente, a buscar dichas pruebas.

"Para este corresponsal, los rasgos más curiosos de esta situación son la evidente indiferencia de las autoridades del Vaticano, que parecen resignadas a considerar el diario como un incidente desafortunado que será olvidado con el tiempo, y la repentina explosión de ira y preocupación del propio Ángel Novalis.

"Su lealtad personal al difunto Pontífice es cosa sabida. Su comportamiento se ha caracterizado siempre por una fría indiferencia en las controversias y una precisión de purista en la comunicación de los puntos de vista del Vaticano.

"No podemos dejar de preguntarnos si se ha tornado repentinamente sensible a las inevitables luchas partidarias del período *sede vacante*, o si acaso él mismo ha tomado partido, hasta el punto de hacer lo posible para desacreditar a aquellos que no coinciden con las políticas vigentes y procuran cambiarlas a través del proceso electoral. Habida cuenta de que ha dedicado su vida a la fraternidad del Opus Dei, mi opinión es que se siente perturbado por cualquier desafío a los rígidos condicionamientos que ella impone. Aquellos que viven en estrecho contacto con la sede del poder, se intranquilizan cuando el poder está en suspenso o cuando empieza a cambiar de manos..."

Cuanto más escribía, más elocuente se volvía. Cuando puso el punto final, Colson comprendió que lo que había escrito era el obituario de un leal servidor que había arriesgado su carrera para defender una posición a la que su difunto amo ya había renunciado. Sin embargo, no sentía remordimiento alguno. Así era el juego en el mundo de las noticias. Todos querían ganar. Alguien tenía que perder.

Releyó el artículo y decidió que no rectificaría nada de lo que había escrito. Después de todo, ésa era la norma habitual del Vaticano. *"Quod scripsi, scripsi."* Lo escrito, escrito está. No había que descartar la posibilidad de que hubiera algún cambio, pero llevaría siglos completarlo, a menos que un nuevo Pontífice se decidiera a hacerlo. Pero hasta su nombre seguía siendo un secreto, a buen recaudo en la mente de Dios.

Frank Colson firmó el artículo y lo envió a Londres.

Esa noche, Luca, Cardenal Rossini, llegó a su casa temprano. Todavía se sentía agobiado por aquel estado de ánimo crepuscular que se traducía en una sensación de desolación e impotencia. Sabía por experiencia que el único remedio para aventarlo era la rutina, un rosario de monótonas labores que emprendería sin la menor expectativa de alivio.

Saludó a su gente, pidió que le prepararan una cena liviana, y luego se recluyó en su dormitorio para darse un baño y ponerse en pijama y bata. Después leyó las últimas horas de su breviario: vísperas y completas. Las cadencias de los salmos con las que su voz estaba familiarizada, y que eran tan sedantes para sus oídos, le sonaban sin embargo como si fueran pronunciadas por otro. Más que oraciones eran conjuros. Era como si su voluntad se tensara ante ellas, como podría tensarse ante el redoble de unos tambores y el chocar de unos platillos en el templo de unos dioses desconocidos.

Su sola compañía mientras comía fue la sinfonía Oxford de Haydn, en la versión de la Filarmónica de Viena. La música hizo por él lo que los salmos no pudieron. Llamó a descanso a los locuaces fantasmas, acalló todas las cavilaciones e impuso la estructurada sinrazón del puro sonido a los complicados razonamientos de los teólogos y los filósofos y a los obstinados legalismos de los canonistas.

Cuando la música concluyó, y él terminó su cena, llevó la bandeja a la cocina, dio las buenas noches a su gente, y fue a sentarse ante su escritorio, armado de lápiz y papel. Normalmente habría usado su procesador de textos, pero la tarea en la que estaba por embarcarse era de un carácter tan íntimo y privado que la máquina se le aparecía súbitamente como un intruso. Comenzó por escribir, sin el menor tropiezo o vacilación, las palabras que el Secretario de Estado le había sugerido. "Soy Luca, vuestro hermano..."

Sin embargo, a medida que las escribía, sabía que no serían bien recibidas por todos los que habrían de escucharlas. Pensándolo mejor, tal vez no fuera un comienzo tan bueno. "Hermano" y "hermana" eran palabras cargadas de connotaciones, aun en la Iglesia milenaria. Había en ellas un matiz de populismo del que todavía no se habían desprendido. Orden y jerarquía eran una moneda más estable y más reconocible. Aun en el Colegio Electoral había grados y títulos: Cardenales Arzobispos, Cardenales Obispos, Cardenales Sacerdotes, Cardenales Diáconos, y mucho tiempo atrás había habido también laicos que disfrutaban del título y los beneficios del rango. En el Colegio Electoral todos eran iguales, pero, tal como estaban las cosas, algunos eran más iguales que otros. De modo que cambió un poco la frase: "Soy Luca, vuestro hermano. Como vosotros, soy un siervo del Verbo".

¿Y después? ¿Qué podía decirle de valioso a esta asamblea de hombres encumbrados que ellos ya no hubieran oído o predicado miles de veces? Sumido como estaba en la duda y la oscuridad, ¿cuánta luz y energía podía ofrecerles para orientar su elección del Siervo de los Siervos de Dios? Decidió ensayar un nuevo comienzo. "Soy Luca, vuestro hermano. Como vosotros, soy un siervo del Verbo. Quiero abriros mi corazón. No estoy aquí para enseñaros nada. Lo que hay que saber vosotros lo sabéis mejor que yo. Permitidme, simplemente, comunicar mis pensamientos como un hermano más de esa vasta familia de fieles que ni siquiera conocen nuestros nombres, que ni siquiera nos reconocerían si tropezaran con nosotros en la calle."

Hizo una pausa. Volvió a preguntarse qué estaba tratando de hacer al dirigirse a ellos de ese modo. Quería que se sintieran vulnerables, responsables, que dudaran de sí mismos, que ahondaran en sí mismos. Habían vivido durante tanto tiempo bajo la protección de la institución que muchos de ellos, o bien tenían miedo, o bien carecían de la voluntad para aventurarse más allá de sus confines. Para éstos, las obediencias formales eran como el viejo *testudo* romano: una cortina de escudos tras la cual se protegían de las decisiones peligrosas o amenazantes.

Mientras guardara obediencia, uno vivía segura y meritoriamente dentro del sistema. Si, en cambio, se daba a protestar, era señalado, o sentía que lo sería, como un perturbador de la paz. Y se le aplicaban insidiosos castigos. Se le retaceaba el acceso directo al Pontífice. Se tornaba difícil visitarlo y, en todo caso, los encuentros con él se reducían a meros intercambios protocolares. El Vaticano seguía siendo una corte, y, si uno no aprendía las costumbres de la corte, lo más probable era que quedara en desventaja. Así que mejor olvidarse de la hermandad. Tendría que barajar y dar de nuevo. Y prepararse para sortear los callejones sin salida y las charcas peligrosas.

Luchó con el texto un largo rato; entretanto, el cesto se fue llenando con las hojas arrugadas que iba desechando. De pronto cayó en la cuenta de que la situación tenía su lado humorístico. El Secretario de Estado, su buen amigo Turi Pascarelli, le había obsequiado el extremo espinoso de una piña: el papel del antagonista en el aburridísimo despliegue del drama ritual.

En cuanto a Turi, se había reservado para sí la mejor parte: una exposición sobre la demografía, la geografía y la geopolítica de una Iglesia milenaria. Todos los datos estaban en su cabeza o en sus archivos. Podía exponerlos, él mismo lo había confesado, valiéndose de un globo terráqueo y unas luces de colores.

Pero el estado de ánimo de la asamblea de peregrinos, la situación de las distintas Iglesias en el mundo, sus lealtades, sus dolores, sus iras, no eran temas fáciles. Era terriblemente difícil comunicarlos a este grupo políglota de electores, cada uno de ellos celoso de su propia viña y de la calidad del vino que ella producía.

Sin embargo, había algo que no era nada gracioso. En esta asamblea de célibes faltaba la voz de las mujeres, a quienes, a fin de cuentas, les correspondía más de la mitad del cielo. No había nadie que hablara su idioma, que expresara sus crecientes preocupaciones, su relación con Dios, de quien se hablaba sólo en género masculino. Luca Rossini, lacónico y vacilante cuando se trataba de expresar la pasión de su propia vida, tendría que recordarles sus deberes y sus defectos. Él, que se encontraba sumido en la duda y la oscuridad, había sido designado para iluminar el camino a esta asamblea de electores que nombrarían un *pontifex*, un constructor de puentes que salvara la enorme brecha abierta entre los sexos. Y, para agregar una última gota de vinagre a la broma, Turi Pascarelli lo había emplazado a completar el texto en dos días.

Lo cierto era que no habría de escribirlo esta noche. Se sirvió un vaso de agua mineral, encendió el equipo de CD, y se dejó llevar por el concierto para oboe de Mozart. La música casi había terminado cuando

Isabel lo llamó por teléfono desde el hotel. Al escuchar su voz se le encogió el corazón. Tartamudeó como un niño:

—Quería verte, pero Luisa pensó que no debía...

—Hizo lo correcto. Me sentí muy débil después que te marchaste, pero ahora estoy tranquila. Quería que supieras que he hablado con Raúl. Le dije que me consideraba culpable de gran parte de nuestra infelicidad, y que quería que viviéramos en paz el tiempo que me quede por delante. Le aclaré que no esperaba que cambiara su vida: sólo que mantuviera una parte de ella, la que compartimos, en un lugar aparte. Se mostró sobrio, y sereno, y tierno, lo que demuestra que tu consejo de confesión fue acertado. Además, esto hace que el regreso a casa sea más fácil, no sólo para mí sino también para Luisa... ¿Cómo estás tú, amor mío?

—Escucho a Mozart, y trato de darle forma a una tarea que se me ha encomendado. Un trago verdaderamente amargo. Yo, nada menos que yo, tengo que sermonear a los electores al comienzo del cónclave y ayudarles a pensar en las consecuencias de su elección. Tengo el cesto de los papeles lleno de intentos fallidos. Suficiente por esta noche.

—¿Por qué aceptaste?

—Me presionaron.

—Perdóname, Luca, amor mío, pero tú nunca aceptaste ser presionado, salvo cuando huiste de Argentina.

—Y tú nunca me dejarás mentir, ni siquiera un poco. ¡De acuerdo! Tenía deseos de hablar. Por un momento, pensé que había ciertas cosas que quería decir. Sin embargo ahora parecen haberse volado de mi cabeza como las palomas de un campanario.

—Eso significa que ya no debes pensar más. Es hora de que dejes hablar a tu corazón.

—Tengo que escribir esas palabras. Los traductores necesitan un texto.

—Entonces vuelve a tu escritorio, y escribe lo que pensamos, y dijimos, y discutimos durante aquellas pocas semanas en que estuvimos juntos en el campo, cuando arrojábamos nuestras gorras al aire y dejábamos que el viento de la pampa se las llevara en sus remolinos. Estabas tan rabioso entonces, y tan apasionado. Recuerdo una de las cosas que dijiste: "Tenemos que traer a Cristo desde esa nada en la que está para que vuelva a hablar y caminar con nosotros. Si no viene, seremos como esos animales desamparados que mugen en el matadero, a la espera del matarife". Lo dijiste la primera noche que hicimos el amor... Eras un joven sacerdote entonces. Ahora eres una Eminencia. ¿Lo recuerda Su Eminencia?

—Lo recuerdo —dijo Luca Rossini.

—¡Entonces, dilo otra vez! Dilo así, como tu corazón lo recuerda. Dilo para mí.

—Pero tú ya te habrás ido.

—Nunca me habré ido de ti, ni tú de mí. ¡Toma la pluma y escribe!

Capítulo Trece

Ahora Isabel se había ido, y Luisa con ella. La tarea que ella le había impuesto, convertir la experiencia de su amor en un apasionado alegato a favor del cambio, había amortiguado —momentáneamente al menos— el impacto de la pérdida, y el temor ante un futuro privado de su presencia. Y aunque estaba agradecido por esa pequeña clemencia sabía que, así como la noche sigue inevitablemente al día, así sobrevendría la agonía.

A las diez de la mañana, cansado como un perro pero bañado, afeitado y acicalado como un guardia en uniforme de gala, se presentó ante el Secretario de Estado y puso el manuscrito sobre su escritorio. El Secretario lo recibió con verdadero respeto.

—¡Puntual como siempre, Luca! Gracias. Lo leeré más tarde, si no te importa. ¿Te has cerciorado de cuánto dura?

—Quince minutos; pueden ser treinta segundos más o menos. Espero que el techo no se desplome mientras estoy exponiendo.

Era apenas un chiste, pero el Secretario decidió tomarlo en serio. Frunció el entrecejo y meneó la cabeza.

—Serán un público difícil, Luca. Les hablarás en tu lengua materna. Los nórdicos son escépticos con respecto a la elocuencia latina, así que irán leyendo el texto traducido. No te desanimes si su reacción parece tibia. Hay mucho malestar, mucho descontento con el proceder de la burocracia de la Curia, de la que tú y yo formamos parte.

—Y de la que algunos miembros ambiciosos intentarán conservar el control.

—Tal como está compuesta la lista en este momento, es muy probable que tengan éxito. —El Secretario de Estado adoptó una expresión sombría—. Mi querido Luca, hemos llegado a un momento crítico de la historia: el final de un larguísimo reinado papal, el final de un siglo, el comienzo de un nuevo milenio. Es ocioso fingir que tales acontecimientos no afectan a la gente. La afectan, y muy profundamente. También nos afectan a nosotros, mucho más que lo que estamos dispuestos a admitir. Somos los mandarines de la burocracia, pero tan vulnerables al cambio de los tiempos y de las costumbres como el más humilde de los campesinos.

—Turi, me gustaría conocer tu visión del cónclave tal como está constituido en este momento.

—¡Vaya...! —El Secretario de Estado se tomó un tiempo para ordenar sus pensamientos—. En primer lugar, seremos una asamblea profundamente dividida. No es fácil etiquetar las divisiones porque no todas están basadas en la creencia religiosa o en la política disciplinaria. Algunas están basadas en el simple interés personal. No todos somos hombres buenos. No todos somos medianamente buenos. Algunos de nosotros somos secretamente villanos que han hecho su propio pacto con hombres codiciosos y tiránicos. Lo sabes. Todos lo sabemos, aunque no podemos confesarlo. La mayor parte de los hombres de buena voluntad reconocen que es necesario un cambio. Todos se enfrentan a dos preguntas básicas: ¿qué cambiar y a qué velocidad? Cuanto más grande es la nave, más difícil y más lento se hace cambiar el rumbo. Nuestro difunto Pontífice intentó, aunque jamás lo habría admitido, cambiar el rumbo hacia un gobierno colegiado y una Asamblea compasiva que había establecido el Concilio Vaticano Segundo. Y casi lo logró. Hizo virar el barco y detuvo su avance de modo que, en este momento, ya no se mueve. La tripulación está desalentada. Corre la voz de un motín de una cubierta a la otra. Los dignatarios, tú y yo, y miles más, intentamos mantener el orden, la disciplina y la confianza en nuestro derrotero, guiado por las estrellas. Muchos de nosotros nos hemos visto convertidos en funcionarios, y somos escépticos con respecto a nuestros propios sacerdotes. La gente también se muestra escéptica con respecto al ministerio que ofrecemos. Se nos exige silencio en demasiadas cuestiones que deberían quedar abiertas a la discusión activa. Tú y yo podemos conversar sobre todo un catálogo de otros temas que reclaman atención: el celibato del clero, una Iglesia imperial o una colegiada, la teología del sexo y el matrimonio, la persistencia de prácticas inquisitoriales en el seno de la Iglesia, la imposición de nuevos juramentos y profesiones de fe a los educadores de nuestras escuelas y universidades. En el mundo de hoy, suprimir el debate es una postura insostenible. La gente pide luz. Nosotros los condenamos a la oscuridad. Reclaman calor. Nosotros, que afirmamos ser los guardianes del fuego, les ofrecemos un frío penitencial. Aquí sentado, Luca, probablemente soy el hombre con menos restricciones de la Iglesia... pero, que Dios me perdone, he sentido cómo las correas de la camisa de fuerza se ciñen año tras año.

—Imagina —lo desafió Luca Rossini en tono sereno—, sólo imagina que te encuentras en mi posición, no a causa de la frustración sino por la lenta erosión de la creencia misma... ¿qué harías, Turi?

—No tengo idea, Luca, porque no tengo idea de cómo plantear el problema. La mía no es una fe examinada. La llevo como mi propia piel. La acepto, como acepto mi identidad genética. No digo que eso sea meritorio. Es un consuelo, aunque no he hecho nada para merecerlo.

—Lo que estoy experimentando —Luca Rossini eligió las palabras con sumo cuidado—, lo que he experimentado durante algún tiempo es como la amenaza de la ceguera. Sé que puedo despertar una mañana y no ver nada de lo que ahora veo. ¿Entonces habrá oscuridad para mí o habrá luz? No tengo forma de saberlo. ¿Qué sentido le encontraré al mundo, el mismo mundo, Turi, cuando el intrincado aparato de la razón, la revelación, el mito y la hermosa leyenda, y hasta la continuidad familiar, han sido desmantelados, hechos desaparecer por una sola frase mágica: *non credo*... no creo, no puedo aceptar más el hecho de creer?

—No lo sé, amigo mío, no lo sé. Sin embargo, sospecho que la vida podría ser un poco más fácil si uno fuera absuelto de toda la responsabilidad de la creencia. Uno podría seguir cualquier camino que eligiera, adaptarse como pudiera a un universo contingente. Podría haber ciertas ventajas, por ejemplo, en un papa escéptico, un secretario de estado oportunista. Hemos tenido algunos a lo largo de los siglos... —La vaga sonrisa desmentía lo irónico de sus palabras. La reflexión suavizó la ironía—. No me burlo de ti. Veo el sufrimiento en tus ojos. Tu Isabel se ha ido. Tienes miedo de no volver a verla más. Sin embargo, no me pedirás que comparta tu pesar. Hiciste lo que te ordené: quince minutos de homilía cuidadosamente cronometrados. Eso despierta mi admiración. Te envidio... ¡Entiéndeme bien, Luca!

Te envidio la experiencia del amor, cosa que yo jamás he conocido pero que tú has compartido con Isabel. No logro imaginar cómo te las has arreglado para vivir, como sé que has vivido, todos estos años de celibato sin ella. Comprendo, o creo comprender, el vacío en el que temes vivir cuando ella muera. La creencia, como la vista, es un don que nos puede ser arrebatado. Pero el amor no te fallará, así como Isabel no te falló en las épocas del terror.

—Espero que estés acertado. Hoy no me atrevo a ir más lejos. Nunca te he hecho esta pregunta, supongo que por exceso de orgullo. ¿Cuánto sabes de lo que ocurrió en aquellos tiempos en la Argentina?

—La mayor parte figura en nuestros archivos y en los del Santo Padre, que han sido confiados al Archivo Secreto. Nuestro amigo Aquino hizo un registro cuidadoso, pero, en materia de interpretaciones, se protegió a sí mismo. El gobierno argentino también fue diligente y dio su versión de la historia... incluido el nacimiento de una hija de Isabel de Ortega, por cesárea, en un hospital de Nueva York.

—En realidad, deberías saber que Luisa es mi hija —dijo Luca Rossini—. Isabel no me lo había dicho antes de esta visita. Luisa no lo sabía. Como puedes imaginar, nuestro primer encuentro fue algo dramático.

—¿Y cómo se siente Luisa?

—Confundida, supongo, pero tiene una actitud amable conmigo. Lo más importante es que nos ha visto a su madre y a mí juntos. No le ocultamos nuestro amor. Ella lo comprende y lo aprueba. Tal vez yo pueda brindarle algún apoyo cuando su madre ya no esté. Es demasiado pronto para saberlo.

—¿Y Raúl Ortega?

—Por lo que sé, la adora y la acepta como hija. No pregunté más.

—Yo pregunto —dijo el Secretario de Estado en tono sereno— porque, teniendo en cuenta esta nueva situación, tal vez quieras revisar tu tibia recomendación de Ortega como Embajador ante la Santa Sede. La carta está aún en mis manos. Todavía no ha sido incorporada al expediente. Si él fuera designado, para ti y para tu hija podría ser más fácil estar en contacto.

—Eres un hombre amable, Turi. —Le tembló la voz y se le llenaron los ojos de lágrimas—. Pero no podría permitir que lo hicieras. Mi hija y yo nos encontraremos a su debido tiempo.

—Estoy seguro de que así será. —El Secretario de Estado se mostró repentinamente brusco—. Ahora necesito tu ayuda en un par de cuestiones. Primero, recibí este mensaje del Nuncio en Brasil. —Le alcanzó el texto.

"Anoche, en una reunión social hablé con un editor importante, Edoardo da Souza, a quien conozco como numerario del Opus Dei. Me habló con cierta cautela de una comunicación de un colega romano acerca del tema de Claudio Stagni y el perturbador efecto del diario papal dentro de la jerarquía y fuera de ella. Al parecer, se le sugirió que lo que él llamaba un 'discreto hostigamiento, a Stagni podría ser el primer paso para poner en duda la procedencia de los documentos mismos. Le dije que no estaba al tanto de esa sugerencia, y le aconsejé enérgicamente que no la pusiera en práctica. Da Souza se negó a revelar su fuente romana. Recomiendo una investigación por parte de usted."

Rossini todavía miraba el documento con expresión ceñuda cuando el Secretario de Estado le pasó otro.

—Éste me fue enviado esta mañana desde Londres por fax. Fue publicado en el *Telegraph* y está firmado por Frank Colson, el corresponsal en Roma.

Rossini lo leyó atentamente y luego preguntó:

—¿Tienes algún problema con esto, Turi?

—¿Tú no?

—A primera vista, no. Yo estaba aquí cuando le diste las instrucciones. Le dijiste que tenía libertad para "actuar respetando la prudencia que impone su cargo". Ésas fueron tus palabras exactas, Turi. Me parece que eso es lo que ha hecho.

—No, no es eso lo que ha hecho. Lo interrogué exactamente antes de que tú llegaras. Admite que pidió pruebas sobre Stagni a un colega de Río de Janeiro. Admite que no le correspondía llevar adelante ninguna investigación. En segundo lugar, atribuye motivos y estados de ánimo al difunto Pontífice: "asaltado por el pánico, un hombre anciano y abrumado por el trabajo". Esto ya es demasiado. Finalmente pone un acento especial en una palabra sumamente tendenciosa: "subversión". ¡Eso nos perjudica a todos!

—Deberías recordar, Turi, que se trata de la versión de un periodista. No pretende ser una entrevista reproducida palabra por palabra.

—Fue una ocasión que Ángel Novalis provocó para manifestar sus convicciones personales. Eso está fuera de sus atribuciones como funcionario. Él afirma que tenía la obligación moral de defender la reputación del Pontífice y de defender a la Iglesia del daño provocado por el mal uso de documentos privados. Tuvo la elegancia suficiente para disculparse por el "matiz de ira" de sus actos.

—Creo que has sido demasiado duro con él, Turi. Es como un pura sangre de carrera. Corre mejor cuando lleva anteojeras.

El Secretario reflexionó unos instantes y asintió con cautela.

—Tal vez tengas razón, Luca. Yo estaba enfadado con él. Él conservó el dominio de sí mismo. Me ofreció su renuncia inmediata.

—¿Se la has aceptado?

—No. Le he dicho que, dado que había sido designado por el difunto Pontífice, debía seguir la práctica común y ofrecer la renuncia al hombre elegido.

—Una decisión sabia, Turi.

—Me alegra que pienses eso, Luca —dijo el Secretario de Estado en su estilo directo—. También le he dicho que lo que menos necesitamos es una complicación con sus colegas de Buenos Aires, o que éstos se involucren en el caso Stagni.

—Debemos suponer que Ángel Novalis tiene suficiente influencia para evitarlo.

—¿Quién sabe? —El Secretario de Estado se encogió de hombros, resignado—. Nosotros creamos nuestros propios monstruos sagrados en la Iglesia, ya sean individuos u organizaciones. Los monstruos diseñan su propia agenda y estampan sobre los documentos su propio sello de devoción o perversidad. Existen grandes santos, grandes instituciones de piedad, aprendizaje y caridad. También hay cazadores de brujas, cruzados asesinos, hostigadores de judíos, inquisidores capaces de condenar a una mente inquieta al silencio y la soledad. Y ahora que he revelado todas estas indiscreciones, mi querido Luca, debo ir al grano. El Camarlengo quiere vernos a ambos en su despacho.

—¿Por algo en particular?

—Supongo que habrá al menos una mención a tu entrevista con *Le Monde*.

—No la he visto, Turi.

—La ha visto mucha gente.

—¿Tienes una copia?

—Sí. —Recogió los otros papeles del escritorio y le ofreció a Rossini el artículo, sujeto con un broche y guardado en una carpeta. Y un comentario admonitorio—. Tómate el tiempo necesario para leerlo con atención mientras reviso tu texto. Luego iremos a ver a Baldassare.

—¿De qué más quiere hablar?

—No me lo ha dicho. La Sede de Pedro está vacante. Simplemente estamos invitados a sentarnos bajo la sombrilla del Chambelán a tomar un café. ¡Le diré que estaremos allí en quince minutos!

El texto de Steffi Guillermin era mucho más extenso que lo que él había imaginado. Estaba expuesto con mucho cuidado, dividido en dos secciones diferentes, y tenía fragmentos clave claramente destacados. Llevaba el título de "Investigación sobre una persona eminente". El subtítulo era sencillamente: "Retrato de un candidato papal". La introducción era engañosamente prosaica:

"Este retrato fue compuesto durante dos sesiones con el sujeto, Luca, Cardenal Rossini, de ascendencia italiana, nacido y criado en la Argentina, que ha vivido en un destacado exilio durante un cuarto de siglo y fue ascendido con regularidad por el difunto Pontífice hasta alcanzar el rango curial.

"La primera sesión fue formal, supervisada por el Jefe de la Oficina de Prensa Vaticana, Monseñor Domingo Ángel Novalis. Las condiciones se acordaron por anticipado. Tuve libertad para preguntar lo que quise. Su Eminencia podía negarse a responder, pero todo lo que se dijo durante la entrevista quedó grabado. Aquí se reproduce en su totalidad y sin comentarios.

"La segunda sesión fue mucho menos formal. Tuvo lugar en el apartamento privado de Su Eminencia en Roma. Estaban presentes Su Eminencia el Cardenal Aquino, ex Nuncio Apostólico en la Argentina, la señora Isabel de Ortega, y la presidenta de las *Madres de Plaza de Mayo*, la señora Rosa Lodano. Las condiciones cambiaron. Estuve de acuerdo previamente en que ciertos temas se discutirían *off the record*. Acepté estas condiciones y las he cumplido. Sin embargo, pude obtener por otros medios parte de la información prohibida durante la conversación. No tengo escrúpulos en utilizarla. Espero haber captado los dos rostros, el público y el privado, de un hombre complejo que, aunque poco conocido para la Iglesia en general, no dejará de causar impresión en sus colegas del cónclave.

"El hombre público es fácil de describir. Su presencia se hace notar. Es alto, delgado y apuesto, de rasgos aguileños y ojos penetrantes y oscuros. Cuando sonríe su rostro se ilumina e irradia un vivo interés. Cuando está disgustado, sus rasgos se endurecen hasta convertirse en una máscara impenetrable. Siempre es cortés; pero, como descubrí en la primera reunión, se muestra impaciente ante las estratagemas y las astucias profesionales. Descubrí en seguida que debía negociar con las cartas sobre la mesa. En términos profesionales, me pareció serio, de vez en cuando gracioso, y siempre preciso. Valoró el hecho de que yo había acudido bien preparada y conocía a fondo el tema. Me retribuyó la atención con las esmeradas respuestas que el lector podrá leer en esta página.

"El hombre privado se manifestó de una manera indirecta. En primer lugar, estaba inmerso en una delicada tarea diplomática. Las *Madres de Plaza de Mayo* quieren llevar al Cardenal Aquino ante la justicia italiana bajo la acusación de complicidad y colaboración con la dictadura militar argentina, por la muerte y desaparición de ciudadanos italianos, tanto laicos como de profesión religiosa, que fueron torturados, asesinados, o que simplemente terminaron siendo parte de los desaparecidos durante la guerra sucia. Para lograrlo necesitan que renuncie a las inmunidades de que goza por ser funcionario del Estado Vaticano. Cualquiera diría que sería poco probable conseguir esto. Aquí entra en escena el Cardenal Rossini, víctima él mismo de la guerra sucia, en la que, siendo un joven sacerdote, fue azotado y violado en la puerta de su propia iglesia, y rescatado de otros horrores por la señora de Ortega y su padre.

"Mientras el padre de la señora de Ortega viajaba a Buenos Aires con la intención de negociar un salvoconducto para que Rossini pudiera salir de Argentina, la señora de Ortega se trasladó con él a una propiedad en el campo y lo cuidó hasta que se restableció.

"Vi pruebas fotográficas —que he aceptado no describir en estas páginas— de lo que le hicieron a Rossini.

"Percibí entonces, muy claramente, el modo en que Rossini consiguió una salvación personal a través de una mujer. Tuve el privilegio de verlos juntos en circunstancias totalmente paradójicas. Ahora ambos rondan la cincuentena. Estuvieron un cuarto de siglo sin verse. No obstante, no cabían dudas de que una vez, aunque durante un breve período, habían sido amantes, y de que ese mismo amor seguía vivo en los dos. Iluminaba la sobria habitación de soltero de la residencia del Cardenal. Se notaba en cada mirada, en cada gesto, y le imprimió un carácter especial al pedido de tregua de Rossini, por más que no haya logrado un acuerdo entre Aquino y las mujeres que lo acusaban.

"Isabel de Ortega está casada. Su esposo es diplomático ante las Naciones Unidas. Ella, por su parte, ha desarrollado una próspera carrera como especialista en asuntos hispanoamericanos. La hija de ambos es artista y trabaja en obras de restauración en el *Metropolitan Museum of Art*.

"El Cardenal Rossini, por otra parte, gozó del favor del difunto Pontífice, que le asignó diversas misiones en el extranjero. Es evidente que el favor papal tuvo sus consecuencias. Algunos de sus colegas lo envidian. Otros tienen tendencia a chismorrear sobre su historia pasada, cuidadosamente divulgada desde los primeros tiempos por la dictadura militar a través de su embajada romana. Pero ni siquiera sus jueces más hostiles han sido capaces jamás de poner en tela de juicio la integridad y la fidelidad de su vida clerical en Roma.

"Hay en Rossini un porte y una estatura que impresionan instantáneamente. Uno sabe que se trata de un hombre que no tiene deudas pendientes. Es un hombre al que yo le creería si predicara acerca del amor. Imagino que abre su corazón muy rara vez, pero cuando lo hace uno ve que las brasas arden en su interior. Sé a ciencia cierta que ahora se enfrenta a otra tragedia. La señora de Ortega regresa de inmediato a Estados Unidos para recibir tratamiento por una enfermedad que ya ha sido diagnosticada como terminal.

"¿Cómo será considerado Rossini en el cónclave? Tal vez resulte que es mejor conocido de lo que él cree. Se lo reconoce como un hombre que viaja ligero de equipaje, se mueve con rapidez, ve e informa con claridad. Alguien así suele subestimar la impresión que causa porque no se concentra en él mismo sino en los asuntos de los que se ocupa.

"He oído las dos campanas de la historia de Aquino: la del Cardenal, a quien entrevisté para este periódico, y la de las *Madres de Plaza de Mayo*. Existe una fuerte antipatía entre Aquino y Rossini, que son tan diferentes como el día y la noche. Son colegas de la Curia, pero sin duda no son amigos. Yo diría que el Cardenal Aquino tuvo la suerte de encontrar en su colega Rossini un abogado tan fuerte como generoso, si se me permite decirlo así.

"El tema de los desaparecidos, y de los muchos otros miles cuyo destino se conoce, no se ha cerrado. Ningún silencio es lo suficientemente profundo para acallar a tantos acusadores. Ese tema seguirá vigente para el Cardenal Aquino. Calculo que el nuevo Pontífice, cualquiera sea el elegido, no lo entregará a un tribunal civil, aunque cada vez son más los clérigos en esa situación por someter a niños a abusos deshonestos, una tragedia de escala mucho menor que las brutalidades de la guerra sucia. Sin embargo, Aquino aún tendrá que ajustar cuentas con su conciencia, mientras Luca, Cardenal Rossini, deberá cargar durante el resto de su vida con las cicatrices de su espalda y de su alma.

"Y aquí surge la nueva paradoja. Tanto Aquino como Rossini formarán parte del cónclave para elegir un nuevo Papa. Ambos son, por definición, candidatos. Dado el clima de reacción que ya se está preparando, ninguno de los dos será fácilmente descartado. Aquino es un fruto maduro, algunos creen que magullado, por un largo servicio diplomático y curial. Rossini, por su parte, es el lobo estepario familiarizado con los suburbios y con las altas esferas, que cultiva su amor y convierte sin estridencias su ira en servicio. De los dos, como alguien ajeno al cónclave, lo prefiero a él. ¿Por qué? Porque creo que podría mantener vivas las brasas del amor, aunque fuera elegido y sobre él cayera el frío glacial del poder absoluto.

Había aún más, pero Rossini había leído lo suficiente para saber que su amor por Isabel ya no era un secreto. Sería conocido de una u otra forma por obra de todos los medios de comunicación del mundo entero. Estaba contento de que Isabel hubiese hecho las paces con su esposo, y de haber colaborado en la reconciliación. La revelación de la enfermedad de ella a los medios de comunicación había sido un golpe inesperado. Pero tenía que admitir que, en general, Steffi Guillermin había cumplido su promesa y que su comentario había sido más generoso que lo que esperaba. Se preguntó qué comentario tendría que hacer el Camarlengo sobre el tema. Aún estaba pensando en las posibles consecuencias del artículo cuando el Secretario de Estado levantó la vista de su lectura y dijo:

—Espero que mis traductores puedan dar una versión decente de tu texto, Luca. Hay en él más pasión que la que esperaba.

—¿Eso es malo, Turi?

—No, creo que encaja bien con el retrato que mademoiselle Guillermin hizo de ti como hombre apasionado.

—¿Eso te preocupa?

—¡En absoluto, Luca! Si en esta elección no hay pasión, se perderá la posibilidad de cambio. Si nosotros mismos no votamos al hombre adecuado, todos tendremos problemas. Ésta es nuestra única oportunidad de hacer que la barca de Pedro siga su ordenada travesía milenaria.

—Siempre me ha gustado esa metáfora —dijo Rossini—. La utilicé en mi entrevista con Guillermin.

—Lo sé. También a mí me impresionaron tus palabras. Como sabes, mi padre fue capitán de barco —dijo el Secretario de Estado—. Sabía guiarse por las estrellas y amaba el mar. Me han dicho que su tripulación siempre lo respetó porque llevaba el barco a buen puerto y se preocupaba por sus hombres.

—¿Aún vive?

—No. Murió a principios de los años cincuenta. Mi madre crió a dos niñas y dos niños siendo viuda. Yo entré en la Iglesia. Mi hermano se convirtió en el jefe de la familia. Es un ejecutivo de Italcable. Mis dos hermanas están casadas. Mi madre es seis veces *nonna* —le dedicó una de sus raras sonrisas e hizo un gesto de resignación—. ¡Vaya! Finalmente me has hecho hablar de la familia. ¿Quieres saber algo más?

—Sí. ¿Por qué esta reunión con el Camarlengo? Detesto entrar a tientas en una reunión. Supongo que tu padre me habría comprendido.

—Te habría comprendido perfectamente. Solía decirme: "Los Reyes Magos tenían una estrella que los guiaba hacia el niño Jesús. El hombre de mar debe conocer las estrellas que lo conducen a su hogar". ¿Vamos? Baldassare odia que lo hagan esperar, y en este preciso momento carga con la Iglesia entera a sus espaldas. Eso lo pone un poco irritable...

La reunión en el despacho del Camarlengo fue más numerosa que lo que se esperaba. Estaban presentes el Prefecto de la Congregación para la Doctrina de la Fe, el Patriarca Maronita de Antioquía, los Arzobispos de Tokio y Bangkok, y el Arzobispo de Ernakulam en la India, que pertenecía al rito siro malabar. También estaban Aquino y el Arzobispo de Seúl. Once personas en total. Rossini preguntó por qué y con qué pautas habían sido cooptados. El Camarlengo lo explicó con su habitual afabilidad.

—No era posible, ni siquiera aconsejable reunir un plenario consistorial de cardenales antes del cónclave. Ésta es la última de una larga serie de pequeñas reuniones en las que se han mantenido conversaciones, y nuestros hermanos mayores excluidos del cónclave han podido compartir con nosotros sus puntos de vista y sus experiencias. Mañana, entre las cuatro y las cinco de la tarde, acudirán a la Casa de Santa Marta, donde serán alojados, espero que más cómodamente que los conclavistas de otras épocas. A su llegada, les habrán sido asignados los aposentos y se les proporcionarán los documentos necesarios, a saber, los horarios, el orden de los rituales, los juramentos de secreto, las reglas del cónclave, los nombres de las diversas personas que estarán allí para ayudarlos: secretarios, confesores, un médico, un cirujano, las órdenes para los cuidados, etcétera. Y, si tienen algún problema especial con respecto a la alimentación, el personal de la cocina hará todo lo que esté a su alcance para complacerlos. Habrá comunicación telefónica entre las habitaciones, pero absolutamente ningún contacto con el exterior. Salvo en casos de extrema urgencia, y sólo con permiso del Mariscal del cónclave. No obstante, existe un tema para el que parecían necesarias instrucciones especiales. Algunos de nuestros hermanos me han pedido que haga saber formalmente que, si por casualidad fueran elegidos, rechazarían tal honor. Señalaron que renunciando de antemano a la candidatura podrían ahorrar tiempo y molestias a los electores. Yo les aclaré, por supuesto, que todos los electores deben ser libres de emitir su voto como ellos mismos decidan, aunque sepan que el candidato ha renunciado anticipadamente. Esto puede indicar una imperfección del sistema. Sin embargo, los electores son libres de utilizar el sistema de la forma que prefieran para la elección válida de su propio candidato. Planteo la cuestión ahora, en un tono informal, porque, cuando entren ustedes en el cónclave, encontrarán una lista completa y definitiva que entra dentro del juramento del secreto y que se aplica a todos los conclavistas. De todas maneras, algunos de nuestros hermanos ya han hecho pública su intención. Nuestro hermano de Westminster ya ha anunciado su intención de retirarse a su monasterio y dedicarse a pescar. Matteo Aquino, que esta mañana nos acompaña, ha renunciado a su candidatura, de manera tal que no pueda haber en el nuevo pontificado querellas vinculadas con los acontecimiento ocurridos en Argentina en el pasado.

—Uno se pregunta —intervino Gottfried Gruber—, uno se ve obligado a preguntar si, en el mismo contexto, y por la misma buena razón, nuestro eminente colega Rossini podría considerar una renuncia pública a su candidatura.

Se produjo un silencio sepulcral. Rossini se puso de pie lentamente. Se volvió hacia el Camarlengo, sin mirar a Gruber. Muy lenta y deliberadamente, preguntó:

—Nos conocemos hace mucho tiempo, Baldassare. ¿Estaba enterado de que en esta reunión se me plantearía este desafío?

—No, Luca.

Él esperó que el Camarlengo añadiera algo, pero éste no dijo nada más.

Rossini se volvió hacia Aquino.

—¿Y usted, Matteo, sugirió la pregunta?

Aquino rechazó el desafío encogiéndose de hombros.

—En cierto modo, supongo que sí. Después de conocer el informe de su entrevista con Steffi Guillermin, le hice a Gruber un comentario jocoso. Algo acerca de que vivíamos en tiempos menos tolerantes y más dados al escándalo, y que la prensa dominaba nuestras vidas mucho más que lo que estábamos dispuestos a admitir. Por otro lado, dije que usted había sobrevivido mejor que yo al escándalo.

—¿Qué escándalo?

—El de su relación, breve sin duda, con la señora de Ortega: un sacerdote con una mujer casada. Eso fue, y seguirá siéndolo. Una vez que aparecemos en los libros de historia, ya no podemos escapar de sus páginas.

Rossini se volvió lentamente para mirar a Gruber.

—¿Y usted, Gottfried? Es el perro guardián de la Iglesia, amo de los podencos de Dios. ¿Considera que debería renunciar públicamente a mi candidatura debido a este episodio de mi juventud?

—En las circunstancias actuales, sí.

—Y tú, Turi... Tú eres mi superior inmediato. ¿Qué tienes que decir?

—No tengo nada que comentar —respondió el Secretario de Estado.

Rossini apartó la vista de él y se dirigió una vez más al Camarlengo.

—Con su permiso, Baldassare, y con el consentimiento de nuestros hermanos, me gustaría resolver este asunto ahora.

El Camarlengo arrugó el entrecejo y planteó la pregunta formalmente:

—¿*Placetne fratres*?

La respuesta fue unánime:

—*Placet.*

Rossini guardó un largo silencio mientras se recuperaba y aplacaba sus turbulentas emociones en busca de las palabras adecuadas:

—Hermanos míos. Nos hemos reunido aquí con anterioridad. En algunas ocasiones os recibí en Roma, en mi propia casa. Hemos celebrado juntos la Eucaristía. Ahora guardáis silencio mientras se me insta a que renuncie a los derechos y privilegios que me concedió nuestro difunto Pontífice. ¿Por qué? ¿Estoy sometido a juicio? ¿O sólo se trata de un desafío? No me defenderé porque no tengo nada que defender. No os suplicaré porque no tengo nada que justificar. No supliqué cuando me ataron a la rueda de un carro, me desollaron y me violaron con una fusta frente a mi propia iglesia y a mi propia gente. Grité, vociferé, recé, sí, y maldije a mis torturadores, pero no supliqué. ¡Pero cuando Isabel de Ortega mató a un hombre para salvarme y me dedicó sus cuidados y se escondió conmigo, entonces sí supliqué! Imploré como un hombre-niño a su madre, como un hombre a una mujer, a la que había renunciado sin saberlo: ¡házme íntegro! Salvar a un hombre de la ruina. Es lo que ella hizo. Lo logró con el don de su ser y su condición de mujer. Lo hizo corriendo a diario el riesgo de ser víctima del secuestro, la tortura y la muerte. ¿Os parece escandaloso? Jamás pude considerarlo como otra cosa que un acto de amor y curación. Cómo me juzgue mi hermano Gottfried Gruber, cómo puedan valorar sus asesores mis actos y mis actitudes es algo que para mí carece de importancia. Vine a Roma sin pretensiones. Se me trajo hasta aquí por un acuerdo alcanzado por nuestro hermano Aquino y la dictadura militar argentina. Fui entregado al Pontífice como un paquete de mercadería defectuosa. El paquete tenía una etiqueta con un precio y el precio era el silencio. Isabel de Ortega y su familia fueron rehenes de ese silencio. También fui entregado como sirviente a la madre Iglesia, a la que he servido, no siempre con dicha y alegría, pero sí con fidelidad y puntualidad hasta hoy. Me convertí en defensor público de nuestro hermano Aquino, que sigue siendo vulnerable a las consecuencias de su servicio en Argentina. Las *Madres de Plaza de Mayo* tienen una causa pendiente con él. Yo he intentado aliviar la ira contra él, y, sin embargo, ahora él guarda silencio. Su difunta Santidad me ofreció su amistad. En esta ciudad me confesé directamente con él por primera vez. Le dije que me arrepentía de la culpabilidad que encerraran mis propios actos, y que aceptaría cualquier penitencia que él decidiera imponerme; pero que no podía aceptar su absolución si ésta implicaba una condena o una censura del amor y la gratitud que sentía y aún siento por Isabel de Ortega. No lo hizo. Pero la penitencia que me impuso fue bastante dura: la separación de por vida... En un exilio honorable, pero de cualquier manera como rehén. He cumplido la penitencia. He pagado la deuda. Isabel de Ortega vino a Roma a pasar unos días y a despedirse de mí. Padece una enfermedad terminal. Su presencia le ayudó también a usted, Matteo. Suavizó la actitud de las *Madres de Plaza de Mayo* con respecto a usted. Confío en que la recordará en sus oraciones. Ahora permitidme que os pregunte a todos: ¿seguiremos hablando de escándalo? ¡No lo toleraré, hermanos míos! Si queréis una Iglesia perfecta, no hay en ella lugar para mí. Pedro traicionó a su señor; Pablo no alzó su mano ni dijo nada ante la ejecución de Esteban, el primer mártir; María Magdalena fue amada por el Señor porque había amado intensamente; Agustín era un libertino y un hereje antes de abrazar la fe. Tertuliano se separó porque no podía perdonar a aquellos que se habían acobardado ante las persecuciones... En este momento, sois custodios de ésta, vuestra Iglesia. No es propiedad vuestra; sois responsables ante Dios del pueblo de Dios. Finalmente respondo a nuestro hermano Gottfried, aquí presente. El cargo que ostento me fue otorgado legalmente, con todos sus derechos y privilegios. Y no renunciaré a ninguno de ellos por una falsa acusación de escándalo. ¡Dios no quiera que pensarais en hacerme Papa! ¡Dios no quiera que alguno de vosotros limitara mi derecho a la candidatura! Os doy las gracias, Eminencias, por haberme escuchado pacientemente. Os ruego que me disculpéis.

Estaba a mitad de camino de la salida, cuando el Camarlengo lo llamó.

—¡Espera, Luca! Por favor, vuelve a tu asiento. Tenemos otros temas que tratar.

Rossini vaciló un instante. Luego se volvió hacia el Camarlengo, inclinó la cabeza y se sentó. El Camarlengo miró a su alrededor y preguntó en tono formal:

—¿Alguien quiere decir algo sobre las palabras de nuestro hermano Luca?

Nadie respondió. Rossini supo que había obtenido una victoria; había doblegado a los "grandes electores", pero el triunfo le dejaba un sabor amargo. Podía comprender a Aquino y a Gottfried Gruber, pero Baldassare, el Camarlengo, y Turi, eran sus amigos, y sin embargo no habían dicho nada en su defensa. Entonces el Camarlengo cedió la palabra al Cardenal Arzobispo de Tokio, un hombre menudo y suave que representaba menos que los sesenta y ocho años que tenía. Hablaba en perfecto italiano, apenas matizado por el deje japonés. Su tono era humilde y cortés.

—Debo decir que estoy preocupado por lo que he oído aquí esta mañana, y por lo que he oído en otras reuniones desde mi llegada. Existe entre los hermanos una fricción que me resulta ajena y perturbadora. Hay una presión por imponer puntos de vista y disciplinas, como si formáramos parte de un ejército y no de una familia unida por el amor. Permitidme explicar algo. Los cristianos de Asia vivimos como seres exóticos en comunidades enormes que tienen sus propias creencias, mucho más antiguas que las nuestras. Sin embargo, siguen siendo nuestra gente, nuestros amigos, nuestros parientes. Por lo tanto, estamos obligados a llevar a cabo nuestra misión de difundir el Evangelio con humildad, discreción y mucha caridad. Para usar las palabras del Papa Juan XXIII: "Siempre buscamos aquello que nos une, y no lo que nos divide". Esto significa que en nuestra enseñanza debemos superar gran cantidad de barreras semánticas. Debemos difundir nuestro pensamiento cristiano con las palabras de otros idiomas y otras culturas. Debemos examinar, con la mente abierta, las propuestas religiosas de otras grandes religiones, siempre con la convicción de que, sea cual fuere la verdad, y la diga quien la diga, se trata de una auténtica revelación del Espíritu. Hay que tener mucho cuidado y un gran discernimiento para adoptar esta actitud mental. Tenemos que admitir emocionalmente lo que admitimos en el plano intelectual: que incluso las percepciones más refinadas de los teólogos, las prescripciones más precisas del derecho canónico serán una barrera para la comprensión religiosa si no están expresadas en el idioma del corazón. El conocimiento de Dios y de las verdades de la salvación se ofrece a todos; por lo tanto, debe estar disponible en todas las modalidades de la comunicación humana. Aquí hay un gran misterio: el de la propia intervención secreta y muda de Dios en cada vida humana, cuya existencia está sustentada por la Divinidad misma. Siempre es una empresa peligrosa imponer una definición verbal a este misterio, o condenar a aquellos que pretenden explorarlo con nuevas herramientas o por caminos poco conocidos. Nuestra fe no es una serie de proposiciones que imponemos a la gente como una especie de billete de entrada al Reino. La fe es una iluminación que alumbra todo y todos los acontecimientos del mundo. Es como una vela en una habitación llena de espejos, que se repite y se refleja al infinito. No definimos a Cristo en nuestro credo. Lo proclamamos: "Luz surgida de la luz, Dios verdadero surgido del Dios verdadero, engendrado, y no hecho de la misma sustancia del Padre". Esa proclamación fue formulada por los pueblos mediterráneos. ¿Cómo hago yo, un cristiano japonés, para explicarla a mi gente? De la única manera que puedo, convirtiéndome yo mismo en el espejo que refleja la luz, por imperfecto que sea. Estamos aquí reunidos para elegir al Obispo de Roma. Según la tradición, él se convertirá en el sucesor de Pedro, el pescador, que fue el primero en negar a su maestro, pero que fue nombrado por él como la piedra sobre la que edificaría su Iglesia. Tenemos que encontrar otro Pedro, consciente de su propia fragilidad, consciente de las necesidades de una vasta y diseminada grey. No debemos crear mitos en torno de él. No debemos afirmar que toda la creación se le revelará en el momento en que sea elegido. Debemos elegir a un hombre que cuide a su pueblo, que esté abierto a él, que no busque siempre dirigirlo en todos los actos de su vida, que no utilice contra él la poderosa burocracia de la Iglesia, sino que intente aprender de él a través de las parábolas cotidianas de la experiencia humana. Y, una vez que lo elijamos, no podremos destituirlo. En consecuencia, no deberíamos caer en celos personales sino más bien buscar a aquel de nosotros en quien podamos confiar para que guíe al rebaño hacia praderas nuevas y más abiertas.

—Amén —el asentimiento de Luca Rossini fue firme, pero incluso mientras pronunciaba esa palabra se preguntaba si su propia convicción sobreviviría a las consecuencias.

La reunión continuó durante otra media hora. Cuando concluyó, él ofreció los cumplidos de rigor, anunció que tenía otro compromiso urgente y se marchó a toda prisa.

Se paseó sin rumbo fijo por la calle del Conciliador, y entró en una tienda que vendía objetos religiosos para turistas. Dedicó media hora a la compra de un medallón de oro de la Virgen y un elegante estuche para guardarlo. En una hermosa letra de estilo italiano, escribió la tarjeta que Isabel había encargado: "La pequeña Virgen que me regalaste me ha hecho muy feliz. Te envío su imagen para que no te sientas sola sin ella. La he elegido de oro para darte las gracias por haberte convertido en mi hermana. Reza por mí, lo mismo que yo rezaré por ti. Isabel de Ortega".

Pidió al vendedor que la envolviera con mucho cuidado porque pensaba pedirle al nuevo Papa que la bendijera. Pagó la cuenta, agradeció el descuento ficticio "para nuestros distinguidos prelados", se guardó el paquete en el bolsillo y echó a andar en dirección al río, como un turista más. Mientras caminaba, unos extraños versos que Piers Hallett había recitado durante una cena acudieron a su mente:

"¿Su vida a los sonetos habría dedicado
Petrarca, si a Laura hubiese desposado?"

Al llegar a su apartamento se dedicó a ordenar sus cosas. Esa noche a las ocho cenaría en casa con Piers Hallett. Al día siguiente entraría en el cónclave. Su equipaje quedaría preparado para lo que podía ser una estancia de una semana, más o menos, ¡según el grado de cooperación con el Espíritu Santo que alcanzaran los electores!

Su uniforme diario sería la sotana negra con el ribete escarlata, el solideo escarlata y su pectoral. Necesitaría suficiente ropa interior para remediar cualquier desperfecto en el servicio de lavandería en la Casa de Santa Marta. Necesitaría un par de sobrepellices blancos y su mitra para el ceremonial posterior, porque, aunque tenía el rango de Cardenal Presbítero, también era Obispo titular en la Iglesia de San Sebastián en el Palatino.

Necesitaría su diario y algo de papelería personal. Mientras durara el cónclave no se podía enviar ni recibir correspondencia, pero se permitían las comunicaciones privadas en el interior, aunque eso podía resultar indiscreto. A esos pensamientos, siguió el vago impulso de escribirles a Isabel y Luisa. Lo reprimió de inmediato. También eso podía ser una indiscreción. Raúl Ortega se ocuparía de ellas; lo único que Luca Rossini podía hacer era esperar las noticias.

Bruscamente sus pensamientos se centraron en los acontecimientos de aquella mañana: la elocuencia del Cardenal japonés, y el inesperado silencio del Camarlengo y del Secretario de Estado. Su propio resentimiento había desaparecido tan rápidamente como había surgido. Después de todo, así era el juego político de la jerarquía en una corte papal. El silencio tenía miles de interpretaciones y no suponía castigos. Las palabras siempre estaban sujetas a la glosa, a la interpretación y al énfasis modificado. Eran armas para los enemigos y defensas endebles como una telaraña contra un agresor determinado. Sin embargo, ni Baldassare ni Turi lo habían atacado. Sencillamente se habían retirado para observar cómo su colega más joven se desempeñaba en su justa con los grandes electores.

Otras justas se desarrollarían dentro del cónclave mismo, cuando los grandes electores y los extranjeros se reunieran en la sala y en el bar, o en el salón de fumar de la Casa de Santa Marta, o mientras caminaran en procesión a la capilla donde se depositaban los votos, cuatro veces al día, hasta que se nombraba al nuevo Papa.

Ahora, solo y con la cabeza fría, Luca, Cardenal Rossini, razonó consigo mismo. Había llegado hasta donde estaba por sus propios medios. Recorrería el último kilómetro y dejaría el futuro en manos de Dios… Siempre y cuando Dios aún estuviera presente en el cosmos y en el caos humano.

Capítulo Catorce

Luca, Cardenal Rossini y su confesor personal, Monseñor Piers Hallett, se presentaron ante el mostrador de la recepción de la Casa de Santa Marta a las cuatro de la tarde.

Llamada así por la activa ama de casa de la Biblia, la hermana del resucitado Lázaro, el edificio había sido ideado en 1993 como hotel residencia para los funcionarios de la iglesia visitante y para el personal semipermanente del Vaticano. Según se decía, los fondos habían sido proporcionados por los Caballeros de Columbus en los Estados Unidos. Ahora era cedido a los conclavistas y a su pequeño ejército de asistentes, desde pinches de cocina a sacristanes. El arquitecto del cónclave y sus técnicos habían estado trabajando arduamente para que el lugar no resultara accesible a los intrusos ni pudieran salir de él sus ocupantes, que se encontrarían incomunicados hasta estar en condiciones de anunciar la elección de un nuevo Pontífice.

El edificio había tenido sus problemas. El Partido Verde italiano había afirmado que tapara la vista de la cúpula de San Pedro desde la *Calle de la Puerta de la Caballería Ligera*. De modo que los arquitectos habían eliminado un piso y construido un sótano habitable. Entonces surgió una dificultad: era necesario que los cardenales secuestrados contaran con una entrada y una salida seguras dentro de los límites del Vaticano. Por ello, se había construido un pasaje hermético, temporario, a través de la Basílica y hasta la Capilla Sixtina, donde se depositaban los votos.

Cuando quedaron registrados, junto a muchos otros colegas del resto del mundo, al Cardenal Rossini se le asignó una habitación en el segundo piso, entre sus pares, en tanto Hallett fue enviado al sótano. Aquí algunos siervos de Dios eran más iguales que otros. Sin embargo, el equipaje de ambos fue revisado con la misma minuciosidad por el personal de seguridad del Vaticano, que tenía la misión de asegurarse de que nadie llevaba teléfono móvil, micrófono oculto ni ningún otro artículo electrónico sospechoso. Evidentemente la Iglesia tenía poca confianza en la cabal integridad de sus príncipes. Por ejemplo, en la Constitución Apostólica se establecía específicamente que el delito de simonía, la compra o la venta del cargo papal, no invalidaría la elección. Se establecía incluso que cualquier promesa hecha para conseguir una elección no era exigible con posterioridad. En otros tiempos, el cargo se había comprado y vendido. A veces había sido motivo de asesinato. Se sabía claramente que en esta era milenaria podían repetirse esas antiguas estratagemas. A cada huésped se lo proveía de una carpeta que contenía toda la información necesaria para su permanencia allí: las comodidades de la casa, sus restricciones, los nombres y los números de teléfono de sus residentes y del personal de servicio, un mapa con las habitaciones públicas, las precauciones necesarias en caso de incendio, y los textos de los juramentos de secreto —que serían tomados en público esa misma tarde, tanto a los electores como al personal del cónclave—, una lista de confesores, secretarios y médicos. Todos estos materiales llevaban grabado el símbolo de *Sede Vacante*, el paraguas de rayas rojas y amarillas llamado *Pabellón*.

Hubo un momento de confusión cuando Rossini intentó confirmar los arreglos especiales que había dispuesto para recibir noticias de Isabel desde Nueva York. Se produjo la típica respuesta romana: hombros encogidos, labios fruncidos, comprobaciones de papeles, búsqueda de datos en las pantallas de los ordenadores. Al parecer, no existía registro alguno de esos arreglos.

Rossini se plantó delante del mostrador, amenazador como un cóndor andino, hasta que localizaron las directivas correspondientes y se les proporcionó —a él y a Hallett— el contacto aprobado. Entonces exigió que se les proporcionara de inmediato una copia de las directivas. ¿Era posible esperar, Eminencia? No, no era posible. Mañana sería otro día. Habría alguien más detrás del escritorio y, de todas maneras, a los conclavistas les estaría prohibido el acceso a este sector de la casa. Así que, por favor, amigo mío, entrégueme los papeles... y por duplicado.

Cuando recibió los documentos, respondió con una débil sonrisa de agradecimiento. Luego dejó que el conserje los acompañara al otro lado del vestíbulo, hasta los ascensores que los conducirían a su cárcel temporaria. Piers Hallett festejó el incidente con un sarcástico comentario digno de Cromwell:

—Me gusta la forma en que manejas tus asuntos, Eminencia. ¡Confías en Dios y no gastas pólvora en salvas!

—Tu primera obligación, Piers, consiste en visitar la oficina del Vicariato tres veces al día. No quiero mensajes perdidos ni mal archivados hasta el día del juicio final.

—Confía en mí, Eminencia.

—¡Eso hago, Piers! Son los demás quienes me preocupan. Nos reuniremos en mi habitación después de la segunda votación de cada tarde para beber una copa y conversar.

—¿Cuánto tiempo crees que llevará la elección?

—Es difícil saberlo. Tengo la impresión de que podría ser un proceso largo. Hay profundas desavenencias entre los partidos. Los conservadores se juegan muchos intereses. Los liberales tienen el temor de que atravesemos otra edad de hielo. No hay manera de hacer un pronóstico hasta mañana, cuando comience la votación. Esta noche, a las siete, se tomarán los juramentos. El Secretario de Estado pronunciará su mensaje acerca del estado de la Iglesia. Yo diré mi parte. Después cenaremos juntos, como buenos hermanos. Durante la primera mañana se hará una votación y otras cuatro un día después, mañana y tarde, hasta que sea nombrado el nuevo Papa. ¡Tendrás mucho tiempo libre! ¡Mantén el oído atento y hazme saber cualquier chisme que oigas allí abajo!

—¡Por favor, Eminencia! —exclamó Hallett, con una sonrisa burlona—. Ésta es una empresa sagrada. ¿Sobre qué se podría chismorrear?

—Eso es, Piers, ¿sobre qué?

—Entretanto, aparte de los chismorreos, ¿qué se supone que debo hacer?

—Rezar, si puedes, y reflexionar mucho —dijo Rossini en tono sobrio—. Éste es el revés del tapiz, amigo mío. Verás lo mejor y lo peor de nuestra Iglesia. Aquí no hay ilusiones, y tienes que tomar una decisión. Lo mismo que yo, sin duda.

—¡Te deseo suerte y lucidez, Eminencia!

El conserje acomodó el equipaje de Rossini en el ascensor, mientras Hallett, cargado con sus propias maletas, bajó a pie a las profundidades del sótano.

Después de instalarse en sus aposentos, una recogida pero cómoda habitación con ducha y lavabo, escritorio, un sillón y un reclinatorio con un crucifijo encima, Rossini recorrió la lista de los conclavistas, marcando los nombres de los que había conocido en sus viajes, haciendo sus propias cábalas sobre los antecedentes y tendencias de cada uno desde el punto de vista del carácter y la lealtad personal.

Provenían de todos los rincones del mundo: Etiopía y África, Líbano, la India, China, las Filipinas, América, Asia y las Indias Orientales y las islas del Pacífico. Tenían la piel negra como el ébano, amarilla y cobriza, y blanca como la porcelana. Sus nombres formaban una letanía polifónica. Sus idiomas formaban un mosaico, auxiliados por el latín de sus años de estudio, teñidos por los vestigios de los acentos regionales y tribales de sus lenguas maternas. Todos ocupaban cargos importantes. En tiempos normales, su poder era calibrado por el tamaño de la población que gobernaban, por su lejanía o cercanía del poder de Roma, por el peso que sus consejeros tenían en el tribunal papal.

Los propios miembros del tribunal —los cardenales de la Curia— se movían entre ellos con cierta comodidad protectora. En fin de cuentas, eran los castellanos de esta fortaleza romana. Conocían sus sinuosos callejones, todos los pasajes subterráneos a las congregaciones, consejos y comités, dónde se retorcían los tentáculos del poder, y cómo —rápidamente o a lo largo de una vida que transcurriera en lentos círculos— un extranjero podía llegar a tener un diálogo personal con el Pontífice. No todos eran italianos, como había ocurrido en el pasado. La Curia se había internacionalizado para incluir a británicos, belgas, franceses, alemanes, italianos, eslovacos, españoles, sudamericanos, africanos, asiáticos y australianos.

También existía otro grupo, periférico a éste y más pequeño, pero sin embargo poderoso: los metropolitanos de las grandes sedes italianas como Milán, Bolonia, Venecia, Nápoles, Florencia, Palermo, Turín. Estaban investidos con otra clase de autoridad: pastores de grandes ciudades con una larga historia de autonomía. En la elección misma, eran hombres con los que había que contar, pues eran conocidos como pastores y no como burócratas, y su vida transcurría entre la gente corriente.

Como un bromista había dicho, los arzobispos de Estados Unidos eran mutantes de los primeros inmigrantes europeos: irlandeses, italianos, polacos. Ninguno de ellos era un candidato con posibilidades, pero todos llevaban una señal invisible. Eran producto de una revolución democrática que, en términos históricos, era demasiado reciente para que resultara cómoda. Lo más importante es que eran miembros de una sociedad agresivamente capitalista, en la que la profesión y la práctica de cualquier religión eran una opción libre, en tanto la imposición estaba proscrita.

Por extraño que pueda parecer, los contingentes más numerosos de electores provenían de las ex colonias de África: Angola, Benin, Camerún, Kenya, Nigeria, Senegal y las demás. La idea de un Papa africano resultaba seductora. Daría nueva vida a la imagen de una Iglesia universal, una Casa de todas las Naciones. Refutaría para siempre las acusaciones de Cristiandad eurocéntrica, de religión racista. Pero a la luz de la historia moderna también podía acentuar el sangriento tribalismo que aún imperaba en el continente africano.

Por su parte, Rossini estaba convencido de que debían encontrar y elegir a un hombre por sus méritos y virtudes visibles, un hombre bueno, sencillo, lo cual no significaba que debía ser un estúpido sino alguien que pudiera hablar con la mano en el corazón al pueblo de Dios. Los políticos del Sacro Colegio eran un mal necesario, pero sus cambios de posición y sus estratagemas combinaban mal con la absoluta simplicidad del Evangelio. Los hombres que se ocupaban de las finanzas del clero rondaban siempre las cercanías de todos los templos, pero no podían controlar el Sanctasanctórum. Los censores e inquisidores debían quedarse donde correspondía: al servicio del sagrado depósito de la fe. No debían ser nuevamente designados jueces de la gente, ni usurpar la primacía de sus conciencias.

Así, mientras pasaba informalmente de un grupo a otro, saludando a viejos conocidos, presentándose a los nuevos, Luca Rossini intentaba decidir a quién destinar el primer voto en la primera votación de la mañana siguiente. Ésta siempre era una prueba impuesta para establecer, si era posible, la variedad de candidatos y para identificar, si era posible, los bloques de votantes que los promovían. Sin embargo, aquella noche era sólo un preludio y un preámbulo: una reunión del club más pequeño y más poderoso del mundo. Se sirvieron bebidas, se ofrecieron canapés. La charla fue afable y los intercambios, tentativos. Los miembros estaban más ansiosos por oír opiniones que por ofrecerlas.

Rossini no se demoró demasiado tiempo con ninguno de los grupos. Sabía que estaba siendo cortejado, solicitado, estudiado, no sólo por su voto sino por la influencia que podía ejercer después de una supervivencia de un cuarto de siglo dentro del Vaticano. Hubo alguno que otro chiste acerca de su reciente notoriedad en la prensa. Podía interpretarlos como quisiera: mofas o gestos de respeto hacia un veterano. Se detuvo un momento con un par de prelados de Estados Unidos. Uno era el Cardenal Arzobispo de Baltimore, y el otro el hombre de Los Ángeles que había estado presente en la reunión del día anterior con el Camarlengo. Contaba con una numerosa feligresía de trabajadores golondrina y refugiados de América Latina y tenía un amplio dominio del castellano y los dialectos del español. Parecía ansioso por recuperar la oportunidad perdida con Rossini.

—Esa entrevista con Guillermin en *Le Monde*, una actuación espléndida. Me gustó su estilo duro con respecto al tema del sexo. ¡*Muy viril*! Nos ayuda a todos. ¡Ya sabe la tormenta que acabamos de atravesar por el tema del sexo! Pensé que Gruber estaba equivocado cuando sugirió que usted renunciara a su candidatura. Sentí la tentación de intervenir, pero…

—Menos mal que no lo hizo —Rossini era suave como la miel—. Nuestro colega de Tokio dijo lo que hacía falta, y por añadidura evitó la discusión.

—Es un individuo impresionante. Un poco exótico en su teología, tal vez; pero es una opinión personal. Nosotros, los occidentales, nos sentimos mucho más cómodos con la de Aquino, ¿no le parece?

—Depende de cómo la enseñemos —dijo Rossini—. En los últimos años hemos tenido algunas teologías peligrosamente estrechas.

—¿Está sugiriendo —preguntó el hombre de Baltimore, sumándose a la conversación—, está proponiendo seriamente que deberíamos cambiar nuestra forma de enseñar?

—Sería mejor que fuéramos cautos en la elección de nuestro nuevo líder —respondió Luca Rossini.

—¿Qué le parecería un Papa de Estados Unidos? —lo preguntó con una sonrisa dibujada—. Acaso esta vez sea demasiado pronto; pero los americanos, los del norte y los del sur, tarde o temprano tendrán que hacer un intento por acceder al trono de Pedro. Al fin y al cabo, Estados Unidos todavía mantiene al mundo en un equilibrio militar y financiero.

—Espiritualmente —opinó Rossini— ustedes parecen con frecuencia muy divididos. Profesan la libertad de palabra y de conciencia, pero aún entrenan asesinos para contraatacar la insurgencia en los países de América Latina. Reivindican el derecho a la vida, pero aún llevan a cabo ejecuciones oficiales. Reivindican la libertad de conciencia pero realizan violentos bloqueos a las clínicas de abortos. Detestaría ser el primer Papa americano.

—Alguien tiene que ser el primero —Lacey de Los Ángeles tenía sentido del humor. Baltimore era menos tolerante. Desafió a Rossini.

—Entonces, ¿a quién propondría?

—No propongo a nadie —repuso Rossini en tono amable—. Emito mi voto y dejo que el Espíritu Santo se ocupe del resultado. Discúlpenme, caballeros.

Mientras Rossini se perdía entre la multitud, Baltimore comentó escuetamente:

—Otro bastardo arrogante. ¿Qué hace Roma con esta gente?

—No creo que sea arrogante —dijo Lacey de Los Ángeles—. Es un hombre duro que conoce el nombre del juego. Tal vez sea la mejor protección que tengamos contra el Opus Dei y los Grandes Electores.

—¡Por favor! ¿Y qué tiene de malo el Opus Dei? —preguntó Baltimore—. Nos ha ido muy bien trabajando con ellos.

—No lo dudo —dijo Lacey—. Pero yo me reservaría la opinión hasta después de haber visto la factura final.

El siguiente encuentro de Rossini, más agradable, fue con su ex profesor y erudito de la Biblia, en ese momento Arzobispo de Milán, la diócesis más importante de Italia. Era un hombre tranquilo y cordial, de gran erudición, que cuando no estaba viajando por sus parroquias, organizaba en su propia catedral seminarios para cristianos, judíos, musulmanes y eruditos seglares de todos los credos, a quienes ofrecía un foro abierto a la discusión y el debate. Con él se encontraba el Arzobispo de Montreal, que acababa de plantear la siguiente pregunta:

—¿A quién tenemos que pueda pasar por alto los siglos y llevarnos de vuelta a las cosas sencillas de la Iglesia Apostólica?

—A nadie —contestó Rossini—. Todos llevamos demasiada historia a nuestras espaldas, y la historia modifica todo lo que hacemos o decimos. El Santo Padre viajó a París para saludar a los jóvenes. Grandiosas manifestaciones, gran fervor y entusiasmo... ¡hasta que de pronto la Matanza del Día de San Bartolomé se alza como una negra nube del pasado!

—Creo que ésa es la cuestión —intervino el erudito de Milán—. No podemos cambiar la historia. Cometemos los peores errores cuando tratamos de glosarla o escribirla de nuevo. El cautiverio de Babilonia y el de Egipto son una parte tan permanente de la historia judía como el Holocausto de nuestra era. Nuestro problema consiste en que creemos que el tiempo nos quitará parte de la suciedad antes de que tengamos que reconocer nuestras propias fechorías. Y no es así.

—La confesión pública es, como mínimo, un proceso que desarma —Rossini se sentía cómodo con estos hombres. Su manera de ser era diferente, abierta y espontánea—. En lo que a mí respecta, sé que no habría podido sobrevivir en esta ciudad si hubiera intentado ocultarme o fingir. Pero con frecuencia nos vemos reducidos al absurdo. Ahora se nos propone que tengamos confesionarios con costados de cristal, para que los fieles puedan controlar la conducta del confesor y del arrepentido. ¿Y al mismo tiempo intentamos suprimir la antiquísima práctica de la reconciliación pública por parte de todos los fieles durante la misa? No sé qué ganamos con eso nosotros o nuestra gente.

—Poca cosa —coincidió el hombre de Milán—. La intimidad está al alcance de aquellos que la necesitan. La reconciliación ha sido un acto público desde los tiempos remotos en que Cristo se acercó al Bautista en los vados del Jordán. El problema es que nadie admite que nosotros, los pastores, quebrantemos las reglas de Roma, y hasta ahora sólo podemos torcerlas.

—Éste es uno de los problemas que hemos venido a resolver —dijo Luca Rossini—. Debemos abrir las ventanas otra vez y dejar que el aire fresco entre en la Casa de Dios.

—Las ventanas han estado cerradas durante demasiado tiempo —dijo el canadiense—. Los postigos están duros y deformados. Hará falta un hombre fuerte para poder abrirlos.

—O un hombre sencillo —opinó Rossini—. Un simple carpintero no tiene miedo de usar un cincel y una palanca para romper la madera que no sirve.

Un instante más tarde, mientras él se alejaba, los dos prelados se miraron. Su expresión encerraba la misma pregunta tácita: ¿podría él hacer esa tarea? Para Rossini la pregunta debía formularse de otra manera.

La Iglesia necesitaba un conciliador, un hombre de mentalidad abierta, corazón franco y sentido de la historia. Dieciséis siglos antes, Milán había sido capital del Imperio de Occidente, y Ambrosio, gobernador de la Emilia y la Liguria, había acudido a la ciudad para mediar en la disputa entre los candidatos al obispado cristiano. Según los historiadores, él mismo había sido proclamado obispo cuando aún no era cristiano. Ambrosio había sido un fenómeno en su propia época. Y tal vez, pensaba Rossini, un paradigma profético del futuro. Había nacido y se había educado para el servicio senatorial en el ocaso de un imperio. Sin embargo, se las había arreglado para conservar y transmitir a las eras sucesivas lo mejor del pasado: la creencia en la continuidad, en la justicia elemental, el respeto al orden cívico. Era un hombre que había recorrido el mundo del espíritu y el mundo de las sensaciones, y se había mantenido firme en ambos.

Rossini se sorprendió preguntándose si su antiguo mentor, un hombre de pensamiento eminente, experto en historia, optimista con respecto al futuro, podía ser el hombre que condujera la Iglesia en las postrimerías del siglo xx. Sin duda, sería una batalla elegirlo. No le interesaban las intrigas. Era jesuita, y los jesuitas habían carecido de prestigio durante mucho tiempo. Los hombres del Opus Dei habían estado durante mucho tiempo atrincherados en sus puestos de observación y control financiero.

Aun así, éste era un hombre en quien se podía confiar, un hombre con quien valía la pena arriesgar su propio voto personal.

A las seis y media de la mañana, la Casa de Santa Marta había sido abandonada por todo el personal no autorizado. Los conclavistas y sus asistentes estaban encerrados en el interior y los miembros de la *Vigillanza* vaticana estaban apostados en las entradas y las salidas. A las siete en punto, se tomó el primer juramento del cónclave a todos los participantes y al personal.

"Prometo y juro que respetaré el secreto inviolable de todos y cada uno de los temas relacionados con la elección del nuevo Pontífice que se discutan o decidan en las reuniones de los cardenales, lo mismo que todo lo que ocurra en el cónclave o en el lugar de la elección, directa o indirectamente, y finalmente con respecto a la votación y a cualquier otra cuestión de la que pueda llegar a enterarme.

"No violaré de ninguna manera este secreto, ni directa ni indirectamente, mediante señales, palabras, por escrito ni de ninguna otra manera. Además, prometo y juro no usar en el cónclave ninguna clase de instrumento transmisor o receptor, ni aparatos para tomar fotografías; todo esto bajo pena de excomunión *latae sententiae* (es decir, automáticamente), reservada de manera especial a la Sede Apostólica.

"Mantendré este secreto escrupulosa y conscientemente incluso después de la elección del Pontífice, a menos que el propio Pontífice me otorgue un permiso especial o una autorización explícita.

"De igual manera prometo y juro que jamás prestaré ayuda ni colaboración a interferencia alguna, oposición u hostilidad, ni a otra forma de intervención mediante la cual los poderes cívicos de cualquier orden o grado, o cualquier grupo de individuos, puedan desear interferir en la elección.

"Que Dios y estos Santos Evangelios que toco con mi mano me ayuden.

Después de esto, los electores hicieron un juramento separado para adherir a la Constitución Apostólica, defender los derechos de la Santa Sede y rechazar todos los vetos de cualquier poder secular con respecto a la elección. Una vez más, el secreto quedaba impuesto y afirmado:

"Por encima de todo, prometemos y juramos observar con la mayor fidelidad y con todas las personas, incluidos los conclavistas, el asunto secreto que tiene lugar en el cónclave o en el lugar de la elección, directa o indirectamente relacionada con el escrutinio; no quebrar este secreto de manera alguna, ni durante el cónclave ni después de la elección del nuevo Pontífice, a menos que éste nos dé autorización explícita".

A las siete y veinte exactamente, el Secretario de Estado se levantó para entregar su informe oficial sobre el estado de la Iglesia. Comenzó con una breve despedida al difunto Pontífice.

—Lo hemos llorado. Hemos rezado por él, lo hemos encomendado a Dios como un buen y fiel servidor. Para nosotros, la tarea continúa. En primer lugar, debemos seguir la tradición apostólica y elegir un nuevo pontífice. Permitidme que os muestre el mundo al que deberá enfrentarse...

Hizo un breve recorrido por los polvorines del mundo entero: el Islam que renacía, China y sus estallidos en el siglo xx, América con su celosa vigilancia a las incursiones en sus mercados, África y su lenta agonía a causa del SIDA, India y Paquistán, que construían arsenales nucleares, los árabes y los israelíes, que seguían en guerra por unos simples parches de tierra, las tribus de Europa, que seguían luchando para conservar su identidad étnica y religiosa, los recursos del planeta —bosques, oxígeno y agua—, que se despilfarraban mientras la Iglesia aún se negaba a comprender la terrible realidad de la superpoblación. Luego, con el mismo estilo árido, dejó caer sobre la asamblea una granada lista para estallar:

—Nosotros, hermanos míos, tenemos nuestra parte de culpa en todo esto. También nosotros hemos fomentado nuestras guerras y llevado a cabo nuestras matanzas en nombre de Dios. Nos arrepentimos muy lentamente de nuestras fechorías. Hacemos demasiado tarde nuestras reformas. Hemos albergado dentro de la Iglesia a una poderosa organización de clérigos y laicos, una organización acaudalada y secreta que, en nombre de Dios, desarrolla programas que, aunque formulados en documentos y otras manifestaciones expresas, en la práctica contradicen el mensaje del Salvador. No somos, aunque a algunos les gustaría creer que sí, los fieles privilegiados de una Iglesia de elegidos que perseveran hasta el fin en una era apocalíptica. Somos una ciudad enclavada en una montaña, visible para el mundo entero. ¡Pensadlo bien! Pensad en los escándalos en los que nuestras transacciones financieras secretas nos han sumido...

Luca Rossini se sorprendió al comprobar lo poco que había sabido de este hombre, y al ver cuánto estaba dispuesto a arriesgar en esta carga contra los molinos de viento. Mientras se acercaba al final, el discurso adoptó un tono distinto.

—Pensad en esto. Procurad discernir el signo de los tiempos que vivimos, que es el mensaje que Dios nos envía de continuo. Procurad discernir de qué, como pueblo de Dios, debemos arrepentirnos y qué debemos cambiar. Os recuerdo que hasta que elijáis un nuevo Pontífice sigue vigente el mandato del anterior. Están los que dicen que debería seguir estándolo por toda la eternidad. ¡No es así! Está vigente hasta que la sabiduría de un Pontífice posterior y de sus Obispos colegiados lo cambien.

Todos nos hemos sentido conmocionados por la publicación del diario del difunto Pontífice, robado y vendido a la prensa por su valet. Sin embargo, incluso aquí hay algo que se debe discernir. El Pontífice mismo, anciano y enfermo, estaba preocupado con respecto a algunas de sus propias decisiones y políticas, y deseaba poder modificarlas. Él ya está más allá de nuestro juicio, y en las piadosas manos de Dios. Pero nosotros aún tenemos nuestros propios juicios que hacer, y debemos hacerlos con sobria sabiduría. ¡Que Dios nos ayude a todos!

Se sentó y guardó un hermético silencio. Faltaban exactamente veinte minutos para las ocho cuando el Maestro de Ceremonias convocó a Luca Rossini para que ofreciera la homilía a sus pares. El texto ya estaba en sus manos, pero ninguno de ellos lo estaba leyendo. Se acercaba la hora de la cena. Los Cardenales Electores estaban hambrientos. Luca Rossini tuvo repentinamente la macabra idea de que si los molestaba o enfadaba bien podrían comérselo a él como cena. Se persignó y anunció:

—En el nombre del Padre, del Hijo y del Espíritu Santo. No me proponía hablaros esta noche. Se me ordenó que lo hiciera, pero lo que os diga lo diré con la mano en el corazón. Os hago una simple pregunta: ¿A quién elegiremos como nuestro Papa?

En teoría, a cualquier hombre cristiano. De hecho, está ahora sentado en esta sala. Para bien o para mal, así es como ocurren las cosas hoy en nuestra Iglesia. Es una medida quizá del centralismo en el que hemos caído, de la ignorancia de nuestra propia diversidad. Permitidme que os plantee las dos preguntas que yo me hago con respecto a nuestro próximo Papa.

¿Qué edad debe tener el hombre? Si es demasiado joven, puede durar demasiado tiempo, y las arterias de la Iglesia se endurecerán junto con las suyas. Si es demasiado viejo, o débil, podemos encontrarnos con lo mismo de lo que por poco nos hemos librado, una crisis constitucional en la Iglesia, una crisis de conciencia para los fieles cristianos. Y ya somos una comunidad profundamente herida.

Por eso necesitamos un hombre que nos cure, un hombre compasivo, que sienta compasión por las multitudes, como lo hizo el propio Jesús. Lamentablemente en los últimos tiempos no ha sido fácil descifrar las palabras de compasión y consuelo en los textos vaticanos. Demasiados de nosotros hemos estado más absortos en la exposición dogmática que en los confundidos pero resonantes gritos del corazón humano. Nuestra tarea consiste en difundir la palabra buena y simple. "Mirad los lirios del campo, cómo crecen… Los pecados de María le son perdonados porque ella ha amado intensamente. Amad a vuestros enemigos."

Por esta simple razón necesitamos un hombre sereno con respecto a su creencia en la bondad de los propósitos fundamentales del Creador. "Ahora quedan estas tres virtudes: fe, esperanza y caridad, y la más grande de todas es la caridad." La sabiduría del amor ve y acepta el misterio de la creación, en toda su luminosidad y su oscuridad. El amor transmite el misterio a aquellos que viven en medio del dolor, el temor y la ignorancia.

Nuestro nuevo Pontífice debe ser abierto. Debe escuchar antes de dar su opinión. Debe comprender que el lenguaje es un instrumento imperfecto, que cambia todo el tiempo y que es el medio más inadecuado que tenemos para expresar las relaciones entre las criaturas humanas y el Dios que las creó. Éste es el corazón de nuestros problemas. Nuestra gente no cree en nosotros cuando proponemos una moralidad del sexo. Saben que ignoramos su lenguaje y su práctica, y que nos está prohibido aprender ambas cosas en una relación marital.

De modo que nuestro hombre deberá pensar cuidadosamente a quién le permite hablar en su nombre. Recordará el respeto que debe a sus hermanos colegiados, a quienes, al igual que Pedro, tiene la tarea de confirmar y dar fuerza. Recordará que, aunque el principio de la primacía de Pedro ha sido reconocido a lo largo de los siglos, él no es ni ha sido jamás el único pastor de la Iglesia. Aquellos que —por lealtad equivocada o por interés partidista— han pretendido inflar el cargo o la autoridad del ocupante siempre han hecho un mal servicio a la Iglesia.

Finalmente, seguro de su propia fe, respetará a filósofos y teólogos. Estimulará las preguntas abiertas sobre temas complejos. En la libertad de la vida familiar, propiciará el debate entre los hijos y las hijas de la familia. Pondrá fin para siempre a las denuncias secretas y a las secretas averiguaciones acerca de la ortodoxia de los eruditos honestos. Los protegerá caritativamente de sus detractores.

¡Caridad! ¡Amor! Todo se reduce a eso, ¿verdad? "La caridad es resignación y amabilidad. La caridad no envidia, la caridad no alardea, no es grandilocuente. La caridad soporta todo, cree en todo. La caridad nunca falla." ¿Veis aquí a este hombre caritativo? ¿Lo conocéis? ¿Lo distinguís, en el sentido antiguo de la palabra? ¡Si es así, elegidlo sin dudar, y ocupémonos de los asuntos del Señor!

Volvieron a guardar silencio y el Maestro de Ceremonias entonó la oración final. Luego, con cierto alivio, anunció:

—Ahora habrá un recreo de cinco minutos y luego se servirá la cena. Los sitios no están asignados; por favor, siéntense donde prefieran. Bienvenidos a la Casa de Santa Marta. ¡Buen provecho!

Luca Rossini pasó una noche agitada, acosado por un sueño de frustración en el que recorría los laberínticos pasillos de un hospital buscando a Isabel. Todas las puertas estaban cerradas. Todas las preguntas eran respondidas con pantomimas por personas sin rostro que lo hacían internarse aún más en el laberinto.

A las cuatro de la mañana se despertó, sudoroso y con un fuerte ardor en los ojos, y, como de costumbre, decidió alejar las pesadillas con una caminata. Entonces, por primera vez, lo asaltó la realidad. No tenía adónde ir. La Casa de Santa Marta era una cárcel herméticamente cerrada hasta que sus ocupantes hubieran cumplido su cometido.

Mientras meditaba, en medio de la oscuridad, se preguntó si su sermón había significado algo para alguien. Dudaba de que así fuera. Los más viejos habían oído esas palabras antes. Tenían una coraza contra la elocuencia, eran tan escépticos con respecto a la simplicidad como a la pérfida astucia. Consideraba —si es que una opinión emitida a esa hora podía tener alguna validez— que la serena acusación de Turi Pascarelli acerca de movimientos partidistas secretos en la Iglesia habían conmocionado a muchos de los presentes. Turi no era un augur que estudiaba las entrañas de los pájaros. Era un hombre digno de respeto: un diplomático que leía la letra grande y la letra pequeña de todos los documentos, luego ataba todos los cabos sueltos de los argumentos o el lenguaje, y finalmente pedía informes sobre los negociadores.

Tal vez Turi había hecho su intervención demasiado tarde, o tal vez la había programado con exactitud para ese momento. Técnicamente ya había quedado apartado del cargo. Todas sus funciones estaban en suspenso. Objetivamente aún estaba sujeto a los edictos de un muerto. No los había quebrantado, pero sí los había puesto en cuestión. No cabía duda de que se había hecho enemigos, pero era invulnerable a ellos. No tenía ambiciones de mando. Era quien más poder de disuasión tenía: un hombre que no tenía nada que pedir, y nada que perder.

Mientras volvía a hundirse en el sueño, Luca Rossini se hizo una pregunta más radical: cuando Isabel ya no estuviera a su lado, ¿qué sería de él, qué certeza o convicción podía tener? Entonces, de una manera bastante ilógica, se sorprendió pensando en Ángel Novalis. A la muerte de su esposa, el hombre había optado por la certeza absoluta que le ofrecían los sectarios autoritarios del Opus Dei. Había servido con una sola idea, y con un corazón leal. Sin embargo, en un momento crucial se había entregado a un disparate profesional. Para defender la memoria y los principios de un difunto, había comenzado una persecución no autorizada del desleal valet que había hurtado sus documentos. Había buscado la ayuda de sus propios colegas y desencadenado así acontecimientos sobre los que ya no tenía el menor control.

Ése era el problema de todas las intrigas. También era la enmarañada materia del sueño en el que Luca Rossini había caído en esa hora previa al amanecer. Ahora era un fugitivo en las calles y callejones de una ciudad siniestra. Era acosado por asesinos que reían por lo bajo en la oscuridad y gritaban en tono burlón: "¡A quién le gustaría cojerse a un cura!"

La ceremonia de la elección comenzó con una celebración de la Eucaristía y una invocación al Espíritu Santo. Los Cardenales Electores se trasladaron entonces en procesión a la Capilla Sixtina, donde se sentaron, cada uno en su propio sitial, bajo la impresionante mirada del Cristo de Miguel Ángel, renovado y vivificado por restauradores modernos financiados por la Corporación de la Televisión Japonesa.

A cada elector se le proporcionó una pequeña pila de papeletas que llevaban inscrito un preámbulo en latín: "Elijo como Sumo Pontífice..." El elector escribiría el nombre de su candidato en letras de imprenta. No debía firmar la papeleta.

El altar de la capilla estaba provisto de una patena de oro y un enorme cáliz de oro. Cada elector escribía en su papeleta y la doblaba por la mitad. Luego, en orden de precedencia según el rango, cada uno avanzaba hasta el altar, se arrodillaba un instante a rezar y declaraba: "Pongo por testigo a Cristo nuestro Señor, que juzgará que mi voto es otorgado al hombre que, a los ojos de Dios, creo que debería ser elegido". Depositaba su voto sobre la patena, lo volcaba en el interior del cáliz y regresaba a su sitial.

Una vez emitidos todos los votos, tres escrutadores elegidos entre los electores hacían el recuento. Éste debía ser supervisado por otros tres, elegidos de manera similar. Luca Rossini era uno del primer grupo de escrutadores.

La ceremonia y su entorno tenían algo que conmovía a todos; sin embargo, también había en todo aquello una paradoja. Los juramentos repetidos, las comprobaciones duplicadas, la destrucción del papel inmediatamente después de cada votación infructuosa revelaban la desconfianza de los seres humanos, incluso cuando estaban actuando, como juraban, guiados por el Espíritu Santo, cuya presencia había sido garantizada hasta el fin de los tiempos.

La primera votación fue como todos esperaban. Surgió un abanico de diez candidatos, de los cuales el más votado recibió dieciocho votos y el menos votado ocho. Sólo resultó significativa en el sentido de que mostró un gran número de posibilidades: latinoamericanos, norteamericanos, españoles, belgas, italianos y africanos. No había centroeuropeos, ni franceses ni orientales. Ninguno de ellos estaba cerca de la mayoría exigida de los dos tercios más uno. Dos de los latinoamericanos, el español y el norteamericano habían sido designados por el difunto Pontífice. El africano era un antiguo miembro de la Curia. Los dos candidatos italianos eran de Venecia y Milán. El nombre de Luca Rossini no apareció en ninguna parte.

Esa tarde hubo otras dos votaciones. Al final del día, el frente de batalla estaba decidido. El número de candidatos había quedado reducido a ocho. De la lista habían salido uno de los latinoamericanos, el africano y el norteamericano. Y Luca Rossini apareció por primera vez en la votación.

Había sido un largo día. Cuando regresó a su habitación a las cinco de la tarde, Rossini estaba convencido de que una de las amenazas más letales en la vida de cualquier Pontífice romano era el peso muerto de la ceremonia y el protocolo que debía soportar todos los días. El pensamiento fue inspirado por su propia e inesperada aparición como candidato, aunque sabía —o creía saber— que lo introducían como "aguafiestas", que su presencia alejaría a otros pretendientes poco probables y que serviría para que los electores se concentraran en los que tenían más posibilidades.

Era demasiado pronto para decidir quiénes podían ser, pero Milán había ascendido a los veinticinco votos, el español había llegado a los diecinueve y el hombre de Brasil había aventajado por tres votos al candidato de México. Políticamente ambos estaban firmemente situados a la derecha del centro.

A las cinco y treinta, monseñor Piers Hallett se presentó en la habitación con una botella de whisky en un bolsillo de la sotana y una bolsa de cacahuetes en la otra. Los dejó con una reverencia.

—¡Andan a la arrebatiña! ¡Sus Eminencias se comportan como indios sedientos junto a una charca! ¡Me temo que no hay hielo! ¿Te sirvo? Parece que no te vendría mal un trago.

—No me gustan demasiado los rituales. ¿Cómo has pasado el día?

—Ha sido largo, pero cargado de chismorreos interesantes. Ahora los cuchicheos, cortesía del Opus Dei, hablan de estabilidad, continuidad, fidelidad. Los españoles, los locales o los coloniales, son los adalides. ¡No! ¡No te lo tomes a la ligera! España es la base del poder, la base del dinero, y tiene una monarquía estable que aún tiene cierto sentido para el mundo árabe tradicional que recuerda la Alhambra.

—Están corriendo un riesgo enorme —dijo Luca Rossini.

—Están preparados para eso.

—¿Cuál es el candidato que prefieren?

—Los rumores dicen que el de Chile. Los apostadores más inteligentes dicen que el español ya se ha instalado cómodamente en la

Curia. Se dice que les gustaría ponerte a marcarles el paso a los caballos ganadores.

—No soy la mejor elección, Piers. Y ellos lo saben.

—No les preocupa. Están seguros de que te quedarás sin aliento cuando su gente tome la delantera.

Luca Rossini se echó a reír.

—No sé qué responder a eso.

—No esperaba que dijeras nada —repuso Hallett—. Pero sí me gustaría saber qué opinas sobre el próximo tema, que soy yo. Sé que sólo es el primer día, y que estoy obligado a quedarme mientras dure el cónclave, pero la cuestión es que ya he tomado una decisión.

—¿Cuál?

—Abandonar el sacerdocio y trabajar como erudito seglar.

—¿Quieres decirme por qué?

—Claro. Para mí es importante que lo sepas. Siempre has sido un amigo eminentemente bueno. Me aceptaste tal como era, por lo que soy: un erudito con cierto valor, un clérigo indiferente, lo suficientemente desapasionado, me parecía, como para mantenerme al margen de los problemas y disfrutar de los placeres del aprendizaje y la amistad. Hasta ahora, eso había funcionado bastante bien. Pero ya no. Ahora el clero es el blanco de todas las miradas. Yo soy vulnerable, y algún día podría estar demasiado necesitado de compañía para ser discreto. Además, si quiero buscar un empleo rentable, éste es el momento. Hay un par de ofertas: un puesto en Harvard y uno en la Getty de Los Ángeles. Pagan mejor en la Getty, pero en Harvard también dan vivienda. De modo que es allí donde primero me presentaré. ¿Algún comentario de mi eminente amigo?

—No te diré demasiado. Creo que es una decisión inteligente. Haré todo lo que pueda para conseguir tu laicización. Pero si tenemos un pontífice duro, tal vez tengas algunos dolores de cabeza por la cuestión del procedimiento, que, bien mirado, te aconsejo que no les des importancia.

—¿Y eso es todo?

—No se me ocurre otra cosa. Es una situación simple. No tienes por qué convertirla en un caso desesperado. A pesar de todo, podrías servirme otro whisky.

—Encantado —dijo Piers Hallett—. No sabes cuánto temía este momento.

—¿A qué parte te refieres? ¿A tomar la decisión o a comunicarla?

—A las dos. Mucha gente habría recurrido a alguna postura convencional. Ya sabes, tómate un tiempo, pide consejo, consigue un confesor inteligente... ¡date una ducha fría!

Luca Rossini sonrió y sacudió la cabeza.

—Ninguna postura convencional se sostiene por mucho tiempo. Tarde o temprano llegamos a una posición decisiva desde la cual luchar o morir. ¡*Salud, amigo*!

Después de beber, Piers Hallett dejó su vaso y comentó:

—Fui a buscar los mensajes, como me pediste. No había ninguno.

—Es demasiado pronto —comentó Rossini—. Demasiado pronto. Rezo para que salgamos de aquí mucho antes de que le ocurra algo a Isabel.

—¿Y cuando llegue el momento?

—Ésa será mi posición decisiva.

—Luchar o morir, dijiste.

—Así es.

—Es una opción drástica —dijo Piers Hallett—. Pero a mí no me la propusiste. ¿Por qué no?

—Yo tengo una discusión pendiente con Dios.

—Y Jacob luchó durante toda la noche con el hombre —dijo Piers Hallett—. Y Jacob acabó cojeando. Si no te importa, me serviré otro trago.

—La botella es tuya —aclaró Rossini. Levantó su vaso para brindar—. Por la salud, el dinero y el amor... y el tiempo para disfrutarlos. ¡Te deseo toda la suerte del mundo, amigo!

Capítulo Quince

Esa noche, después de cenar, Luca Rossini fue invitado a tomar café con el Secretario de Estado y el Camarlengo en el despacho privado de éste. Dado que su nombre había aparecido súbitamente en la votación, se preguntó si lo cortejarían o le harían alguna advertencia. Decidió adelantarse planteando la pregunta:

—¿Quién me hizo aparecer en la votación?

—Quince electores, según el recuento —El Camarlengo fue convenientemente impreciso—. Eres uno de los escrutadores, tú mismo controlaste las cifras.

—¿Quiénes son los votantes? ¿Suyos o de ellos?

El Camarlengo sacudió la cabeza.

—No hay forma de saberlo. De todas maneras, es la pregunta equivocada. Ambas partes ven cierto mérito en tu candidatura. Tu sermón conmovió a mucha gente.

—También eres un espléndido símbolo —comentó Turi Pascarelli con una sonrisa—. Eres un sobreviviente arrepentido, que ahora lleva una vida intachable y que no ha sido corrompido por el poder. Serías muy popular entre la gente.

—Pero la gente no tiene voz en la elección. ¡E imagina lo que haría la prensa después!

—No estamos pensando en lo que ocurriría después —aclaró Turi Pascarelli—. Pensamos en el ahora, en los próximos días.

—¿En qué pensáis?

—En la estrategia —respondió el Camarlengo—. La estrategia para la Vieja Guardia es llevar al cónclave lo más lejos posible sin tener que invocar la regla de la mayoría absoluta que, desde nuestro punto de vista, tal vez no obtengan. Para ellos, la mejor posibilidad es resistir hasta la etapa final de estancamiento, cuando el colegio electoral se ponga de acuerdo en una elección por mayoría simple, en realidad mediante un simple recuento, el primero en cruzar la meta.

—¿Cuánto tiempo pasará?

—Con pocos competidores y cuatro votaciones al día, no pasará mucho tiempo sin que alcancen una decisión. No olvides a toda la gente que espera en la plaza, a los millones que miran la televisión en el mundo entero. Ellos son nuestro electorado. Aquí estamos en un mundo de fantasía. Nos gusta creer que somos los árbitros del destino humano, pero no somos invulnerables. Nunca lo hemos sido.

—Ahora decidme, amigos, con toda sinceridad, ¿cuál es el resultado que vosotros preferís?

—¿Esta vez? Un Pontífice italiano, políticamente limpio, lo suficientemente sereno para resolver las cosas con tino y volver a crear un clima de confianza en la Iglesia.

—En otras palabras, Milán.

—Sí.

—Es lo que yo elijo —dijo Luca Rossini.

—¿Te harías a un lado para dejarle lugar? —preguntó el Camarlengo. Rossini lo miró con expresión incrédula.

—¿Hacerme a un lado? Ni siquiera soy un contendiente. No existe ninguna posibilidad de que yo sea elegido. Toda mi historia me descalifica.

—Tu historia habla a tu favor —dijo el Secretario de Estado en tono resuelto—. ¿No te das cuenta? Eres un hombre carismático, Luca. Tu misma debilidad te hace recomendable. ¿Quién resulta más atractivo que el arrepentido Pedro, o Saulo, que quedó ciego en el camino a Damasco? No tienes la más mínima conciencia del poder que irradias, incluso entre nuestros colegas más escépticos. Eres muy admirado por muchos cardenales pastorales con los que has tratado en tus muchas misiones. Apuesto a que a partir de ahora el total de votos a tu favor aumentará en cada recuento.

—¿Y vosotros, por supuesto, contribuiréis a ese aumento?

—No damos garantías, pero sí, contribuiremos.

—¿Y estáis esperando que aumenten también los votos de Milán?

—Estamos seguros de que así será.

—Pero también estáis seguros de que elegirlo a él como Pontífice sería mejor que elegirme a mí.

—¿No estás de acuerdo?

—Claro que estoy de acuerdo. ¿Entonces, por qué molestarse en representar esta comedia? Ya os he dicho que Milán es también mi candidato. Yo no tengo ambición ni talento para ese cargo. Si os sirve de algo, retiraré mi candidatura antes de la próxima votación.

—Te rogamos que no lo hagas —le pidió el Camarlengo—. Te necesitamos en la votación. Tenemos la esperanza de construir a tu alrededor un bloque de votantes que eliminará a la Vieja Guardia y nos llevará rápidamente a un desempate entre tú y Milán.

Rossini lo observó con expresión de total incredulidad. Enseguida lanzó una carcajada, y luego un sonoro e impetuoso bramido con cierto deje macabro.

—No puedo creer lo que estoy oyendo. Me conocéis mejor que ningún otro hombre de Roma. Conocéis mi pasado, mi presente... incluso la nube de incertidumbre que se cierne sobre mi futuro en la Iglesia, y en la fe misma. Ahora estáis presionando a los electores en mi favor, incluso poniéndome en situación de enfrentarme a Milán en un desempate. No puedo tomarme esto en serio.

—¿Por qué no?

—Porque estáis arriesgando demasiado: apostáis a mi fidelidad. Si tuviera suficientes votos, podría permitirme una travesura y quedarme con el Anillo del Pescador.

—Es un riesgo menor que la ambición de ciertos colegas que no podemos nombrar.

—Tal vez los juzgas más severamente que a mí.

—Creemos —insistió el Camarlengo— que tú serías mejor Pontífice que ellos. Tus faltas hablan mejor de ti que las virtudes de ellos.

—Aunque —se apresuró a añadir el Secretario de Estado— seguimos creyendo que Milán es el hombre más adecuado para la Iglesia en este momento. Hay una gran oposición con respecto a él. Es un erudito. Y jesuita. Ha permitido que en su púlpito entraran voces ajenas. Podría dar nueva luz y nuevas esperanzas a la Iglesia. No obstante, necesitamos una palanca más eficaz para elevarlo al trono de Pedro. Necesitamos que sigas como candidato hasta que nosotros te digamos que es el momento adecuado para abdicar. ¿Lo harás?

—¿Y si os equivocáis al evaluar la situación? Suponed que Milán cae en desgracia y yo me convierto en el favorito. Suponed que mi mayor rival es un hombre al que todos desaprobamos. ¿En qué situación me encontraría?

—Quedarías solo en el Monte de la Tentación —respondió el Secretario de Estado con expresión sombría—. Con todos los reinos de este mundo extendidos a tus pies como una alfombra.

—¿Y los dos me dejaríais solo?

—No estarías solo, Luca, amigo mío.

—¿Por qué no?

—Piénsalo —dijo el Secretario de Estado, y cambió bruscamente de tema—. Este café es terrible, Baldassare. ¿No puedes hacer algo al respecto?

—Es la tradición —aseguró el Camarlengo alegremente—. ¡Es necesario someter a los miembros del cónclave a una dosis razonable de incomodidad para que concluyan rápidamente la tarea!

El café lo mantuvo despierto y la conversación lo obsesionó durante las largas horas de insomnio que se prolongaron hasta después de la medianoche. A pesar de sus protestas, resultaba curiosamente seductora la idea de que él, Luca Rossini, pudiera acceder al Trono de Pedro. La seductora imagen se convirtió sutilmente en una tentación que se insinuaba como el vapor en la cerrada fortaleza de su ser. Aquí era donde acechaban los odios primitivos, el viejo recuerdo de daños no reparados, la repugnancia de todas las imágenes de tiranía dentro y fuera de la Iglesia.

Empezó a jugar mentalmente consigo mismo. Estableció las reglas cuidadosamente. Yo, personalmente, no deseo convertirme en un tirano ni en un bruto. Sólo deseo equilibrar la balanza de la justicia. Como supuesto Pontífice, tengo el poder en mis manos. He visto hasta dónde alcanza ese poder, con cuánta eficacia puede utilizarse, cómo las mujeres y los hombres buenos pueden ser persuadidos de servirlo, cómo otros igualmente buenos pueden ser oprimidos por él. ¿Por dónde empiezo? ¿Qué piezas debo retirar del tablero? ¿A quiénes concedo patentes de poder? ¿Quiénes serán mis consejeros, quiénes mis seguidores?

Se sorprendió al comprobar cuántas permutaciones y combinaciones del juego le parecían fascinantes. Quedó conmocionado por la intensidad de los apetitos primitivos que evocaban en él.

Hubo un momento en el que las imágenes de venganza se hicieron tan poderosas que no sólo no pudo apartarlas de su mente, sino que ni siquiera pudo tomar la decisión de hacerlo. Las cicatrices de la espalda empezaron a picarle y a arderle. Se le aceleró el corazón y empezó a sudar abundantemente. Se obligó a levantarse de la cama, se quitó el pijama empapado y se dio una larga ducha para limpiar la mugre del pasado que aún parecía pegada a su cuerpo. Deseó oír música para ahuyentar a los demonios. No tenía radio. Recordó que estaba en una prisión, tan esclavizado como el primitivo papa Ponciano, forzado a trabajar en una cantera en Cerdeña.

Tomó su breviario e intentó leer. Las palabras bailoteaban ante sus ojos. Trató de meditar y el primer texto que acudió a su mente fue el de Pablo a los Romanos: "Oh, ¿quién eres tú para hablar contra el Señor? ¿No tiene poder el alfarero sobre la arcilla para convertir una pieza en una vasija de honra y la otra en una de deshonra?".

Su difunto patrono lo había instado muchas veces a pensar en aquel texto. Él lo había rumiado como si fuera hierba, hasta exprimirle todo el jugo; de todos modos, seguía en discusión con su hacedor. De todos modos, quería saber: "¿Por qué yo? ¿Por qué ella? ¿Por qué tu mundo está hecho así y no de otra manera? He luchado contigo durante demasiado tiempo. Daré por terminado el combate y te enviaré a casa... dondequiera que esté. ¡Todo ese racimo de galaxias, y me dicen que haces esfuerzos por llenar el vacío que hay entre ellas!".

En algún momento de la noche, en medio del silencio, se quedó dormido.

Las dos primeras votaciones del día siguiente mostraron un leve cambio de tendencia. Milán se aseguró más votos. Rossini registró una modesta mejora. El brasileño y el norteamericano perdieron apoyo y se retiraron. Las pérdidas y ganancias en el resto de la lista reflejaban las discusiones y maniobras que la noche anterior habían llevado a cabo los "grandes electores" y un grupo rival de centroeuropeos.

Los rumores en la mesa del almuerzo reflejaban cierta ansiedad. Una elección prolongada pondría de manifiesto las escisiones en el seno de la Iglesia. Eso daría a entender que el que resultare victorioso podría ser considerado un candidato de compromiso. Lo cual dificultaría aún más la tarea de reunificación. Les gustara o no, cualquier nuevo Pontífice necesitaba mostrar una imagen pública que lo acompañaría, forzosamente, mientras durara su reinado. Si los creadores de imagen hacían mal su trabajo, o si la tarea en sí misma era difícil, los fieles podían alejarse aún más.

Mientras salían del comedor, el Secretario de Estado le comentó rápidamente a Rossini:

—La última votación de hoy nos dará un indicio del rumbo que tomarán las cosas.

—Me alegro de que alguien pueda aportar una interpretación, Turi. A pesar de toda la multitud que espera en la Plaza de San Pedro, me pregunto hasta qué punto somos realmente importantes para el Pueblo de Dios.

El Secretario de Estado se encogió de hombros en una actitud típicamente romana.

—¿Quién sabe? Te diré una cosa, Luca. Si no estuviéramos aquí, y no pasáramos por todo esto, se produciría un enorme hueco en la historia de la humanidad y un gran vacío en la psiquis humana.

Dicho esto, se retiró. Luca Rossini salió y dio un paseo hasta un rincón apartado de los jardines vaticanos. Se detuvo a leer su breviario y a decir sus oraciones por la amada a la que ahora no podía cuidar.

Tal como había pronosticado el Secretario de Estado, la última votación del día produjo un temblor lo suficientemente fuerte para eliminar a unos cuantos candidatos más débiles y confirmar a Milán y a Rossini como punteros, mientras el belga y el chileno seguían siendo competidores viables.

Tres horas más tarde, Rossini fue nuevamente convocado a una reunión con el Camarlengo y el Secretario de Estado. El Camarlengo fue el primero en comunicar las novedades.

—Podemos terminar esto mañana en la primera votación. Chile y Bélgica quedarán fuera. La decisión entre tú y Milán se tomará por mayoría simple de votos.

—¿Eso es legal?

—Es una situación de facto —dijo el Secretario de Estado—. No satisface a todos, pero ninguno de los miembros del colegio electoral está dispuesto a objetarla.

—Sin embargo, hay un problema —añadió el Camarlengo—. Un sólido núcleo de oposición a Milán. Hay gente a la que no le gusta la conexión jesuita. Hay otros... ¡Que Dios nos ayude! Hay otros que desconfían de su erudición liberal y su apertura a los no creyentes. De modo que tanto Turi como yo consideramos que esto podría ser una carrera reñida. Podrías ganar tú.

—¡Y dejar la responsabilidad en manos del Espíritu Santo! —De pronto, una carcajada de felicidad brotó de su garganta y brilló en sus ojos—. ¡Perdonadme, amigos! Os lo advertí, ¿verdad?

—Así es —dijo el Secretario de Estado.

—Y también hiciste una promesa —dijo el Camarlengo.

—Que cumpliré, sin duda. —Rossini se puso serio otra vez—. Pero debéis decirme cuál es la mejor manera de hacerlo. ¿Renuncio a mi candidatura antes de que se emitan los votos?

—En ese caso —aclaró el Camarlengo— tendrías que pedir a los electores que dieran a conocer su acuerdo por aclamación con respecto a Milán. Resultaría embarazoso que se negaran a hacerlo.

—¿Si, en cambio, soy elegido y me niego a aceptar?

—Entonces se podría afirmar que el proceso fue amañado y tal vez tendríamos que volver a empezar. Cosas más extrañas han ocurrido a lo largo de los siglos.

Se produjo un largo silencio. Luego Rossini se puso de pie.

—No tengo ninguna solución, caballeros. Haré lo que prometí. No puedo decir más en este momento. Tal vez deberíamos rezar para quedar impregnados por la sabiduría del Espíritu Santo mientras dormimos.

Rossini se despertó con la campanilla del teléfono, sonido sospechoso en la Casa de Santa Marta. Tuvo que buscar a tientas el aparato y frotarse los ojos para poder ver la hora. Las ocho de la mañana. Al otro lado de la línea estaba Piers Hallett.

¿Puedo pasar a verte, por favor?

—Por supuesto. Me alegro de oírte. Pasé una noche espantosa. Dormí más de la cuenta. Dame cinco minutos para ponerme presentable. Si no te resulta complicado, tráeme un poco de café y un *pannino*.

—No es ninguna complicación —dijo Hallett, y colgó.

Rossini se aseó a toda prisa, pero aún estaba en mangas de camisa cuando Hallett entró con la bandeja del desayuno y un ejemplar del *Ordo* del día. No había nada nuevo: dos votaciones a la mañana y a la tarde, la habitual lista de médicos, sacristanes y confesores. Rossini la revisó rápidamente y se tragó el café. Pasaron un par de minutos hasta que le dijo a Hallett:

—Discúlpame. Todavía estoy medio dormido. ¿Querías verme por alguna razón?

—Por esto —dijo Piers Hallett y le extendió un fax recibido en el Vicariato.

—Lo recibieron a las siete de la mañana. Fue enviado a la una, hora de Nueva York.

Rossini miró fijamente el papel y por fin leyó el mensaje en voz alta, como si quisiera asegurarse de que era auténtico.

"El señor Raúl Ortega y su hija Luisa me piden que informe a Su Eminencia que la señora Isabel de Ortega, paciente de este hospital, falleció a las 22.30 horas de esta noche. Se encontraba bajo los efectos de los sedantes y murió en paz. La familia se pondrá en contacto con usted a su debido tiempo. Firmado: Olaf Wintergroen, médico del hospital."

—Lo siento —dijo Hallett—. ¿Puedo hacer algo?

—Sí —respondió Rossini—. Muéstrale el mensaje al Camarlengo y al Secretario de Estado. Pídeles que no divulguen la noticia. Diles que los veré en la primera votación.

—Sí, Eminencia —dijo Hallett, y salió, cerrando la puerta tras de sí.

Rossini clavó la vista en la puerta. Luego, lentamente, se volvió hacia el reclinatorio. En lugar de arrodillarse se quedó de pie, contemplando la figura del crucifijo clavado a la pared. En tono llano, casi como conversando, le habló al Cristo:

—O sea que murió sin sufrir. Te lo agradezco, si es que Tú lo hiciste. Ahora, si estás dispuesto, me gustaría que me hablaras... por supuesto, siempre y cuando estés realmente ahí y no seas una ficción cósmica. Es nuestra última posibilidad de dialogar, lo sabes. Ya no tengo palabras, ni sangre, ni lágrimas. Me he quedado sin nada. Si Tú no tienes nada que decirme, no hablemos más. No discutamos más. Interpretaré esta pomposa comedia y me iré de aquí. Sólo soy un ser humano. Tú sabes lo que es eso, ¿verdad? Somos criaturas limitadas. No puedes inflarnos como si fuéramos globos, hasta que alcancemos dimensiones infinitas. Incluso Tú cediste al final, ¿no? Dijiste: "Se acabó. ¡Es suficiente!". Y eso es lo que yo digo ahora. Salvo que aún te debo algo por Isabel. Me gustaría saldar esa cuenta. ¡O sea que si estás ahí, háblame, por favor!

—¡Ha recibido un duro golpe! —Monseñor Hallett, el lánguido inglés, se presentó ante los dos prelados más importantes de la Iglesia Universal—. Él no lo admitirá. No puede admitirlo. Jamás se le notará en su cara de piedra. Pero, caballeros, será mejor que me crean. Necesita ayuda, y en esta Iglesia nuestra ya no sabemos darla.

—Monseñor Hallett, eso es una impertinencia. —El Camarlengo se ofendió.

—No, no lo es —dijo el Secretario de Estado—. Simplemente nos está recordando la caridad. Rossini necesita que sus hermanos y hermanas lo ayuden a superar esta pérdida. Hemos perdido esa capacidad. Nuestras hermanas están demasiado ocupadas reclamando los derechos que les hemos negado. Nuestros hermanos están demasiado ocupados reconstruyendo lo que queda de la Iglesia. ¡Escúcheme, Hallett! Quédese a su lado. Si es necesario, quebrante algunas reglas, pero ocúpese de él. ¡Por favor!

—Haré todo lo que pueda, Eminencia —dijo Hallett con seriedad—, pero el corazón de este hombre ha quedado destrozado en dos ocasiones. ¿Cuál es el remedio según el ritual romano?

—Existe una fórmula, pero no un remedio —dijo el Secretario de Estado—. Vuelva a su lado. Quédese todo el día con él, lo más cerca que pueda. Baldassare y yo hablaremos de esto.

—No sé de qué vamos a hablar —dijo el Camarlengo en tono cortante—. Todos los días muere gente. Nosotros ofrecemos nuestra comprensión, nuestro apoyo, nuestras oraciones, pedimos a Cristo por la salvación. ¿Qué más podemos hacer?

—¡Oh, Dios —exclamó Hallett en voz baja—. ¡Santo Dios! ¡Cuánto nos amamos los cristianos!

—Retírese, Monseñor Hallett. —El tono del Camarlengo fue glacial. Hallett inclinó la cabeza y salió sin decir palabra. El Secretario de Estado meneó la cabeza.

—No deberías haberlo tratado así, Baldassare. Es un amigo leal. Hablaba en nombre de nuestro amigo Luca.

—¡Lo sé! ¡Lo sé! Más tarde me disculparé. Estoy preocupado, Turi. ¿Qué ocurrirá ahora en nuestra votación?

—Tal vez —dijo el Secretario de Estado—, sólo tal vez, ésta sea la intervención del Espíritu Santo por la que tanto rezamos.

—¿Qué le decimos a Rossini?

—Nada, hasta que él decida abrirnos su corazón. ¡Es un hombre de hierro! Hará lo que prometió. No deberíamos decirle cómo debe hacerlo.

—Dentro de veinte minutos seremos citados a la Capilla. Debemos tener algún plan.

—Por qué no dejar el resultado en manos de Dios... —dijo el Secretario de Estado.

—Me gustaría tener la fe suficiente —dijo el Camarlengo en tono sombrío—. Creo que llevo demasiado tiempo en Roma.

Antes de que comenzara la primera votación de la mañana, el Secretario del cónclave hizo un anuncio:

—La Constitución Apostólica dispone que, si después de una larga serie de votaciones, no ha resultado elegido ningún candidato, la elección se decidirá por mayoría simple de votos. Ahora nos encontramos en otra situación. Sólo quedan dos candidatos en la contienda. Tengo una proposición para hacerles que, según se me dice, se adapta al espíritu aunque no a la letra de la Constitución Apostólica. Propongo que esta votación se decida por mayoría simple. Son libres de decidir otra cosa, y de ceñirse estrictamente a la regla de una mayoría absoluta de dos tercios más uno. No obstante, con dos candidatos, eso parecería poco conveniente. Les pido que muestren su consentimiento levantando la mano.

Fueron necesarios algunos minutos, pero finalmente todas las manos se alzaron.

—Bien —dijo el Secretario—. Los escrutadores serán su Eminencia de Nueva York y su Eminencia de Munich. Serán asistidos por sus colegas de Sydney y de París. Invoquemos al Espíritu Santo para que nos guíe.

Luca Rossini alzó la voz con los demás en una solemne invocación.

—Ven, oh Espíritu Creador, llena los corazones de los fieles y enciende en ellos el fuego de Tu amor.

Era una oración que calaba muy hondo en el corazón de las más antiguas creencias trinitarias de la cristiandad, y que se extendía hasta incluir las percepciones más primitivas relacionadas con una deidad que vivían en toda la creación. Pedía que se hiciera la luz en la oscuridad, fuego para un mundo frío y curación para las heridas que inflige la vida. En una ocasión, Rossini le había contado a Isabel todo lo que eso significaba. Una vez, entre los griegos, había dado un apasionado sermón sobre los elementos femeninos implícitos en el misterio. Ahora el recuerdo se agitó en él con el murmullo de las hojas secas arrastradas por el viento.

El solemne ejercicio en el que estaba inmerso tenía un cierto matiz teatral. No veía el momento de que todo acabara. Escribió el nombre de su candidato en la papeleta y ocupó su lugar en la fila para depositarla en la patena y recitar la afirmación de que había elegido de buena fe el mejor candidato posible.

Con expresión embotada e indiferente, observó a los cuatro escrutadores que hacían una y otra vez el recuento de las papeletas y finalmente ponían su inicial a las cifras y las entregaban al Secretario del cónclave. Entonces el Secretario se volvió hacia la asamblea y anunció que su Eminencia el cardenal Luca Rossini había sido elegido Obispo de Roma y sucesor de Pedro, Príncipe de los Apóstoles, por una mayoría de dos votos.

Hubo un momento de azorado silencio y enseguida se oyó un aplauso que fue instantáneamente acallado por el Secretario del cónclave.

—¡Por favor! ¡Todavía no! Aún son necesarias algunas formalidades.

Bajó por la nave y se detuvo delante de Luca Rossini, que parecía tan rígido como una figura tallada. Entonces le preguntó en voz alta:

—¿*Acceptasne electionem*? ¿Acepta la elección?

Lenta, muy lentamente, Luca Rossini se puso de pie y quedó de cara a la asamblea. Su expresión, su postura rígida, la posición de su cabeza, la forma en que la luz caía sobre su rostro enjuto y atormentado hicieron que todos guardaran silencio. Sus palabras fueron las de un condenado pronunciando su propia sentencia.

—¡Mi respuesta es no! No acepto. No puedo aceptar. No soy adecuado para este cargo. Sé que me quebraría bajo el peso de la responsabilidad. Me preguntaréis, con todo derecho, por qué entonces me presenté como candidato. La respuesta es muy sencilla. Algunos de mis hermanos, de vuestros hermanos, querían que me retirara a causa de mi breve relación con una mujer casada que me salvó la vida en la Argentina, y por quien desde entonces he sentido un amor profundo y constante. El difunto Pontífice estaba enterado de esto. No era un secreto del que haya estado ni esté arrepentido. Acepté las penitencias que se me impusieron: el exilio permanente de mi patria, honores que no merecía, una disciplina de silencio sobre lo que se había hecho en mi país y la connivencia de mi Iglesia, la Iglesia de ustedes, hermanos míos, en esos actos. Mi rango me convirtió en candidato en esta elección. No quise aceptar ninguna otra limitación de mis derechos en la Iglesia o fuera de ella. No esperaba ser elegido. La ira que perciben en mi voz me descalifica para el cargo que me ofrecen porque, aunque he aprendido a dominarla, no la he purgado totalmente.

    Hay algo más. La mujer a la que amé durante tanto tiempo a la distancia falleció anoche en Nueva York. La noticia llegó a las siete de esta mañana. Hace años, en mi primera agonía, tuve poco tiempo para curarme y lamentarme. Ahora confieso que lo necesito. Esa necesidad es la medida de mi debilidad, no de mi fortaleza. Los cimientos mismos de mis convicciones tiemblan bajo mis pies. No soy el hombre que necesitáis. El hombre que necesitáis está frente a mí: nuestro hermano de Milán. No sé qué formalidades hacen falta para ratificarlo, pero sé que tengo derecho a aclamarlo y a instaros a vosotros a confirmarlo en el lugar que me habéis ofrecido a mí. Él es mi viejo maestro. Es un hombre sabio. Creo que él puede curar las heridas que aquejan a la Iglesia y reunirnos a todos en la caridad de Cristo. Eso es lo que necesitamos. Necesitamos trazar una línea sobre el pasado, volver a iniciar la que es nuestra verdadera tarea, para demostrar en nuestra propia vida el evangelio salvador. Os ruego a todos que aceptéis a este hombre. Que le deis los votos que me disteis a mí, que merezco mucho menos. Poneos de pie y proclamad vuestra aceptación. Haceos ver y oír.

    El Camarlengo y el Secretario de Estado fueron los primeros en ponerse de pie, y comenzaron las demostraciones. Los demás se fueron levantando de a cinco, de a diez, y de a veinte, hasta que no quedó ningún cardenal sentado y todos aplaudieron, mientras el Secretario repetía la pregunta que había planteado antes a Rossini.

    —¿*Acceptasne electionem*?

La respuesta fue firme y clara:

—Acepto.

Volvieron a aplaudir, pero esta vez él levantó las manos pidiéndoles silencio. Habló brevemente con el Camarlengo y anunció:

—Me gustaría que éste fuera considerado mi primer acto como cabeza de esta familia. Recemos por nuestra difunta hermana Isabel de Ortega, a quien Dios ya ha acogido en su seno. Roguemos por nuestro afligido hermano Luca Rossini, para que pronto alcance la paz, por Cristo nuestro Señor.

El murmurado "amén" recorrió la capilla como una ola. Entonces el nuevo Pontífice avanzó para abrazar a Rossini. El Secretario del cónclave se apresuró a interceptarle el paso.

—¡Por favor, Santidad! Aún está la cuestión del nombre por el que desea ser llamado. Debemos hacer el anuncio al pueblo y al mundo.

—Primero necesito un momento para mi amigo Luca.

El Secretario se apartó. Los otros prelados guardaron distancia y observaron cada detalle de la escena, intentando sin éxito oír el discreto diálogo.

—¿Cómo te sientes, Luca?

—¡Muy raro! Como el ciego del árbol, que oía moverse y gritar a la multitud mientras Jesús pasaba, pero no veía nada.

—Pero Él te verá a ti, y te abrirá los ojos una vez más.

—Así lo espero. Ya no estoy seguro de nada.

—Mi puerta siempre estará abierta para ti, como lo estuvo en los viejos tiempos. Tú me has puesto aquí. Necesitaré tu ayuda.

—Gracias, Santidad, pero ahora necesito irme y estar tranquilo, donde no me conozcan. ¿Me concederá esa licencia?

—Tómate todo el tiempo que necesites. Luego, cuando estés en condiciones de volver, dímelo.

—Gracias, Santidad.

—¿Hay algo más?

—Una exención rápida para un clérigo al que he estado dando mi consejo. Es un buen hombre, pero no es feliz en su ministerio. Para él y para la Iglesia será mejor que quede liberado.

—Envíame los papeles. Los despacharé en un santiamén. ¿Algo más?

Rossini buscó en el bolsillo de su sotana y sacó el paquete con la medalla de oro.

—¿Querría bendecirla, por favor? Sólo es una medalla.

—¿Para alguien en especial?

—Digamos que sí, Santidad. Es una muchacha exploradora de la Via Flaminia. Estoy seguro de que volverá allí algún día. Y ella está segura de que la *Madonna* la protegerá. Eso es sólo una parte de la historia.

—Me contarás el resto cuando regreses. No dudes de que estaré esperándote. Ve con Dios, y regresa sano y salvo.

—Sea amable con su pueblo, Santidad —dijo Luca Rossini—. Viven en un mundo difícil. A menudo tienen miedo y se sienten solos. Necesitan un pastor que los cuide.

Clareville, 1996-1997